求劍

年紀 閱讀 書寫

唐諾

目次

輯四　年紀

附錄

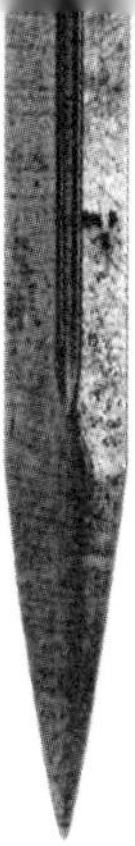

輯一

年紀

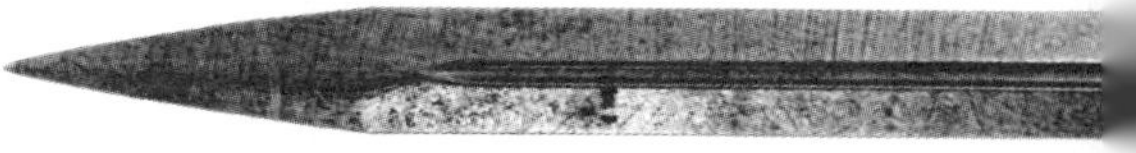

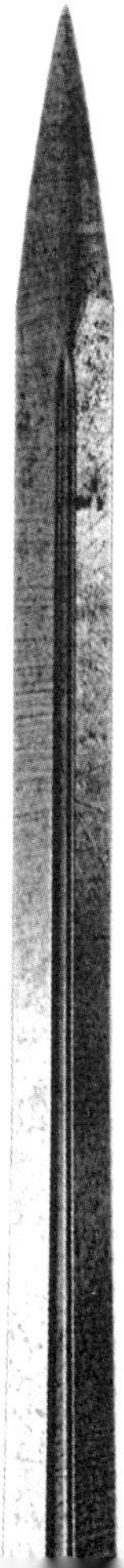

1. 一直年輕起來的眼前世界

有一天，我忽然清清楚楚意識到這個應該早就如此明顯的事實——我意識到，我面對著的是一個這麼年輕的世界，並且彷彿回春，相對於我，這個世界只能一天比一天、每一樣事物不停止的更年輕起來。

我猜，這極可能就像吳清源發現圍碁新布局時的感覺，吳清源說他當時正泡在那種日式溫泉澡堂裡，「宛如天公的啟示」，就是這一句話，一道光般讓他一下子纖毫畢露的、再無一絲懷疑陰影的看清楚早已如此明擺著的事實。從此，圍碁由原來的大正碁正式進入昭和碁，進入現代。

從此，我把這一全新的世界圖像，如同聽從梵樂希的建言，「攜帶在身上」——這是我閱讀和書寫的新布局。

也就是說，從那一刻起，我把年紀這個（其實還不斷在前行、變化的）東西加進我每天的閱讀和書寫裡，是我讀和寫的新視角，以及更實體更遍在的，是新元素，每一個思維每一段文字之中都有它；

而且，正因為年紀是穩定前行的，它因此給了閱讀和書寫一種難以言喻的生動感、一種你從容跟得上的轉動，好像每一次都多揭露一點點，更探入一點點。

這應該是近年來在我身上所能發生最好的事，抵銷身體衰老的種種難受還有餘。

前些時，《紐約時報》登出來一篇帶著輕輕憂慮和告誡之感的頗有意思文章，講我們當前的世界是個「太多年輕人」的世界，包括硬碰硬的人口統計數字，比方像印度這樣人們仍生個不停的大國（原是為著對抗大自然的古老生存傳種策略），這背反了我們活在台灣、在所謂已開發國家「太多老人」、已成沉重威脅的事實。但全球性的視角暨其統計顯示出另一側更大規模的真相，換句話說，人口還在增加，人類世界猶在加重試探我們這顆藍色小行星的承受能耐不休。

但我說的年輕世界不是指這個，我的年輕化世界只是來自於我的年紀，這個只進不退的東西，它在某一天抵達了某個臨界點，浮上來了，以至於，比方說早晨坐咖啡館書寫時，我發現自己總是置身於一堆年輕人及其年輕的話題之中，從顧客到店員；閱讀時，也不常再遇見年紀大於我的人了，包括書中的主人物和其書寫者——年輕的容顏，年輕式的想事情方式，年輕的欲求、判斷、憂懼、決定和其茫然，他們最常態性出錯的是對老年和死亡的猜想和描述，有時候我幾乎忍不住插嘴（當然僅限於我一人讀書時，我愈來愈少和活人爭辯），不是的，你講的未來不會那樣子發生，冷冷等在你們面前的不是如此，你這麼做不可能得到那種結果，等你年紀走到那一刻你想的不會是這些，等等，只因為，這是一再發生過的、驗證過的，不管你多不想要、多不想知道。

不只人，還有其他包括動物植物（台北市貓狗常見，近些年友善起來大量增加如觀光客的是大大小小各種鳥，還有松鼠、蜥蜴、烏龜等等），以及無生命的物體物品。我攜帶著這一發現如帶著一張新地圖四下行走，很輕易就看（比對）得出它們的各自來歷（以及一部分的未來可能命運），知道眼前這些絕大多數都是很年輕的、晚到的，舉凡行道樹、交通工具和馬路、大樓、商家和商品，以及其間人們的行為方式、習慣、姿態和神情。其中，最年輕晚到的總是一些小店家（比方小咖啡館），我甚至說得出它們何時開的店，也說得出它們大約何時會消失，一個月後、半年後云云，這是比較令人悲傷的部分，這樣開店的通常是年輕人，說多不多說少不少的錢，虛擲只換來沮喪的生命時間，純浪費的異想天開夢想，我往往打開始就知道這必死無疑，惟無從勸阻。

還有，我現在猶居住的老屋子，已老得廢墟化了，以至於周遭短短幾十米巷道，近些年幾乎沒安靜停工的沉睡日子，總是這家沒修補完又一家，魚鱗式疊瓦式的進行。但仔細算，這是民國六十年、第二個辛亥年蓋的，峻工交屋同時隧道才打通啟用，也許因此才命名為緬懷開國先人的辛亥隧道吧（那是一個國家會要你記住較多東西的年代），然而民國六〇年，我已存在這個世界很久很久了，再稍後，朱天心在這裡寫了她的第一本小說集《昨日當我年輕時》。

之前，也許是當它們是某種生命背景的緣故，自自然然結合著亙古的太陽、月亮和滿天星辰，以及山脈河流雲朵，我總不加察究的把這一切都看成原有的、既在的、而且一體成形的東西，我自己則是「闖入者」，且過客般會早一步隻身離開如《魯拜集》詩行裡說的那樣（且不管究竟會是何種方式），打擾的、異質的、移動不穩定的是我，會像卡爾維諾說的加進我再減去我。但現在，這恆定的、連綿的世界景觀分解開來了如莊子口中的那頭牛，各自單獨成物、成生命，是組合起來的，彼此之間有很大縫隙，也呈現出前後縱深；它們各有來歷，不站在同一時間平面上，也長短不一聽天由命（屠格涅夫《羅亭》裡那一句：「我們全都聽天由命。」）的各自走向消逝，這也是臨時的、偶然的、因此想必也很脆弱的搭建，或者說是我觀看者角度的不知不察錯覺而已，如同我們把彼此相隔不曉得多少光年遠的星球看成同一個星體組合，一種星象，一個神，合起來決定著我們人生福厄生死。如今，我已可以分別的、單獨的一個一個看它們想它們，如今的我比較準確。

一般，我們會把無生命的物件想成比我們自身持久，好像說沒有生也就不會有死，這泰半仍是錯覺，以及一小部分係源自於一個古老的、物件往往一代代繼承使用的已消逝記憶。於此，維吉妮亞·吳爾夫是極敏感的，她的太過敏感也令她容易感覺衰弱和提前蒼老並趨近死亡。吳爾夫參觀小說家夏洛蒂·勃朗特紀念館時有點激動，遂如此纖細的寫下來：「她的鞋子和薄紗裙子比她還長壽。」——即便仍身處那樣一個人們並不輕易用壞丟棄東西、二手市集仍是假日節慶之地的年代和國家裡，吳爾夫仍正確的感覺驚奇，並深知這非比尋常（「這些東西不應該放在這種死氣沉沉的地方，但若不是保存在這裡，多半便只有湮沒的下場。」），只因為這些個人用品、衣服、還有鞋子「照例先於用過它們的那個軀體消亡」。

吳爾夫人敏感到自己負荷不住，身體或心裡某一根細線時時屆臨繃斷。她當時應該才三十幾歲，五十九歲自殺而死，當然算早逝，非常非常可惜。

樹亦如此。我說，樹必定就是城市裡面永遠最好看的東西，沒有之一；我相信莊子若活在今日城市裡也必定這麼說，他是那個樹還毫不值錢、樹猶是人生存障礙、砍樹沒道德問題遠昔時代最喜歡樹的人，他的此一睿智和心思悠閒是很驚人的，提前人類真的太多了。莊子談論樹的樂呵呵方式彷彿是正抬頭看著某一株遠比我們年紀都大的大樹，拍拍它，摸它。

當然，他所說的樹都是不可思議長存的，活在某個大時間裡。

我強烈到自知是偏見的看法是，世間從來沒有任一幢建築物美麗到、完整到可以單獨欣賞不出事的（除非只是封閉性的滿足於某種工匠技藝成果的欣賞和思索討論）。我這麼說絲毫不帶著多餘的喻意和那種故意拐彎抹角的「哲思」，也不是只指現代建築而已，而是包括了所有已列為人類偉大遺產的古老教堂、皇宮、城堡、寺廟和神社。不植樹，不靠樹來正確的遮擋和填補，沒有一幢建築不當場真相畢露的狼狽起來，線條總是太生硬、單調而且稀疏，仍只是「架子」，不會有足夠的生動感尤其稠密感。

然而，大多數樹種的天年其實都短於我們當前的人壽不是嗎？我們只是不容易察覺它們靜默的死亡和更生，並往往弄混了它們的群體和個體而已。況且，存活在城市裡的樹想自然死亡又何其困難如古書裡常說的「幸而得死」，人們總生得出各種莫名其妙的「必要理由」來害死它們，也因此，台北市很明智的規定活超過五十年的樹就稱之為大樹、老樹，列入保護。五十歲？這麼年輕，可又已這麼稀罕珍貴，台北市五十歲以上的人不滿街都是嗎？

京都著名的櫻景點哲學之道其實花已遲暮，老照片裡那樣如滿天飛雪的懾人景象已不會重現了——染井吉野櫻的天年是六十歲，而且染井吉野櫻已無法自然繁殖了，原是演化裡那種走錯了路、已該滅絕的物種（動物的馬也是），它得靠人來接枝育種（該有人去問問莊子，這算因為有用或無用才得以存活下來？），日本有這樣如吉野櫻守護者的工匠職人，仍是一個養活得了人的職業說明它的需求量，這些年極可能還多出了外銷訂單，連同櫻花祭一起輸出海外，知道這個讓我心情變得很好。

如同書寫此刻我看著敦化南路已有森林架勢的大樟樹群。

所以，在台北市四下行走、站立、或坐下來，如今我看著的便多是這些年紀輕輕的樹、一株一株比我兒子謝海盟年紀小的樹，「比樹老，比山小」，所以這兩句開車回家的老歌詞是對的。

我想起來，我小學國語課本裡有篇奇異的課文叫〈仲夏之夢〉，和只活五十二歲的莎士比亞完全無關，由一個披頭散髮的怪老人講故事或講時間裡發生和流逝的事給「我」這個小孩聽。末段，宛如天起涼風，溫煦的老人突然變臉狂笑，並從身體射出「綠色的彈子」把「我」從夏日午睡打醒，原來老人就是「我」睡它樹蔭裡的大榕樹。這文章收得有點笨拙，又鬼氣森森，當場嚇哭了班上好幾個女同學（已經都是快六十歲的祖母了，她們不會還記得吧？）。物換星移，如今輪我來講台北市從前種種給這些樹聽了（像辛亥路二段到復興南路那排年輕漂亮的楓香樹，你們自己曉得嗎？這裡曾是三路公車總站，這班公車既經北一女又到建中，是當年我的高中同學們的神級公車，少量的戀愛故事和極其大量的綺夢幻想就在此車上發生），並囑咐它們得努力好好活著，儘管這麼說並沒什麼實質意義，只是一份心情——當我們說聽天由命，這是很感傷的話；但對於所有城市的樹，則僅僅是個事實而已，比方一次大颱風，或一任新市長及其麾下的都發局局長。

理論上，我絕非一覺醒來到今天這年紀的，「日曆日曆，掛在牆壁，一天撕去一頁，叫我心裡著急」，這應該早早的、由弱而強的逐步察知才對，不是突如其來的發現。但這樣也許更好也說不定，我的遲鈍把這一察覺過程完整存留下來一次爆開，變得像是有事發生，因此不是結論關門，而是如棋局重開，帶著相當的熱度；是一種清清楚楚的知覺，不只被動的看，還要你有意識的尋求——像是自己身上攜帶著某種特殊光源（比方C.S.I.裡用來顯現命案現場不可見血跡、精液或漂白水的光敏靈），走到哪裡亮到哪裡，世界極生動的彷彿就在眼前一寸一寸剝開、呈現、柳暗花明。

我還真喜歡整個世界以這種方式年輕起來、復活起來。我說過，這很可能就是近幾年來我所能發生最好的事（其他時候，就像卡爾維諾講的，你充其量只能希冀別再有壞消息、世界不持續變得更糟），或者說，根本沒事發生卻能變得更好。每個東西都輕巧的動了一下，忽然生出了新的光采，有著不盡相同於過往的意思及其生命軌跡，或者說，變完整了，復原了它們各自的更完整模樣和內容，遂一一從群聚的、類化的扁平世界分離出來，跳入你眼睛裡。更好的是，無責任也不被催趕，可以仔仔細細的、完全由自己決定時間長度的看、想、描述和沉澱反省，沒人理你，一種自在（這是人老的好事之一，不急於也不被要求趕赴未來，所謂「晚上的自由」）。《聖經．創世紀》所謂「眼睛就明亮了」（很有趣，這也是人第一宗、且是最沉重的永世不赦之罪，傳及子子孫孫成為詛咒），人眼睛的蒼茫疲憊不僅僅是生理性的如不可逆的黃斑部病變，更多人更多時候是因為很長一段時日感覺沒東西可看了，沒再出現足夠讓人激動想講給別人也知道的書，沒幾個太值得等待所以必須一直盯住他的人，眼睛一直停滯於一種淡漠的、沒焦點的不良狀態。

最大規模明亮起來、豐饒起來的會是哪裡？我的真實經驗是（這也符合我的猜想），仍是書籍，也全部跟著年輕起來的書，施了魔法也似的。現在，我相信自己過去讀它們時一定忽略了很重要的什麼，我自己少了某些成分，從而少掉了某個很必要的視角和警覺，讓閱讀結果很不完整，而且可疑起來了，因此，每本像回事的書盡可能都該重新讀過才行——這有點像回到四十幾年前某個星期天早晨，我才剛搬家台北並第一次站在重慶南路上，傳說中的彼時重慶南路，人整個是空的，卻也像是個容器。當時的重慶南路書店一家挨著一家，一直伸到極目天際之處，眼前整個世界彷彿是用書鋪起來的。

稍微不同的是，這回我比較「不怕」了，也不容易上當，我喜歡它們的成分終於緩緩稍高於敬畏它們的成分，我能更精細的分辨、更知道如何讀所謂的「字裡行間」、那些比文字更稠密的東西。

所以，不只重讀，而是很接近於重來——從此（二〇一五伊始），我以每兩天左右一本書的速度持續前行（倒不鼓勵人們這麼看書，不需要，我這多少是包含著某種工作成分，自覺性的，像昔日福樓拜為寫一部小說密集讀一千五百本書），我和書的一度漸凍關係看來完全醒過來了。

我尤其想好好再讀其中一些書，像是、卡爾維諾才寫成就死去的《帕洛瑪先生》，一個不只進行文學實驗還不斷擴大文學實驗範疇和可能性的卡爾維諾，比在《給下一輪太平盛世的備忘錄》更感覺死亡已臨身更私密遺言的卡爾維諾，在如此有限的時間知覺的篩選下，他被迫想什麼、覺得還可以想什麼並以為可走多遠云云；像是，波赫士全集的第三卷，這收存著他七十歲以後的詩和散文、演講辭，是一般人無意以及有意忽略甚至認為非波赫士的波赫士，也是不撐作品形式架子遂更去除了「虛張聲勢和言不由衷」的赤誠波赫士；像是、賈西亞・馬奎斯如此優雅退場的《妓女回憶錄》，尤其，書寫彼時他應該已進入所謂老年痴呆的阿茲海默症世界，不該離去的，不該消失的，但他仍有剩下，而且剩下的依然如此沉靜的熠熠發光，仍這麼美好無匹、有價值，也許我哪天也會那樣，我希望屆時我仍會記得這部奇妙的小說並記得我此時此刻的想法、感覺。

又像是，康德的《判斷力批判》（六十六歲的作品），我的閱讀記憶告訴我這書不算「成功」，且讓人爽然若失的感覺有點「簡單」，以康德的思維規格，相較於《純粹理性批判》一路而來那個深奧、結實、一步也不跳過不分神不省略到壓垮人的康德（我還記得卡爾・雅斯培講過極精準的一番話，大意是，讀康德，總覺得康德把他才給你的東西又拿回去了），可見鑑賞、判斷這一領域多麼難，難想、難整理、難敘述、難解說、難以確信以及證實，包括對自己說和對別人說，每一步都困難而且又冒出來新的、近乎無解的困難。而鑑賞和判斷恰恰是我近年來最在意的，也是我的工作最無法閃躲的兩個大麻煩東西，我因此感覺自己不斷在遠離當下世界，鑑賞和判斷不應該、但難道最終只能是自娛嗎？

康德後來，和賈西亞．馬奎茲一樣，也進到那個如賈西亞．馬奎茲年輕時所說「死亡的遺忘」的世界。

還有，我愈來愈感覺我「欠」屠格涅夫一些什麼，欠一讀，以及欠一點公道。

但比較不是《父與子》和《羅亭》（其實這兩部小說最適合在台灣當前的年齡狀態下重讀），我想的是比方《貴族之家》和《獵人日記》，以及他所有的發言包括散文、評論、演講和書信。像《獵人日記》這本並不容易記住內容、遂也更難轉述的散文，此刻我馬上能想到的是，那個極詭異看見自己在眼前走過去的村婦，奇怪居然也記得她叫烏略娜（傳說，在俄曆十月底的所謂「普赦日」，你晚上坐教堂前室，會看到這一年內即將死去的人走在路上），這是那五個牧馬夜宿草原上、不睡覺煮著馬鈴薯吃的小男孩講的，鬼氣森森，當時，打獵迷途的屠格涅夫加入了他們，他躺著，幕天席地，在入睡前聽到了這個故事，或者說他作了個這樣的夢；也還記得屠格涅夫遇見了一個完全沒身分的人，不是農奴也不是自由民，而是在人類世界裡不存在或說沒進來，不是智者而是生物那樣活著，直通百萬千萬年的上古時代；屠格涅夫還講過一個一生沒有過、也從沒用過一塊錢的人，靠大山靠森林靠水塘過活，完完全全的自然經濟，而這已經是十九世紀的俄羅斯帝國了（我相信，也許今天中國大陸偌大土地的某角落仍有這樣的人）。但我心頭雪亮，屠格涅夫最好的地方並不在諸如此類的「尖子」，他甚至沒要把它們抓出來發展成小說，這裡也許有著一種難以言喻的、徘徊在文學作品和生命現場界線之間的判斷、猶豫和選擇（該不該把某人、某事某物「讓位」給小說，進入到某個較醒目可卻也不免「失實」、「孤立」或不免稀薄的世界呢？）。屠格涅夫有一種早於自己年紀一大步、如台語說「先老著等」、提前進入老年的觀看世界方式、和世界相處方式，一種全景；吸納，而非大驚小怪；承受，而不輕易假設以免不知不覺離開。這樣的態度、這樣子的思維方式，不見得利於單篇的文學書寫，甚至於感覺妨礙的時候居多，人會遲疑，會同時逐太多兔而不得一兔，也會太誠實以至於不願動用必要的文學特權文學詭計，會放棄原本可以一寫的作品云云。

屠格涅夫確實沒有真正耀眼的、那種光芒萬丈會讓人入魔的單篇作品（《父與子》勉強算是），從這點來看他確實不如托爾斯泰和杜斯妥也夫斯基，但我確信他是舊俄這一排偉大書寫者中「程度」最好的一人（不僅僅是比較明智而已），也是最公正最完整的一個，在當時那樣一個風起雲湧吵成一團不容易理清、彷彿人人急於只取一瓢飲的時代，我最信賴他的判斷，他正是這一團亂麻時代裡我說的那一條準確的線，我總是小心翼翼拉動他這條線來嘗試解開這個糾結的時代。

而此時此刻，我重讀的則是夏多布里昂那一本「宛如從墳墓裡傳回來的聲音」的《墓中回憶錄》，我感覺這才是我第一次讀懂它，我來到了墳墓旁邊讀它。

凡此。這不急，也感覺不能太急，我如今往往把最想讀的那本書稍稍挪後，感覺在那之前有不少書最好能先看過，好像是某種熱身某種豫備，好各自獲取較恰當通往它們的路徑，以及較正確的心情。

儘管眼睛已較容易疲勞模糊甚至不祥的淚流不止（會不會連這個也走向波赫士呢？），但這確確實實是我一生閱讀速度最快最為平順的時日——我猜想，大概是我已不易迷路的緣故吧。再讀這些作者一個一個變年輕的書，我發現自己幾乎沒有了那種一路跟著我的陌生異地感、恐懼感，我在「字裡行間」看到更多東西，彷彿聽得見他們沒能說出來的那些話，我變得較有把握「抓得住」他們思維進行的那根細線，察覺他們究竟如何也陷入到困惑、矛盾、左衝右突、話說不清楚以至於線條搖晃、淩亂、分岔、殞沒，甚至斷絕不通；我比之前更了解他們當時正想著什麼、何以這麼想、以及原本想得到什麼成為什麼，有時僅僅就只是因為我已經比他們（書寫當時）年紀要大了而已，他們未發生的，在我身上已發生了，他們靠猜想的，於我就只是個記憶是吧。所以說，人年紀大了不是只失去東西、每天多死去一點點而已，同時候另外一面是，有些東西是不斷跑進來的、正向累積的，甚至居然還會是開心的。冷血的時間顯現出諸如此類的微微善意和機會，不放過自己的話，人絕對有機會可讓自己遠比年輕時、比中年時更好，甚至不願意時光倒流，捨不得年輕回去。

回去讓自己變得比較笨？幹什麼呢，我好不容易才讓自己來到這裡。

《純粹理性批判》之後的康德，總是把文字一個一個削薄削小到一種單調沉悶的地步，讓文字牢牢固定而不是流轉眩目，讓它死而不是讓它活，這其實是打算把路走得很長很長的思維和書寫，有遠志的，不想陶醉徘徊的，當然顯得無情，可我們仍會讀到像是這樣的：「兩種事物，使人心充滿長新和日增的讚美，這兩種事物是，在我頭上群星的天空，以及在我心中道德的法則。」

2. 他們是幾歲時寫的？

大江健三郎講他年輕時經常把日本天皇想成一隻鳥，白鶴，或者某隻更奇異的神鳥，直到一九四五年聽到了昭和天皇全國廣播宣告敗戰投降的玉音，這才發現他原來只是「一個嗓音真實的普通人而已」。

類似這樣，這些忽然都變成年輕人的了不起書寫者，但我的感覺比大江愉快多了也豐富多了。僅就此時此刻記憶所及舉其著者——但丁《神曲》是他三十五歲時寫的，莎士比亞的《羅密歐與茱麗葉》是三十歲，《哈姆雷特》三十六歲，托爾斯泰的《戰爭與和平》四十一歲，更好的《安娜·卡列尼娜》（人類歷史上「完成度」最高的一部小說）也不過四十九歲，普魯斯特的《追尋逝去的時光》三十一歲，賈西亞·馬奎茲的《百年孤寂》三十九歲，葛林的《事情的真相》四十四歲等等。至於康德的《純粹理性批判》，之前整整十年的靜默冥思，完成時他五十七歲，正正好是我剛過去的年紀。

他們這些肖像是照誰的樣子畫出來的？

他們這些談話是從哪裡聽來的？

（萊蒙托夫）

可怕。

這一紙清單大可一路列下去，直到它接近於人類偉大作品總目錄的厚度為止。我十幾年前編了套給高中學生看的「人類最偉大的聲音」的小冊子模樣叢書，其中一本是《共產黨宣言》，當時我在書前的介紹文字已打預防針似的指出來，請務必注意寫此宣言時馬克思才三十一歲、恩格斯二十九歲，恰恰好就是我兒子現在的年紀，所以說，在讚歎不已之餘，我們要不要就此相信這是一份先知的文件，是一則穿透了總結了人類全部所知所能、再不留一絲歷史奧祕陰影、揭示人類全體無可遁逃命運、而且一字一句都不容改動不許懷疑也就不用多想的最後神諭？還是說，這毋甯更像寫一首詩呢？帶著年輕人的滿滿激情、以及年輕時日很難避免的虛張聲勢和巴洛克風？

心裡比對著我兒子每天生活裡的種種，如今我更好奇的是，他們二位下筆時刻的心思狀態和其實際書寫過程。比方，他們是認為世人會全相信、或正因為知道世人不肯就此相信（這兩件事日後詭異的都發生），才把話撐大到、誇張到這種地步？所以，他們自己也都相信嗎？確信和衝動的比例各多少？哪些話是不顧一切先寫再說的？還有，書寫必定經歷著一個過程，在這段總有冷下來的時間裡，他們究竟怎麼斟酌、選擇、判斷、猜想並決定呢？他們感覺心虛嗎？凡此——這些，超出了宣言內容本身，卻又更深入了內容；或者說，在意識到他們年齡同時，我們有所憑依的讓馬克思和恩格斯恢復成為完整的、很具體的、可感受可理解的兩個人（當然，虔信者仍可以頑強的說比方天使沒年紀考量的必要，天使可以各種年齡的形貌現身，做不到這點他算什麼天使？），我們於是很簡單就得到了一個外於宣言內容的珍貴閱讀，外於還包括先於和後於，也就是說，不僅多出空間的多重視角，還多出來時間的經歷、變化和驗證。這是一個平等而且自由的閱讀位置，讓我們得以四面八方從更多深具意義的路徑進入、並隨時自由的離開內容（也就不必身陷稍後的大革命神聖陷阱之中），而且，我們自己的經驗、所學所知、思維和生命構成也「恢復」了存在和意義，可同質的和書寫者、宣言內容往復的銜接起來，不只是單向的領受，這因此會是一種更準確、精緻也更持久的閱讀，來自於我們成功的掌握了它的邊界，我們知道了書寫者是兩個嗓音真實的普通人。

尼采也做過極相似的提醒，語氣稍重。他說的年輕人是耶穌，尼采顯然注意到他死時的年紀，三十三歲（估計）——尼采堅信，耶穌如果活下來（比方像杜斯妥也夫斯基那樣，誰能說這樣的事不會在行刑前一刻發生？），日後必定會回收他的教義（杜斯妥也夫斯基的《卡拉馬助夫兄弟們》裡大審判官一段也有類似的暗指，他是否有他再確實不過的感受呢？）。這其實是非常可能的，如同波赫士滿布宜諾斯艾利斯回收他的第一本書，如同我們自己的真實生命經歷，你還一五一十完全相信自己二十歲、二十五歲時的全部想法嗎？再懶再浪費時間的人都很難這樣，人的思維一定會進展會變異調整（當然也可能荒廢瓦解遺忘，也許這更常見），這是所有書寫者回看自己一生著作的一種必然但無奈煩惱。尼采這一斷言只是常識，用意圖驚嚇人的語氣講出常識，這是他一生的習慣，所以他也一直是個心志上、心態上很年輕的人，甚至有點不知道怎麼老去還畏怯老去之感；年輕人也很難不喜歡尼采，懂不懂都先奉他為名再說，他的姿態和語調先內容一大步吸引年輕人，他於是也是個被歷史評價、被後代閱讀稍微高估的人，包括質和量。

或者，我們也可以乾脆這樣一次解決——卡夫卡只活四十一歲，契訶夫四十四歲，愛倫・坡四十歲，本雅明四十八歲，尼采自己四十六歲就瘋狂死去等等。還有，莎士比亞也總共只活了五十二歲而已（我已不方便稱他莎翁了），這紙清單短一些但同樣可繼續列下去，諸如雪萊和拜倫都沒活超過三十歲，波特萊爾四十六歲，普希金死於決鬥不滿三十七歲，果戈里曾把這種早逝稱之為「天才人物的痼疾」，這話讓我們這些活著稍久的人有某種現形乃至於作賊的味道，至少證明不是天才，而果戈里自己也是四十三歲就燈枯油盡而死，留下來殘缺不全的《死魂靈》，他毫無疑義也是個小說天才。

這每一個，他們的每一部作品，當然全是搶在還活著時寫出來的。

我還想起太宰治一篇短文（是在《津輕》書裡吧？）也這麼數著年紀開頭令人記憶深刻：「正岡子規三十六，尾崎紅葉三十七，齋藤綠雨三十八，國木田獨步三十八，長塚節三十七，芥川龍之介三十六，嘉村磯多三十七。」——年紀猶輕的彼時太宰同我們一樣一個一個細數前代詩人、小說家的辭世年歲，意思可能稍有不同。太宰較大成分應該是心急，是對自我書寫成果的階段檢視和提醒，也因此太宰沒有我的驚奇並愉悅感受，而是「苦悶啊」，有那種歲月荒失且來日所剩不多的缺氧之感。這裡頭，包含了也浮現著一點年輕人好勝、好比、好排名之心，這是一種會來得較早的特殊年齡意識，也有點幼稚沒錯，但只要是面對自己要求自己，好好克制住妒恨、怨毒、陰黯的不好成分，別去胡亂詆毀別人踩下別人（一種最快速讓自己高出來的方式），這仍可以是健康的、積極的。

太宰自己趕在四十歲前選擇投河而死，地點在今天三鷹站通往宮崎駿吉卜力工作室的「風の散步道」途中，這是不長的一條相當美麗小路，歡快的龍貓公車來回開著（只是我至今仍不解路旁這一道清淺、深度不及膝的小圳溝如何能死成？怎麼會選擇這裡？）。太宰的自殺早逝稍後給這番年齡計算多鬆上一抹詭異的心思色澤，恍若預言恍如意有所指。

至於張愛玲，她的《雷峰塔》三書算是意外的遺贈，像卡夫卡的書一樣（我自己相當喜歡，遠超過她之前的小說），這也就是說，原來就驚動華文書寫世界又恆定不衰（？）的那個張愛玲，其實一直是個極年輕的、四十歲不到的書寫者。

「他的魔力在消退。原先高大的人物開始縮小，隨著我們的長大，他們逐漸變成我們現在看到的樣子。」——正確的說，諸如此類的驚異之感出現在人的各個生命階段，可以來得很早（比方大江之於昭和天皇，當時他應該才二十歲），不大一樣的是，年輕時容易因此生出某種幻滅感，像某個遠處的光消失了，惆悵並隱含著些許狂暴的念頭，有那種誰欺騙了你的感覺媽的該有人負責，可又容易很快忘掉不及於下次、下一個人；而在年紀老去的這一回，驚異的末端（應該沒下次了，它被記得，被從此攜帶，化為經常性的眼光，持續而平順的如大河流去），不斷顯示的就只是真相、實相，顯示人、事物、世界每一天都更稠密些完整些的本來面貌。多知真相再怎麼說都是好的、最重要的，有句話說，「真相使人自由」，這講得非常對，仔細想過更對；這話的下半截是，「惟更多的真相總是令人畏懼的」，這也是對的，所以人非得英勇不可，戒慎戒恐、鄭重、虔敬。

知道是真相，人的當下心思或不免有些複雜並且遲疑，但最深處，我們自己曉得，是清澈的、踏實的。

如此，在閱讀每一部了不起的作品時牢記著書寫者的年歲，我此番的經驗是，這並不減損它的光芒，唯一會因此熄滅的只有「魔力」所添加的不正常亮光，但我想，這本來就是應該設法消去的；或者說，唯有關掉這太過刺眼的、讓人無法直視的單一神聖強光，我們才有機會真正看清楚其細節，看出深淺層次，並且不遺露掉書裡原來處處都是都有的親切微光。實際上發生的是，確認了書寫者遠比我此時此刻年輕，只讓我（斷無其他種可能）更佩服他也更好奇他，常常伴隨一身冷汗。我當然曉得有人能做到我難以置信的、再給更多時間我都做不到做不成的事，我絕非「萬物的尺度」（要不然這世界還有什麼希望什麼未來可言？），但仍然，我自己那個年紀時到底都幹什麼去了？

實際進入到作品的每一字每一句，會看到更多好東西，卻也必定會看出不少空白、不少「失敗」之處，當然如此，你怎麼可能只要這邊不要另外那一邊呢？——但失敗不是確切的字眼，尤其對這些了不起的作品而言，只因為它的意義和層次遠遠不只如此。絕大多數情況下，我甯可說，這或許只是程度上的模糊（且更多時候失利的只是述說而不是思維，我們的文字和語言都是不稠密不完整的）；也或許是不盡恰當強調的代價（每個當下現實總迫使我們做出某種強調，遂也因此隱藏著諸多有趣的歷史現實線索，知道他們心急些什麼、想望些什麼、並因此犧牲了什麼）；或許只是書寫者力竭的暫時停止之處（於是我們可繼續讀他的下一本書）；乃至於來自於某個難以做出選擇又非得做出的不得已選擇，種種種種。這每一種都有它不同的分量、來歷和對我們的提醒、指示，也都不是失敗這個單調魯莽之詞所能負載的。

還有，雖然不到百分之百，但其比例壓倒性的高，這是我自己極痛切的閱讀經驗——年輕時日認定的失敗，其實就只是我自己的不解和不夠。我還沒到那裡，我其實還不真的知道書寫者在面對什麼、討論些什麼並憂煩什麼，我不知道有其他世界其他可能以及其各種危險各式陷阱，我單調但安適的習慣、想法和情感被冒犯了，如此而已。

我很慶幸自己沒懶惰的就停在那裡、停止在那個年紀的程度。

確認了書寫者當時人（困）在某個年紀、某個生命階段時刻以及某空間、某個真實處境裡面（如果能佐以足夠的時代空氣背景那當然更好，如納布可夫說閱讀小說該準備一張足夠詳盡的當地大地圖，尤其是當時的），我們於是有機會把所謂的失敗「還原」為書寫者的煩惱和一部分他的盲點，這通常還不會只是他一個人的獨特煩惱和盲點（盲點尤其總多是集體性的，也才因此難以察覺、更正，也就是一個時代的特定知識和情感限制），只是他也「碰上」了或也陷身其中而已。我以為，相對於不做不錯，這是某一組心懷良善企圖、認真做事情且屢屢樹起過大目標的人總會遇見的困難和限制，也就是說，我們若也想走這一趟路、做成類似的事，同樣遲早得正面迎向它，所以，這是我們可以也應該參加的，不只是挑挑揀揀指指戳戳像某種花錢買東西的大爺，閱讀者最不該染上這種商業性惡習。

這裡，我稍稍過火的再多說幾句——如時窮節見，發現作品的不（盡）成功處往往也是考驗閱讀者自己的特殊時刻，摩西分紅海般把人切開向兩邊，一種選擇棄絕離開，再不回頭的認定這只是一本不值得看的書和一個被言過其實的書寫者，這樣的事重來個幾次，棄絕掉的最終是閱讀者這個身分；另一種則機敏的看出來此處有蹊蹺、有路，而且必定是某一道特殊深入可能、尋常人去不了的路徑，就像看到「立入禁止」的恫嚇性告示牌，恰恰說明前方不遠處有路，有某個非比尋常但某人想獨占的好東西或至少有事發生。

奧古斯丁顯然是第二種人，他在〈羅馬人書〉這一新約篇章看到了使徒保羅的煞費苦心和不盡成功，承接下保羅的困擾，遂由此展開他一生最重大的思索工作（《懺悔錄》、《天主之城》）；再下來是康德，如今站在的是中世紀已結束的不再一樣人間世界，隨著神的不斷遠去，隨著人的世界進一步的建構，人的自由意志問題，惡的生成、遍在及其從何而來問題，善的實踐及其最終保證問題，乃至於更進一步人的認識、判斷、選擇、決定和責任云云是否成立是否有效這一系列的問題，一一變得巨大、普遍而且非常非常現實，更無法再如昔日保羅和奧古斯丁那樣簡單訴諸神恩和啟示，關鍵時刻、山窮水盡之處召喚神現身，來堵住、來解消其疑點、其彼此妨礙矛盾和其空白（「解圍的神」，從通俗戲劇到深奧哲學大家都愛用）；再之後，便是後康德、因為有了康德歐陸一時如風吹花開的哲學豐年——最簡單來說便是這樣。人思維的接續點往往是這樣載滿意義、充滿潛質的失敗之處而非成功，成功往往吃乾抹淨不留後人足夠的施展空間，成功像是用光了材料，成功還會震懾住我們彷彿無法動彈、彷彿一切到此為止。

這一效應如此的清楚並且遍在，以至於甚至會「破壞」正確的歷史鑑賞和評價，讓我們再難察覺它的失敗——像莎士比亞最著稱、最被後世思索討論並引述不休的《哈姆雷特》，如艾略特等一堆內行人代代指出來的，這其實是一部相對失敗的作品（不是因為丹麥王國古怪的擠滿一堆義大利人名的人而已。內行人都明白，真正厲害的、接近完美的是《馬克白》），凌亂、疏漏、矛盾處不少且結構不良，但《哈姆雷特》「觸到」了某個東西，還接近空手而回的把它相當完好留給我們大家，像個禮物（尤其，我們的世界也由唐吉訶德切換向哈姆雷特，由虔信走向不信、無可相信），用波赫士也許太寬容的話來說是：「這些詩句的豐富內涵在於它的含糊性。」；還有，康拉德的《黑暗的心》也是一部類似的失敗之作，我們也許還會想到馬克思的《資本論》，霍布士的《利維坦》，想到黑格爾和尼采云云（我這個年紀漸漸知道了，這幾個人其實沒有我們認定的那麼聰明厲害，他們都太過「震驚」了）。這一效應最終還可以用為一種詭計，像才過世的艾可指出來的，人如果只是想在後世留名（其實當世得名也一樣），並不真需要交出什麼夠深思熟慮、夠完好的作品，只要「大放狂言」就做得到。

歷史評價，歷史聲譽，永遠是這樣又鄭重又草率不堪的東西，是可依據又充斥著欺瞞僥倖的東西，這隨著我們的年紀和閱讀進行，會一個一個在我們一己寸心裡水落石出，但誰也沒辦法一一更正它們。

當然，以上這些話是在一定程度之上說的，確實有更多是單純、沒意思的失敗，完敗；有亂寫的書寫者，有不值一看的書。

所以順帶講一下，某個當下的坊間流言當然是不正確的，說我（也不只我一個）不喜歡、瞧不起並「排擠」「傷害」年輕作家的作品——恰恰好相反，我喜愛並反覆重讀如一生友伴的作品，絕大部分如前述是由年輕作家認真寫出來的，當前台灣也不多人比我更加時時牢記並一再引述給他人也知道他們精彩的某一句話、某一發現。真正的答案只是：作品終究是一個人的，好與壞、成與敗，別那樣躲避的想依附於群體，這不會讓你憑空變好；確確實實也有作品沒寫好、再考慮各種寬容理由都無法讚美的年輕作家，那一個、那幾個，都個別來看來說的，完畢。

比方說有這特定一組年輕的作品絕對是沒寫好的——那就是我自己四十歲（確切的說，四十四歲）之前所寫的全部東西。當然不是不承認自己寫過（非承認不可，這既是事實也是責任），而是認定它們只配丟棄只配被遺忘，除了用為像我跟同輩張大春那樣相互嘲笑；或這麼說，如果可能的話（比方說時光倒流），絕不會拿出來，就像小說家阿城講的，練習本子應該好好收在自己抽屜裡。

書寫從來不是一件簡單的事，而且只會愈來愈困難，只因為書寫活動已稠密不懈的進行了幾千年時光，「好摘的果子都被摘光了」。只是，與此一事實詭異的逆向行駛，如今人們傾向於認定，書寫是愈來愈容易、隨便、不用學習也無需任何準備的事，更接近一種憲法莊嚴保障不可侵犯的公民權，而不是一件卓絕的、雄偉直奔的、上達的生命志業工作。像該死的莫內講的那樣，人只要像「小鳥唱歌」那樣寫（畫）即可。莫內討好了絕大多數的人，祭品是千年技藝，所以李維－史陀（以及之前的波特萊爾）生氣的說，繪畫技藝的大壞就是由莫內開始的。

再笨的人都曉得，做某些事（比方討好所有人）比較容易比較安全，也於己有利，還不花錢，或者就說符合「人性」，但我一直牢記著杜斯妥也夫斯基這番話，是他記念普希金的一次演講裡的：「是的，有這麼一些深沉而剛強的靈魂，他們不會有意識的把自己的聖物送去受辱，即使是出於無限的憐憫。」

我很努力實踐這番話，很難，但也漸漸容易，可能是它會逐漸轉為一種習慣、一種態度、一種密密嵌合於身體的思維，以至於成為一種準本能的反應，有著清楚生理作用（舉凡冒冷汗、起雞皮疙瘩、胸悶噁心云云）的反應。我緩緩發現，這番話不只說出了我們對書寫評價的必要堅持而已，真實也正確無匹的解說了人何以屢屢不為自己辯護，就像李維－史陀那樣，眼前的流言「堆積如山」他卻一個也不想清理，因為這不僅僅是單純的誤會而已，你完完全全知道，這裡面有更多有意的謊言、算計和貪欲這些汙穢的東西，不會因為你的說明就消失。

3. 延後二十年變大變老

年輕、中年、老人，我們一直習慣而且不加深究的把人一生這麼大塊切開，如此接近自明，我猜想，還是因為有著生物性基礎的緣故吧。人察覺自己身體的變化，尤其那幾次特別明確、猛暴、異常、如某物襲來、可認定為某種斷點的特殊生理變化，最強大的當然就是生殖一事，它的到來和離開。

但人由生物世界不回頭的走入自己建構的世界，接下來發生的事，可見的、衍生的、應用的、調整的，愈來愈只在社會層面上進行，生物性的部分被眼花撩亂而且迫切的社會現象給覆蓋住了，潛伏下去，成為人較私密的東西，人一對一的感受著它，和它對話，幽微而且孤獨。

這是社會層面發生的事——聯合國世衛組織才剛調整了人的此一年齡階段分割：四十五歲之前都算年輕人；六十歲之前是為中年人；六十到七十五歲最有趣也最費思量，名之為「年輕的老人」，或簡稱初老，像是個疑似的、插入式的特殊夾層裝置，在此，人猶（可）屢屢回首紅塵，也似乎還有餘勇可賈、有剩餘價值「可用」的光與黯交織曖昧生命階段，彷彿世界一時還拿不定主意該怎麼看待他們，我識得而且極珍惜的錢永祥、侯孝賢和阿城都還杵在這裡，情況也確實大致如此；七十五歲以後才是正式正道的老人，黃昏日落，該收工了，我們也可以放過他們了；至於超過九十歲還活著則是長壽者，也就是我們過往設定在七十歲以上、稱之為「古來稀」的那種人。

大致，就是所有人後移二十年。我所知道看過這份報告的人沒誰感覺驚愕，只有莞爾，所以說這只是對行之有年的現實一次遲來的「追認」而已。現實世界裡，來自於人對自然限制一次次、一關又一關的成功克服，年紀這東西持續的定向移動——人活更久，也老更慢。

問題是，世衛組織是正式、嚴肅、有全球性社會責任的大機構，此舉它到底想幹什麼？至少，它暗示或期待怎樣？——所以，退休制度建議要調整嗎？社會福利該擴大還是縮緊？稅制得修正嗎？投票年齡再下修是否宜當？還有，司法量刑的年齡設定是否「過時」了，比方行為和言論的免責和減刑要不要延後到四十五歲、或乾脆直接到五十歲別囉嗦？呼應台灣近年來一堆快五十歲的人自認還沒長大、開口閉口「他們大人——」這一現實，凡此種種。

是該調整了沒錯，從法律到人心。法律一般只零存整付的、久久一次的調整，因此法律往往只是落後指標，法律保守且太講求安全，人心不必也不該這樣，即便做不到時時盯住世界與之同步（也千萬別這樣，真這樣就什麼有意思的事也做不了了），但也不可以落後太遠或無感。還有，法律修不修訂我們一般人比較沒辦法，但一己人生這是我們管得著的。人總該高於、多於、敏感於法律，那種只以法律為全部言行尺度的人，不可能不是個非常非常糟糕的人，通常也是個殘忍的人（還洋洋自得、喜歡以此訓斥別人），你若有這樣子的朋友熟人乃至家人，馬上以最快速度遠離他。

但也許我們需要這樣的正式確認一次，分開過去和現在，好讓我們不停在只是感知，而是真的凝結為一種認識，並化為思維和行為，對自己，也對別人，讓它準確、宜當。

導演李安的《色戒》改編自張愛玲小說，這本來就有點冒險，而其中較不對勁的，我以為是王力宏等一干愛國青年，其關鍵正是此一年齡的社會變化，李安很明顯疏忽了——電影裡，這是一群今天當下精確的、我們慣看的大學生模樣年輕人，只是不會也不該出現在那一年代。從心志、言行到肢體表情，該調時鐘那樣統統調回去，把這一段時間還給歷史。

那個年代，比方我老友蘇拾平的父親，溫文的安納其主義者，後來擔任南一中教務主任因白色恐怖受難的蘇寶藏先生，十六歲就（得）在福建家鄉當小學校長。

那個年代，人結婚成家得早，一般不到二十歲就得扛起相當完整的家庭和社會責任；而且，從變法、革命、內戰到對外戰爭，動輒殺戮不休的嚴酷現實並不給人多少當小孩、當未成年人的時間，尤其是彼時的知識青年，還多身負學習新知、認識新世界的啟蒙任務，因此，一個在省城讀了書的二十歲不到年輕人，回家鄉時便攜帶著這些新知、新視野，他就是地方上的某種知識領袖，大家拆禮物般安靜聽他開講，甚至在諸種時刻尋求他的建言，遵從他的判斷——這類往事。這一個又一個年輕名家實在太多太遍在了，當然是普世的包括台灣。像是林俊頴寫他自己家族的精彩小說《我不可告人的鄉愁》，在祖母猶是年輕少女的日據時代，她心儀的男子陳嘉哉便是這樣事事教她（以及地方上所有人）、帶她進入到新世界的年輕人。

我也想起我舅舅當年的口頭禪，不求精確但為俏皮裝逼的使用了好幾年：「再五年三十了」——講的是他自己年紀，意思是老了，都二十五歲了。當時大約是民國五十二年。

這都是常識，只是慢慢變成不講究、不想起來、並順勢有意無意忘掉的常識，一部分是因為這樣比較舒適的緣故。然而，李安是活過那樣一個世代的人，如果稍稍沉靜下來仔細看當時的幾張黑白老照片並佐以年齡資料（比方鄒容、林覺民等人），自會完整想起來，那樣的臉，那樣的表情，尤其那樣的眼神，以及，那樣一個我們這一代人（李安在其中）還來得及看它離去的時代。

林覺民（二十三歲、妻子懷孕中）的〈與妻訣別書〉是我們這代人都背誦過的老時代高中課文，整整四十年後再一次讀它，仍讓人悲傷只是心情不免複雜許多。我們已經知道他實踐了、死了，這麼年輕，卻這麼沉重還彷彿偌大世界已不存在其他任何選擇，如果可能，人不該身陷這樣一個世界一種處境，連同其全部神聖。信裡頭有一些不假思索的「大言」，還包括一個也許太早做成的最後判斷，但確實，這是相當相當純粹的義憤，從頭到尾沒替自己要求任何東西，人有一種我們久違了的自豪感。不抱怨，這是此番我再讀最動容的地方，完全沒抱怨，他的悲傷因此乾乾淨淨。

所以人有時還是說說「大話」吧，好讓大東西仍可存在，好讓自己保有這樣的恢宏視野和感受能力，也好讓自己不至於如此瑣細不堪、不落入到那種其實不該得意的平庸。

「他本來會成為什麼樣的人？他本來會做什麼？」這是維吉妮亞．吳爾夫最後問的，也是我們都會問的——吳爾夫寫的則是只活二十八歲的魯伯特．布魯克，一次世界大戰戰死在希臘某小島的英國詩人，據說是個公認的、罕見的美男子。

於此，生物學者差不多定論了，人擁有一個生物界最長的童年，這原是演化的意外產物，有其不得已和相當風險，其前一環節是人已變得太大了、不相襯於母體骨盆構造的大腦袋，必須提前生出來，因此，從生命形態來看，人類胎兒可說仍是胚胎狀態，遂需要更長的成長期，也有著最晚到來的生殖成熟期。下一個環節，便是家庭親子的關係和實際形態變化，這最長時間無力自己存活傳種的後代需要小心照料，而且，往往只靠母親一個是不夠的、很危險的。

而童年的再延長，則因果翻過來了，不再是生物性演化給定的，而是人類的「成就」。最明顯的是，它又持續延長到越過了生殖期還一直加長，乃至於像台灣今天已五十歲的人仍說自己「來不及長大」，純從生物意義不管是生存所需或繁衍傳種來看都是不可思議的（還有點讓人替他不好意思），也是完全沒有必要的。我們可以看成是人類世界獨有的「解放」，又一次從森嚴沉重的生物世界鐵鍊掙扎出來得到更多自由；這也是奢侈的，絕非理所當然，人類世界的進展（尤其物質成就）讓我們一定幅度浪費得起，可以再給人多一點時間。

日前，義大利才通過一條法案，禁止三十歲以上仍依賴父母——這條有趣的法令（算反動還是反省？），我實在想不出要如何在現實裡執行。

因此，不是因為膽怯（我這輩人如今相當普遍的心思狀態，宛如一場只老年人沒抗體的流行瘟疫），更不想藉由討好、哄騙年輕人好圖利自己（當時事英雄、當臉書偶像、當多賣出幾本書的作家、當立法委員、當「台灣的波赫士」、當好色老人云云，另一型的老年瘟疫），我堂堂正正相信人的童年期該與時俱進的延長，不必援引生物性鐵律或我們上代人較苦澀較拘束的生命經驗鐵則來阻擋它奪走它，只因為這是人很珍罕的「禮物」，也是有線索有理由的進步，這來之不易啊，確確實實是人積累了數百萬年生物演化、再加上萬年時光毋甯更困難的人類世界建構才堪堪得到的（克服了困境會有動人的禮物，這是通則）；我也服膺蒙田的話，他講，證諸歷史經驗，人這一奇妙的生物，對前代人、同代人常不免有種種妒恨陰黯之心，唯獨對後代人並不會，人真誠的希望下一代能活得比自己好，甚至以此為動力，事實上，幾乎人一代代的所有現實作為，都自自然然包含著此一企圖，從大原理大發明的忘情探索，到每一天單調但勤力的牧養耕殖。

我尤其喜歡那種沒生物性命令在其中、人純淨的自由，是一種更自由的自由。

但從沒有無止境延長這回事，一如人世間沒有也不該有無限承諾這東西，這若不是膚淺的謊言就是預約災難的溫柔。延長最好有個界線，李維-史陀說，從一個狀態注定得進展到一種狀態，懂得在哪一個點停下來，是人的明智判斷。這個乍看並不出奇的提醒，有太多生命經驗和現實例證於其中，不只適用於我們這裡——這是我近年來所讀到最好的話語之一。

義大利人（暫時）設定在三十歲，我仔仔細細想過，也以為最好別超出三十五歲，這有種種必要的現實考量，也是我們對人類世界成果、承受力和未來預期的嚴肅檢視，不能胡亂就地喊價。我要再多說一點的是，這一自由悠遊時光，儘管暫時豁脫於生物性生存鐵律和社會性生活鐵則，仍只是一個階段，仍是下一階段人生的豫備，原來為的是更順利無礙的、更好準備更有把握的進入它，人自由，可從不是完全自由的。某種意義來說，這也是每個人從自己的未來「借來的」，這一邊長了，那一邊可能就不夠了。

借自於自己未來哪裡呢？人性關係，通常是中年而不是老年，不長大的人直接老去以及死亡（我大哥差不多就是個這樣的人），中間消失，這其實相當可惜。我認真回想自己，以及歷史上能想到的所有人，很確信人的中年是很值得一活的，我們應該可以這麼直說，人類所做成的事，幾乎集中在中年這段人生場域發生，包括讓童年、年輕自由時光的延長成其可能，也創造出生物世界根本就不存在的老年，這都是人中年階段的工作成果。從這裡我們也想到了，中年，原來就是生命樣態本身，童年和老年是很後來才有的，是多出的、人造的也是意外的。

我自己的中年沒能成功做到什麼有點懊惱，只恍若一夢（這應是最長、最多事發生的生命階段，卻感覺也流逝得最急最快，這樣子就沒了）。即便是這樣，我仍然以為中年的我比童年的、年輕的我要好，好太多了，學會更多、知道更多，從思維到行為都更準確，也不容易受騙。這毫不出奇，我想，（幾乎）所有人都是這樣，二十、三十、四十年時間自有它不同的分量、力量和意義，時間大河不僅僅只流逝而已，它也清滌，也打磨沉澱結晶。

但時間也可能僅僅只是流逝而已，我在我家大哥一生以及不少人身上看到這個，我大哥正是那種拒絕離開年輕時光、想無限延長童年的人，就我們自家人的資質水平而言，他原是很聰明的，還有一雙極靈巧的手，但隨著時間流逝，卻逆向的愈來愈無能，而且愚昧——太長的自在悠遊時光有這一種風險，那就是不知不覺黏成習慣，一個再難以脫身的依賴狀態，人變得膽怯，怕負責任，怕真的有結果，怕踏出來孑然一身云云；人外厲但內荏，或說正因為內荏所以才如此外厲如假面，狂暴、叫囂、耍賴、造謠……。很可惜的，這本來是人一個很純淨的禮物，最終卻是詛咒是陷阱，如果我們不明智的「懂得哪一個點停下來」。

人入中年，至少有這兩件事是大大不同的，一是、人可挑揀的空間一下子縮得很小，有太多你喜歡但絕不可以的事，也有太多你極不喜歡但非做不可的事，相應的，世界也以一種不修飾了、沒粉彩沒糖衣的硬生生面貌對著你、逼視著你；另一是、你後面沒有人了，你的決定就是決定，沒有不算重來的那個按鍵，甚至還沒有暫停鍵，也頂好別去想有誰來補救來收拾——在這裡，人的思維和行為被逼向深處，也被逼入一個個現實細節之地，被逼非得竭盡所有用出每一分可能力氣不可；所謂的可能性也變了，從量到質，從形式到內容。數量上來說當然會急劇減少，但這裡我要特別指出來的是，另一面，我以為更富意義也更動人的一面，可能性卻是大量增加的，那種種扎實的、針對的、突圍的、可實現的可能性，那些為著讓事物可成而不是作個夢讓心情變好的可能性，那些只有通過逼迫才發生的可能性。

玩真的，和不必那麼當真的，就像總冠軍賽和全明星賽，是兩種幾乎完全不一樣的球賽（不管NBA或大聯盟，乃至於台灣職棒）——初來乍到的、愛熱鬧的觀眾也許比較喜歡誰都來了、星光閃閃、如好夢一場的全明星賽，但我知道所有內行的老球迷愛看的是總冠軍賽（甚至不怎麼看全明星賽），這種球賽看似沉重、嚴肅、沒戲耍的空間，但其實更富創造力也更不可測，彷彿連上帝都跟著專注起來緊張兮兮起來並忍不住一直插手。我很認真的一一回想麥可·喬丹最美好的球場動作、最懾人心魂的那幾顆球，果不其然都集中於這些輸不得的、非拚命不可的球賽。

最終，我們來說美學問題，說真的，我還頗在意這個，事關觀瞻，每天會看到的東西最好不要太難看。

我們說過，從年輕、中年到老年，人的生物性細微變化，表象上，已讓位給轟轟然如巨輪如潮水的社會變動，彷彿被覆蓋住了，但它依然頑強前行直指死亡，任誰也不能真正攔住它、不由它說最後一句話。人是老得慢了，但這不等於說人不會老、生物時間不起作用，人到四十歲、五十歲仍乾爽、潔淨、甜蜜、輕盈一如十五歲時。因此，在台灣這一波集體回春的大浪潮裡，我對於三十五歲以下這一端種種沒什麼特別想法，我是有些淺淺的擔憂（但什麼事能全然不憂不慮呢？），並未超出社會一般常識程度的擔憂；我較大意見集中在四十到五十歲、尤其四十五歲到五十歲這相對一端，假充的、已不該是年輕人遑論小兒的年輕人。這個年紀，儘管每個人天生稟賦和後天頑抗不一，但人不可能不一一察覺時間對自己身體的處處剝蝕、摧毀和醜化，從內部器官血管到最表層最末端的皮膚、牙齒、指甲、毛髮云云，硬要裝成十五歲、做出嫵媚可人的表情和肢體動作、把「他們大人們」長掛口中，很抱歉老實說，真的非常非常難看。

依勒卡雷的洞見，這是美學問題，也是道德問題。

米蘭·昆德拉的《生活在他方》讓書裡那位不肯長大的年輕詩人早早猝死，惟時移事往，我在想，可不可能有另一種寫法，另一本類似的小說，讓這樣一個人繼續活下去，五十歲、六十歲、七十歲……，繼續走「時間那變化不定的道路」，那又會是如何一種光景，怎樣一部小說（屠格涅夫的《羅亭》有點這味道）？也許，阻攔昆德拉的是，無法讓這個人不愈來愈醜陋、愈來愈難以忍受他；也許，昆德拉讓他的抒情詩人死於那個年紀是溫柔的也是極不得已的，非阻止他不可，太不堪的小說主人翁會讓人失去最後僅剩的那一點點同情和好奇，連同之前他某些還尚稱可觀、尚有幾分光采的東西，讀小說的人會掉頭而去，不再理會書寫者真正想告訴他什麼、想讓他看到什麼，最終，被毀掉的正是小說本身。

其實，義大利人把非得長大不可、非得進入世界不可的時間劃在三十歲，我以為是相當準確的，理由很簡單只是最初級的算數——如果如今的平均人壽設定為八十，切成兩半便是各四十，它們各自的生命位置基本上是，一邊是給予，另一邊是接受，由此合成為一個平衡的、可長可久的報稱系統；也就是說，人壽八十，人接受照顧並由他人來承荷責任的時間界線只能是四十年，再長就是占人便宜了、耍賴了、也沒出息了。考慮到七十到八十歲這一端人的衰老，一除一減，所以奉年輕之名的自在時光該止於三十歲。

我說三十五歲，多饒五年，這是「借來的時間」。

是的，進入中年進入生硬的世界這並不容易，所以這預備的、調適的、練習的五年是對自己年輕身分及其一切依依告別的五年。這稍微的慷慨，因於我們對未來仍保有某些美好進步的想像，是一個禮物，也可以說是一個希望。

4. 身體部位一處一處浮現出來

來讀首波赫士的詩，尤其是第一節。這是他老年寫的，詩名就叫〈我〉——此詩收存於《深沉的玫瑰》這本一九七五年出版、他正年滿七十六歲的詩集裡，還是全書的第一首詩如序文、如動心起念。

顱骨、隱祕的心、
有不見的血的道路、
夢的隧道、普洛特斯、
臟腑、後頸、骨架。

我就是這些東西。難以置信，
我也是一把劍的回憶，

是彌漫成金黃的孤寂的夕陽、
陰影和空虛的緬想。

我是從港口看船頭的人；
我是時間耗損的有限的書本，
有限的插圖；
我是羨慕死者的人。
更奇怪的是我成了
在屋子裡雕砌文字的人。

之後十年，也是波赫士的最後十年，他依然不懈的在屋子裡雕砌文字，主要是詩，數量算是驚人的，有四本詩集《鐵幣》《夜晚的故事》《天數》和《密謀》（意識著他七十六到八十六歲年紀，這四個書名當場都親切起來、準確起來了）、一本演講集《七夕》，還有一本旅行短文《圖片集》。至於他八十三歲才出版的《有關但丁的隨筆九篇》，則是他五十歲時寫的，幾年前我依據他的閱讀方式和思索方式，寫成了我的讀左傳之書《眼前》。

顱骨、心、血管、臟腑、後頸、骨架、被覆蓋住的身體變化，並不是死亡那一刻才突然冒出來如逆襲成功（這種死亡稱為猝死，總讓人驚訝並且較悲慟，以為是不幸的不當的），這比較像黃昏日落，波赫士所說「非常緩慢的黃昏」，有一個光和黯的交織並緩緩交換過程，可長達幾十年，身體的部分逐漸浮了上來，以損害、異樣的疼痛、消逝凸顯它們的存在。

人愈進老年、愈近死亡，身體的存在感就愈顯著難躲，如同逐漸奪回對「我」的控制權（「我就是這些東西，難以置信」）。這可能直接跟我們的生物性構造有關，吾之有大患唯吾有身——我們的神經感官是痛覺性的，有壓迫到才有反應，其輕微或接近痊癒消失的疼痛便是癢，只有這樣。因此，完好健康的身體不是感覺快樂（並沒有這種感官），而是不存在，不妨礙不搗亂，所以古來哲人不說快樂（邊沁所談論的快樂其實是擴充解釋的、加了括號的；又，邊沁也不怎麼重要），而是尋求甯靜和平靜，快樂只是痛苦消失那一剎那的稍縱即逝東西，也就不該是人的生命目標（徒勞的追逐一個鬼影子？或追求最大的痛苦好捕捉快樂嗎？小說家馮內果引述過這句話：「誰規定我有快樂的義務？」）。所以賈西亞．馬奎茲的《霍亂時代的愛情》裡寫烏比諾醫生的老去正是，他開始清清楚楚知道自己內臟的個別位置和各自形狀（除了肝，肝臟沒神經、不會痛，遂只能仰靠非感官性的醫療檢查，因此比較是窮人而非富人的健康麻煩），這我們不僅感同而且身受，我們一樣總是牙痛時才真正知道有牙齒這東西、左手小指割傷才發覺它原來一直存在而且平日裡時時用到它，凡此。所以，人類學女王米德夫人指出來，人類只會描繪地獄，而且非常會，有全部身體的感官記憶支援，地獄和人身緊緊相聯，不同文化、國度、社群的地獄都是生動的、琳琅的、具體的，光只聽或只看文字都讓人如喚醒記憶也似的劇痛臨身，因為身體是相同的、沒空間時間隔閡的；而天堂的描述則幾無例外是空洞的、虛浮的，天堂的共同點是沒事，沒人有事可做，一如我們不知道進一步快樂，更快樂，在苦痛消失後仍一直持續駐留的快樂個不停，是什麼的景況以及如何可能。

這是有點令人沮喪，為什麼我們會有這麼一個只識痛苦不知快樂的該死身體呢？——這拿來問宗教、質問神或造物者會有點麻煩，一個自詡至善而且無限度慈愛恩賜的神尤其無法自圓其說，壞心眼、惡作劇至少麻木不仁的神則還好，是故，「光是一次牙疼就足夠讓人否定全能上帝的存在」；用生物演化來看就明顯好太多了，理由素樸而自然，感覺是對的，因為我們所謂的天擇是純淘汰性的（也是說，大自然對你進一步的快樂幸福毫無興趣，那是人自己的事），只以死亡為手段接近於刑法裡最極限的所謂「唯一死刑」。要躲避這無處不潛伏著、並時時襲來的死亡威脅（絕大多數還是不可見的，太小甚至無形），生物便得競相不斷改進感官，並要求一個最快告知不可見不可知攻擊的警戒系統網絡，由此，我們很難否認神經網絡「選擇」疼痛為訊息方式是極精緻的而且「聰明」，它逼使人正視、第一時間處理，還一定時間內（即置之不理的疼痛持續時間）抵銷一定會發生的懶怠和遺忘，白話來說是我看你多能忍。儘管挑剔的說，我們會以為它有時也未免太大驚小怪、太恫嚇了吧，訊息的難受程度居然超過了身體損害程度（比方身體自己很快能自行修護的不需要痛吧，就像我大哥生前對蚊子的固定抱怨台詞：「給你一點點血沒關係，能不能不要癢？」）；此外，就是它的分布方式及其個別分貝數大小顯然大有問題，某些並不致命的傷害，它痛得、大呼小叫的比傷害本身還可怕，而另一些致命性的入侵毀損它倒又默不作聲宛如通敵云云。但這其實只是說，生物演化沒有所謂的完成，也就從來沒有完美身體構造這回事。很長一段時日裡，演化論有一種所謂「完美器官」的大錯特錯概念，今天我們已經知道了，這是演化論彼時挾泥砂以俱下的錯讀謬見之一（一本如此精妙而且「正確」的書也同時引發這麼大災難，這真讓人心頭沉重、複雜），一部分原只是我們對某生物現象、生物機制的太誇張太忘情讚歎，最主要則來自於人的自大，人莫名其妙認定自己是最後一個物種，完成了所以等同於完美的物種，億萬年的地球生命史就為著讓人出現（以如此一種不通的邏輯）。

這些年，以及未來所有的年，我自己一樣一樣的、一處一處的體驗這些道理，不好受但會更清晰——以牙齒、以胃腸、以呼吸系統、以關節骨骼、以力氣消失中的脊椎、以黃斑部病變的眼睛、以全身內外上下……

一定也有人看過那種科學報告影片吧——有一種極罕見的生理缺憾，那就是人天生沒有痛覺，這樣的人每一個無不全身傷痕纍纍，即便已被發覺、已接受相當細心的醫護。而且，我自己從影片裡看到的都是幼童，這是報導者的選擇？還是極其不祥的透露，這樣的人很難正常的存活下來？光從外表可見的滿身傷口傷疤，就夠讓我們怵目並恍然，原來我們知覺不知覺的避開這麼多，原來我們生命周遭時時、處處存在著這麼稠密不停歇的傷害可能，我們究竟活在哪樣一個世界？

最後這十年的波赫士（還好他沒聽從老人就該停筆、該閉嘴的忠告），以詩為書寫主體，寫身體（以及鏡子裡的身體），寫他果如落日降臨的瞎眼（「我讀校樣時，不太愉快的發現這個集子裡有一些我平時沒有的為失明而怨天尤人的情緒。失明是封閉狀態，但也是解放，是有利於創作的孤寂，是鑰匙和代數學。」），寫他戰死的祖父蘇雷亞斯上校和念詩給他聽、平靜死去的父親，寫布宜諾斯艾利斯這城和幾個在著的、以及已死的朋友詩人，寫亞歷山大圖書館和被焚燒又被重新寫出來的書，寫《一千零一夜》和赫拉克里特，寫無法阻止也無法再涉足一次的流逝，寫衰病磨著玻璃鏡片卻要讓上帝以原理、以數學公式的容貌永不被懷疑存在的史賓諾莎，寫記憶以及更經常的遺忘，寫他自己的、以及其他人的一個一個夢和夢魘（但丁的、唐吉訶德或說阿隆索·吉哈諾的、莊周的、尤利西斯的、笛卡兒的、莎士比亞的、卡夫卡的……）

這些詩，走得很遼遠卻充滿著各種生命真實細節，所以又異樣的感覺「很近」，像是自自然然的和誰說著話，也像是一個人靜靜的回憶、一件事一件事的反省。

〈月亮〉這首題給瑪麗亞．兒玉的最短的詩（只五行）也許可幫我們解說——這麼做也許不恰當，因為波赫士自己說，這是他嘗試寫的一首沒意義的、意義還沒生成、回到聲音和音樂之初的詩，我們瞧出了意義是否一廂情願？或者說，波赫士是否想把這五行文字所藏孕的所有可能一切只給瑪麗亞．兒玉一個人？那些同這聲音和音樂在人心裡直接喚起的太微妙東西，他們兩人熟悉並幾乎是相依為命的那些年種種？於是我們便有著某種侵犯、不當侵入之感？艾略特講，詩有三種聲音，其中最隱祕的一種就是只有一個讀者的、只寫給一個人的，這五行詩是這樣——

那金燦的地方實在淒涼。
高懸夜空的月亮
並不是當初亞當見到的情形。
人們無數世紀的凝視使它積滿了淚水。
看吧。它就是你的明鏡。

我們說，月亮是早期人們最容易看到，有所警覺，並設想一種循環時間概念的自然景觀，或更確切的說，比起一天就完成的日昇日落，必定是一種更為深沉的、誘人多想事情的循環，因為它稍稍延遲的循環包含著古怪的一次又一次殘缺和復圓，這又是在黑暗深處以及人們沉睡如死亡的時刻奇妙的進行；稍稍延遲的循環像是拉長了人們看它的時間，人可以更細微的、更分解的進入到觀察，攜帶著它的不同容貌讓它沉入到記憶裡（又不至於長到、緩慢到令人遺忘），這於是比觀看（但難以細膩逼視）日昇日落多了專注並帶來思索。大概因為是這樣，月亮常常是死亡和重生的神，女神，掌管著人死亡和重生的奧祕（但願如此）。而且，月亮是人肉眼可以直視的（波赫士說，只有鷹能直視太陽），人們對著它時又通常是一人孤獨不寐又身體和心智低溫的特殊時刻，人和明月同被巨大且深不見底的黑暗所包圍著（卡爾維諾講，只有虛無是最穩定的。《帕洛瑪先生》這本老人之書）。所以太陽是大家的、相共的、無懼的，還是行動的，如「眾」字是太陽底下三個人、或用三個人代表很多人；月亮則是垂憐溫柔的女神，和人的關係是一對一的，所以歷來詩人只跟月亮對話、講心事並胡思亂想胡言亂語（「我歌月徘徊／我舞影凌亂」云云），不會跟太陽，無邊的黑夜護住了、保存了人最纖弱的、仿如夢境才有的那些東西。我非常非常喜歡的這番話是從波赫士一篇書評文字讀到的，他一直如此引領著我：「十六世紀初，羅德維科．阿里奧斯這麼幻想：一位勇士在月亮上發現了那些已從地球上消失的東西，像是：情人的眼淚和歎息，被人消磨在賭場裡的時光，毫無意義的計畫，以及得不到滿足的欲望。」

我還偷偷模仿過他的語調和語法，循相似的思維路徑去想，之後這五個世紀，又有哪些從地球消失掉的東西，只堆放在月亮裡，或者說夜間沉思和夢境裡。

希臘神話裡，這是最美麗的一個故事，單純乾淨沒被戲劇性後續情節破毀掉的美，幾乎時間就靜靜停在那一刻，講的其實就只是月亮吧，柔和清涼接近全然透明，可以裹人全身如衣，可能還是一個裹住人全身的夢——神話中，恩底米昂是牧羊人，年輕俊美，有一天，他露宿在拉特莫斯山上，月亮女神，也是宙斯女兒塞勒涅擔心他受寒，遂從天上下來，吻他，並睡在他身旁。恩底米昂愛上了這樣一個夜晚或這一個夢，或就是這樣的月亮，不願離開，於是祈求宙斯讓他能永遠睡在拉特莫斯山上。

然而這裡，波赫士說的不是萬事萬物皆流逝只剩明月一輪依舊，照今人也照古人（我們讀過一堆這樣感慨已如進入自動化的詩和散文），這回他要說的是，此時此景這一個月亮已不再是亞當（以及一代代任何人）看著的了，「人們無數世紀的凝視使它積滿了淚水」，每個曾看著它的人（屈原、李白、蘇軾……，以及之前的我）都增添了它一點點、改變了它一點點；而且我們也都知道、看過（比方阿波羅登月計畫帶回來的影片、照片）、揮之不去只是不想講太清楚，這全然不是瓊樓玉宇模樣的詩意性高處不勝寒，是真正的死寂和淒涼。是的，一切皆流逝，包括月亮，連月亮都躲不過，它永久改變了，又一直在改變，如此，月亮和赫拉克里特的河水其實是同一物了，沒有人能看同一個月亮兩次。

然而，這個一刻、一剎那也不改流逝不改移動的月亮，此刻卻又如此飽滿晶瑩安詳，卻可以是瑪麗亞·兒玉一個人的鏡子。

我們應該可以這麼說，原來是循環，但波赫士在這首詩裡把它緩緩拉直成線，不回頭，不再重生，在它復圓為光華飽滿依然如明鏡一枚同時，也遙遙切向「從來沒聽說過有哪個旅人再回來過的那一趟旅行」，照見出比以前更多東西，包含我們如今的模樣和全部生命經歷，以及，死亡——如果我們在更悠長且更富耐心的時間裡來看清它記住它，或者說，如果我們在足夠老的年紀還記得抬起頭看它，「我是那些今非昔比的人。／我是黃昏時分那些迷惘的人。」

但要說波赫士是這才從月亮那裡赫然發現萬物皆流逝此一事實，這是不可思議的，也是可笑的；這比較接近一個句點，而不是起點（這是一首年過七十五歲才寫出的詩）。我們總是從近一點的、貼身一點的地方一再開始，像是，有不會好的、以及愈來愈不容易自癒復原的病變（也包含宿醉和更經常性的疲憊），有一場又一場非得去一下的喪禮，有切線飛出原來再不會見到一面的人（同學、朋友、情人……）。還有人帶點搞笑和奇妙憂鬱的發現比方「今天是二〇一六年六月十一日，從來沒有也不可能再有的獨一無二一天」云云，是啊，人非得要悲哀傷情一下處處皆能。波赫士晚年這場演講談的是他的失明，或說在他已失明這一當下生命事實上重想一次幾乎誰都深淺不一、不只一次想過的這個道理，得到一種前所未有的準確和深沉：「我想以歌德的一句詩來結束。我的德語不夠好，但是我想我能記起這幾個詞而不會有太多的錯誤：『一切近的東西都將遠去』。歌德寫這首詩是指晚霞。一切近的都將遠去，這是真的。傍晚，離我們很近的東西已經離開了我們的眼睛，就像視覺世界離開了我的眼睛一樣，也許這是永遠。／歌德可以不僅指晚霞，而且也指人生。一切東西都在漸漸遠離我們。老年必然是最大的孤獨，只不過最大的孤獨仍是死亡。」

不曉得有沒有例外，循環這一觀念總是深沉存在於人類各文明、國度和社群裡（包括像蘇格拉底這麼無不懷疑、這麼不下結論的人），不停留在現象觀察的表層，而是上達（其深入程度不一的）某種生命主張、某種神話和哲學，一代一代人牢記它。遍在到讓我們相信人需要這麼一個安慰（像老年的、還飲了毒芹生等死亡到來的蘇格拉底談起了輪迴），好回應我們對某個人、某些事物的無可遏止思念，好抵抗人隨時間流走、隨年紀必然愈清晰愈發占上風的另一端現象察知，即直線，一切東西都在漸漸遠離我們而去。是啊，不循環不再回返的世界的確讓人很悲傷，第一次、第二次、第三次，幸好人也會慢慢習慣這種悲傷，由此產生一種類似於悲劇的動人效果，像是水那樣的滌洗效果，雨水或者淚水，讓空氣清潔，讓周遭景物的模樣纖毫畢露，讓人心低溫下來的沉靜，讓眼睛乾淨而且明亮。逐漸的，這會凝結成為一種非比尋常的「眼力」，你看著的是現在卻也看出它們各自一部分的「未來」，察知出它們彷若無事表象底下的某些掙扎及其命運；未來不再會嚇到你，未來只是無可奈何，以及惋惜。有時候你甚至不願提前說出來，不想驚擾它們，甯可等到失去它們之後再用回憶來講，記下來也是延長著它們的存在和它們曾經有過的那些光輝。唯恐誓盟驚海嶽，且分憂喜為衣糧，惋惜逐漸成為你看人、看萬事萬物的核心之情，你暗暗多知道了一些，你和世界逐漸發展出一種從未有過的親切關係，更準確和更細膩的知心關係（逐漸老去的孔子說法是「知天命」→「耳順」→「從心所欲不踰矩」）；如今，你感覺和這個世界形影不離無話不談，而且，有些特別的話它好像只跟你一個人講，包括那個本來遙不可及、但變成你一個人鏡子的月亮。

在這裡，我多想到奧斯卡・王爾德這個人。這個容易被想成俗豔不可耐的愛爾蘭人，他有一個很悲慘、潦倒、充滿訕笑侮辱背叛，也滿滿淚水的人生。我想，他極可能不是自戀，而是對自己有某種瞧不起甚至憎惡如章詒和說程硯秋，但波赫士非常喜歡他，說他是個有意裝成庸俗的絕頂聰明且敏感的人，最好的是，波赫士（如此一個不喜歡寓言體的人）說他「留下來的作品卻像黎明和水一樣清新美好」。

我想，我是先想到這句讚詞而不是王爾德本人——是的，像黎明，像水。

5. 暫時按下不表的死亡

我的醫學博士朋友常青，在連寫兩部長篇小說《九月裡的三十年》和《B.A.D.》之後，稍稍多轉回她醫學一點，新書名為《如何老去——長壽的想像、隱情和智慧》，文體是散文，語調是詢問的、探索的、以及叮囑的，書博學而且非常好看，既是堅實醫學的，又屢屢踩出醫學外頭，銜接著人更複雜豐碩的人情和經驗，讓醫學可以和人其他思維、經驗領域對話，一起想事情，讓醫學不專橫，不掉入到那種我說了算、只有我才科學才有效的陷阱。

死亡本來就不科學，而且豈止是不科學而已。

這些年，以及可預見的未來，醫學的確忙碌，忙得有點過勞、狼狽；但醫學也的確愈來愈蠻橫，死亡站它那邊，死亡為它撐腰，在死亡面前膽敢不低頭的人很少且愈來愈少，就算你個人某種大澈大悟敢於硬頸抵抗（頸動脈鈣化？），你通常仍有父母兒女親族好友落人家手中，你不能也無權幫他們決定生死，醫學於是無需真的以理說服，而是醫學所說的每種話語裡，幾乎都隱含著但呼之欲出這麼一句：「不想死就乖乖聽話。」

《如何老去》這本書是關懷的、溫暖待人的，有著清清楚楚的淑世之心（其實我以為每一門學問、工匠領域都應該有，正德利用厚生。只是淑世很不容易，專業程度不上達相當高度、專業不夠「通」，你很難把它融入專業思維裡不起衝突，你會覺得那是不相容不相干的另外目標，只能下班後做，如那種尚稱有心的商業鉅子，在專業裡掠奪，掠奪完再捐錢），幫人處理老年，意即生命和死亡重疊、犬牙交壞的這塊世界，人知道自己最終還是輸的這段時光。

死亡不處理，人很難活著——一直，人真正能依賴的是宗教，核心是宗教，文學、哲學、醫學云云各盡所能只是輔助，但宗教式微了，極可能永遠回復不了舊觀，因為宗教用以抵拒、穿透、制伏死亡的是一連串的「神話」（神、死後的知覺和世界⋯⋯），這是相當經不住懷疑的東西，是那種鏡子般一旦有了裂紋就會順勢破下去、破了就無法修護如前的東西。人懷疑非常容易，但懷疑成功之後很不好受，死亡重新被釋放出來，原汁原貌，這是人理性和自由的代價（宗教虔信者或稱之為人的驕傲，某一不赦之罪），要求人得有更堅韌的心志，也就是說，能這樣的人其實不多。人低估了它，快意過後遂有點不知所措。

我們說當代醫學已是某種宗教了，充斥一堆神話，但這只是一種借喻的說法，為著駁斥、揭穿、反省。就人理性的清明要求來說，的確流竄著太多亂七八糟、騙人而人也屢屢甘於被騙的成分（人亟需安慰），但用來面對、處理死亡仍規格不足——醫學的核心仍是嚴格理性的，有限的承諾，有限的救助和安慰，而人面對死亡會失去的東西卻是全部的、無限的，有那種精衛填海的極不相襯絕望之感。醫學的有限承諾和安慰來自於它專業的必要節制，而最終的界線劃在死亡到來的那一個點，死亡接手，醫生簽完死亡證明書，醫學的工作就結束了；但死亡沒這道界線，或應該說，死亡由此開始，死亡的真正本體在界線另一邊，人對死亡的意識正是人獨特的開始想界線的另一邊，但這是理性之外的，沒道理，甚至是全然荒謬的，讓人所有一切歸於徹底空無，除了不受理性約束檢驗的神話，在它上面建構不起任何稍有秩序稍有邏輯可言的東西。或是這麼說，死亡只有置放在自然狀態裡、在人的知覺和思維不加入時才平順不驚，才合理，才尋常，像是日月代序，像是時間流逝，像是朽壞和更生；死亡是純粹自然的，人多看它一眼，想從中找出道理，想起情感、價值和意義，甚至只是想到「我」、意識到自己的存在和來歷，死亡當下就非比尋常起來了（「死亡這個非比尋常的東西，它現在來了。」—亨利·詹姆士），甚至無可比擬（如沉睡，如大夢……）我們最深的、永遠無法真正去除的恐懼（或煩躁、或悲傷，或憤怒不甘，或不知如何恰當的對待）應該是根於這裡；我們的思維抓不住它，握不牢也就很難繼續想、進一步想，而我們內心也知道，這是個並沒有答案的純問號，一條沒有人返回的路，一種消失，是永遠不解之謎，也許連稱它為謎都不能夠，它沒那麼具體、凝結，不成其一個「對象」。

無可遁逃的是，如今我們都活在人的世界裡了，人早已開始想了，我們退不回去那種怡然死亡的自然狀態。

最想退回這自然狀態的小說家D. H. 勞倫斯最終讓自己消失在美國西南之廣漠新墨西哥州，彷彿一隻渡鴉，或一叢風滾草。但他還是回頭對人們面向死亡的人間恐懼說了些重話，憤恨、嘲諷、疾言厲色以及無比的輕蔑。

死亡是這麼一面大牆，接地抵天，不留隙縫，人的思維硬生生截斷，只能進行到此為止；牆另一面的思索不是真的思維，那只是猜，好一點美麗一點的猜想，以及一看就知道這很瞎很沒才華的種種猜想。

我們說，人用宗教及其神話來抵拒、穿透、制伏死亡。這裡，「穿透」可能是關鍵詞，也是人最想尋求的安慰，讓死亡不再是一堵牆而是一道門，死亡變小了矮了薄了，甚至透明了，不再有那種宰制性的、我終結一切消滅一切的威嚇（李維-史陀說的：「所有一切都不會留下來。」），不管我們係以何種方式何種形態穿透過它，這裡面就有「某些東西」被保留被延續了，這讓我們孜孜一生所有做過的事可望有最低限度的價值、有最起碼的那一點意義痕跡，我們不完全徒勞，我們的生命一場不至於全然的荒謬，世界加上我再減去我（卡爾維諾）這時間差縫隙中恍惚有哪裡變了、世界輕悄悄的晃動了下；當然，如果我們還願意相信並跟著指證歷歷有人逆向穿透回來（拉撒路、耶穌……），那就更好更舒服了（也不免廉價了、扁平了，沒辦法，這是安慰的代價），牆裡牆外連通成一個更完整也可望更完善的世界，人於是可以後悔，可以彌補，可以重新來過，可以期待那些生命裡做不完的事、等不到的結果及其公平正義完成，價值和意義不僅跟著恢復成立，還是更碩大圓滿的樣子。

要穿透過死亡，最簡易的方式便是想出、相信有個比死亡更巨大、死亡不能遮住它的東西；在死亡之上、不跟隨時間及其毀壞流逝（這裡，時間似乎一直是死亡的同夥，把我們一個個帶去那裡）、從頭到尾杵在那裡的東西（我是阿爾法，我是俄梅嘎……）。這樣的大東西人能想出的不只一種，而其最簡易也最溫暖的形式便是神，尤其和我們人身基本構造大比例重疊的那種神。這有點像是那種幾何學的脫困遊戲詭計，神是另一個維，在我們存活的三度空間世界之上多出來的一個維，如此，原來被死亡四面八方密密封住的令人窒息生命空間，人攀附著神簡簡單單就可從「上方」逃出去。

醫學守在牆的這一面，它最精彩、最影響深遠的工作成果是推牆，很成功的把這面大牆往後推動了四十年左右，約一倍距離（《如何老去》書裡有各歷史階段的平均人壽估算）。還記得昆德拉那番有關人壽長度和人生命構成緊密關係的精彩發言嗎？人知道自己「只能」活八十年和他「只能」活一百六十年，這是完全不一樣的，「人的平均生命大約有八十歲。大家都是用這種方式來想像、規劃他的一生。我剛剛說的這事，眾人皆知，但我們很少意識到，我們的生命可以分配到多少年，並不只是一個單純的數據，或是一個外部的特徵（像是鼻子的大小，或是眼睛的顏色），這數字其實就是人的定義的一部分。如果有個傢伙可以使出渾身解數，活到我們兩倍的時間（也就是說，一百六十年），那麼，這傢伙跟我們就不會屬於同一個物種。在他的生命裡，沒有任何東西跟我們會是一樣的，愛情不同，抱負不同，感覺不同，鄉愁不同，什麼都不同。假使一個流亡者，在外國生活了二十年，之後回到故鄉，而他眼前還有一百年可活，那他根本就不會感受到屬於偉大回歸的那種激動，說不定對他而言，這也算不上是什麼回歸，只能說是他生命的漫漫歷程之中，諸多曲折繞行裡的一次迂迴而已。」昆德拉帶著點忘情的滔滔講下去，反覆用自己最魂縈夢繫、最日日周旋已生根成為他生命主體成分的那幾樣東西來說（感情、愛情、性愛、故國故土。可見他仔仔細細想了、檢視了），而他的悍厲結語仍是，能多活一倍時間的人，是完完全全不同的另一種人，甚至不該同屬同一個物種。

所以是不是也可以說，從四十歲延長到八十歲，醫學其實已完成過此事一次了，輕悄悄把全地球上的人徹底更換過了，成為完完全全、不屬於同一物種的人？——這樣有點驚悚的想法我並不討厭不排斥，還有點歡迎，這使我再想那些人只敢認為自己活四十、五十歲的往昔時代，那時候的人，那時候的書，那時候的思維和主張，變得更複雜些也更仔細些並同情些，至少我自知多了前所未有的警覺。

像孔子據說活過了七十歲，但他想必不敢這麼準備這麼規劃人生吧，一如我們這個時代的李維-史陀活過了一百歲，可是他七、八十歲當時就以為自己隨時可死、不再做大研究大理論因為沒時間了。孔子的人生大夢，是盛裝在小很多、迫促很多的生命容器裡，他的憂煩，他的平靜和心急，他對世界、對人的判斷和期待，都在這樣更受限的前提之上發生並構成，只是死亡這回蹣跚而行，甚至像波赫士的長壽老媽媽那樣，這位布宜諾斯艾利斯的有趣老太太，每天早上醒來總這麼問，這裡是哪裡？我怎麼還沒死？

多出來四十年長不長？這取決於我們想做的、以及應該要做的事多寡不好說準。對昆德拉，這八十年的、已被醫學加長過的人壽仍如他說的是「太短的人生」，太多事都見頭不見尾無法做成；可對絕大多數沒什麼非做不可、並且活於有退休制度（從法令規範到內化於心）的人，儘管也泰半同意這是長長益善的人生，卻已明顯出現時間太多有點不知如何是好的跡象這沒錯吧。或者說，我們已「享受」慣了這加長型的人生，已視之為理所當然不再心存感念，倒是一樣一樣開始察覺它的種種不舒服及其成本、代價。死亡被推遠了，但也許因為沒多少東西遮擋它或讓我們忙碌分心（「不知老之將至云爾」），死亡看起來似乎更清晰更巨大了，事情因此變得有點奇妙起來，人怕死卻又彷彿生無可戀，人使出渾身解數讓死亡慢一點殺死我們，並同時使出渾身解數來殺死這些漫漫長日也似的時間。

在死亡和猶活著的我們之間，若沒有足夠有意思、有意義的事物擋中間，尤其人若還有過多的醫學常識（正確的、不正確的），人的確很容易掉入到所謂的「死刑犯處境」——判決定讞，人數日子活著，時間的答有聲，恐懼填空般伸了進來，生根而且一天天愈長愈大，這是人性，並非懦怯，並不可笑。

所以昆德拉的確是敏銳的，這不僅僅是時間加長而已，這不知不覺改變了人，從而也改變了一整個人類世界——從自然環境到社會建構都相應起了變化並要求配合調整，也逐漸一樣一樣觸及了各種極限。這已是當代生活的基本常識了，人可以活得更長已不是福音，倒愈來愈像是烏雲罩頂大難將至的訊息，人也普遍開始切身有感的、有種種現實具體理由的（但不必非說得通）憎惡老人，這裡面藏放著最後一句話：「你們怎麼還不（去）死。」

不好直言，這有著人教養的、人道規範的約束，但也因為人其實都知道自己一樣會老、會死（或更糟，不老但一樣死），會輪到你的，這話也必將自噬的回頭找到你。個體最善和集體最善的分離、背反嚴重的加深事情難度，難到就是矛盾——這正是奧爾森的名著《集體行動的邏輯》在整整半個世紀前所揭示的「人性」，讓人看著極不舒服但難以駁斥。奧爾森指出，對個人最為有利的始終是，所有人都受到集體的規範，只有我一個人例外、豁免；而人也的確不斷尋求自身的特例化、豁免化（政治裡、商場中，以及每一生活現場），這不只人性，甚至是高度理性的。所以，大家都依照交通規則好好開車，我一個人任意變換車道，開上路肩、搶黃燈闖紅燈，這是最快到達目的地的方式；所有人都在七十歲，乃至六十歲前死去，獨獨我一個人活下來，這樣就沒長照的問題、沒國家財政破產和地球承受極限的種種幾近無解問題。卜洛克在他最後一部馬修・史卡德小說《烈酒一滴》書裡告訴我們紐約有如此人性的一種禱辭：「主啊，請讓我貞潔不受誘惑，但不是現在。」「主啊，請讓我平靜的死去，但不是現在。」

《如何老去》書裡指證歷歷告訴我們，醫學世界仍在奮力推著死亡大牆，仍如一意孤行的在前進，這仍是奧爾森所說的邏輯和理性——這不必集體一致批准，甚至可背反於集體的福祉，它封閉在醫學專業裡不受干擾的持續前行，奉科學研究為名就能取得所需要的完整正當性和全部動能；而且，它一定會得到足夠的、超額的現實資源支持，來自於少數尋求特例化的個人，而這少數特例化的個人恰恰好就是那些個死亡帶給他最大損失、有最多好東西和生命緊緊綁一起、最捨不得一死的人，這樣的人對生命再加長一事最慷慨，不管在每天現實裡如何斤斤計較、冷血，他把一己特例化的需求葉子藏在人類集體的福祉森林裡。在權勢統治的往昔歲月，這是秦始皇那樣的帝王（他批准也撥款了徐福的驚人規格長生不死行動），在如今這個資本主義統治的年代，這就是那些億萬、億億富豪。夠了。

所以，事情（暫時）近乎無解——平均人壽的延長已開始「災難化」了，但醫學於此的前行腳步不見稍緩（當然，愈往前愈困難愈耗資源，如古爾德的極限右牆之說），像兩列轟轟然對開的火車。所以說，人口結構的老化還沒到頂，長照的問題只會更沉重，年輕人也會繼續更憎惡老人（但恨著恨著他也不知不覺老了），凡此。奧爾森指出集體理性和個體理性的必然背反（都是理性、都很理性），因此很難單靠人的理智來弭平這兩者，得有高於、大於這兩者的強制性力量進來才行（暫且不論它的代價、副作用），這個力量必須如奧爾森所說帶著獎懲，像是工會得以獎懲來處理那些讓別人冒險罷工爭取、自己舒服躲家裡、但法令通過同樣受惠的「理性聰明」成員（二〇一七年台灣法院做出判決，那些不參加華航工會罷工的人員不得同享爭取到的權益），這有昔日霍布士「利維坦」（巨靈）論述的味道，軟一些沉穩一些也局部性一些。但民主自由的年代，這樣的強制性力量並不容易取得，也許只能仰靠災難了，夠大夠讓人感覺承受不起的災難爆發，人沒辦法再躲，人不肯學而知之（靠理智）就只剩困而知之（靠災難臨身），人這才開始真正認真起來尋求諸如消除空氣中霾害、河川裡化學汙染，阻止軍備競逐和戰爭發生，乃至於根絕不良油品過期食物病毒肉類的有效做法。也就是說，我們必須再挨好一段時日（沒人說得準多久），眼睜睜看著狀況惡化（可以也必須出言提醒但通常不大有用），並準備承受一次大災難衝擊（希望一次就夠了），更負責更清醒的話，一併準備屆時怎麼對付、拆解這個一出現總是就徘徊不走的惡靈般巨大力量。

人得好好（重新）學習面對死亡，這難題從未真正消失，只是現在比任何一個歷史階段都沉重、纏繞、以及現實逼人而已——常青的《如何老去》，不也說的就是如何死亡嗎？

李維－史陀講婚姻，說不管所在社會以何種方式批准婚姻，婚姻永遠以各種關係聯繫著公共社會，這不會只是個人（兩個人）的事，過去不是，現在不是，將來也不會是；生老病死（老、病、死，死亡之事竟然占到四分之三不是嗎？），我想死亡也是這樣，死亡是一個人的離去消失，但一樣過去、現在、未來都參差的、千絲萬縷的聯繫著他者。死亡是大事，也許還稍稍大於、沉重於婚姻，我們讀《禮記》，至少當時的人們這麼普遍認知，喪禮的規格、步驟、時間以及該講究該防止的事，比起婚禮要巨大且細心得多；我們回頭看當前大致仍被遵循的民俗及其意識，當死亡撞上婚姻，人死為大，退讓的總是婚姻不是嗎？

我所知道的人、讀過的人，最想讓死亡「純個人化」、讓死亡全然透明無聲、不驚擾任何他者包括自己妻子的故事，是葛林小說《事物的核心》，也許就是葛林最好的一部小說，書中主人翁斯高比於此已屆臨處心積慮的、意圖謀殺的程度了，他用好幾年時間消除掉自己的痕跡（包括他的生活之物減少到幾乎沒有了），永遠退在人的眼角餘光之外，他甚至無法年老，年紀以及其身體會逐漸無法自理自在，得有所依賴。這是個很悲傷的故事，而且，斯高比成功了嗎？

這一點完全可以確定，死亡愈延遲，人對他者的依賴也就愈不可少，延遲死亡的諸多成本中，因此還有人的尊嚴這一項——嚴重嗎？這刀切也似趨於兩端。有人想到自己得這樣活著就不寒而慄（斯高比顯然是這種人），有人則完全無所謂，甚至很享受這樣當個老人當個病人，把關懷你的人弄得團團轉。

死亡從來也是公共之事，本雅明也這麼寫過，寫得興高采烈語調昂揚如同馴服了死亡。他講死神可降為小丑、降為人們狂歡隊伍裡的小跟班令人印象深刻（也就是我們說的，死亡小了矮了薄了），但本雅明未免說得太聰明也太事不關己了。死亡是「很關己」的，還會是一對一的，漫漫人生，我們不總在朗朗乾坤之下友伴圍擁之中，人有夜晚、有獨處、有病痛、有衰老，只是本雅明當時離死亡還太遠，如波赫士說的，愛講而且如此輕言死亡和愛情正是年輕書寫的兩大印記（我想到大導演伍迪．艾倫年輕時日的傑出電影《愛與死》也是這樣，電影最後正是手持大鐮刀的死神化為他的跟班、化為桑丘．潘札隨他遠去如開始一趟樂呵呵的新冒險旅程）。本雅明真正字裡行間都是死亡氣息的作品是他的《歷史研究》，事後我們知道他當時已病了，而且陷於孤單、深深的憂鬱以及絕望，然後他被迫離開如他一生所繫、他稱之為世界首都的巴黎，走入庇里牛斯山區卻發現自己進退不得。人群散去，死亡現在和你一對一了，大眼瞪小眼，衰病身體裡的每一種異常感覺（共同點大概是難忍的疼痛）又讓它一次次變得更巨大，死亡如此具體、逼近、切身、充滿細節，擋住所有東西如同無光（歌德最後的話：「多點光。」），死亡已無可比擬。

沒有神這個假設（「我並不需要上帝這個假設。」），死亡這門課還真沉重、真荒謬。

我這回的書寫，早早把題目鎖定為「年紀．閱讀．書寫」好心思集中。是有想更大些、更往下延伸些是為「年紀．閱讀．書寫．以及死亡」，但更仔細想過我不以為我已有正面談論死亡的能耐和資格，死亡比較像是我這才要實實在在開始學、開始一樣一樣感同身受的東西。

寫《如何老去》直面死亡的常青小我十五歲以上整整，但這不一樣——醫學的專業訓練和生涯，逼她得更早、更多的和死亡相處，從知識到技藝，以及最無可抗拒的，陪伴著、深入到太多死亡的真實個案，甚至，在生活歡快閒談的時刻都躲不掉它，誰見到常青都抓機會急著問健康問身體問藥，這是「常青談話」。《迷宮中的將軍》裡有這一段，兩個離死不遠的老戰友在馬革達納河船上，晴朗夜晚，彷彿一起回轉小孩樣式的一顆一顆數著天上星星包括兩顆熄滅掉的流星，爭論誰年紀大時，卡雷尼奧說了這句很難反對的話：人身上的每一處傷痕都讓人老兩歲。如果此事屬實（我以為相當屬實），每真實碰觸一次死亡也同樣讓人老去兩歲就好，常青當然遠比我有資格、有內容細節以及有把握的來說死亡之事。

常青隻身跑哥倫比亞過，且搶在賈西亞．馬奎茲生前（賈西亞．馬奎茲的最後小說《妓女回憶錄》優雅、沉靜但不改神奇，他的書寫好到最後一刻）。常青也去了馬革達萊納河上嗎？有抬頭看一眼那個星空嗎？

今年（二〇一七）春三月，我的師母劉慕沙也疲倦離開了，是朱天心和我兩邊父母的最後一人，這帶給我一個極真實的生命處境感覺——A Long Line of the Dead，死亡長列，至此，在我們和死亡之間再沒有親人擋著，我們已移到前排的位置了。

依統計，我假設我還有十五年左右時間學這門課。當然，死亡捉摸不定誰知道呢，而且我這樣健保卡幾乎只用來偶爾看牙醫的人極可能小於統計數字——十五年，我回想才過去這十五年發生的、做著的、可能的事，這不算短，可也真的並不長，還得一一扣除身體各種搗蛋破壞掉的時間，所以，浪費不起了。

輯二

閱讀

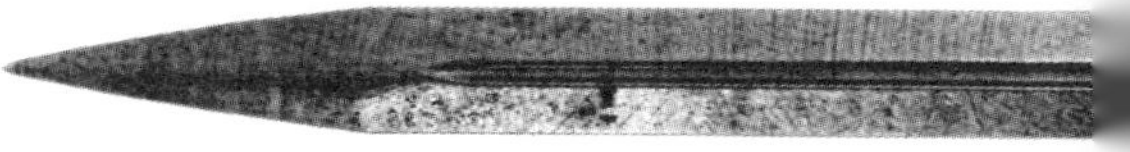

1. 攜帶著的書

在《基度山恩仇記》書裡，大復仇者艾德蒙．鄧蒂斯從瘋子長老手中得到藏寶圖，由此尋獲了富甲天下的財富，但也許更珍貴的寶物他先一步得到了，早在長老還活著的不見天日囚室裡——什麼都懂的長老把他上天入地的知識、學問和教養轉移給鄧蒂斯，這使得日後的鄧蒂斯不只是個很有錢的暴發戶而已。要完成他那樣規格的復仇，除了錢，的確也得擁有相襯的心智、學識以及奠基於此的想像力，還有看起來很像、具說服力的氣質教養，當然，他還學得了一身好劍法好槍法。

這裡於是有個可吵架的常識性難題了，也許在通俗、類型小說是可忽略的，一如我們閱讀時總把注意力投注於基度山島的財富而不是長老身體裡的學識教養——富甲天下的財富轉移當下完成，挖出箱子那一瞬間就是你的，但富甲天下的智慧做不到這樣，這得一點一滴慢慢來，即便是除了等死無事可做的囚室，老實說，時間還是不夠長。

怎麼辦？書寫者大仲馬頗負責的想出一個速成辦法，也許他自己真的這麼相信——長老說，只要讀好一百本書就夠了，人類總是重複說話，人類的全部所知所能其實是可濃縮進這一百本書裡，如果我們用一星期時間讀完一本書（並不難，比方就我自己來說，這樣是太慢太偷懶了），七乘以一百不過也才兩年而已，現實裡，這容易到、平常到不需要奇遇，不必由熾烈的復仇之心驅動，也用不著被判終身監禁，我認得的不少人每天都這樣，還不只持續兩年。

我們很簡單就能駁斥大仲馬，但這裡面，是否也閃爍著某些可信的、有感而發的東西呢？在蓬鬆一團又像無限人無限遠的總體智慧裡，我們仍能察覺出某一種走法可窮盡它、抓住某一條線頭可拉動它？

這真的很不容易講清楚，在試圖講清楚之前有一堆岔路般的誤導誤用會帶走我們，所以我想把它改成這樣——書是該一直讀下去的，能不停就別停，並沒有一百、兩百本窮盡所有這回事，但人的確應該有幾本熟讀的、牢記的（幾乎句句記得，但用不著一字不差）、如一直攜帶在身上的書，這甚至用不著到一百本。

我要說的不是那種橫向的所謂基本知識，比方大學裡通識課程那些打底的、平面基礎性的東西；而是縱向的、貫穿的、因此及遠的，如孔子所說的「一以貫之」，銜接著你接下來所讀那些更難的書，呼應著你接下來所面對更細碎更複雜的生命經歷。而我最喜歡的是，這些書可帶著你穿透、深入，這裡面有著一種隨時會響起來的極精細聲音，在你有所感、有所思乃至於想說什麼的這些不尋常時刻，這些書裡的某個人、某句話、某種說法某一圖像便自動浮上來，比對、補充、證實、建言。甚至還屢屢這樣，你才剛觸及、還無法恰當表述的東西，卻發現它早以某種美妙的、也更完整的方式幫你講出來，彷彿等著你來。於是，也屢屢伴隨著一種「原來如此」的非常滿足感覺，說不清是你多讀懂了書還是書又告訴了你，但這無所謂不是嗎？重要的是這一切在你身上發生、且所有的結果歸你所有。這種很舒服的恍然大悟之感，通常便是以這樣的延遲方式發生，而不是在閱讀當下。

這種如瞬間分解開來、眼前一亮一清的恍然大悟之感，說得最早也最好最準確的還是莊子庖丁解牛完成那一段——我自己的閱讀經驗是，光是為著不定時、並不保證襲來的這美妙一刻，我就很願意把書讀下去、硬啃下去，為它鋪路為它預備。

《神曲》裡，維吉爾溫柔的、無時不在的陪著但丁走入地獄，我們應該可以把這想成是某種文學手法，「還原」為但丁是個熟讀熟記維吉爾所有詩行、以及一切相關文字記述的人，因此像是維吉爾一直和他同在、一直和他講著話。我們也會讀到很多書寫者這麼做，書寫者本人往往有幾本特別親密的書反覆引述，像是他隱身的一個對話者，抑或就是導師，比方蒙田散文裡的塔西陀《編年史》。有說，師徒制至今仍然是最好的教授／學習方式，只是變得最奢侈且不易執行，我們合情合理可把這樣攜帶著的書想成是閱讀世界為我們保存的師徒制，而且非常便宜，又易於執行。

如此，你會清清楚楚體認到「成長」，你和你攜帶著書亦步亦趨，以一種幾乎可看得見可丈量、一節一節的明亮起來方式，因為這種前行包含了證實，至少告訴你並不是你一個人的胡思亂想，你確實在「某條已有人走過的路上」，這樣很讓人安心——也許更明確也更持續的成長感覺不是變大，而是變厚，變得稠密結實，人心的一處一處空隙可感的補起來。

這原來不難，也毫不神奇，曾經，很漫長一段時日人們普遍就是這樣，以一種我們今天也許無法完全同意、完全放心的方式自自然然做到，那個如本雅明所說已消逝的大真理時代——那時候，人們比較容易相信也比較容易服從，一些書遂得以某種命令的、無選擇的方式進入我們；同時，人也還比較信賴記憶，甚至願意背誦；也許，當時書比較少也比較珍貴是另一個原因，人（多少被迫）較徹底較死心的就和那幾本書相處，等等。總之，曾經每個國家每個社群都有它那幾部人人熟記如流的、如家庭常備良藥的書，國民之書。舉凡《聖經》、希臘神話、莎士比亞、或中國的四書五經乃至於唐詩，俄國人則非再加上普希金不可。

種種我們不盡贊同這麼做的理由且按下不表，我們先只針對這一點——每一本書都有它的邊界，有它一定的容量和高度，即使我們以最富想像力、最一廂情願的方式延伸它（在《聖經》和馬克思達到了極致，或說超過了極限，遂引發一堆災難），仍然都是有限的；此外，書寫如波赫士講的就是強調和捨棄，有所強調就意味著有所捨棄。也就是說，一本書不可能是取用不盡的一口井，世間沒這樣的井也沒這樣包藏所有一勞永逸的書，長時間的說，它再飽滿都還是有所遺漏，再豐沛都還是不免感覺枯竭，再高大都還是有它所不及、不到。只因為書寫者確確實實是人，偶爾活出神的模樣的有限之人，也因此，那些誇大書的廣度高度、想把某本書（《聖經》、《古蘭經》……）推到不恰當的無限、聲稱一書足矣的虔信者蠻橫者懶惰者，一定得詭計的說這是神親自所寫的一本書。

所謂的長時間，大致有這兩種，一是人個體的生命時間，長時間裡，人自己複雜了深刻了，要求也增多了還嚴格了，能陪伴人二十歲時的書不見得還適用於四十歲；另一則是人集體的歷史時間，這裡，我不願太誇張所謂的昨非今是（昨天沒那麼不堪如敝屣，今天也沒這麼當然如唯一），也不想輕易動用「過時」這個太輕蔑也太自大的詞，但歷史的確是變遷的，延續但變遷，不斷有新東西加進來，不斷生出新難題、新要求，並在每個當下有它非好好面對不可的特定議題，誰也沒辦法逃開如李維-史陀說的，人得設法跟上它才行。

這也許正是但丁《神曲》的進一步啟示——維吉爾必須退場，他進不了天堂，能在天堂伴隨但丁行走的是貝雅德麗齊，理由是維吉爾犯了無可奈何的罪，幾乎無法稱之為罪的不赦之罪，他（以及荷馬、柏拉圖、亞里士多德等一干古希臘偉大詩人哲人）早生於耶穌，遂注定無法獲得拯救，他的歸屬之所是地獄上層的「高貴城堡」，永恆的迷惑之鄉。這裡，關鍵正是時間，時間差，我們去除掉文學技法（或宗教律法）的外衣，也把「罪」這個令人不舒服的字拿走（最多只能稱之為「限制」，把限制說成罪實在太過分了），真相便是：在維吉爾以及希臘諸大師死去後這千百年時間，世界有新的東西加入，比方說基督一神教，不同於他們所在那種豐沛的、稠密的、燦爛但凌亂不堪如野生花叢的泛靈崇拜，這是他們沒（或來不及）針對性參與思考、討論的，但丁要再往前去，或說要轉而詢問宗教性的救贖問題，便得在此一思考時換個引導者，或引導之書。

這種彷彿停滯的、數量恆定的、並逐漸硬化為儀式性語言的昔日國民之書，因此漸漸不夠用了，也往往失去了它必要的靈動性準確性（這其實倒是讀它用它的人自己該負責的），變成葛林口中那種「陳腔濫調」，人抓它像溺水時抓稻草一樣。

但我不願說是「更新」，因為這絕大時候不是真的；我只說必須增加，隨歷史進展，也隨著個人的不斷前行，尤其是後者，個體有較大成分的特殊性，意味著種種發散的需要，得較主動的、有意識的尋求合適於他的引導之書、對話之書。

從維吉爾更換為貝雅德麗齊，這是太戲劇性的文學表現手法，犧牲了較複雜較準確的真相。我們說，即便跨越幾世紀要改談天堂、改談至美至善至福，維吉爾怎麼會「沒用」呢？所以比較對的方式其實是，加進貝雅德麗齊，但維吉爾不退場，三人行必有我師焉（但這樣，但丁便失去他和貝雅德麗齊單獨相處的淒美機會，波赫士指出，創造出和貝雅德麗齊的相見，是但丁寫《神曲》的極重要驅動力量）。這裡，更新是不對的詞，幾乎是有害的，強調更新往往只讓我們犯種種不必要的錯且失去自由——我們幹嘛丟棄這些書，丟棄這些來之不易、已和我們生命密密交織的記憶呢？每個人的記憶閒置空間都還大得很，無需為新記憶勻出位置，如果原來這些書逐漸沉默下去，在你某個生命階段裡、每些特殊詢問上好似說不上話了，那就讓它們自自然然的沉睡吧。

也許它們還會再醒過來，也通常還會再醒來，只因為它們（孔子、莎士比亞、普希金等等人的書）都是很好的書、太好的書，人真正上達到某個高度不可能不真誠的喜歡它們、敬重它們。說句很冒犯人的真話，讀不好它們更多是讀書的人自己準備不足，你（還）沒有相襯的高度、成熟度和足夠的生命內容，鑑賞不出，也建立不起真正的雙向對話，我甯可相信波赫士這兩句乍看太超過的閱讀感歎，波赫士還不夠聰明不夠豐厚嗎？——面對著這麼好的書，我總會想，我是誰？我怎麼有資格讀這麼好的書？

其實，人們在某一社會時刻、以及某種生命階段日子裡反對它們甚至到心懷恨意的地步，這通常心思並不純粹，更多時候我們反對的是別的，像是其外掛的命令及其強制性拘束性而不是書的內容；是站在這些書後頭某個黯黑的東西而不是書本身。書被當成某種罪惡象徵來反對，也因此，反對的人絕大多數是沒真正讀過這些書的人，剩下那一小部分則明顯沒讀好，我們說，昔日大陸破舊立新，把孔子當十惡不赦的罪人，但那些慷慨的人、尤其那些才幾歲且根本坐不住也不想坐書桌的紅衛兵，誰真的讀孔子呢？反對是意識形態的，甚至是政治的（意即比意識形態更策略、更不真誠）、時尚流行的（意即比意識形態更隨便、更聽從無主見）。

文革起始於一九六六年，也就是海峽這邊我九歲時，昔日那批動手不動腦的魯莽年輕人比我稍大，也就是說，如今都是六、七十歲老人了，他們偶爾想起這段往事這些作為會是怎麼樣的心思？還是真的徹徹底底成功遺忘了？這非遺忘到某種地步不可，否則如何能不羞慚、不負咎的順利活著？

「更新」包含了前後兩部分，丟掉舊的和迎來新的，也就是推倒和建立，但這並非完全相同、如影隨形的兩件事，我們還是得留意這兩者的工作方式不同、難度不同、時間要求不同、以及人在其間的某些心思狀態變化，某種人性——推倒可瞬間完成，但建立從來不是，建立需要足夠長的時間，而且往往不成功得一再重來，需要的時間遂比原來預期的要長多了。因此，即便在最健康的狀況下，這裡還是有著時間差、有相當一段磨擦性的空窗期，如同空屋子容易招塵毀壞、空地容易孳生蚊蠅野草般，人也會滋生種種心思。舊的沒了，新的遲遲不來，這裡，有一種幻覺於是幾乎是普遍的，其實只能供人用來激勵自己（推倒前）和安慰自己（推倒後），那就是：我們把不要的、惡的去除，要的、善的自動會補進來、生長起來。但這是毫無依據也毫不負責的樂觀，只是否定，只指向虛無，因為其結果只能是「沒有」，邏輯上、事實上都是如此。

現實裡，昔日這些集體的攜帶之書大致上就是這樣歸於殞沒——人不再聽命，卻又不跟自己下命令，或下了命令卻不聽從、沒足夠意志力持續聽從；既沒有順從性的國民之書，也沒有自主性的一己之書。「沒有」的另一層意思是棄守，任由野草侵入蔓生般只能由流俗接管，不是歸零，而是比單純的空無還不乾淨的一種荒蕪，也比原先的順服更順服。這些年，若勉強要說還有什麼人們生活裡攜帶著的、不斷對話的書，大概就是金庸那幾部武俠吧，甚至連書都不是，比方周星馳電影——這是我親身經歷的事，台灣一位大小說家（為賢者隱就不講他名字了，只做為一個現象），有回暴怒罵起人，如此脫口而出：「這是岳不群，媽的完全是岳不群。」造次顛沛，對他這樣一個理應浸泡於書籍、浸泡於古今中外一堆了不起小說長達四、五十年的人，那一刻，他長留於心的、浮上來的居然只是這一個名字、這一本書。說真的，那整個晚上我感覺有點蒼涼，感覺到某種失憶就在我眼前發生，彷彿看著一本本書、一個個人離我們而去，只留下來這個除了直接等於「偽君子」（三個字換三個字，沒賺）、其他什麼內容也沒有、什麼對話也再進行不下去、什麼多的觸動也不會發生的華山掌門岳不群。

更新，這個詞以及這個概念，用於閱讀世界並不恰當，也代表並不了解閱讀一事。我們先從形態上來說，更新暗示著兩個大小大致對等但不相容的正向和反向東西（或力量），因此，在替換過程中爆出某種極激烈的、乃至於決鬥也似的衝突是合理的、可預期的；但閱讀並不是這樣，閱讀基本上是在正向的、肯定的軸線上進行，在閱讀之中，正向和反向的尺寸大小完全不對等，反向的東西差不多只是水花，激不起那種假想的戲劇性對撞場面。

這麼說，閱讀不是封閉的零和的（封閉零和的有限空間才需否定的、堆土機輾過的先清出來），而是生長的、疊加的，因此，它的否定成分基本上是跟隨的、附屬的，否定的成分被包裹於更大更寬廣的肯定之中（儘管正向的肯定暫時先以一種視野性的、大氛圍性的鬆弛形式呈現）。否定（或說反對）不先發生以及單獨發生，否定更多時候毋甯更接近某種反省的、雄辯的、乃至於警覺性補充性的晶瑩微粒，它異質的懸浮著，因此，最有趣到有點奇怪的事也發生在這裡，否定理應是某種欠缺、某個洞，或負數的、抵消性的「東西」，但在閱讀之中，它卻常常感覺是多出來的、具體存在的，只是還沒找到恰當的接合點，還沒找出可能；它讓閱讀者有點不安，但記得特別牢，還往往不得不承認它有某種潛能，是某個令人不舒服的珍貴東西，也像蘇格拉底講的牛虻。

某些個否定微粒可「騷擾」人很久，甚至好像永遠去除不了，惟更多時候，這些否定微粒的分解消失是不費力的，人甚至不感覺針對它們做了什麼，只要閱讀仍進行著。比較像是這樣，人在閱讀中不斷擴大自己，這些不安的微粒於是持續變小，粉末化了；或說在某種更寬廣更全面的視野中，它們不知不覺被洞穿了、分解了，嵌合了進去，以至於甚至不記得曾經有過。倒過來，我反而會認真去回想它們，努力回憶比方二十歲、三十歲某時某天很困擾我的某個東西，以及當時自己僅僅能夠的想法和心思狀態（當然屢屢不可思議年輕時候的自己怎麼會笨到這種地步），我不確定回收這部分記憶是否有利，我只完全確信這無害，還可期待能得到一種特殊的溫暖，之於自己更之於別人；我以為這會生出某種理解和寬容（寬容最好不要只是命令，寬容要留住、要成為人自身的一部分，需要真的有所理解來支援它），人的困難和其折騰其實很容易忘，一如生理性的痛覺一消失就變得很不真實。我盡可能記得它們，包括各種笨法的昔日年輕自己，來路藍縷，也許這樣我在讀一本一本各種年齡書寫者（比方太宰治）的作品時可以更當真、更耐心、更如身歷其境。

不否定掉那些昔日之書，也就不會否定讀那書、相信那書的那個年輕人、那些年輕人——當然不是鄉愿這種道德小偷，更不是想操控什麼別有所圖。

我以為，我們當前也許是人類歷史上最需要有這種攜帶之書、伴隨之書的時刻，儘管現實狀態似乎是背反的。或我們拗口的這麼說，正因為現實狀態是背反的。

毫無疑問，如今我們來到了已相當相當極致的個人主義時代了，人一樣一樣鬆脫了、斷開了他和周遭世界的種種聯繫。人獨立了，不要人陪伴他，而另一面是，也就沒有人陪伴他了；人不尋求建言和忠告，也就再聽不進、從而聽不到建言和忠告了，凡此。

然而，個人主義其實是很難長時間堅持的，只是人被它吸引那一刻很難預見到此一真相；個人主義有它很迷人也充滿說服力的地方，從人內在的尊嚴到種種現實的華麗想像——因為這是一種太Powerful的生命主張，人好像有某些從不知道從不使用的力氣被它叫喚出來，人會感覺自己變堅強了，而且自由，沒羈絆無制限，隨時像支引滿待發的利箭。但個人主義不宜家宜室，就人每天瑣細但具體的生活要求來說，它未免太空太遠太單調寒涼了。我自己算是相當純粹（或誠實）的個人主義者，純粹到近乎自閉，幾十年來習慣獨處（有朋友嘲笑過還沿用為我的固定介紹詞，說只要現場超過三個人唐諾這傢伙就渾身不安），但我深知其難，我這樣的人都說難了，這內賊證詞般應該是最可信的。

我也注意到了，選擇這樣的生命信念、過這樣的生活是我自己想要的，而絕大部分的人極可能並不是——幸與不幸，他們只是被洶洶的時代思潮捲進來，或說，他們只是恰好生在、被拋擲到這樣一個時代裡。他們或太柔弱太依賴喜歡事事有人安排，或太情熱太愛講話喜歡置身眾人之中東方漸高奈樂何，他們甚至早早警覺老年孤單一人並且極度恐懼那種死了七天十天才被人聞到的死亡方式（如卜洛克筆下的紐約私探馬修·史卡德自認的那樣，只除了史卡德沒那麼怕，僅止於憂傷），他們比較像《聖經》一開始講的，那人獨居不好。

逐漸的，人只剩下他自己，人進入到人類歷史上未曾有過的最孤獨處境。但這裡，我們要說的還不是「無助」，而是「無事」。如今個人主義（帶點誤解誤用的）已徹底到、真實到很難真的有事發生如壙場，好像說，一整個世界的偌大空間裡只剩下你自己一顆粒子，產生不了碰撞，沒有觸發和啟示，也沒有其他的發動；人只能用自己一個人的經歷和視角面對世界，空悠悠的，而這種「只發生一次」、無人可比對可證實的經歷（只經不驗，經歷不成其為經驗了），如風吹過如水流過，稍後就變得透明、極不真實，只依稀彷彿像作了個夢，也跟作夢醒來很快就忘了、散掉了一樣——徹底的一人獨處最終連記憶都極不容易留住，會是一種失憶的、失聲的、夢境化的無事。

我一直很期待的年輕導演姚宏易擔任二〇一六的金馬獎評審，有如此一番直言粗鹵但很傳神，我這些年出任各小說獎評審看到的也差不多這樣——小姚說，現在大家連「苦悶」都不曉得該如何拍出來，苦悶千篇一律是「男的盯電腦螢幕打手槍，女的攤臥房床上自慰」。

我也注意到另一個極端性的行為變化，那就是等待，或說排隊——就台灣而言，我們這代人普遍最不耐煩排隊等待（也許是因為成長於一個開始可自主、開始動起來的歷史時刻，顯得不馴服不認命），遂再再驚異如今年輕人化為一棵樹一蓬草（席地而坐而蹲而臥）的如此肯於擅長於排隊等待，好幾小時、一整夜、幾天，只為著吃一碗拉麵、買到一張門票、乃至於得以擠人群中發出一兩聲尖叫云云。於此，昔日詩人看到的可能是一畦金線菊（「而金線菊是善等待的」），我想到的則更古老，我感覺至少這個部分人已逐漸回歸亙古的生物世界，回歸原始。生物世界，除了本能所驅動的那寥寥幾件必要之事（攝食、傳種云云），其他可想可做的事不多，和漫漫悠悠的時間全然不成比例，遂非得適應於也意識不起「無聊」這東西否則不死也瘋掉，也可以說，牠們眼前沒東西，沒有「未來」可去，這是一種所謂「永恆當下」的時間狀態，我們家中再親近人、再受疼愛的貓狗也仍是這樣。人從有事再回到無事，如同人從幾千上萬年辛勤建構的人類獨特世界局部的退回到生物世界，這透露出來，是有不少東西消失掉了、不成立了、不重要不值得了，其價值已明顯低於一碗日本九州來的屋台一蘭拉麵。

對抗這個有點困難，因為這已經是一整個時代了，意思是，這已從人的自主選擇轉成了給定，有那種「人被迫做個極端個人主義者」的語意矛盾意味，合適者不合適者、馴服者不馴服者皆在其中矣。世界不斷在消失，或說正一個一個消逝（本雅明所說那種溫柔圍擁著人、既說著故事也耐心等你說出自己故事的「小世界」，這曾經遍在到是人的生活基本事實），人不適應不願馴服大概也無法單憑一己之力重建它，那些可以陪伴你、和你一直交談下去的人已散去，再聚擁不起來了，你能找到的只是那種時間一到就解散、保羅・賽門所說「People talking without speaking, People hearing without listening.」的所謂人群，根本上，這樣的喧嘩聲音是沉默的，年輕時候的保羅重話所說（也許太重了些，但卡爾維諾說是「瘟疫」，也沒輕到哪裡）那樣如癌症不停生長擴散的沉默之聲。

我能夠想得到的抗癌藥物就是書，這種攜帶著的、伴隨著人的書，這是我僅知僅能的。

書無法完整替代人，尤其一開始時，但大致來說，人能做到的，書差不多都能做得到，某些方面甚至還更好，只因為書畢竟是由那些更好的、層層挑揀出來的人寫成的，不像能陪伴你的人通常只由命運潮水帶來，相處總雜著些許義務。而且，時間一拉長就不一定了，時間愈拉長，書愈能顯露出它源源的、豐厚的內容，所以找書可以比找人更主動更多選擇也更準確，你愈找它就愈會找，你會感覺還有些東西——技藝、見識、鑑賞能力云云——默默在自己身體裡累積著，如多得的禮物。

書說著更好的故事，當然也是個更富耐心的、可以一千零一個晚上都不睡著的說者／聆聽者；人會離開如宴席，但從來沒有書走開這種事，只有人闔上它拋開它遺忘它——因此，如果時間進一步拉長到人的老年，訪舊半為鬼，那些可以講話的人，時間沖散一些，衰病藏起一些，死亡又不斷帶走一些，是的，葉子終究會掉光的，只有書還在、會在。

近些年來，如果說我的閱讀有著什麼較明顯的變化，我會說，我對所謂的「答案」這東西的想法不太一樣了，我以一種愈來愈鬆弛的方式看待它；或這麼講，抱歉大概語意會很不清，我以為答案更多時候毋甯只是選擇（當然不是那種無是非無善惡判別的純相對主義虛無主義），願意或非不得已時、積極必要時，答案隨時可下，我也大致知道自己的傾向和偏好、以及可能做出哪一選擇。但如果還有時間，何妨偷一點延遲一點，書還說著各種話，延遲，是為著讓答案能夠「長」得更好，儘管也許仍是原來那一個、那一選擇。

這裡我用生長的「長」字，我真的相信答案是生長的，答案往往更像樹而非結晶礦石，同一種樹，它可以只是樹苗，也可以參天如莊子說的像是垂天的雲。

2. 結論難免荒唐，所以何妨先蓋住它不讀

我不做筆記，或正確但有點丟臉的說，幾十年來我也試過幾次筆記但皆以失敗、不了了之收場，這上頭的無能，迫使我得死心仰賴記憶，以及書的一次一次重讀。

這裡，有這麼一句話：「結論似乎總是荒唐的。」——我不意在自己某張廢稿紙空白處看到這句話，這是我近年來反覆想著的事沒錯，但我很確定這句是讀來的，且隱隱知道就出自於某位我極信任的大書寫者（沒累積相當相當的閱讀量、思維深度和廣度，以及，自信，說不出這樣的話），只是該死我沒也隨手記下是誰，以及哪本書。但這是一句千里馬也似的話，就算弄錯說出它那人的名字也全然無損於它的熠熠洞見，就像昔時的伯樂完全忘了甚至還弄錯了牠是公是母、以及毛色，但仍是千里馬。

是的，結論似乎總是荒唐的。這話涵蓋得極廣幾成通則，比方霍布士這樣，尼采這樣，黑格爾這樣，馬克思更是一堆結論都這樣，事實上，就連審慎無比的康德也可以這麼想他——像康德最後處理

「鑑賞」（意即真正正面進入到價值信念的領域，以及文學藝術思維的領域），以及試圖把他的哲學思維拉向現實世界處理舉凡自由、國家、政治這些蕪雜如亂草的問題時，他失敗的結論倒不多，康德的「荒唐」在於比例不對勁，他沒能多講出什麼，遑論如願建構出其堅實的哲學基礎；龐大無匹的思維動員過程能推演出、支撐起的就只有寥寥幾句單薄的、乾瘦的、沒超出常識太多的結語，不成比例到讓人（尤其文學藝術和政治思維領域的人）感覺悵然若失，還不免有點絕望，想想，這樣的腦子，尤其這樣已難再有的生命態度和生活方式，這樣精純到不可思議強度、長度的思維之路（康德大概是人類歷史最能稱之為「思考機器」的人，彷彿只以一個腦子活著），最終能抵達、能幫我們「證明」的東西原來少成這樣，我們遂有一種被緊緊包圍住的極不舒服感覺，四面八方都是打它不穿的厚牆。

我也難免會想，康德（以及像他這樣子說話的人）要是能像馬克思（以及他那樣子說話的人比方渥特．本雅明也是），肯於也敢於用很小的證據說出很大的結論（我得承認我是稍稍期待這樣），那人類的總體思維圖像又會是怎麼一幅景觀？會起什麼變化——結論，收攏著我們到此為止的全部認知，並由此（忍不住）看向未來猜想未來。但這一收攏工作總是力有未逮，人的思維太蕪雜且又屢屢自我背反自我駁斥（或者說我們所面對的、想著的就是這樣一個世界，康德所說二律背反的世界），就每一種可能的單一結論來說，人總是想得太多了超過了卻又是不足夠的、東缺一塊西缺一塊，而未來的滲入又讓它更勉強更搖晃，並在日後更多事實真相揭露時讓它顯得如此單薄而且荒唐。從康德的審慎沉默到馬克思的慷慨多言，我們從這兩位思維巨人的著作末章，看出來人的此一極限。人可以感知甚至發見，且自信這再確實沒錯，但難以讓自己一無恚礙的證實、讓別人不心生疑問的說出來；人可以箭一樣射入某個思維遠方思維深處，但無法真的推進到那裡、安家落戶於那裡。

這怎麼辦好呢？那就試著把總有點荒唐的結論先蓋起來吧。這是我近十年來閱讀經常會做的事，索性不去讀書的最後一章，更多是以一種超級輕鬆的、「這下我看你怎麼收拾」的莞爾態度讀它，這有著屢屢讓我驚異的極好效果——明白而立即的，我發現很多書因此「活過來了」，很多原來讓你很生氣的書寫者不再那麼令人生氣甚至開始有點佩服他（之前閱讀時你只想逐字逐句駁斥他、挑他毛病，閱讀無聊到像是尋仇），也因此，忽然冒出來一堆又可以讀、該讀的書，世界重新裝滿，而且空氣通暢清新如起風，有一部分的自己也像恢復成年輕時候。

這麼讀似乎是聰明的，耳聰目明。

如果不只為著結論，那之前厚厚的這一疊話語就不是附屬的、鷹架般只用來支撐、用後即棄的乏味證明過程了。書裡的每一句話基本上都是平等的，該用同樣的態度來讀它，價值由它的內容決定。你花四百塊錢台幣買的是一整本書，三十萬字，估算多達兩三萬句話甚至更多，你不是只買了最後一句話。

會想要這麼讀也是因為自省，仔細想想，我自己的書寫不也是這樣？且愈來愈這樣？怎麼可以苛求別人非做成你做不到的事呢？——年輕時愛寫結尾、總急著寫結尾還很丟人會感動於自己寫的結尾（經此，彷彿做了一番表態，一個有認真想過、有依據的決定，可以和世界更始也似的開始發展一個全新的、如此獨特的親密關係），但現在，幾乎每一篇文字我都不曉得該如何較恰當的結束它，我只能鬆開手讓文字「停住」。結個尾都如此不容易了，何況提出結論。

由此，我也慢慢知道了，原來所謂的曲終奏雅（意即一種萬用的、約定的、「借來」的結束形式）是什麼意思、以及為什麼可以成立——千篇一律之所以無妨，當然其形式意義遠遠大於實質，這是對人的體貼，甚至只是禮貌，用一個較賞心悅目的、乃至於有撫慰舒緩人心效果的方式，要的只是個結束，在應該要結束了卻又很難結束時順利結束，好放大家可以（暫時）安心離開。這是一種不必下結論的結束方式。

波赫士曾這麼揭祕的講述自己的書寫，說他總是像個站船頭甲板上的水手，遠遠看到有個島，但先只能夠看見島的頭尾兩端，並不知道島上（即中間）是什麼？住著什麼樣的人、過什麼生活、生養哪些品類的鳥獸蟲魚、有過什麼故事等等，書寫就是這中間部分的不斷靠近和揭露。這樣，波赫士甚至把書的結束部分設定化了、前提化了，和書的開頭並置並一起發生，發生在書寫正式展開之前；也就是說，書寫真正投注心力拚搏的是中間這裡，不斷發現並豐富起來的是這裡，書寫者最有把握的也通常是這裡，所以啊，閱讀者不看這裡看哪裡？

恰當結束一本書、一篇文字因此有困難，中間這部分成果愈豐碩、密度愈高就愈困難，像是把一個太大的東西硬生生塞入到太小的瓶子裡。難以忍受的通常不僅僅是得狠心大量捨棄而已，在捨棄同時語調也跟著改變，語言被擠壓得又直又硬又鋒利割人，原先的精緻度、複雜度、曖昧度及其必要的限制性保不住，因此，它很難再和其他種結論、其他的可能相容或至少並呈，這極可能不是書寫者的原意。書寫者，尤其一個謙遜而寬容的書寫者，得非常非常小心才能不讓自己忽然變臉像是個嚴厲的導師、狂暴的曠野先知、自大無比的人、頭腦簡單的人、喬張作致的人云云，而這極可能正是他一輩子努力想離開、想避免成為的那種人——這也幫我們解釋了，何以書寫者的能耐全面進展同時，獨獨會感覺自己寫結尾的能力不進反退。

這樣想，曲終奏雅收場便不是個很糟以及不負責任的結束方式了（儘管我自己很難採行，有某種過不了的心結，如我很排拒那種無法履行的承諾、無法實踐的安慰、無法信任的樂觀），這起碼躲開了自我破壞，不損傷內容；曲終奏雅，就是一個空洞但模樣好看的句點，或者，休止符。

難以恰當結束一本書，另一端的原因（也許更根本）是，人的思維／書寫世界不僅較大而且還是連續的，大河般淹漫過任一本書，只是它不得不被一本特定的書暫時截斷。也就是說，這本書結束了，但思維沒辦法也應聲跟著結束掉。也因此，書的結尾便像是有著兩張臉的門神傑努斯，一蒼老，一年輕，一個朝著門內，另一個看向門外，一個已抵達盡頭，另一個才要開始。愈當真、愈富思維成分和問題意識的書寫這兩面性往往愈明顯，娜拉出走了是她另一階段人生（可能更艱難）、另一堆故事的開始。結尾總結了已發生的思維遂也像是俐落的打包好行李，藏孕著某種未來某個遠志，準備著下一趟遠行。也通常會忍不住多少有所猜想，但這又是尚未真正發生的，更是書寫者自己尚未認真去想的，這部分並沒把握的話語，難免只是期待，只是意志，總的來說遂也不免荒唐，在日後顯露的完整事實天光下看起來千瘡百孔掛一漏萬。

提前猜測提前說話，從形態來看只能是探針，孤伶伶的伸進到未來的某一個點，因此，比較正確公平也比較划算的結尾閱讀方式我以為是，保持一種沉著的、欣賞的基本態度，若能恰當的加點敬畏之感更好，寬容它的漏萬，滿足於它的掛一，這個掛一很可能是銳利的洞見，書寫者在某種忘情狀態下才敢於講出來，以一整本書做為它的依據（遂錯覺是充分的），附帶著書寫者自以為已然夠完備的思維線索，以及因之而生的非比尋常英勇（或魯莽），這並不是每天都能發生的事。總的來看，也就是第一眼粗疏的看也許荒唐，但再一次的仔細看、分解著看，就有機會捕捉住這樣夠好夠豐富的一個一個點，值回你購買此書的費用以及投注的閱讀努力。而且，在結論的失敗之處、推論的不充分斷開之處，我們還能多閱讀出一個時代的種種基本限制（比方顯微鏡的放大倍數不足，比方原子尚無法打開云云），閱讀出書寫者真正的思維高度到哪裡及其格調（因為較不防衛的說出了他的選擇和嚮往，顯露出他心中的某一應然圖像、他的終極關懷），讓我們更準確了解他這個人並掌握住一個特定時代的真相。

把書讀壞、把結尾讀壞，我以為，罪魁禍首屢屢是記憶這東西（所以幾乎無法避免），也就是說，通常發生在閱讀之後，以及閱讀之外——人的記憶，在自然狀態下，趨向於明確的、固化處理過的東西，並極容易接受形式的暗示。一整本書，人記得的往往並不是書寫者傾盡所能的中間部分，而是這個總是有點荒唐的結尾，並把它削減固化為結論（答案），遂進一步利於流傳，讓那些根本沒讀過此書的人（閱讀之外）也朗朗上口。借用小說家阿城的語法，這於是在原有的荒唐之上，再多一個荒唐。

每本書都有它不同的強調、不同的見解，但真正好好讀書的人知道，這不可以是恣意的、我喜歡就好，也不至於無法相互對話（儘管可不和解的一直吵下去），我們畢竟共用著同一個世界，並以一種重疊性極高（包括感官的種類、能耐和其限制）的生命形式活著，書（或說人的思維）依循著相當有限的、就那幾種路徑前行，歧路亡羊，愈到後面發散性愈大，真正難以和解的分歧發生在最末端，尤其是它最終的猜想、主張這部分，因為它更多源自於人的意志，最自由、最不可測，甚至帶著一賭之心，就既有的學理成果而言，誰也沒足夠堅實的依據說服誰。像昔日愛因斯坦和波爾等量子論者的著名爭議便是如此，那已末端到物理學的最後邊界了，爭論的與其說是物理學理，還不如說是認識論的問題，不在於宇宙（有否）存在著何種明確、乾淨、恆定、統攝一切的秩序，而是人（以及他發明的、使用的工具）是否有著種種意想不到但永遠無望踰越的限制，從而人無法真正觸及它，完整掌握最終的原理、最後的真相（如果有的話），「事實永遠裹在一團迷霧之中」；這於是（在物理學理的認識基礎上），進一步上昇到深刻的美學層次、深刻的道德層次，乃至於是信仰了。書的分歧和其爭議很多是這樣的、這般層級的，我們說句有點洩氣也有點傷人的話，這不干你我尋常人等的事，除非你也具備了相襯的、上達如此層級的物理學養，否則我們的「資格」僅限於一個讀者，閉嘴，好好聽人家說話（不管你情感上、美學上是否有偏好，閱讀世界不需要啦啦隊）。

現實裡，人們記得的、流傳的、揮舞的總是這些有點荒唐的結論，馬克思的、尼采的、達爾文的云云，這加深了分歧，還讓爭議變得廉價，把深刻的分歧和爭議降格為意識形態，甚至就是立場，相當無聊。人更加無謂的仇恨之心也在此生成，仇恨化身為（或偽裝成）某種公義、恨得極無聊但理直（？）氣壯，恨得咬牙切齒卻又完全不認真也沒內容。根本不認識、甚至從未活過同一個世界、生命內容一無交集的書寫者也成為某種不共戴天的、該綁上柴火堆燒掉的惡魔。李維-史陀晚年的回顧一生大訪談被一再追問到沙特，沙特正是那種有一堆荒唐結論、還屢屢有意識的操作種種自我背反荒謬結論好得名得利的人，但李維-史陀很快警覺過來，他拒絕在這種層級談沙特，他莊重的說：「不要讓我在這裡一直批評沙特，沙特畢竟仍是個該被尊敬的思想家——」

是的，即便是沙特——我自己甯可說沙特其實是個非常軟弱的人，一個太想討人喜歡的人，尤其最想被年輕人喜歡。當然，軟弱的人的確往往更陰黯更危險，如果他還多欲多求的話，這樣的人找到機會就會背叛，就像不敢正面衝突打鬥的人總會選擇暗殺毒害。

阿嘉莎·克莉絲蒂最好的一部小說（姑隱書名，免得壞人閱讀興致），凶手便是個性格太軟弱的人，這個凶手選擇，我相信，來自於她精緻的生命洞察。

分歧和爭議始自於書，但滾動成大雪球般的分歧和爭議遠遠發生於書之外，於此，書寫者能做的其實不多，我所能想到的都只是一些持久的、日復一日的、成效極可疑到接近石沉大海的工作（認真談書、談閱讀，努力用一般性語言解釋種種精妙深沉的見解……），根本上，這裡有個很接近悖論的東西——如今，分歧和爭議已愈來愈遠離閱讀，書也幾乎完全觸及不到這些人了，以至於，看得到也願意看這些解釋話語的人，正是那些不必讀這些解釋的人。

你如何用書來告訴那些不讀書的人呢（全台灣有超過百分之四十的人，一整年沒讀過一本書）？——所以，結論不只總是有點荒唐而已，它們會一個一個見光死般變得更荒唐。

話題結束在這樣有點悲傷，又像罵人的話有點不太好，這裡來說說無聊但清氣化痰的事——日本某電視節目，說服影片出租店玩一個企劃，顧客可以用五十日円的極低價租片，但只限這個專櫃，全部是截掉最後五分鐘的影片，一整個下午下來，好像只有一名年輕的家庭主婦願意一試。

我不曉得想這個企劃的傢伙是否讀過卡爾維諾那篇文章——那是他為費里尼書寫的序文，回憶他的童年，因為非得準時回家不可，他一堆好萊塢的電影都是沒看結局的。

但這回我想的是台灣的秀異小說家王禎和，這位溫文但很幽默的書寫者曾這麼說——好好寫完一篇小說，然後把開頭一段和結尾一段拿掉，這樣就是一篇更好的小說了。

3. 有關鑑賞這麻煩東西，並試以屠格涅夫為例子

閱讀，尤其文學閱讀的大撤退現象（我不敢認為這是個循環，如日月代序、寒來暑往、豐年之後必有荒年然後又會有豐年那樣，也就是你不能指望它「自動修護」），說真的，比起來我倒沒那麼憂慮讀者的流失，我更惋惜鑑賞力的普遍式微，其終點已差不多看得到了，那就是純個人好惡的相對主義。

一直以來，我算是那種解釋書、解釋作品的人，每天意識著、周旋著人聽話能力、理解能力的限制及其意願等等問題，其中，最容易撞上屋頂再不能上去的正是鑑賞這部分，解釋性的語言（拆解、分析、證明、因為所以……）能觸到它的比例很少，我猜想，鑑賞太稠密了、稠密到幾乎是連續性的，面對著它，我們文字語言的顆粒狀、非連續性本來面目畢現無疑狼狽不堪，也像孔目太大的網，真正想抓的東西差不多都流失光了，也因此，人們一不小心就把鑑賞推向所謂「感受」的領域，沒標準沒道理沒是非高下之分，放縱的用人言人殊的喜憎好惡來說它。

鑑賞，大概最屬奧古斯丁所謂的那種東西：你不問我我是很知道的，你愈追問我我就愈講不清楚甚至開始想不清楚了；從語言效果一面來說則是：鑑賞最不容易成立，但最容易反對。所謂容易反對的意思是，做為反對者這一造，你完全不需要有相襯程度的認識、學養乃至於實際經驗，常常，你需要的只是決心，下定決心不要被說服，最滔滔不絕的雄辯者、最溫柔綿密的解說者都奈何不了你。

正因為這樣，鑑賞力是極脆弱的，脆弱得近乎虛幻，或說近乎某種謊言，國王的新衣那種的。尤其在公眾性的世界裡，幾乎沒辦法講清楚，更提不出足夠（分量和數量）我們今天能認可的所謂證據，完全通不過如今這樣平等形式的辯論；但其實有趣的是，深沉一層的來說，其實倒也沒那麼多人（尤其那些最聰明、最深究、以及最專業的人）懷疑它的存在、成立和必要性，而且，在進一步說出話語之前，人們的根本認知往往還相當一致（包括那些看似水火不容的敵對學派，甚至如馬克思和李嘉圖一干古典經濟學者），困惑和分歧不發生在第一階段的感知和認識，而是出現於第二階段以後的試圖解說、確信、並對未來賦予期待並提出主張時，有那種你愈要抓緊它就愈可疑愈滑溜的古怪味道；它像是某種足不出戶的膽小東西，關在一個人的世界裡顯得如此真實、精緻、完整、有用而且有益，但總是一出門就迷路，消失在人群中，消亡於語言裡。

鑑賞不會愈辯愈明（不過說真的，到底有什麼東西愈辯愈明白清晰，除了仇怨？），它總在話語激烈起來之前就逃之夭夭。

也因此，鑑賞力的養成和保有需要很特別的場域，大自然裡並沒有的人工打造環境，像是——它需要足夠長的時間才能培育起來，長到往往還得超過一兩代人以上的時間，這乃是因為話語能幫的忙很有限，能夠靠話語提煉的通則、概念、方法好快速傳授的比例很低，實體性的不斷觀看以及不斷操作實踐才是主途徑（意即一種稠密的、連續性的體認抓取方式），尤其是觀看足夠多好作品以及實際上嘗試著自己也做出好作品來（失敗了無妨，失敗是常態，失敗一樣大有所獲）。這一個個好作品康德稱之為「範例」，而範例正是人判斷力鑑賞力的「扶椅」，人扶著它一小步一小步前行（這極可能是康德有關鑑賞說得最好的一段話）。鑑賞力的養成像種棵樹，極簡單但無法速成，沒太多有效率的機巧方法可講究可替代，要有好的音樂鑑賞力，那就一首一首歷史級的經典樂曲一遍又一遍好好聽；要看懂字好字壞，那就讀帖並臨帖，歷代的大書家、大鑑賞者不會集體騙你，那是他們各自的確確實實生命經歷、生命成果，讀完百帖你會發現某個有趣的東西已在你身體裡不知不覺成形了；要有好的文學鑑賞力，千萬別相信有聽君一席話勝讀萬卷書這類感激涕零且偶一為真的話（我比較相信如今大陸年輕人的說法：「聽君一席話，如聽一席話。」）。一席好話，在對的時間一點、尤其在已準備好的基礎上（比方你已讀了夠多、且有夠豐厚的生命經歷），也許在那正正好一刻會有喚醒、解開、打通、尋獲、拯救你一整個人生的魔法般動人力量及其效應，但這仍無助於鑑賞眼光的養成，你還是得坐定下來，實實在在的讀萬卷，呃，至少幾十上百本好小說、好詩和好散文。

由於需要的時間長了點，在人心志的熱切和心思的沉靜中遂有著裂縫，往往人會太催促它並且太過頻繁的察看成果，太忙著掀鍋蓋，因此，較好的方式是一種接近欲擒故縱的詭計，你期待成果，但讓它在生活中像僅僅只是一個習慣，或一個工作性的義務，把熾烈的心志設法推遠成一個遙遙的光點，像某顆天上的星星那樣。

實踐這部分可能比較麻煩，畢竟不是人人、事事能夠，因為這遠遠超出了興趣和樂趣的層面，事關人往往只能擇一而行的志業乃至於職業選擇；而且，玩票性的「體驗」意義很小（進不到必要的深度乃至於絕境），還得考慮其種類、條件和成本，寫首詩還可以，但寫首協奏曲或寫齣歌劇也許就有點難了，而冒然拍一部電影則會傾家蕩產妻離子散——但我得說，動手還是比旁觀多出點什麼。我試著這麼描述，實際動手有一種高倍數放大作用，你的手帶著你一整個人「鑽進去」，純觀賞純思維很難察覺其存在的極細微縫隙和矛盾，如此才一個一個顯露了出來，且變大刺眼到非處理好它不可（所以好的書寫者對文字永遠有一種異於一般人的不安和愛憎之情，天天感覺到文字的歧義、疏闊和其斷隔，幾乎是神經質的）。因此，這也像是不斷進行的微調修補作業，像是一次又一次密實的夯打，讓人的理解連續、結實，從而讓人的鑑賞綿密、柔靭、準確，除了自省自知，遂也最容易看出來他人的作品做到了什麼、跳過了什麼以及掩飾了什麼。實際動手的人因此也是最不容易上當受騙的人。

我們也可以這麼說，這樣做是動員了人全身的感官，包括筋骨、皮膚尤其指尖觸感（指尖正是人神經分布最細最密的地方，嚴刑逼供者最喜愛的地方），純粹資料和基本知識的攝取的確用不著到這樣，但鑑賞，本來就包括諸多逸出於話語和文字的東西，得真正「觸到」，不僅僅看到和聽到而已。

我自己下點棋，斷斷續續臨帖寫字，更加丟人的是，年輕不懂事時還曾經試著寫詩和小說，就是沒拍電影也沒寫過交響樂曲。由於程度差得實在有點遠，有關鑑賞能力養成和此一實踐的深沉聯繫，我的收穫和體認少到、初級到只夠做為跳板之類的東西，堪堪站得住腳而已，只能用來猜想進一步可能心嚮往之。但這樣也還是有益的，至少讓我帶點實證、實實在在體認的知道前方還有多寬多遠、天多高地多厚（我總覺得眼低比手低要樣子悲慘，手低只是個不會，不傷及其他，眼低則是白目，常連道德、教養都賠進去），也讓我對好的創作者始終保有一種特殊的信任，不輕視不放過他們也許語意不清也提不出足夠恰當理由的直觀也似判斷。比方現實生活中，我便一直信賴朱天心的如此判斷鑑別，這一部分她自始至終走在我前方一大步，即便總的來說我也許稍稍比她用功一點，耐心和解析說理能力也稍好一點點，但更經常的是，由她開頭，她說第一句話，然後才是我想我確認我解釋。這樣的事我幾乎每一天都印證，至今已印證了四十年之久，而且並不限於文學。

不只從朱天心這裡，我自己的閱讀經驗也是這樣，一樣延續了三、四十年了——我很喜歡一流書寫者的文論，遠遠（幾乎是不可以道理計的）超過學者的專業評論和研究，不只在於他們怎麼說自己，更在於他們怎麼看別人，看其他書寫者、其他作品。其中最吸引我的、在別處幾乎看不到的，是那種極清澈的、光一樣射進來的、毫不遲疑毫無恚礙直指核心的話語，並不一定得狂暴（比方尼采那樣或沙特有意為之的那樣），也不一定出自於像杜斯妥也夫斯基或納布可夫這樣性格強悍鮮明的人，在比方屠格涅夫、卡爾維諾、波赫士等總是溫和說話的書寫者那裡一樣遍地都是。我以為，說出如此銳利穿透的話無需特殊的、多餘的勇氣，更不只在生氣或極度悲慟時才說，這之於他們只是再正常不過的、每天工作裡的認識，正常到不必更換語調（如某種誓言、檄文格式），不必慎選時機，也因此不特別去想會冒犯到誰或意圖跟誰過不去，更多時候，它們只像一語帶過的出現在文章角落裡，甚至和文章的主要意圖根本無關。

像是屠格涅夫談席勒的《威廉．退爾》五幕劇：「順便說說，只有在極少數天才人物身上，這種具高度哲理性的創作意識才不會伴隨著某種行為的冷漠性。」這是多麼敏銳而且解開人心中一個結的話語不是嗎？這也真的讓我當下一驚，這些年來我盡可能要求自己的書寫保持理智，但也因此變得冷漠了不是嗎？

或像杜斯妥也夫斯基，他心悅的推崇天神一樣、已成俄羅斯國族象徵的已逝詩人普希金（「不，我不會一整個都死去。」普希金自己《紀念碑》詩裡如此精彩而且準確預言的一句），但並不以為同時這麼說有何不妥、不敬：「誠然，他熱愛祖國土地，但他並不信任它。他聽過有關祖國理想人物的事，但他不相信。」事實上，我想這極可能才是普希金不平庸、不流於那種無腦子民粹的關鍵之一，杜斯妥也夫斯基指它出來，我真希望在台灣、在國族情緒一樣太重的大國崛起中國大陸，能有更多人當一個重要提醒聽進這番話。

或像莫里亞克談論已接近不可質疑（尤其在學院裡，是一個時尚）的卡夫卡小說：「我這就要讓你大吃一驚了。我對卡夫卡小說中的人物幾乎叫不出名字，可是同時我對他們又很熟悉，因為卡夫卡本人使我著了迷。我讀過他的日記，讀過他的書信，以及有關他的一切資料，然而談起他的小說，我卻無法閱讀它們。」莫里亞克絕非唯一一個這麼想的人，他只是平實的、無隱的講出來而已（有趣的是，十之八九都是創作者，在學院裡你幾乎聽不到同樣的聲音），於此，我印證、心領神會的程度遠遠大於發見。卡夫卡本人的確比他小說精彩太多了（尤其比他的長篇小說），老實說，我對那種盛讚卡夫卡小說到全無一絲疑慮的人沒辦法信任，或對其文學鑑賞力，或其人格心性，或兩者皆然。

諸如此類其實多半只被一眼略過的話語，對我的持續閱讀有很動人的效果，而且隨著年紀愈來愈容易發現它們，發現一次就感覺出自己進步了一次，這個年歲仍能清楚感覺自己在進步實在太好了——首先是康德講的「拯救」，一次又一次把我從已成世間結論的成見和昏睡的平庸裡拉出來，以及從我自己線性的、管窺的過度專注拉出來，且附贈勇氣（集義，一次又一次這樣的發現集聚起來，的確可生養勇氣，這是孟子最精巧的話語之一）；接下來的當然是引導，我總因此順勢重讀一回普希金、卡夫卡、還有卡爾維諾這樣高度哲理思維但絕不冷漠的小說，大門重開也似的，並曉得這回該看哪裡該注意什麼。卡夫卡小說可多說兩句，他的確是太奇特太出人意表的一個人，但他的小說其實不算是（詩和夢境，撐愈長就愈吃力愈斧鑿），我所知道的那些最好的書寫者都對卡夫卡小說有某種「特殊的保留」，應該不至於是害怕冒犯眾人，而是認為如此高階精密的質疑不宜在如此容易聽錯話、容易引發種種不良副作用的大眾場域進行；甚至，也許也認為這不失為是一個好的誤讀吧，正面的時尚，美麗（但這麼辛苦）的誤會云云，是對卡夫卡人生的一個補償。其中話說得和莫里亞克差不多白話的是波赫士，他一直有一種好教養的直爽，波赫士講卡夫卡以一種極清澈的風格寫這麼污濁陰黯的東西，但他的小說總是「流於太機械性」，純粹就文學論文學的鑑賞來說是「不能讓人滿意的」。

從彷彿是完美的卡夫卡，進入到這樣欲言又止的、搖晃不已的卡夫卡——我就知道自己是來到了一個刻度更精密、反應更靈敏、得沉浸其中稍久才行的文學世界了，創作者偏立體而非學院學者平面化的世界了。

近些年來，我因此一直想寫（或說輯成）一本大致可叫「隻字片語」的書，抓出來這些很可能二十年、三十年總跟你擦身而過的話語，只是我一直找不到合宜的書寫呈現形式——當然不可以是光桿形狀的格言集，那樣就差不多等於處死它們了，但解釋它們又往往太沉重又太需要話說從頭了，很容易弄熄它們那樣靈光也似的動人觸感。我還在想，還沒真的放棄。

就來說屠格涅夫吧。正好，此時此刻，我背包裡就帶著本屠格涅夫的評論集子——做為一個讀者，我感覺我對屠格涅夫有某種虧欠，跟不少人一樣，我一直把他掛在舊俄那一批偉大作家的車尾，這是不公正的。我的「錯誤」也許反而是因為讀他太早，那是十四歲國中二年級時，書是《羅亭》，版本是彼時譯得很隨便、印製得很粗糙的廉價書，說真的，很長一段時日我完全不曉得該怎麼讀它。

對屠格涅夫的排斥則來自於他已成定論的軟弱。我一直非常非常非常不喜歡軟弱的人，如果軟弱再加上多欲望，那就不是喜歡不喜歡的問題了，我看似偏見但極誠摯的忠告是，如果你身邊有這樣的人，盡可能第一時間遠離他，這樣的人幾乎一定會背叛你，即便並無足夠背叛的理由、背叛的實質「獎品」。

有關人的軟弱，這上頭我相信阿嘉莎．克麗絲蒂（她對人有一種或不深刻、但屢屢意外精準的鑑識能力，不來自她賴以成名的推理，而是源於她的敏感和生命經驗），軟弱的人往往是特別危險的，以某種隱形的、黯夜的、妒恨自噬其心的方式算計別人傷害別人，她一生最好的作品寫的就是個性格太軟弱的凶手，因為永遠不敢正面處理仇怨和欲望，遂不停的屯積仇怨和欲望如養蠱，最終遂陷入一種難以察覺也難以揭發的瘋狂之中，「匕首就這樣刺下去……」。我自己幾十年的生命經驗和冷眼旁觀結果也很接近如此，我一生所聽到那些被稱之為「濫好人」的彷若天使型之人，幾乎無一例外該去掉那個「好」字，直接就叫濫人，我以為關鍵還不在仇怨，而是欲望，道理一樣，軟弱使他感覺自己一直在容讓（也容易衍生為誰都占我便宜，他們都對不起我云云），欲望若只生長卻無法滿足，很快會膨脹到臨界點，便只能以各種陰森森的手段來獲取和報復。而欲望眼中的敵手一定遠遠比仇怨的敵手多，這甚至不必真有所接觸有事發生，遠方陌生之人都可能是障礙，因此潑灑開來遠比仇怨株連更廣更莫名其妙，大致如此。

孔子是已知最早把軟弱和多欲扣在一起的人，多欲是人軟弱的加強版危險版——有關這個，屠格涅夫柔弱但並不多欲，這使他總是後退一大步站到某個無利益、可縱觀全局的絕佳觀看位置上，而無欲，乾乾淨淨的心，如孔子精確說出的，給了他內在一根強韌的、可讓人放心信任他的脊梁骨。

所以，一直說屠格涅夫軟弱懦怯不是不對，但應該可以停了。他在生活裡如對他母親或對於愛情的確軟得跟團蠟也似的，但在文學裡絕不是、完全不是，我們在意他的是小說家、書寫者這部分，而不是兒子和追求者這部分，而且我們說，人怕吃青椒香菜或胡蘿蔔不見得讓你成不了勇士鬥士不是嗎？

我們一百五十年後今天回頭來讀，舊俄彼時真正需要勇氣的話屠格涅夫講出來的極可能比誰都多（很多狀似豪勇的話反而半點不危險，尤其那些靠「集體進步幻覺」撐腰的東西，這是一個歷史通則），至少，他對那些不舒服真相真理的堅持和持續追蹤之心完完全全壓過了他的性格，否則如何能夠、如何敢持續寫出《羅亭》《父與子》這樣必定兩面挨罵、違逆著時代大風向的小說？也許更因為這樣柔軟多孔隙的海綿性格，再加上他一直處於四面八方攻擊的危險位置，讓他的思維一直比托爾斯泰、比杜斯妥也夫斯基更稠密複雜而且完整，也更多、更懂如何閱讀他人的作品。純就文學鑑賞一事，他是舊俄這一干大家之中我最推薦的人，他更公正所以也就更精巧、深刻、準確並理解人的各種情感和錯誤。

在屠格涅夫這本文論演講集子裡，〈談哈姆雷特和唐吉訶德〉一文是錢永祥很喜愛的，我也引用了好幾回，這裡多加兩處，一是講桑丘．潘扎對唐吉訶德耐人尋味的忠誠，屠格涅夫很漂亮的把它移置到普遍的、和我們任何人有關聯的一般生活層面：「用指望得到好處，謀取私利是解釋不了這種忠誠的，桑丘．潘扎的頭腦太聰明了，他十分明白，給這位遊俠騎士當侍從，除了挨揍之外幾乎沒有任何東西可以期待。應該把這種忠誠的根挖更深一點，如果可以這麼說的話，它根植於老百姓最優良的特性之上，他們能夠幸福和誠實的著迷（唉！他們還受到過別的迷惑），他們能夠表現出無私的熱情而不顧眼前的私利，儘管這對於一個窮人來說，幾乎等於放棄充飢的口糧。……老百姓到頭來總是懷著虔敬的信仰追隨那些他們自己曾經嘲笑過、甚至咒罵過和追擊過的人物，只要這些人不怕追擊、咒罵甚至嘲笑，堅定不移的走向前去。」或這一句，我自己無比信服的一句，閃閃發亮的鋼釘也似的，說哈姆雷特：「一個誠實的懷疑主義者總是尊重最堅忍不拔的人。」這也正是日後葛林小說的一根脊骨，乃至於葛林自己（一個多疑到如哈姆雷特的人）內心深處對世界、對人僅剩的期待。

就是這樣，屠格涅夫輕柔的把《唐吉訶德》和《哈姆雷特》或太戲劇表現的故事拉回來，原來文學的戲劇性往往只是生命某一處尖端部分的凝視、放大和嘗試理解，有時還化學實驗般放入到某一個特殊時空狀態裡來觀看它的反應和變化，來確信它，並非外於我們「正常」世界的另一種故事、另一種人（我想起中國第一個《唐吉訶德》的譯本叫《魔俠傳》，這情有可原）。

屠格涅夫講《外甥女》這部女作家寫的小說：「她不怕出錯……我們只是認為，在女性的人才身上（包括她們之中最傑出的一位——喬治．桑）總有著某種不正規、非文學的、直接出自內心的、終究是未經深思熟慮的東西。」我不確定女性書寫者怎麼想這番話（她們之中有人很容易被激怒），但我真的以為，這段小心翼翼的話，對女性特質的書寫是很精巧的描述，而且多是讚美，還帶著些嚮往和期待，某種我沒有的能力、我得不到的自由、我知道但去不到的地方云云。我有錯讀屠格涅夫這番話嗎？

講所謂的人民作家：「現在，在我們中間還流行著一種錯誤的意見，只要誰操起民間的用語，編造一些俄羅斯風格的笑話，在作品中經常表白對祖國的熱愛和對外國人的極度鄙視……他就成了人民的作家。」還有：「我們要順便指出，在藝術、詩歌、文學中提出『民間』的口號，這只是一些不發達的、尚未成熟的、或者處於被奴役被壓迫中的民族特有的現象，不用說，他們的詩歌必須服務於另一些重要的目的——保護他們本身的生存。感謝上帝，俄國並不處在類似的條件下，它並不衰弱，也沒有受到別的民族的奴役，它無需為自己擔心，也不必惟恐他人覬覦，拚命保護自己的獨特性；它意識到自己的力量，甚至喜歡那些向它指出不足之處的人。」

講那種平庸的、千篇一律的文字：「是修辭上的通用貨幣，這些話僅僅因為信奉的人太多而不被看成謊言。」

講那種人們彷彿永遠戒不掉、賣弄自己的不幸和痛苦、像討債討個沒完的書寫：「利用這種優勢（在蹩腳詩人那裡是假想的優勢，在出色的詩人則是真實的優勢），作者翻來覆去歌唱自己的痛苦，使我們厭煩透頂，以致於他們中間最好的詩人（即萊蒙托夫，他〈不要相信自己〉這首詩）也會不由自主的想說：你曾痛苦過或不曾痛苦，這與我何干？」

屠格涅夫還順口這麼說黑格爾，有點缺德但我以為奇妙的準確，準得讓我大笑出來，並從此攜帶著這個畫像讀黑格爾，看穿不少東西，那些黑格爾式的虛張聲勢，以及後代為他的虛張聲勢：「就像黑格爾的臉，在同一時間可以既像個古希臘人，卻又像個沾沾自喜的鞋匠。」——確實，德國是個多生產虛張聲勢事物的奇妙國度，屢屢有一種高度精密（但很不稠密）的大型架子，對年輕人、尤其年輕男生一直有很特殊的魅力，像我家三兄弟二十歲前，尤其我大哥。

屠格涅夫談《浮士德》一文則是我最喜愛的一篇，毫不見畏怯，但重點不在英勇，而是鑑賞和洞見。這篇文章相當程度解決了我對《浮士德》乃至於歌德本人一直以來的某種不安、不放心。這位德國詩神，我甚至再再感覺他有點幼稚，程度沒那麼好（書寫者在忘情描述他認為美善的、至善的事物時最易曝現自己的真正高度），視野也遠比想像的小（以他這樣一個生前就站上巔峰、就被奉為神祇的人，應該要有的某種無私），極可能是太過自戀自飾帶來的，才華遠勝於理智。屠格涅夫指出來歌德純粹利己主義和浪漫主義的限制，浪漫主義正是太過度「對個性的頌揚」，整個世界「都是為他而存在，而不是他為它們存在」，基本上是人的某種幼態持續，人迷戀自己的年輕。我尤其喜歡以下這番話，這回應著我如何面對那些懸而未決的、難以通過理論予以確認的、但其他所有時候我知道「它們是真的」的東西，不必因此放棄，也不必勉強要它們快快跟論證和解、和世界和解。這樣的東西相當不少，也已是構成「我」的重要成分，我不能輕易丟棄它們（太勉強的調和隱藏著丟棄），那樣我就所剩無幾了，我會透明到只是集體世界的路人甲，我毫無意思的全然平庸和乾枯：「我們從自己的角度來看也不滿意（《浮士德》一書）『悲劇的結局』，但不是因為這一結局是虛假的，而是因為浮士德的任一可能結局都會是虛假的；因為剛從舊社會內部脫胎而出的浪漫主義是無從了解我們直到今天都還不了解的東西；因為浮士德在人類活動範圍之外所做的任何一種『調和』都是牽強的，至於其他的調和，我們暫時還只能夢想……有人會對我們說：這樣的結論（按：即暫時乃至一直沒結論）可不令人高興。然而，第一、我們追求的不是高興，而是我們見解的真實性；第二、那些聲稱沒解開疑團便會在人心裡留下可怕空隙的人，是永遠不會真誠和熱忱投入內心的自我爭鬥的。他們應該知道，在體系和理論的廢墟上只留下了一個牢不可破、無法消滅的東西：我們做為人的自我，它是不朽的，即便只是由於它不會去消滅自己。」

但這裡，我真正推薦的是這番話，比較容易看懂或說比較共有相類似的具體經驗，也就意味著對更多人有益：「我們已經多次提到，浮士德是利己主義者，他關心的只是自己一人。而且，梅非斯特說到底遠遠不是『偉大的撒旦』，他不過是『一個最沒品味的小鬼』。梅非斯特是每一個萌生猶豫反省之人的魔鬼：他體現著一種否定，一種產生在專注於自身的懷疑和困惑心靈中的否定：他是那種孤獨和遠離現實人們的魔鬼，那些人會由於自己生活中的一些小小的矛盾而弄得惶惶不安，可是卻又會帶著明哲的冷漠對大批工匠的餓死視若無睹。梅非斯特本身並不可怕，他的可怕在於他無時不在，在於他對許多年輕人的影響，那些年輕人由於他的關照，或直截了當說，由於他們自身的膽小怕事和利己主義的瞻前顧後，始終沒能衝出親愛的自我此一狹小圈子。他尖刻、凶狠而又可笑，照普希金的說法，遇見這種魔鬼的人總是遭難受罪，但是，他們的痛苦和折磨卻不會引起我們深切的同情；再說，有多少這樣的受罪者傻瓜炫耀他的『五顏六色袋子』也似的炫耀自己的痛苦，然後搖身一變為地地道道的庸人！……重複一遍，梅非斯特之所以可怕，是因為至今大家都認為他可怕……對那些把自己幸福看得高於一切、同時想弄明白為何幸福只屬於他們的人來說，他是駭人的……而這樣的人一直很多，多到不可勝數。」

那些人會由於自己生活中的一些小小矛盾而弄得惶惶不安，可是卻又會帶著明哲的冷漠對大批工匠的餓死視若無睹。——今天，一百五十年後，我認真的一個人一個人想過去，究竟有誰、有多少比例的人不是這樣，我以為這已是我們這個時代最典型的公眾面貌了。

這是一八四四年屠格涅夫寫於聖彼得堡的文字，但生動得像今天早晨站在台北市才剛說出來的，新鮮到令人不敢置信。當然這不是預言，只是又來了，沒完沒了；這源於洞視，源於對人的精緻了解，歌德講過人的世界裡事情不會就只發生一次，某些現在說對的事將來也還會再對——「他尖刻、凶狠而又可笑」，此物德文原名梅非斯特，但我們誰都不難把它譯為一整排眼下的台灣姓名；而那些愛炫耀自己痛苦並搖身變成庸才的人，我們同樣可填上一排名字。用我們這個時代的話來說，梅非斯特正是浮士德博士的小確幸招引出來的，梅非斯特正是小確幸之人的專屬魔鬼，存在於人理直氣壯的自私和軟弱裡。

鑑賞原不是否定性的，因為鑑賞是認出、揀出，而不是丟棄、摧毀（在眾多之中認出其一，或在一物中認出它某一細部、成分、特質、可能性），惟鑑賞因此必帶著鋒芒，尤其是試圖說明它時，這讓它容易被誤認為挑剔和苛刻，總是講著壞話、難聽的話，即便如屠格涅夫這麼溫和軟性的人——也許我們可粗鹵點這麼說，它（驚喜的）找到眾裡的某一個人、某作品、某一句話，同時也就得把其他的先拋下；再來，揀出之後的分離滌洗打磨作業，這是手術刀也似的精密工作，不這樣去除不掉那些沾黏的、近似的、仿造的、虛假的東西，也因此，鑑賞者在意的、排除的其實不是劣品，而是贗品，如朱天心說的，她在意的不是那些大家都已知道的糟糕東西，而是那些大家以為是好東西的糟糕東西云云，這恰好是鑑賞者最冒犯人之處，不僅貌似挑剔怨毒、不容人不容物，還一再蔑視到人家珍視的某物（比方村上春樹小說、蔣勳散文等等），嚴重傷害人們的情感。

屠格涅夫溫厚偏柔弱，因此這裡該這樣看才正確——當他的話語急切起來、嚴格起來，這不尋常（他甚至還指責人「膽小怕事」），我們循此就能在另一端找出他珍視的、努力護衛的某物；愈急、愈重，這東西也就愈珍稀而脆弱。

鑑賞原是獲取、增加，指向不容易被注意到的好東西，我的閱讀經驗一直是如此，還有，我擔任文學評審的經驗亦復如此。如今，台灣文學獎從官方到民間，從中央到各地方政府、學校，已多到失控並誘人倖進的地步，以至於排班值勤一樣誰都得當當評審，接近於一種義務或社區服務之類的工作不好一直拒絕——評審更是非得認出、揀出的工作，在動輒幾百位競爭者中找出一個、或一—五個，當然也是很傷害人的工作。而我更多的經驗性感觸正是，場面上話語縱橫占盡上風的通常是專職的、有學校教職的學者和評論者，但我永遠比較信賴創作者的眼光（當然限於夠好夠認真那幾位），真正能打動我的、確確實實從作品看出東西的那幾句精彩鑑賞之言，永遠出自於創作者之口，儘管話往往不夠清楚，毫無辯論說服力道，稍一失神，就流過去了。

由此，我也想起來一堆文學往事，創作者認出創作者，一般只當是美談，不深究鑑賞這一深沉的聯繫——最早認出年輕艾略特的是詩人龐德，龐德讀的正是《荒原》的原稿，還直接動手修改（主要是刪除），以至於《荒原》的原始完整內容就連艾略特本人都說不清、尋不回了，宛如掉落在某個時空縫隙裡；認出果戈里的是普希金和別林斯基，他們當下都還不知道該如何恰當來說果戈里小說，鑑賞遠快於、大於說理，而普希金看重果戈里的程度明顯超過了別林斯基，他甚至把自己醞釀的書寫題材交給果戈里來寫（如《欽差大臣》），認為果戈里可以比他、也比到此為止的果戈里寫得更好；至於稍前的普希金自己，「巴丘什科夫讀了他的哀歌《成堆飛卷的雲朵散開了》拍案叫絕：『好傢伙！他是怎麼開始寫作的啊！』當時普希金還不到十八歲（另一說是二十一歲）。巴丘什科夫說得對，在俄國還沒有人這麼寫過。巴丘什科夫大叫『好傢伙』時，很可能已朦朧預感到，普希金的一些詩歌和表現方法將被稱為『普希金的』。」

還有杜斯妥也夫斯基，他的第一部小說《窮人》寫時才二十幾歲，先徹夜讀原稿（輪流朗讀）的是涅克拉索夫和格里戈羅維奇，這兩個傢伙激動到決定立刻把他叫來，「他睡覺算得了什麼，我們叫醒他，這比睡覺重要！」而當天，這份原稿就又被轉到別林斯基手上，別林斯基也立刻要求見他，杜斯妥也夫斯基自己回憶別林斯基開門見山這番話：「您自己是否理解，您做為一個藝術家，只是憑直覺才能寫出這樣的作品來，但您自己是否理解您向我們指出的全部可怕真理？……您觸及了問題的本質，直接指出了要害所在。我們，政論家和評論家只是議論，努力用言詞闡明這類現象，而您，一位藝術家，大筆一揮，一下子用形象畫出來事物的本質，甚至可以用手觸摸，使最不愛思考的讀者豁然開朗！……」

極好的一番話，一個已一言九鼎的大評論者對一個二十歲出頭的小朋友這麼說，這真令人羨慕。只是，我們是羨慕有這樣說話的別林斯基？還是該羨慕有這樣水平作品的年輕杜斯妥也夫斯基？——台灣今天各式更誇張的、奉承的、滿是奇奇怪怪心思和策略的反正不花錢好話多了，有人專愛在大街上說，有人只敢在小巷子裡講，還有人幾乎以此為生。無論如何，這是我們已難以想像卻又深深相信事情本該如此的文學鑑賞，一幅美麗但合理的文學圖像。舊俄那樣一個大文學時代果然不是蓋的。

別林斯基，俄羅斯的大鑑賞者，他真正動人的、令人感激的歷史成就，還不在於議論批判說理，更在於他超越了說理、敢於不靠議論鎧甲護體的鑑賞力捕捉力。別林斯基，他一旦認出就敢於把自己押上去，他的英勇讓他的鑑賞完整、徹底、能夠走到最後一步讓鑑賞有現實價值（脆弱的鑑賞最需要人的英勇來支撐，人太膽小圓滑，鑑賞力用進廢退也會得而復失）；發現者，同時也就是守護者。

我們沒別林斯基，我們有誰？我無意不敬，我們只有王德威（這裡，我忽然發現，《從劉鶚到王禎和》到不久前的中國抒情傳統鉅著，我沒少讀王德威，但幾十年時間，除了稱張愛玲祖師奶奶這不太恰當的玩笑之語，我居然完全不記得王德威還說過什麼，也從未能引用他任何一句話，這個「失憶」讓我驚愕不已，當然，問題可能在我）。

回憶起這幾乎是驚心動魄的一天（由半夜到天明），杜斯妥也夫斯基自己的感想是這樣，請注意杜斯妥也夫斯基所說的這一回憶所賦予他持續書寫的勇氣，他這樣的一生有太多時候需要它：「這是我一生最美好的時刻。我在服苦役時，一想起它便精神振奮，每次回憶起來都不能不感到激動。」

這類故事、這種的回憶，我們可以如《一千零一夜》的山魯佐德般一直說下去，比方正是葛林認出來勒卡雷，幫我們把他從芸芸類型小說中分別出來，以至於我們大致可以相信，這毋甯才是通則才是常態，乃至於即便在今天文學如此清冷不彰的年頭依然（默默的）如此發生。作品和其書寫者，總是經由個別的鑑賞被發現，問題只在於外頭世界聽到聽不到、聽得進聽不進這一精緻低弱的聲音而已。

鑑賞是精緻的，不只是幫我們聽出作品和書寫者而已，我更綿密也更結實的閱讀經驗是（多到每一天都一定發生，且不限一次），鑑賞真正做的是，進入作品內容幫我們一段一段的、一句一句的挑揀出來——我不計其數的間接從卡爾維諾、昆德拉、波赫士、維吉尼亞．吳爾夫等人的引述讀到某一句、某一段如此懾人心魂的某人話語和詩，而原來那本書我可能讀過了，甚至自以為熟讀，奇妙的是，被如此摘取出來往往還比原書中讀起來更有感覺，像有人伸手指給你看，像光線穿過稜鏡展開成有連續光暈的七重色澤。尤其詩，詩原是太純粹的書寫形式，封存於書寫者自身，並不容易打開，只適合「在人心和人心之間熱切的流動」，對我這樣程度的讀者而言（隨年歲漸長已略有改善），很需要有一座橋聯通起它，把它移出來。這樣的閱讀經驗，因為太多次了，我已逐漸從懊惱的「我居然沒讀出來」進化到怡然的「果然只憑我一己之力讀不出它來」。

這麼多年，我的書寫有過多到已令人不安的引述，說真的，真要把它們一一改裝成像是我獨力發現的、是我說的話技術上並不難。我想我是拙劣的一再想複製此一美好的閱讀經驗，有那種不好意思獨享之感；我也相信，這些頂級的書寫者如卡爾維諾、波赫士絕不必靠引述來證明自己博學、來壯自己文章聲勢，他們無非享受著一種知心交談的樂趣，也提供給我們交錯縱橫的閱讀、思維線索。

看一個人結交的朋友，會多知道他的心性、他的價值判斷、乃至於顛沛造次時刻的抉擇云云；看一個人的閱讀引述亦如交友，書寫者想指給我們看更大的世界，而我們卻也因此更了解了，知道他想著什麼，憂煩以及希望什麼。

然後，最重要的便是這個了——不擅於言詞的鑑賞力，我們聽它期期艾艾的話語，於是需要對語言、對文字心懷多一點善意（這恰恰是這幾百年來我們緩緩在減少的），但不故意誤解（故意誤解是台灣當前最壞的習慣，蔚然成風）只是此一善意的最底線要求，再往上去，就不能只靠人自制、耐心云云的好教養了，善意需要更強有力的、也可堪持久的支撐，因此，它還非得是一種能力不可，在同樣說得不清不楚的文字和話語裡，人得自己緩緩培養出分辨真話和胡言亂語的能力才行。

這很可能就不是一般人的世界所能夠的了，因此，鑑賞這麻煩東西要開門進入到廣大世界，往往便得借助某種看似高傲、看似蠻橫不說道理的壓倒性力量，喝令世界暫時安靜下來，好較為完整的、仔細的聆聽這纖弱的聲音。在宗教領域裡，這強調到甚至固化為一個千年不廢的儀式，上教堂、進佛寺的人都有這樣的經驗，其實（原來）學校也是這樣，我們可以體認為，這樣不易說成功的話語，即便由神來講，也同樣非得如此要求不可。進入公眾世界，鑑賞必須把自己裝扮成這副喬張作致的模樣，這當然很令人不喜，長期更讓人不安，只因為，虛偽不義一樣可戴上同一個面具，源源不絕。也因此，就連基督教會也早早意識到危險，他們一直發出預言式的嚴厲警告，一定會有假基督出現，說著很相像的話語，也同樣能行神蹟之事，但這要如何分辨是蠱惑是拯救、是真的假的基督呢？就跟我們講文學鑑賞一樣，基督教會自始至終提不出來一種簡易的、一般人適用的分辨方法，那種身體哪裡有奇怪記號、或散發出某種獸類的或硫磺也似的臭氣，比較揭近咒罵而非特徵辨認之道，只因為，正是沒有一種簡單可一眼看穿、套公式一樣的辨法，這裡是鑑賞的領域。

倒是，教會太過激動的假基督預言，日後引發了另一種最不公義的災變，那就是中世紀以降的殘酷宗教迫害，說你是假基督的追隨者，就可以綁你上火堆燒死。

也許比善意流失得還快，鑑賞所借用這一蠻橫機制蠻橫力量，也正是這幾百年來最喪失信用的東西，如今，事情差不多翻轉過來了，人們敏感於、反感於這種機制這個力量，已大過於其話語內容，有這麼一種味道，不管好話壞話、是拯救是迫害，只要通過這樣的形式而來，我就拒斥反抗到底——這是有足夠數量和足夠深刻理由的，而且還多得到另一個強而有力的極普遍支撐，那就是人可以不用迷惑的、艱苦的去分辨，百萬大軍中有源源不絕而來的懶人。

所以，接下來我們這麼說就不是一種喪失勇氣的怨言了（這麼多年，我一直緊緊要求自己，絕不說、不寫出任何一句喪失勇氣的話），只是平心的、而且依然不放棄任何微小可能的認識。只是我不想沒意思的樂觀，樂觀得傾盡可能從我們這個世界生出來長出來，不能借自於另一個世界，所以屠格涅夫才說浮士德的任何一種結局必定是虛假的，因為他不真的進入、理解世界，浮士德（其實極懶惰的）借助一個不存在的、乃至於只是幻象的欺瞞的力量——我們得說，鑑賞這東西可能已過了它在人類歷史的最高點，培養它的嚴苛和昂貴條件和我們的歷史走向已然呈現背反，這是諸神衝突的老問題，人無法什麼都要。

但這不意味著鑑賞力的消滅、絕跡，它只是相當程度的下滑，並陷縮到某個角落、某專業領域、某個單一人心（會不會這才是它本來的、舒適的位置和樣貌呢？也就是說，人的普遍真相？）；更不是說人類世界不進反退，不是這個意思，進步同時是選擇，包含了相對的捨棄在內，這是進步非支付不可的代價，我們也得盡可能記住這一不得已，那種把一切狀似已不合時宜、已不具足夠條件的事物一概視之為惡、視之為歷史垃圾云云的想法是最愚蠢的，那才可能真正導致一切都失去——年輕容易犯這類愚蠢的錯，年輕是犯這種錯的好理由但不是充分理由，我們看三十歲上下的馬克思和恩格斯，他們寫〈共產黨宣言〉在極熱切極興奮看著新世界到來同時，也惋惜的指出來，中世紀乃至於更久遠歷史所緩緩培育出來的某些精緻教養和鑑賞能力，不得不受損、不毀壞、不放手。

一種是我們已很難有條件得到、保有的好東西，一種是純粹的破爛東西，兩者如此巨大的、截然的不同，這不至於分辨不出來吧？

說到底，諸神衝突才是人類世界的真相，衝突結果從不是消滅成為一神教，而只是人極不舒服的嘗試為並存紛陳的價值重新排順序，有些被挪到較後頭、被限制於較窄迫較有限的空間而已。健康的進步意識因此很自然永遠去不掉某些苦澀之味，甚至一定帶著些歉意和闖禍之感，這也才保護得了進步本身。我自己是把這當指標，或酸鹼試紙之類的東西，也推薦大家使用，由此分別出來可信任的、和最好別相信的進步論。

把事情先想到底，眼前世界當下自會開闊許多，也有事情可做，這有點像人站極點上，朝哪走都前進，都是多得到的。

鑑賞力不會消亡、絕跡，它只會變得孤單、冷清而已但誰也奪不走它。說到底，因為這不是外於人的「造物」，它是人自自然然生出來的彷彿是人身體裡的一種能力，不知不覺中，感官變得更銳利，捕捉東西更準確，感受更綿密通透云云，整個合成為一種更完整了解眼前某人某物某事的綜合性分辨力判斷力。它的受挫只是在公眾領域這一面，這真正傷害的只是它的展開，由於少了足夠的對話、交換、互為支撐和基礎，它傾向於始於個人並止於個人。人不再有足夠的「巨人肩膀」可站，人得個別的重來，人有限的生命時光遂成為其及遠的限制。借用古爾德的說法是，鑑賞力的進步方式回到了達爾文式的而不是拉馬克式的，會走得慢、走不太遠。

但誰知道呢？我最不負責、幾乎算借自無何有世界的樂觀，是波赫士這句話：「但誰知道呢？未來還沒發生，未來也許什麼事都可能發生也說不定。」

4. 黃英哲其書其人，以及少年心志這東西

黃英哲的新書《漂泊與越境》出版了，居然還辦了新書發表會（這是台灣今天沒幾本新書敢做的事），地點在台大聯經書店地下一樓，我們一干人等都去了，卻發現人意外的多，我坐旋轉形樓梯上段只聞其聲的聽完全場，黃英哲的說話聲音很客氣、很小，麥克風又頻出狀況，遂如洛城聞笛，誰家吹笛畫樓中，斷續聲隨斷續風——

黃英哲一直是小聲、好教養講話的人，這使他不那麼像革命者而是謙謙君子，或該說很難能很特別，這麼多年的漂浪生涯，造次顛沛，他仍然是個謙謙君子。

用「居然」來說新書發表會舉辦，用「意外」來說出席人數，這並非不敬，而是基於太豐碩的事實經驗和理解；或該這麼說，用我編輯和書寫者的身分來看，這是驚異的，但若用我對胸懷某種信念理想之人的了解，這卻是完全合理、可預期的，是的，他們會來的。會中，我一直想著赫爾岑《我的過去與思想》書中這裡一大段那裡一大段的話，尤其是一八五二年他流亡倫敦之後，那是歐陸革命歸

於沉寂的時日，倫敦成了各國革命者最後一塊歐洲的立足之地、法蘭西的、義大利的、波蘭的、匈牙利的、俄羅斯的、德意志的等等，但這個濕冷陰鬱卻又忙碌的世紀大城只能算庇護所，很難是基地。在這樣革命陷於停滯、彷彿封閉於眼前這些人的日子裡，人得相互支援打氣，至少定期探頭彼此察看一下，好知道故人無恙，也彷彿證實了整個世界和心中的理想信念依然無恙。

沒這麼沉重，因為赫爾岑說的是一八五二年後的歐洲而非今日台灣，而且赫爾岑自己就是流亡者，這因此是深切自省的話，可以說得很重很不留情，但的確很準確觸到了一些很根本、普遍的東西，或者說，顯現在某種集體性信念停滯、萎縮向基本教義的時刻，我們在台灣的左派和台獨（尤其流亡於美國或日本的）都看過類似的景況：「然而與此同時，一步也沒有前進。他們正如凡爾賽宮的大鐘，時針始終指在一點——國王駕崩的時刻……他們本身也像凡爾賽宮的時鐘，從路易十五去世後就忘了上發條。他們只是指向一件事，一個重大事件的終點。他們談的是這件事，想的是這件事，一切都歸結於這件事。過了五、六個月，過了兩、三年，遇到的依然是這些人，這些集團，這是很可怕的——爭論的仍是那些問題，參加的仍是那些人，發出的仍是那些指責，只是被貧困和匱乏的生活刻在額上的皺紋多了幾條，禮服和大衣破舊了，白髮增多了，這一切使人變得衰老了，瘦弱了，憂鬱了……然而談的還是那些談過千百遍的話！／革命在他們那裡還是像九〇年代一樣，僅僅是社會生活的形而上學觀念，然而當時那種對鬥爭的天真熱情，那種曾經賦予最貧瘠的普遍概念以鮮明色彩，賦予乾巴巴的政治理論以血肉的熱情，他們卻沒有了，也不可能有了……／流亡者面臨的另一阻力，在於他們之間的相互對立排斥，這嚴重的削弱了內部的活動和各種出自良善意願的工作。他們沒有客觀的目標，所有各派都頑固的死守著自己的看法，前進似乎就意味著退讓，甚至背叛；既然站在這面旗幟下，就應該永遠站在它下面，哪怕時代已經不同，旗幟的顏色也已不像原來那麼鮮明，仍然必須堅持到底。」

不是算時間長度，而是就生命階段意義來說，我和黃英哲認識得很晚，已過了所謂交朋友的年紀了。之前，我們一直活在兩個看似鄰近但難以交壞的各自世界裡，他奔走於日本，我安土重遷幾乎沒離開台北市一步，此外，決定並指引著人生命方式和出沒地點的心志信念也不同，回想起來很多機會會遇見卻總是擦身而過——交朋友極可能是有年齡限制的。孫中山的年少日本友人南方熊楠說這像是季節，到秋天了，不僅停止生長，還開始一片一片葉子掉落。立秋，大致上是人四十歲左右吧，人會彼此稍退半步，不再恣意的侵入對方的生活，不會想改變或甚至害怕改變對方的想法，也會自己收拾好自己負責自己，話不講到最後一句，晚上看看錶九點半了就各自回家云云。

實際上，過了交朋友的年紀倒不是在友情上全然封閉起自己，而是——這麼說吧，你仍然會遇見精彩的、值得「喜歡」（這詞有點尷尬）的人，但說是朋友有點怪，他明明有名有姓，有他具體的獨立獨特存在，不必也不宜劃歸到某個一般概念裡簡化他壓平他；同時也是，彼此認識如山水相逢儘管仍是某一生命潮水使然，但從眾裡挑揀他出來則更多是自己的判斷和選擇，因此數量也許稀少了，是一個一個而非一批一批（童年玩伴、同學云云），但彼此生命的重疊幅度反而大了，相處時間也許節制了，但可以說的話反而多了廣了，有內容有持續性，不像年少友人只一再回憶往事。

還有一點算是我個人帶著經驗和理智判斷的「偏見」，大致上，我把五十歲看成是人生命的最後一個大關卡，人到這裡有最後一次「變身」的機會，再往後就來不及了、定型了，是什麼樣的人就是什麼樣的人，這與其說是意志，不如說是時間，沒足夠時間改頭換面做個好人，應該也沒足夠時間背叛自己去當渾蛋當惡棍——果不其然，我的一堆昔日友人搶在五十歲前變身，成為小說家阿城所說「變得我不認識了」的人。也因此，我對日後認得的這些友人反而較富信心，我公然或私下支持他們的生命作為心無恚礙，知道這最多只是不成，不會後悔不會哪天得向全世界道歉。

乍看（現在該說乍看了），我和黃英哲最大的分歧在政治，他數十年如一日是誠摯的台獨主張者（大大有別於他口中的那些「商業台獨」），我則是台灣前途的不可知論者，在很長一段時間的台灣，這像是兩種截然的、乃至於不相容的人生，但其實不然，實際上，政治和文學是我們的基本話題，不需要刻意迴避（除了黃英哲總很溫暖的有所保留），我也一再發現，我們對具體的政治事物看法並沒多大差異，好人壞人，好事壞事，其是非，真假，善惡不因「終極結論」（也是帶著猜測、帶著一賭之心的顫危危結論）而改變扭曲，這在在說明這類大標籤是多沒用反而處處妨害人的東西，你愈認真、愈富內容，它就愈沒用。

得講一下，我說我自己是個台灣前途的不可知論者，這一方面是我實實在在的想法，我不認為自己對三十年、五十年後的台灣有某個足夠清晰、把握、說了可負責的主張，也不能假裝我有；另一方面也是，我無法從中凝結成一個信念，我既不夠格也說真的缺乏興趣，政治一直是我極厭惡的領域，尤其是帶國族色彩的政治，我只是不得不去想而已——我對信念、乃至於信仰的認知是嚴格的，接近於葛林在《喜劇演員》書裡講的是一種「你願意為它而死」的東西，或不說這麼重，但至少也是你念茲在茲、幾十年緊緊攜帶在身上、你時時刻刻都在為它拚命的東西。以此自反而縮，我自知沒有任何一種政治主張我肯為它拚命，我拚別的命，這上頭我也較接近葛林，這是他《我們在哈瓦那的人》書裡的，多年前讀了就再沒忘記過：「我不會為我的國家殺人。我不會為資本主義、共產主義、社會民主國家、福利國家而殺人。我會因為卡特殺了某人而殺掉卡特。為了家庭的恩怨殺人，比為了愛國或喜愛哪種經濟體制殺人理由更充分。我愛，我恨，都是我個人的事，我不會在什麼人的國際戰爭之中扮演五九二〇〇之五（書裡的特派員編號）。」

新書發表會上，有人發言詢問《漂泊與越境》這本書是否只是多年來研究論文的輯成。這是學術的或說學院的可預期技術性質疑，沒什麼意義但總會有人表示一下。他們偏好另一種書寫方式：標定好一個題目（通常不來自於自己心中的疑問，而是學術工業的某個縫隙式填補需要），遵循計畫埋頭約兩、三年時間（再長就不太划算了），老實說，消耗在排比資料的時間往往遠比思索和書寫的時間長，因此稱之為研究而不稱之為書寫。很有趣的，他們打心裡只信任這種成書方式，卻又完全知道這樣得不出什麼像樣的書寫成果來，打造是零件，而不是成品，因此絕大多數並不合適送出學術工廠大門。

《漂泊與越境》各章的發表從一九九八到二〇一四年，書寫時間的縱深延續近二十年，幾乎等同於黃英哲「學成」之後的完整生命時光，這恰恰好說明，各個篇章的「一致性」不可能來自於一個研究計畫，只能說這真的是他一直在想、在注意和詢問的，他心裡有某一塊磁石也似的東西，持續吸過來這些人這些事這樣子的生命際遇和抉擇。我們從文學世界裡很容易看懂並確認這個——學術世界不免質疑的這個點，正正好是文學裡我們最可以信任的一個點。

但問題於是也來了，為什麼是這些人這些事？陳蕙貞算台灣人（生於日本），卻是今天和台獨最不相容的左派，她十三歲才初次返台，十七歲即因二二八全家流亡大陸，四年不到而且還是身不由己的青春期，毋甯更接近只是她完整人生岔出去的微不足道時間，之後，她任職於北京國際廣播局和北大並終老，就台獨來講，這算「叛徒」吧，至少是個該諱言的人物；陶晶孫和許壽裳則從頭到尾是「中國人」，陶晶孫出生江蘇，死前兩年才來台，以一個外來者的清澈眼睛寫了〈淡水河心中〉這篇小說，許壽裳是浙江人，也只在台灣活了三年不到，而且身分是陳儀好友並應邀出任其治下的編譯館館長，若不問內容只計較身分，他顯然還是「犯罪陣營」的人；楊基振是台中人，但他的生命際遇太複雜了（就台獨的標準），人生的黃金歲月其實是抗戰時期的滿州國和華北，晚年也入籍美國並病逝加州；最沒爭議的大概只有張深切了，但黃英哲仍坦誠告訴我們，張深切「其國家認同並不十分確立，充其量算是一個漢民族主義者。」——我完全無意說這是黃英哲的全部想法，這當然只是他的一組書寫、一處關懷，他做很多事，也有更穩定的研究和書寫，但這是他生命構成的一個確確實實成分，他朝向廣大參差世界的窗戶其中一扇，他敢於打開來（太多人不敢），開著至少二十年。以下這番話是誰說屠格涅夫的：「和大多數俄國作家一樣，他是憂鬱的。在他的小說裡，現實的場景之外似乎還有一個更大的空間，它從窗外湧進來，壓迫著人，將他們孤立開來，使他們失去了行動能力，變得消極，也變得真誠、寬容。」

換個角度來說，這些人這些事，在這麼一段人屢屢身不由己乃至於無從事事知覺的狂暴歷史時刻，只從特定的政治視角、而且還是某個人高度凝縮性的未來政治目標角度（還遠遠不存於現實、甚至尚未「發明」、還沒此一選項）來看來判決，這何其無謂、無效，什麼也捕捉不到，而且很容易就把這麼多人認真拚命活過來的一生、把他堪堪所獲取的生命最有價值的部分（原都有助於讓我們多理解世界、理解人）一大筆劃掉，這又何其殘忍、何其愚蠢。

來說人年輕心志的問題。

人的一生，說出各種話、做成各種判斷，我們可以把人的心志歸併為其中一種，最嚴格最鄭重其事的一種——心志，是人跟自己說的話，上達到所謂誓言的高度，遂帶著命令；這也是人面對「自我／世界」的一次總結性判斷，牢牢指向著未來的判斷，因此，這還是「提前」的選擇，偌大世界、茫茫未來，我此時此刻就決定了我將成為什麼樣的人，做哪些事，甚至準備以什麼方式來改變世界改造世界。這也因此總伴隨著某種興奮、欣喜之感，我陡然強壯了起來，眼前（不可知的世界、未來）也清晰而且有條有理起來，我看懂它了，至少知道要如何進入它，同時我也是冷靜的，甚至狡猾，生出了某種孤寂之感，我踽踽行走在這個世界之中如一個緊緊懷抱某種寶物的異心之人。

大白話來說這是——人十五歲、二十歲、三十歲之前就給自己的人生做成了結論，也給世界做出了結論。

我和黃英哲是同代人，只差三、兩歲算是在誤差範圍之內，如今六十歲前後了，能夠講五十年前、四十年前如何如何了。想回去，年輕時日說過的話、做出的判斷，還真的沒有哪一句是今天還能面不改色、一字不易再講一遍的，不修改不調整不增添不外掛一堆但書和解釋，愈當真愈針對性的話語愈是如此——然而，除了滿心羞慚到自言自語起來，我們會寬容那一個一個自己，世界也通常允許我們寬容那樣的昔日自己，除非那是某個誅連甚廣的滔天大錯，比方因此殺了人或加入納粹黨衛隊。

而這也是人自己進步了，有憑有據的進步，恰恰好說明了我們比那個自己懂得多了，如果多活了三、四十年還只會那樣看世界看事情，那才真叫浪費生命不可原諒。

那麼，按理說最繫之於流變不居世界也最應該修改的年輕心志呢？很奇妙的，這一最富未來不確定性並最受到現實世界時時處處不停歇衝擊的話語和判斷，一旦凝結成為某種心志、某個信念，事情就有點不大一樣了，有著程度不等的固化效果，在時間大河裡如露頭的一方大石；同時，我們自己和整個世界對待它的態度也往往有所不同，要求存留，要求兌現，並援引道德力量來強化它，稱此為「堅持」。

兩千多年前的孔子，大約是意識到人陷身於這種矛盾兩難的困境，曾嘗試著直接從道德層面來解開它，他這麼勸告：「信近於義，言可復也。」意思正是，說過的話乃至於承諾，得絕大程度上仍是正確的、合宜的，才能再說它、兌現它；這裡，孔子精巧的用了「近」字，的確，事情很難百分之百的對、愈事關重大、愈時日久遠的判斷和承諾愈難如此，要求百分之百正確合宜只會單行道的讓人虛無。如此，孔子保留了事物的基本複雜性衝突性，也保留了人時時認真再比較、再判斷、再自我更新的必要（一輩子只做一次判斷多麼狂妄也多麼懶不是嗎？），而且，還保留住人承諾的持續力和約束力，承諾仍得是鄭重的——距今超過兩千年？這真的是一個世故、關心人、又關心得如此溫暖而明亮的人（老人？）。

當然，人跟人不一樣得很，於此，有人敢於且擅長於否認記憶，有人一生立志太多次換信念如換衣服換手套，有人則一輩子壓根不知信念云云為何物。這裡，便屢屢發生一個讓人不太舒服的極普遍結果：總是愈當真愈富道德意識或如葛林所說「用心高貴的人」愈受約束，愈不容易從這一困境掙脫出來。這是我這三、四十年來一再看到已不想多說的事實如此——我們這樣一個時代以什麼方式失去它最好的一批人？兩種，一邊是變臉，彷彿說談理想談信念有人生賞味期，只是人年輕時的某個認真的遊戲，得搶在五十歲前趕快丟掉它戒除它如宣告退休；另一邊則是一成不變，化石以似的，人困在自己很久很久以前某一天某一夜生成的信念之中，像一朵太早開的花，你相隔三年五年再遇見他仍原原本本是那個人，除了像赫爾岑也看到的，皺紋出來了，衣裝破舊了，白髮增多了，人衰老了、瘦弱了、憂鬱了……

如果你的信念引領你進入的是某種集體的、呼朋引伴的一致行動，此一約束力還會進一步強化，並由內省轉向外力牽制，最終甚至必定會出現相互監視的效果。如此，問題已不在於能否離開，而是在走到這一步之前你是否能夠前進，「所有各派都頑固的死守著自己的看法，前進似乎就意味著退讓，甚至背叛。」—赫爾岑尖利指出來的這一點，並非只是一八五二年倫敦一地的流亡者現象，而是非常普遍到今天已近乎常識的集體行動者真相——集體行動的後階段（總是比人估算的來得快），持續前進的世界被進一步阻擋在大門外，或者說，外頭世界種種事實真相的衝擊（本來是必要的，也是健康的），總是轉換為（同時也放大為）內部的矛盾和衝突，還潛伏著某種恐懼、妒恨誰先走一步的幽黯心理，人的力氣和時間大量耗損在彼此的挑剔和拉扯上，消化一次外頭世界訊息的時間太長而且太傷情感太傷元氣，遂只能久久來一次，人無奈的看著世界不斷離你而去，人最能做的只是「在某一些日子集會，紀念某一事件，舉行同樣的儀式，念同樣的禱告。」

原本是提前察知世界的人，最終反而是最跟不上世界的人，這是很讓人難受的結果——我的老朋友蘇拾平，白色恐怖受害者家庭出身，年輕時也曾站選舉宣傳車上對抗國民黨政權，看著生氣起來的說：「他們說的那種堅持，根本就是耍賴。」

是啊，親眼看到莫斯科大審判，親身經歷過文化大革命，人還堅持要堅持，那不叫耍賴叫什麼？

怎麼躲開這些陷阱呢？我們可以俏皮的說，年輕的心志像隻小鳥，握太緊牠就窒息死了，握得太鬆牠又飛走了云云——話是沒錯，但光這麼講沒什麼意思，這也不是鬆緊由心這麼簡單可執行的事。

昆德拉曾感慨人的一生真的太短了（當然，秦皇漢武也都感慨過，但我們知道這不大一樣），短到讓人的自由意志都變得可疑，有著種種永遠無法完整克服的矛盾——人只出生一次，只有一個出身，一個生長方式，一個家鄉國族，一個特定的時代條件和要求云云。人日後當然能夠以某種自主意味的方式離開它，像蘭波的出走或昆德拉的流亡不歸，但起點仍在那裡，這是給定的，而且在你「覺醒」之前係以某種極稠密的、無可拒絕也無從一一知覺的方式形塑成你，也因此，人的離開從不是「乾淨」的，就不說這仍包含於原來的你之中，只是其中的一種可能一條岔路，但兩者仍有著千絲萬縷斷不開的聯繫，如捷克和布拉格之於日後數十年的昆德拉。此外，我們還是得再考慮一次時間，不只是它的長度，還有它跟人那種一生只此一次、無法回返無法真正重來的微妙特殊關係，這甚至是關乎身體的、生理的，每個生命階段以各自不盡相同的感官聯繫著世界遂難以替換：我們都只能有一次童年，一次青春歲月，同一個人、同一件事物，我們在不同年歲遇見他其結果可以是天差地別的。

昆德拉感慨生命太短，同時是說人一生做不了太多事、太多種事，有意思有意義乃至於我們可稱之為生命志業的東西總是需要足夠長的時間，長到一輩子往往都嫌不夠，得及早開始（任何家中有音樂天才小孩的父母都早早察覺此事，得「限時」面對人在五歲以前就決定他人生的這個又奇怪又矛盾的事實），因此離開重來意味著時間的徒然流失，你所剩的時間又更短了，更難以希冀能獲取足夠的成果，就像我自己這樣，太晚才開始臨帖寫字，太晚下棋，太晚才知道世界還有這些可以這樣那樣比方從學徒開始學習當個木匠（嚮往的程度勝過當一名碁手和書家），心知肚明這已走不了多遠，是有超出自娛的扎扎實實成分，但仍只能是支援的、添加的、印證的。

「在我知道我思想已臻成熟的同時，也驀然驚覺自己已然一隻腳踩進墳墓裡了。」——這是生命另一頭的矛盾，幾乎要說荒謬。

因此，年輕的心志、年輕時給予自己的允諾暨其命令本來並不是人給自己的一個約束，至少不是第一個，也非原意。人本來就處處被綁著如盧梭所言，這樣的覺醒其核心一點毋甯是試圖掙脫，掙脫當下的自己，開向一個全新的世界，如鼓勇出航的尤利西斯說的「人不該渾渾噩噩的過日子」，人意識到自己的存在、自由暨其意志的有效性，從此可以選擇自己要做的事，可以決定並規劃自己的未來，可以使用自己的人生。在不見得有、或尚未有充分內容和價值的實際目標底下（成為一個小說家或台獨主張者），流動著的正是這樣太熾烈太大量也太赤誠的情感，這給了這一實際目標多出來的光采，賦予了它不恰當的神聖性，更重要的是，讓它變得難以駁斥——你可以逐條駁斥一個實際計畫，但你要如何駁斥人的心志、人的希望？

做事情而不是只作夢的人都知道，適度的約束是好的、必要的，尤其是來自於自己。這是人對自己的一番整飭，讓自己像束好袖口打上綁腿的抖擻俐落起來，也同時把眼前世界整理出來，讓它開始呈現某種秩序，有跡可尋，有路可走——我自己一直喜歡這樣攜帶著某種心志過活的人，我總是說這是人在自己身體裡放入了某一塊磁石也似的東西，這知覺的、也不知覺的不斷吸來東西，人和世界不再「沒關係」，建立起某種積極的、親切的甚至是力學的往復拉扯聯繫；但我的小說家老友林俊頴想的比我好，借用他的話，這是人的「異心」，人多出來一顆心，多了一個自己。

在知覺、思維、交談對話的諸多領域裡，1和2是截然不同的，再沒有任兩個數之間裂開得這麼深這麼遠，1是靜止，幾乎等於零、等同於沒有，而2則動起來，指向著無限；1沉默著，是一片渾沌，2是語言的開始，太初有言，事物由此才分別出來、才有了界線各自成立；1無從知覺，如一顆單子無從擊破，2則是分解，事物由此才打開、才被觸及；1沒有外部，人無從看到它的整體面貌並思索（或說創造）意義，2則互為對象，彼此反覆比對，人終於擁有了一個外部的站立點，一個可回望可使力可反省的珍貴支點，而惟有比較，才能理解；此外，1和平，2才帶進來真實的困惑和衝突——事物有時就是得敲一敲、抖一抖，才會掉出它隱藏的、摺疊住的那一部分真相。

這麼想，也許可以解開或至少安慰了我們的這個遺憾，人沒有辦法做所有的人、走所有的路，如李維－史陀說的，你無法既是李維－史陀又是雷蒙．艾宏；可也不必非要做到同時是李維－史陀和艾宏才能了解世界。也許「兩個自己」就夠了，只要這兩個能真正認真的、不懈不停的、不拒絕事實真相的對話下去，人跨出了唯一，世界從此不再理所當然，不再可用「本來就是那樣」來搪塞，不再是扁平的、背景畫面也似的存在，參差的眼睛互補彼此的死角……

單純的年輕心志一般不至於把人綑得太死，真正容易失去彈性的是，當它訴諸於某種集體性的目標和行動時，冀望一場革命，或至少投身所謂的社會運動。赫爾岑所描述的諸般讓人不堪、不忍現象，都發生在這一場域裡。

當然，這往往是不得已的，目標太大太迫切，人無法單憑一己之力做到；也往往是高貴的，它的公共性、利他性成分較濃，遂也因此再多添加一層神聖性，很容易一兩下就上達生死一拋的神聖性，但我們得冷血的說，正因為如此，你更是得保持清醒不可，得自始至終保有這一個基本知覺——你得記住，你是做了一個交換，一個近乎浮士德式的交易，你得交出相當程度的自由意志，來換取並不屬於你的力量。還有，這個力量初生時看似極溫柔極可親，但不會一直這樣。

現實中，與此一知覺遙遙呼應的是人類已然經驗豐碩、每一塊土地每一段歷史都印證無誤且幾無例外的事實真相，那就是，集體行動的結果永遠只能是平庸的——成果平庸，平庸到認真參與其事的每一個人都無法滿意，都爽然若失；取得勝利果實的那個人、那些人也都是平庸的，而且往往是心思並不乾淨的、半途乃至於勝利在望才靠過來的。赫爾岑也這麼指出：「可能實現的只有對角線，只有折衷道路、平均數和中間路線，因此不論等級、財富、觀點都得符合中庸之道。從天主教同盟和胡格諾派的對立中出現了亨利四世，從斯圖亞特王朝和克倫威爾的對立中出現了奧倫治公爵威廉，從革命和正統派的對立中出現了路易-菲力普。在他之後，對於在溫和的共和派與激進的共和派之間產生；溫和的共和派稱之為民主主義共和派，激進的共和派稱為社會主義共和派，從它們的衝突中，第二帝國乘機崛起，但各派依然相持不下。」

在二十世紀後半、二十一世紀初期猶心生如此集體性心志的人，不至於完全不知道這一已近乎常識的事實，但人的心志並不全然隸屬於理智管轄指揮，這是它自由、創造、波瀾壯闊而且不無聊的一面，卻也是它屢屢陷於悲傷的原因——這有點像賭徒，他該知道的全都知道，但他索要的只是一次而不是普遍結果；也像是不幸愛上花心對象的人，他（更多時候是她）會跟自己說，這次不一樣，這回是真心的。

更何況，這裡還有現實諸多不得不爾、宛如單行道的理由，眼前人都快活不下去了、貓都快被虐死光了云云。你無法換另一個世界、一個時代、一種現實、一組人民，無法指定另一種實境和條件的人生。

赫爾岑還說了這一番話，是他談波蘭的篇章。在來自不同國家的流亡者中，波蘭人有他們獨特的目標，那就是獨立建國——「流亡者與祖國切斷了聯繫，被丟在河對岸，像樹木無法汲取新鮮樹液一樣萎謝了、乾枯了，在自己的人民眼中成了外國人，可是在他們所居住的國家中也仍然是外國人。這些國家在一定程度上同情他們，但是他們的不幸時間太長了，人們心中的善良感情從來不能維持這麼長的時間。……／流亡者向前看，同時也向後看，他們總是期待著復興，彷彿在過去除了獨立，還有什麼值得復興的東西，可是獨立本身並不包含別的什麼，這只是一個否定的概念。難道還有比我國更獨立的國家嗎？對複雜的、難以設想的未來社會組織方式，波蘭從未提出新的觀念，它想到的只是自己的歷史權利，以及按照互相幫助的正義要求幫助別國人民的意願。為獨立而鬥爭，這永遠能贏得熱烈的同情，但不可能成為其他民族本身的事業。只有，在本質上不屬於民族的事，才是人們普遍關心的。」

不嘴硬不耍賴下去的話，二〇一六年台灣民進黨全面執政所呈現的全部事實真相，讓我們重讀赫爾岑這番話一定非常非常有感覺，每一句幾乎都是對著我們講的（比方「它想到的只是自己的歷史權利」這準準命中靶心一句）——若退回到二十年三十年前大家還年輕的時日，這絕對是魂縈夢繫，不敢相信會真等到它來的一刻（倒不必慚愧自己沒預見，當年列甯、孫中山都這樣），但何以大家激動不起來？就連開心都如此短暫如此不踏實？乃至於有某種山雨欲來的胸口煩悶之感？

二〇一六總統大選結果，竟是歷屆選後最沒節慶氣氛的一次，這個現象透露著太多有趣的訊息。

「可是獨立本身並不包含什麼，這只是一個否定的概念。」儘管並非原意（我想到黃英哲他們年輕時熱情做著的，你攻法政我讀經濟云云，沒錯，新國家不會自動「變好」，得有足夠的、夠好的治國人才云云），但逐漸的，獨立成為一個獨大的、持續空洞化的、乃至於接近一神教唯一真神的目標，也成了只檢驗不被檢驗的最高判準。赫爾岑清清楚楚指出來，這裡隱藏著一個粗疏，或一種遺忘，或並非全沒知覺的僥倖偷渡，把「好的國家」和「自己的國家」這兩個其實重疊很少、也是兩種不同工作的東西等同起來，或更確切的說，它人性上陷落的（總是這樣），高舉只需感情支撐、也方便口號化的這個遠較容易、較輕的目標，來蓋掉躲掉另一邊那個非一蹴可及並得不斷被理智（自我的）被現實（外來的）檢驗的遠較困難、較重的目標（赫爾岑寫：「他無時無刻不像離弦的箭一樣奔向它。他對環境考慮得愈少，他的行動也愈堅決和簡捷，思想也愈單純。」又、「這些人中不少是忠誠而高尚的，但有才能的不多，他們只是憑一時意氣投入了革命。」），以至於，最終這已不是神話了，而是童話，好人一國，壞人一國，還不只是好人而已，好人有笨的和無能的，但一進入到這個奇妙的好人國，從經濟振興司法改革到流感防治、青少年青春期躁動的調節安撫，彷彿無一不會無一不能。

六十、七十、八十歲的人（赫爾岑所說「像回到童年時代的老人」）還講這種童話，這不太好吧，算耍賴吧。

在講義大利時，赫爾岑追加了這幾句：「為爭取獨立而鬥爭的民族從來不明白（這是很好的），獨立本身什麼也不能給予，除了成年權，除了與其他民族平等的地位，除了自由行動的公民權獲得承認以外，沒有其他了。」

二〇一六年台灣的事實真相，便是重新把「自己的國家」和「好的國家」這兩個不同東西、不一樣工作給分離開來，還處處讓我們看到兩者的相互拉扯妨礙，不容易相容；還有，由於台灣的特殊性（台灣早已確確實實是個國家），赫爾岑所說的「成年權」、「與其他民族平等的地位」、「自由行動的公民權獲得承認」，早已是事實，並沒多增添分毫，反倒是種種不務實的盲動，只會帶來失去它或減損它的風險。凡此種種，遂不斷投入這樣撞擊人心的疑問——篳路藍縷，二〇一六這樣究竟算實現了呢？還是更遠颺了、更遙遙無期了？

於此，黃英哲顯得很沉靜，最起碼這些年我看到的一直是這樣，感傷也許難免，但手中的工作半點也不歇下來，我以為這是當然的、有據的——會早早「冒險」納入、悲憫並持續思索如《漂泊與越境》書中這些人、這些事、這種種歷史際遇的人，會敢於讓文學獨立評價鑑賞、抵得住種種可想而知政治壓力、不讓文學淪為政治一神祭品的人（這麼多年來，台日文學交流工作幾乎是他一個人孜孜撐著），這樣的人必定有足夠的英勇、思維縱深和情感厚度來面對種種不舒服的真相，或者說早已習慣面對；而且老實說已一再在現實中預演過了，包括這並非民進黨、乃至於心懷台獨傾向思維的總統第一次執政，豈止是「留下一英哩長的尾巴」而已，線索的長度足足超過二十年了，該看到的早就看到了，只是人軟弱的、策略性的別過臉去而已（比方完全歸咎於還存在巨大的反動勢力，或這還不是完全執政、無法修憲云云）。這只是再一次證實策略性語言的此一通則：最終不相信、被策略性語言緊緊綁住的總是反覆使用它的人，最後一個上當的人就是說謊的那個人。

所以納瓦荷人的神話如此勸誡——同一個謊言（策略性語言）別說超過三次。

這些年，黃英哲一直說他要寫小說，私下講也半公開講，我們所有人都樂於相信且樂觀其成。

文學書寫任何時候都有它自身的完足理由，這不必強調，但我還想著其他的事，大致上是——

如果我們都相信而且接受，訴諸集體性行動的心志信念其成敗結果永遠是平庸的，這意味著，最終能夠容納、能被成果所記取的，只能是所有這些人、這些心志信念的很小一部分而已，更好的人、更深向的思維、更珍貴的經歷暨其完整經驗細節都是「多餘的」（赫爾岑很熟悉這詞，這正是十九世紀時俄國人發明的），只能被捨棄。當我們就此束手不再做任何事其結果就是這麼枯荒一片，就是章詒和不甘心、也覺得深深對不起這些人的往事如煙。不可以讓他們如煙的，也因此，漢娜．鄂蘭要求

「必須伴隨著遺言」，這其實也是康德的想法（針對著他熱切觀看著的法國大革命這一場），認為人必須奮力說出他看到的、想到的、經歷的、以及確確實實承受的，如果有人來不及說或不被允許說出來，那更該由還可以的、還存活的人來說，由「我」來說。盡可能完整留下來這些經歷和思維，甚至「感受」（也就是某種如沁入身體、難以說清楚卻又如此真實無誤的體認），這遠遠比單薄的、只一個的（極可能還只是一時的）成敗結果更豐碩也更公平，或直接說，值得。

遺言形式，又以小說最好，這可能是我一貫的偏見——不僅僅因為相對於其他偏概念化的形式（包括一般性的歷史書寫），小說最富捕捉、存留具體細節的能耐，讓這一個個總是消亡於群之中、被拋棄於概念性思維之外的人重現、成立；我真正想的是，唯有小說能召魂術也似的喚回逝去的時光，「重建」當時，讓我們真正進入。這其實是最必要卻又最不容易做到的部分，是我們記憶的一處「弱點」。我們曉得，人的話語、思維，尤其是一次一次感覺這攸關生死卻又茫茫毫無把握的判斷和抉擇，都在某一真實時刻發生，和此一具體情境密密聯繫，也唯有置放回此一情境才合理、才可解、才公平而且刻骨銘心；抽離開這一真實情境，一切會變得輕飄飄的，回看往事像看一場已知勝負結果和比分差距的球賽，很多東西自動略去，人的眼光變得粗疏、耐心不足且失去熱情，或更像一顆從活著的、奔流的河水撈出來的石頭，乾燥，失去光澤。

唯有一點，小說總是難能指名道姓的還這些人全部面目，救不回某一塊「歷史公道」。他們仍然只能是匿名的，甚至合成的，彷彿為著重現某一真相，得再次被用為歷史的柴薪——柯斯勒的名著《正午的黑暗》寫莫斯科大審那些冤屈的人、受苦的人，而他的扉頁題辭是：「本書中的人都是虛構的，但是決定他們行動的歷史環境則是真實的。尼・薩・魯巴蕭夫這個人的一生是所謂莫斯科審判的許多受害者一生的綜合。作者認識其中好幾個人。本書謹獻給他們作為紀念。」

最終，小說書寫將會讓黃英哲像是「旁觀者」，這是它自自然然的位置，依漢娜．鄂蘭（以及康德），這也是人面向歷史事實最恰當的位置，但我以為這極可能並不是黃英哲真正想要的，如果能夠的話。他可能得忍受自己成為一個旁觀者——赫爾岑最終成了《我的過去與思想》這本書的作者，儘管這是已故自由主義大師以撒．柏林推崇再三「人類十九世紀最偉大的一部自由主義之書」，但赫爾岑自己說的是：「可是我到歐洲來不是為了隔岸觀火，我是被形勢所逼才變成旁觀者的，我曾經百般忍耐，但終於筋疲力盡了。」

緊接著，赫爾岑說了這一段也許是整本書最悲傷的話：「五年來我沒有見到一張明朗的臉，聽到一聲單純的笑，遇到一道理解的目光。我的周遭盡是醫生和病理解剖員，醫生總在試圖治病，解剖員總在指著屍體向他們證明，你們錯了。於是我終於也拿起了解剖刀，也許由於我缺乏經驗，我割太深了。」

廿九歲的年輕黃英哲到日本，也不是為著隔岸觀火來的，三十年前塵，所有事歷歷在目，包括自己的和這麼多人最好最堪用的生命時光，他會最懷念其中什麼？最想記住什麼？以及、以為自己最該寫下來什麼？

這一切從頭到尾只是我的猜想（黃英哲不需要也不該由我來解釋），在我們這樣人的過去已明顯長過人未來的歲月時刻，我變得容易掛念，時不時會想起一個個還在認真做事情、不屈服的朋友們，特別是那幾個正處在於某種生命困難時刻、我放心不下的朋友，不只黃英哲，還有像是北京的劉瑞琳，香港但四下遊走的梁文道，以及北海道冬天剛又來了、人容易憂鬱的清水賢一郎、……

阿城好些，天下的阿城，阿城幾乎不用為他擔心，除了身體健康。
我忍不住會去猜想，此時此刻他們正在做什麼？還打算做什麼？

5. 集體・遞減的生命經歷和記憶

人各個階段年齡經歷及其記憶的總體構成樣態，一定是個金字塔模樣的東西，不可能有第二種形狀——愈年輕、靠近出生，愈遍在愈人人都有，是其寬廣的底部；愈年老、接近死亡，則愈發稀薄，最終形成尖端，細瘦的、孤伶伶的指向天空。

這一事實清清楚楚，也許太清楚了以至於我們很容易忽視它，但這卻是閱讀和書寫的堅牢無誤基礎，基本上偏向於一個限制沒錯，可是人聰明些、頑強些也可以倒過來利用並有所期待，就像沉默但永遠作用著的地心引力一樣（仔細想想，我們利用地心引力這個最恆定可靠的限制做多少事情啊）。

多解釋一下。七十歲以後的生命經歷，僅限於那些活超過七十歲的人才有；五十歲以上的，則是五十～七十歲再加進七十歲以上的人，類推，三十歲以上的，當然就是三十～五十、加上五十～七十，再加上七十以上，如此。

我試著把這統計學式的簡易金字塔形構成，聯結到一般閱讀現象，以及文學的評價和鑑賞，乃至於歌德晚年說的「年輕時友朋圍擁，老去時隻身一人」（其實他有個文學史上罕見的風光晚年，但怕老怕死的歌德仍感覺冷清），有一種恍然之感，也更鎮靜起來——是啊，愈年老的生命經歷能夠參與的人愈少，至於童年則是任誰都有過的，就是人最大公約數的生命經歷，是大地也似的記憶。所以說，人，很自然的，對寫老年的作品難有興趣、難能感同身受的體認，至於童年則是誰都可以寫、也誰都可以懂的書寫題材，清晰些或恍惚些，堪稱永恆的文學主題。

也因此，小說裡散文裡寫的老人，一直是最樣板化、最想當然耳的人物，甚至，假人。

所以說，閱讀和文學的不斷年輕化是自然的，基本上是個歷史引力現象，進行時間愈久，各種逆向的、干涉的作用力量（比方人的抗拒、人對某種應然世界的堅持）終會衰竭耗盡，懸浮在空中的東西總會「落回來」。

倒不是現在才開始這麼想，前後有個十年或更久了，我一直帶著不解，也覺得極不公平（為那些如此精彩但被低估的作品不平），我們的閱讀世界極可能是個「太年輕」的世界——我已把通俗的時尚的作品先排除開，我指的是有專業有判準、有知識構成和鑑賞力的書籍及其閱讀。

當然不只台灣，台灣只是更明顯些罷了。從關心的東西到閱讀的方式、習慣及其結果，處處顯現著年輕的性格傾向及其偏好，不僅反映於不同書寫者的關懷選擇上（比方大我十歲以上作家的書不讀），也呈現於同一書寫者的不同時期、不同年紀作品的評價選擇上——更多時候，閱讀止於書寫者較驚動世界（大聲講話）、也較虛張聲勢的那部作品，但往往也是他尚未抵達自己書寫巔峰時日的作品。像托爾斯泰，當然是《戰爭與和平》而不是更好的、好得如此明顯的《安娜．卡列尼娜》，同理，昆德拉止於《生命中不能承受之輕》、卡爾維諾止於《看不見的城市》、福樓拜止於《包法利夫人》

云云。詩人艾略特則好像年輕時一鳴驚人寫了《荒原》就心滿意足停筆了甚至天妒英才死掉了；至於海明威的《鐘聲為誰而響》和馬克．吐溫的《湯姆歷險記》則幾乎就是他們各自最差的那本書，還好如今《老人與海》逐漸取代了《鐘聲為誰而響》，只是我合理的懷疑這僅僅是《老人與海》比較薄的緣故。嚴肅正統的學院世界稍微好一些，不至於真不知道《安娜．卡列尼娜》是更高出一截的作品，但也僅止於稍微好一點複雜一點而已，接近於把書寫者的存在多延長個五年十年左右。

而近幾年來一個更醒目的現象（或趨向，方興未艾），則是嚴肅的文學評論評價向著一般閱讀現象的持續靠攏，有那種敵眾我寡的棄明投暗味道。不是人走向山，而是山乖乖走向人；不是一般閱讀提昇，而是文學評論慈眉善目配合。特別是文學評論交由學院、由大學文學科系全面接管之後，因為這是一個缺欠生命經驗稠密度的地方，也是一個隔離的、時間感傾向於循環重複而非前行的地方，遂也是一個最容易也最快速年輕化的地方，正由殿堂一一改裝為夏令營。

內舉（或內毀）不避親，這裡想起來某個晚上——我的小說家老友張大春極驚訝我還讀昆德拉，我（以及在場的林俊頴）則驚訝他已完全不讀昆德拉，包括他日後「規格」較小但稠密度準確度更高的小說和《簾幕》、《相遇》等文論，林俊頴還極鄭重的跟大春保證，這是個比《生命中不能承受之輕》時更好看更厲害的昆德拉。但我知道大春是「對的」，這是當前閱讀選擇和文學評價的主流看法（可不只限於一般讀者），而扮演大春關門一腳的，我猜，一定是《布拉格精神》這本書（湊巧是張大春夫人葉美瑤主選主編），這書有水準不錯的年輕人意見和可想而知質疑，還援引了某種國族正當性，受苦者受難者的正當性，有額外的道德力量匯進來，也因此，昆德拉稍後更遠離布拉格、但更深入文學共和國的作品便不只是老衰頹弱而已，還隱隱指向虛矯和敗德，這提供了我們一個正好「可以不必再讀昆德拉」的舒舒服服理由。

也是，文學的閱讀和評價更多取決於文學外、作品外的種種，這一點也由學院、大學文學科系強化——學院自成系統，有自身的主體性及其要求，它總是傾向於已有用的、合用的、有所謂研究成果或僅僅方便於（既有）理論可套用的作品，而不是好作品。比方說，〈從拉康看色戒〉，他要看的不真是張愛玲或李安的《色戒》，當然，極可能也不是拉康，而是以處理情色為核心的電影算是個「熱」議題，得找個堂堂的方式參與它。

至於波赫士的書止於哪一本呢？老實說幾乎講不出來比方《惡棍列傳》或《沙之書》，好像真的沒幾個人稍微認真看他的書或說不曉得該怎麼看，就止於幾頁幾段斷篇殘章，止於一些反覆流傳塗抹加工的印象和訛傳（源頭可能來自於學院的幾篇論文），止於那種封面封底介紹文字的水平，止於一個破碎、不連貫、幾乎沒血沒肉不像個人的「大家的波赫士」、一個只由「鏡像」「迷宮」「失明」「書」等寥寥概念屍塊縫合起來的新科學怪人——波赫士哪裡是這樣？真的波赫士其實是作品和人最接近到幾乎合而為一的書寫者，他幾乎不表演，不相信有也不追逐抽空獨立的美學，不憑空「創造作品」（欠缺相當程度的職業感，所以他對自己的作家身分始終有所猶豫），以為書寫是人確確實實的奮力說出來他的感受、思索和有所發現，而閱讀正是經驗，通過文字但殊無二致的具體生命經驗，（讀一本書就跟「走過一個街口」或「認識一個人」一樣具體實在），如李維-史陀所說：「在思想中經歷的事。」文字幾近的全然透明的。波赫士這個書寫特質愈到晚年愈清晰愈純粹，也許某些學院主張極不信任這個（傾向於只有作品沒有作者云云），但波赫士的作品自始至終是「有作者」的，如他自己一講再講的，我能寫的、寫來寫去的就只是個老波赫士而已，他的作品和他的人稠密的交互解說、牽引、提醒，有清晰如一線的連貫性，文字裝滿著他自身的生命內容（只是太乾淨的文字往往讓生命內容還不夠的人讀不到而已），不是那種符號性的深奧（波赫士再三講他不會概念性、抽象性的思考），那都是實實在在的，就是他每天攜帶著的種種疑問，黏住他困擾他還讓他不斷作夢（夢魘），他想知道別人（古希臘人古波斯人古盎格魯薩克遜人……），所以得多看書）怎麼想怎麼認識和處理這些困惑，他也試著自己解答解釋，心思有時飄很遠、太遠。我有點震驚所以一直記得，一位大學教授兼文學評論家和我談到波赫士的第一句話是：「他應該是同性戀吧？」我的想法是，一生幾乎不算真結過婚的波赫士也許是（如今人年過三十不稍微積極尋求異性伴侶，誰都會如此斷言；而太積極如痴漢，又讓人懷疑這是掩飾，如殺人犯認了竊盜罪好建立不在場證明），這當然也不失之為多一個線索，一個波赫士的可能構成成分，但我感覺滿沮喪的，也覺得好累，路漫漫其修遠兮，吾將上下而求索……，我厭惡的只是如此平庸（還狀似見人所未見）的想當然耳理解方式，我也相信他根本沒好好讀波赫士，波赫士會抓住你的東西太多了，談個三天三夜再來討論他的性欲都還嫌早。

這是老波赫士，不是亨利・米勒，不是D. H. 勞倫斯。

書寫者，也許有人會宛如魔力一夕消失、會如青鳥變黑鳥的瓦解掉，但這不會是書寫的真正普遍實況，更不會發生在夠好、厚實積累已如人身體骨骼肌肉一部分、摔不下去也無法掉下去的書寫者身上（除非罹患阿茲海默症，快速奪去他的記憶），如此從偉大作家瞬間切換為不值一顧作家的評價方式未免也太戲劇性、太童稚了。這種的，失敗方通常不是作品而是評論，是評論者自身心智的極度不成熟所致，另一種可能幽黯些，是評論者有外於文學的某種私密企圖和想像，不惜犧牲文學來攫取其他東西。晚年的波赫士在他書的序文總要（帶點自謙的）再說一次，他大概寫不出來更好更突破性的作品了，可也不覺得寫出不如從前的作品，書寫已通過了各生命階段的層層關卡穩定下來，如今運行於某個平坦的成熟期上面，如葛林在他《喜劇演員》書末所描述的老年期地形景觀，行行復行行。作品和人進一步趨近、疊合，人到哪裡作品就到哪裡，人自己的高度就是作品的高度和限制，沒僥倖，不虛張聲勢，沒有什麼可大驚小怪的好壞成敗起伏，就只是又一部作品，就只是增加，書寫大河般沉靜的流向終點（死亡），順著年紀的攜帶持續抵達、進入並觀看一處又一處稍稍不同以往的時間和空間，以及稍稍不同的自己並赤誠的留下證詞，留存遺言。

如今台灣，這一不斷年輕化的閱讀和文學評論現象還緩緩凝結出類似「書寫退休條例」的特殊主張，比方人應該只寫到四十五歲左右（把成熟混淆為結束），稍早於一般職場，稍晚於純體能的職業運動如NBA和大聯盟，彷彿要求正式立法或至少做為一個書寫公約，一道神聖誡令（有誰不這麼做，大家就可以用石頭打死他）。我冷眼看著，較奇妙的發現是，這些年領頭不懈鼓吹並私下串聯策動的居然是個自己年紀已明顯超過四十五歲的小說家，當然，他不至於真不記得自己年齡，他一樣只是特例化自己（我不得不寫，因為我要賺錢養家云云，彷彿其他人都沒有家），佐以處處年輕化自己（得讓自己言行比年輕人更年輕人），這倒不困難，取決於意願，並不需要什麼特殊見地、能力和才華——如此極端的、裝滿個人私欲的胡言亂語不值得一一討論，這只汙染我們正確觀看事情的視角和心情，還有當然是浪費時間，我們得記得自己是有事要做的人。

其實不必胡扯，閱讀和評論的趨於年輕化自有其堂堂正正的、很難避免的基礎，那就是這個人數不斷遞減的生命經驗金字塔，進一步解釋，是波赫士在《沙之書》裡寫的：「任何文字都要求人共同的經驗。」

這句原來簡明到接近常識，但波赫士在七十歲之後如此鄭重（從句型、語調和在文章中擺放的位置）再次寫下它，意思是確認，並且叮嚀，以自己接近一生長度的書寫、閱讀經歷和信用再確認，我讀到時感覺震動如聆聽定讞判決——這才是閱讀和書寫判準一直偏年輕化的真正根由，如史賓諾莎所說的「事物本來模樣」。只用通俗化大眾化來解釋這一趨向仍是浮泛的、不到點的，也不盡公平，或許可交待一般性閱讀，但很難一併說明嚴肅正統書寫評價判準的同向傾斜；或者應該說，這進一步解釋了通俗化大眾化，賦予了它一個堅實穩定、不會消失（但可能被局部的、暫時性的抗拒）的根本牽引力量，說明通俗化大眾化不必是人的一個特殊主張也會自然發生，甚至在人有抗拒之心（極常出現在書寫評論評價時）仍會不知不覺發生。我們可理解為，大眾化，也就是一般人的、最大多數人所共有的生命經驗；大眾化，其永遠不易的色彩便是年輕。

我們還可以進一步把它和民主、平等的思維及其進展聯繫起來。

如此，我們便可鎮定的、心思清明的看待閱讀和書寫判準的年輕化現象，剩下的，就只是我們要不要「屈從」它而已，這是增加的而不是單純的抗拒——人類世界之所以不同於、掙脫出純生物世界，其一便在於人處處不滿足於事物的本來樣貌，如最後鼓勇出航的尤利西斯所說人不該只像動物那樣渾渾噩噩的活著；也就是說，除了自然，人還有種種應然這些不大自然不盡舒服安全的特殊東西，某個聲音，某個命令，某種合情合理的推想和利用，某種希望和悸動，我們屢屢發現可以比「自然的自己」更好更美善，或至少不一樣不重複不無聊，不讓明天就跟今天跟昨天一模一樣，大致如此。

我曾好奇問過一位電玩宗師級別、魔獸世界打到全球前三的宅男年輕人，電玩最吸引你的是什麼，我記下了他的回答：「它給了你另外一個世界。」

來說康德。

我們曉得，康德在他四十五歲前已是個稱職的大學教授，也交出了好些水準不錯的論文，夠讓他留名為啟蒙時代的秀異哲學家，而他就在四十五歲時沉默下來，長達十二年時間幾乎完全停筆，五十七歲時他寫成了《純粹理性批判》，並宛如進到加速期豐收期的啟動了他大河般的、康德之所以稱之為康德的哲學思維和書寫，《未來形上學導論》、《世界性的普遍歷史觀》、《道德形上學探本》、《實踐理性批判》、《判斷力批判》、《純然理性界限內的宗教》等等——也就是說，如果康德在四十五～五十七歲這期間死了或聽從我們如今的忠告就此封筆，「我們將看不到康德哲學」（卡爾・雅斯培），所謂康德哲學不只康德本人，還包括由他所開啟、往後百年人們在他思考基礎上繼續思考並書寫的哲學思維（一直到今天，哲學家沒一個可不意識到、可不攜帶著康德）。這樣可惜嗎？無可挽回嗎？我猜愈來愈多人不覺得怎樣，我自己則以為這已經不叫可惜了。

順此，我也會忍不住一個一個去想那些早逝的、或因種種生命際遇以各種方式提早離開的書寫者，多寫一兩本、多活三五年，想像他們原本可以寫出來但實際上並沒有的作品。這個徒勞到有點可笑的空想倒是提醒我去讀那些已寫出、卻一直逸出一般閱讀和書寫評價的老年之書，我因此比較珍惜它們一些，因為警覺到它們原是我們最容易流失、錯過的，是我們差點就沒有的書，更是日後還會加速的、大量的減損的書。

要老年人讀年輕人的作品，有種種我們熟知的、熟說的可能障礙，最根本來說是老年人困於自己一人的太具體經歷和特定經驗（最為常見的經驗主義陷阱，關鍵在於不轉化不流動不同情的「具體」），不尋求「擴展開來的心智」（康德），不肯穿行過無可阻止的時間流逝和無可躲避的歷史變遷，遂陷入到那種刻舟求劍的愚行愚思，這相當普通，也已被視為老人之罪的頭條；當然，也可能真的感覺有點沒勁，往往會像那種已知電影結局凶手是誰的狀態，那種已全然穿透、從頭到尾知道他要幹嘛的閱讀的確為難——但這些，說起來並非不能夠恰當的克服它，一點壓力、一些提醒云云，做得到的（可也實在不必因此過火，變成凡年輕的都是好的、「絕世的」；明明很欠揍還得說「我們台灣可愛的年輕人」，那是另一種災難），只因為他畢竟也真的當過年輕人，有儘管不盡相同但仍處處可聯繫、可搭橋借力的記憶存放著，必須被想起來（其實夠水準的年輕作品必有自動喚醒它的動人力量，夜深忽夢少年事，不想起來都難），並保有對時間、對萬事萬物不斷流變的好奇和敬畏之心、寬容之心，如此。

但，要年輕人讀老年人的作品，那就真有點強人所難了，因為所需要的記憶（其數量、種類、稠密性多面性）明顯不足夠，無法較恰當的較完整的把文字「解釋」出來，有相當比例的文字無感、無從有感，遂停滯於某種死物狀態，「這裡每個字我都認得，但它們幹嘛這樣擠在一起？」不必多餘的意識形態障礙，不必心懷惡意（何況還帶著惡意），甚至不是看不懂、不感覺看不懂，就只是「進不去」。也因此，年輕人讀老年人的作品不被打動，不覺得好，乃至於只覺莫名其妙的無聊和多餘，可以是全然誠實的——在老年人作品猶有附加餘威的昔日，這會像是揭破國王新衣的實話實說，誠實而且很勇敢；在老年人作品已屬多餘之物的今天，則只是理直氣壯且人多勢眾的常識，連勇氣都不必準備（當然，讓別人以及讓自己錯覺這樣子很英勇總是好的、陶醉的，不要白不要）。

如此，我們可能才把「事實」正確的倒置回來——真正需要意識形態支援、需要某個柏拉圖所說那種神話（《共和國》書末）才成立、才能獲得的，是老年的作品而非年輕的作品。要多些人超出自己真實感受的閱讀老年作品且不吝說它（可能）好，深刻、睿智、精密云云，這很難是百分百真心話，而是「相信」，包括好的相信和不怎麼好的相信。好的相信這部分是，人不只聽從自己尤其是到此為止的自己，世界不只如此，自己假以時日也可以遠遠不只如此，人對未來有一種正向可能的期待，甚至確切的感覺出自己正走上某一條路，有遠方；或至少，他對時間有著較明確的意識，時間一定會不斷把人帶往新的、未知的地方及其處境，得有所豫備才行，不必盡信但何妨多聽聽去過類似地方的人怎麼說。

這樣的正向相信其實並不難，仔細想想，我們每個人都曾有過這樣的經歷、這樣的心思狀態，否則閱讀根本無從開始——比方十歲、十五歲時讀的書，總有大量超越你年紀、經驗的部分，閱讀根本上終究是前瞻的、尋求的、希望的乃至於偷取的，任誰都是這樣。

我們的問題（錯覺）只在於，我們太快認為自己已懂了、看透了一切，困在自己其實很有限的經驗和聰明裡。

如此，我們可能也就一併警覺到，受此一年輕化意識形態較強烈牽動的，極可能不是一般閱讀現象而是評論評價——只因為，它曾經（勉強的）賦予了老年的作品更多的、遠超出自身真實感受的推崇，曾把它舉得過高，也就把它摔得更重，這近乎物理。

更何況這裡面還摻雜了人的心思，從「過」退回到「不及」，總是支付利息般退得更多，這是人帶著某種羞慚的補償，以及掩飾，還有自保，再帶一點點報復。這種遍在的心理當然不恰當不高尚，但卻是「很正常」的。

如今，所以說我自己的好奇集中在這裡：不是現況，而是回想起來有點不太可思議的昔日；不是我們為什麼不再讀老年的作品（這是自然的），而是為什麼我們曾願意那麼自然的閱讀老年的作品——何種狀態下肯讀？能讀到何種比例、何種程度？盡頭處大致到哪裡？等等。

6. 一個現場目擊者的記憶和說明

親人的證詞效力極有限，因此這只是實話實說，事關我自己的文學思索，所以非得誠實不可——朱天心的《漫遊者》是我最喜歡她的一部作品，喜歡的基調是驚奇，一步一步驚奇不已，不曉得下一句又會看到什麼，以及通往哪裡去，更不知道她能怎麼從這樣的書寫回來（以我和朱天心的熟悉程度，這樣驟然襲來的陌生感是不可思議的）。《漫遊者》是一本奇特的小說，忽然，在那一刻，幾乎沒預警的，朱天心寫到了某個顫巍巍的異樣高度，小說切線般岔了出去，或者說起飛了，這對小說書寫一事頗危險，也對自己危險。

這是小說沒錯，但《漫遊者》更像是賦。賦這個古老的文體，原是向著某個巨大而神聖的對象寫的，一對一，仰頭，不容（無暇在意）他人，竭盡所能。所以，或極奢華大言，或極度悲傷。

《漫遊者》一書共五篇小說加一篇名為〈《華太平家傳》的作者與我〉的短文，書寫時間從一九九七年底到二〇〇〇年深秋。所以說，我所謂的「那一刻」歷時近三年。但是，如果我們把一九九七年底孤伶伶的《五月的藍色月亮》暫時移開，就集中於一九九九年四月到二〇〇〇年秋，「那一刻」凝結為世紀之交的那一年半時間——一年半，日替星移，依舊是好長的「那一刻」。

但這裡有一個確確實實的時間定點，時間長河裡的一個錨，一件大事，那就是朱天心的父親、我的老師，也正是寫《華太平家傳》的小說家朱西甯病逝於一九九八年三月二十二日。這樣，《漫遊者》一書的時間圖像便清清楚楚了——《漫遊者》是一部死亡之書，是死亡直接驅動了這一趟書寫，死亡在小說中（或說借助小說、通過小說）展開了、極細節地分解開來，之中、之後、之前。前行的《五月的藍色月亮》是腳步聲音，是預兆並預言：「因為數千年前書寫在紙莎草紙或陶片上的詩歌早已經記載清楚你的命運……」現實裡發生的事是老師初次檢驗出罹癌（三期），朱天心以自己替換父親，彷彿把癌細胞搶過來放自己身體裡，以「你希望以什麼方式死亡？」的化為這一趟又高高飛起又一步一步艱苦行走的奇異迷途旅程，不諱言就讓死亡發生、進行（小說真是誠實得可怕）。我現在回想當時，家中諸人的日子仍過得正常，平穩不驚甚至樂觀（也許正如朱天心在《想我眷村的兄弟們》裡講的，死亡還從未真正進入過這個家庭，在這裡，死亡仍如此陌生、不實在），但通過小說，朱天心彷佛察知了已等在不遠之處的無可拒絕結果，她彷彿一個人默默地為此做準備。學習、並試著記住一切：「死亡今天就在我面前，／像沒藥的香味，／像微風天坐在風帆下。／死亡今天就在我面前，／像荷花的芬芳，／像酒醉後坐在河岸上。／死亡今天就在我面前，／像雨過後的晴天，／像人發現他所忽視的東西。／死亡今天就在我面前，／像人被囚禁多年，／期待著探望他的親人。……」

像雨過後的晴天，像人發現他忽視的東西，像是囚禁多年的人期待著探望他的親人。

一年半不到時間接連著交出四篇小說，以朱天心的一貫書寫速度和間隔節奏來看，這算驚人地快而且稠密，或更像是世界的某種再不同以往的面貌連同全新的隙縫朝她顯露。這四篇小說有各自的好奇或說奇妙詢問，《夢一途》說的是作夢（寫於一九九九年四月，幾乎就是貼著父親的死亡書寫），依循這一道古老的夜間飛翔之路，惟語調異樣輕快甚至甜美（令人不安的甜美）。朱天心說她持續著作同一種夢：她一再（回）去同一個新市鎮，以至於她愈來愈熟悉還開始動手一點一點地打造它增添它，把自己看過的、知道的、難忘和想望的好東西放進去，比方街道，中山北路、大阪雨中的御堂筋、夏日巴黎河左岸星期日傍晚鮮有路人的聖傑曼大道、維也納蔭覆著哈布斯堡王朝末代植的百年栗樹的環城大道、伊斯坦布爾藍色回教寺前植滿也是毛栗樹嗎的大路，還有烏比諾—拉斐爾的故鄉，烏比諾臨懸崖建的沿城牆小道（費里尼說的眾多他喜愛的事物之一：發現自己在星期天的烏比諾）……「種種，你有意無意努力經營著你的夢中市鎮，無非抱持著一種推測：有一天，當它越來越清晰，清晰過你現存的世界，那或將是你必須——換個心態或該說——是你可以離開並前往的時刻了。」

「這樣吧，入夢來，所有死去的、沒死的親人或友伴——」

這裡，我非常猶豫，如同卡爾維諾談伯修斯神話故事時的猶豫不安：我該不該講得這麼明，這麼單一強調呢？但這個新市鎮就是天堂吧——沒有宗教可乞援，不由神統一先造好放那裡，沒至高者可賜下，只有老實自己一點一點打造起來的至福至美之地——朱天心一人版的天堂。

我比較喜歡這樣的天堂，這種事還是由文學家來做比較對，而不是宗教家或烏托邦主義者那些蹩腳的書寫者，這樣的至福至善也離我們比較近，不排拒不拋棄死亡和死亡之前我們認真過活的人生，連同其全部的悲傷和懷念（我想起博爾赫斯講回歸他天家後的耶穌，說他會開始懷念加利利地區的雨，懷念他父親約瑟木匠間裡木頭的清香，懷念那仰頭可見最令人懷念的星空……）。可也如此，天堂不再如人類學者米德夫人發現的總是那麼空洞貧乏而且沒色彩：「只要每一想到坐在一團雲堆上彈豎琴彈上個一萬年，就覺得頭皮發麻。」就連了不起如但丁《神曲》的天堂篇都不行，遑論來自生活貧乏之鄉的《聖經》。這個新市鎮裝載著實物乃至於實事實景，是人一輩子的記憶、搜集及其成果，連同疑惑都保留，和人一生裡的每一特定時刻每一特定經歷相干並且密密嵌合交織著，也讓人這一生可望多出來一個價值，或說更細點，我們所做過的每一件事情都可以多一層有內容有來歷可再想下去的動人意義，不是粗疏的善惡二分劈開，更不會像《傳道書》所說的都只是捕風只是虛空。不遺忘，不無用，不隨便捨棄丟失，我不這麼輕視自己的人生，也不樂意誰這麼視我的人生如無物，就算他是祂這樣的至高者。

《出航》則幾乎和《夢一途》逆向而行，它由最大的悲傷開始，毫不眨眼的，小說開頭甚至是駭人的，直接從已剛由醫生宣布死亡的（父親）肉身寫起，寫「死後發熱」的身體，寫「扶起更衣時，他的頭，像被斬斷似的重重垂在胸前，你看在眼裡，知道他才不管你們的已上路了。／會在哪兒呢？」——始於死亡，走向明迷恍惚；正因為由死亡重新出航，這個現實世界已變成了另一個世界，路是另一種路了。

小說裡，朱天心想像逝者再自由不過地飛起來，如候鳥，追尋日月星辰和祖輩飛行路線高高離開了，或像《奧德賽》裡描述的靈魂：「如夢似幻，輕盈款擺，消失無蹤。」而生者，被拋下來，留在地面只能一步一步行走，上山下海，走遍世界地極，尋找逝者可能的棲息所在；或竟然是，如同胸前捧著骨灰、領著魂靈、為它尋訪最後安居之所的發願之人，每到一地，總溫柔地低頭詢問：「這裡可好？」

很奇特的，如果可以有最終的答案，居然會是在紐西蘭——那是一次偶然的旅行（現實中，是朱天心和謝海盟母子同行），「首次，並未察覺的，你和各色人種同舟在紐西蘭的某螢火蟲洞內，那地下天然形成的水流半點水波不興並且深淺未知，遊人合作地屏息靜默，任冥河老船夫奇戎渡你們，一進一進至洞深處，未久，便出現繁星，因為是不會飛的品種的螢火蟲，它們真的恆星一樣布滿黑得沒有景深了的洞壁放著冷光，你心底半點沒預告地冒出一句：『原來是這裡……』／為什麼會是這裡？但當然就是這裡。」

一直到今天，我仍不知道那個當下觸動了朱天心的究竟是什麼，我也難以想像朱老師真會選擇這裡——深居簡出、一生如文字手工匠人那樣工作的朱老師從未跨越過赤道，應該心思也鮮少飄過去，而且，這必迥異於朱老師的宗教思維（老師是虔誠的基督徒）。那裡，人是全然陌生的彷彿另一人種，土地土壤和冰蝕的奇峻景觀既不同於台北市更加不像大陸華北，就連頭頂上星空都不一樣，負責指路的是南十字星而不是北極星。事實上，小說中朱天心自己的反應亦復如此：「叫你像很多人一樣在那裡活著終老都不願意，你大大吃驚你的靈魂未來棲息之處將是，將是這樣的，這樣的。」

以下完全不構成解釋，但我自己想的是——但這樣才叫自由了吧，除了懾人的美一片空無，像葛林講的「那裡完全是空的」，全然的自由和再沒牽絆，沒有家族更加不會有國族云云那一堆陰森森又濕黏黏的狗屁東西，還不受困於宗教的種種蹩腳猜想（已硬化為種種戒律的猜想），也不必再勤力操持，沒有了身體的病痛及其禁錮，所有的煩憂包括可能最困難的愛別離苦都不及於你了，「無論如何，你已化為一股硝子風在大氣中，愛去哪裡就去哪裡」。美麗的空無，這樣的發現同時也是生者的一個希冀乃至於就是鬆手了吧，一個何其慷慨卻又多悲傷的發現。

然後的《銀河鐵道》（名字很顯然來自於宮澤賢治那部童話名著《銀河鐵道之夜》），二〇〇〇年夏天，已一年多之後了。這使用了現實裡朱天心和謝海盟倆的一個旅遊祕密遊戲經驗，先是，兩人在小叮噹電影《大雄與地底龍騎士王國》裡看到了一個有趣的線索——電影中，阿福（小夫）的遙控飛機掉入了他們居處不遠的那條河裡，不經意地洩露出河的名字是玉川，而二子玉川這段水圳是朱天心和謝海盟頗熟悉常走的，只在奧多摩線的福生到羽川這一截叫這名字，這有望解答兩人多年來的好奇。「總總，你在找尋的是幾個小孩的故居，多年來，你只知道他們住在大河旁的社區（上游？中游？下游？），他們曾經偷偷合養過一隻蛇頸龍在那河裡，他們曾從河裡直走到地底王國，還有夕陽滿天飛過噢噢大叫的烏鴉時，那顆你熟識的紅落日也在那映著夕照的河面上，時間，彷彿停了。／你想尋到他們的社區，看一眼夏日時他們在簷角掛的江戶風鈴，想看他們在閣樓憑窗搖一把小紙扇賞螢（紙扇上畫著紫色牽牛花圖樣），想和他們一樣放學後在巷弄裡追來跑去直著喉嚨喊，想和他們一起坐在鐵絲網圈隔一隅的屋間隙地的水泥管上比賽吹牛，想和他們一起躺在閣樓榻榻米上聽喧天的蟬聲做白日夢，想和他們一樣有一回騎乘一匹優雅可愛的白色天馬飛翔在河上，那配合飛翔的樂音好華麗甜美，同樣甜美的配樂出現在海底探險的叫『巴奇』的破車子，巴奇車會說人話，在一場準備慷慨赴義生離死別的戲裡，女孩問它，巴奇，你怎麼哭了？巴奇趕忙說，不是啦，那是我又漏油了啦。那時候，背景便響起了那又甜美又淒清的樂聲，讓你發誓到很老很老時聽了都一定會想好好哭他一場的……／這一切，都彷彿不識字、不懂人言的六歲時……」

於是，在這一年半朱天心「無重力」的、心猿意馬的遊蕩裡（思維的和現實履及的），尋找那個發生了這麼多故事和小孩王國的町村、找那條河、找那個通往地底的入口，遂成為這次出走的主線，這延續了稍前（整整一年前）《出航》裡最沉重的那一段：「有那麼一年的中秋節夜晚，你隨父母親與幾位風雅的長輩們，在於今兒童育樂中心臨淡水河觀音山的那一面崗丘上賞月，他們喝著酒，開懷大笑地聊天吟詩，你兩下就不耐煩，徵得母親同意，四下走走玩玩。那時你大約四歲五歲，沒多久，發現周遭遊人的腿們沒一雙是你熟悉的，你張皇地抬頭分辨那一雙雙腿上的頭臉，一個陌生過一個，只有大的月亮老樣子在當空，和不遠處平原上靜靜的銀色河灣裡同樣好大的月亮，但你找不到父母親了，果真那是世上再沒有過悲傷的事了。你張口放聲慟哭，震動肝腸，不久就有好心的遊人俯下身可能問你父母在哪兒、叫什麼名字、是不是走丟了……你緊捏著一角月餅，哭聲震天，無法答話，無法聽見，無法視物（只剩下夜涼潮濕的空氣中隱隱一現鮮烈澀香的氣息），你成了一頭沒有過去沒有未來洪荒裡的小獸。」

與其說是使用童年記憶，不如說是「原來如此」，重新發現自己那些個童年記憶（閒置的、不知有何意思的、乃至於以為自己早忘掉的）；還有，也許只有回轉到自己小孩的模樣，人才敢這樣子哭，人才能如此放心地悲傷，讓悲傷完整，讓情感完整。

或者說，你心中有事有疑，才讓記憶依此重開，那些個與此相關的遙遙記憶感受到磁力一般浮現出來，恢復它的光采，並強迫記憶回答。

朱天心大概比誰都需要這樣，原因是—在這樣一屋子小說書寫者擠一起的奇怪家庭，朱老師生前不只一次笑著說是「父不父子不子」。尤其朱天心，書末短文〈《華太平家傳》的作者與我〉裡講的俱是事實真相（其實這一個篇名已差不多全說了），其間挑戰父親最多最早也最久的正是朱天心，她質疑父親的宗教，質疑父親的一部分家國思維，還質疑父親太溫厚不爭的交友方式云云，不父不子意味著比較像小說同業的彼此相待，聞道術業，這讓這個家庭多出來很多東西很多話題，以及很多理性，但也讓某些尋常東西尋常情感沉落下去。

緬懷親人的書寫，常常犯一種錯，這與其說是技藝不好，不如講不夠認真地、誠實地相信自己（技藝原是為著克服書寫困難逼生出來），那就是急於跳回童年，只使用童年，而且童年記憶安靜完整得如攤開的卷軸，歷歷分明，怎麼可能會這樣？怎麼可能人像白活了也似的日後這幾十年全不滲入全沒意義？正確的回憶（是的，我毫不猶豫用「正確」這個詞）只能是人當下的再次回想、赫拉克里特之河的第一次循此徑回想。那個童年，必定包含了滿滿日後的你尤其此時此際的你，滿滿是你此時此際才看得出的面向、意味、深度和疑問缺漏，以及，德．昆西所說的滿是棱角和裂紋。

沒讓人可安心的答案，逼人向各個可能的記憶深處尋去，尤其童年、更童年、童年的深不見底洞窟，這就是最後一篇的《遠方的雷聲》。

時鐘停擺，指針掉落，如朱天心所說的。

這篇完成於父後一年半的小說，一切像靜止下來，人停下腳步，或說，（豫備）凝聚為一次總的、最後的、再不回頭當然也不打算和解的出走；這篇小說，文字安靜得驚心動魄：「假想，必須永遠離開這島嶼的那一刻，最叫你懷念的，會是什麼？」

這問的不是大的、明確堂皇的回答（那些都已反覆想過了、說過了），而是、「請你就像那名歷史懸案中人，回首一望，彷彿瀕死之人，一生閃過眼前，最後留在視網膜上的，會是什麼？會停格在什麼樣的一個畫面？也彷彿寫在一塊遭風吹日曬得失了顏色的木牌上的字句：南都一望。木牌立在奈良遠郊不很有人跡的白毫寺前，你聽話地回首一望，漫天大雪中，只能隱見盆地的依稀輪廓。」

我也很記得現實那一天，朱天心、謝海盟和我，從志賀直哉故居前開始跟著雪走，繞過新藥師寺，岔向山邊的農田和農家，第一次走到白毫寺，發現了那塊木牌。

「會是花梨木的氣味嗎？」——記憶緊緊揣著這個大疑問，從極幼年追獵、捕獲那隻細腰螳螂，誤入了沒頂的、望不到辨不出家在哪兒的草深處開始（我煞風景地想起來納博科夫講的，詩，始於這樣高高的茅草叢裡）；穿過搬家搖搖晃晃拼裝車（馬車？）上、天黑大哭起來、才剛要上幼稚園大班的姊姊（朱天文）……；穿過小學一年級放學回家那次脫隊，第一次走上田埂走進全然陌生的人家村裡……；穿過大水災過後遷村前夕，父親手植的玫瑰初次成功地抽了芽（「那紫色嫩葉看起來可口極了」），和當時那個打算躲起來、一個人留下來靠小牛家（已先搬走）葡萄樹過活的自己……；穿過秋天那有一陣沒一陣的芸香科花香（「前面必定有一株柚子樹或一個柚子園」）……；穿過那一條夾在監獄般灰泥高牆和白色葦穗花紛紛落下白千層樹的筆直沒盡頭之路（衣物和回程車錢在游泳池被偷，一干人徒步走了二十站回家，走到入夜）……；穿過外公家幫傭阿姨那天黃昏沿東邊河壩上的奇怪哭泣……；穿過那個已離台多年不知所蹤的少年友人（丁亞民），以及一次次和他共謀犯罪也似的出走遊蕩……；穿過屏東糖廠很鬼魅每天下午三點整準時降下的超大雷雨（高的芒果樹和更高的大王椰，低矮的七里香樹籬和金露花叢）……；最後，記憶停在了黃昏村中大道上從交通車走下來、下班的父親，那個「比你現在年輕六歲，不到三十六歲的父親」。

「會是燈籠節吃過晚飯後的晚上？」小說留在了這個夜晚，遠遠天際傳來雷聲，母親說：「是ㄔㄨㄣ雷（春雷），不曉得會不會下雨？」緊跟著，停電了，戛然而止。

這其實是一長串完全沒辦法引述、以其他方式（尺寸）重現的文字，全是細如針尖細如粉末的影像以及只是聲音氣味色澤乃至於只光影一瞬（奇怪卻又一個個都如此具體，像是唯物的而非唯心的）。這裡，文字一個個被朱天心撚得極小極細，不絕如縷，人專注到一種不敢眨眼的地步，好提心吊膽但又恢恢有餘進去每一處時間的裂縫裡。我想起朱天心才寫完這篇《遠方的雷聲》跟我講的，她原先以為自己的童年記憶已想盡寫盡了（她記憶力絕佳又屢屢回顧有老靈魂之名，反覆在書寫中使用了這麼多年），但經過這回，她又想起了好多，好像找到了另一條回憶路徑及其開啟方式，有好多她寫不進這一次的小說裡面。朱天心當時說得有點躍躍欲試。

這一切全是自自然然形成的。朱天心的小說技藝精湛（寫這麼多年了，不精湛怎麼行？），只是她從不單獨使用、表現、試驗小說技藝；技藝始終跟隨在小說的內容、小說的詢問之後一步，在詢問和答覆裡奮力地發現、形成、內化並穩固下來，如波赫士所說並沒有單獨存在的美學這東西。《遠方的雷聲》，因為問題這麼巨大、迫切和認真，以幾乎是笨拙的直問直答方式進行。但是，「會是花梨木的氣味嗎？」「會是大水災後、遷村前的那個夏天？」「說起那會隨晚風一陣紛紛落雪的白千層小穗花，會是學會漢語（曾經的「國語」）前你被託管在客家莊的那一年嗎？」「不然，會是那個同樣一陣大風吹過，眼前紛紛落下被南方太陽曬軟、飽含燠香的椰林穗花的夏日午後嗎？那股風明顯是雷雨前的徵兆……」「會是更早些年的夏天……」，記憶有它自己的意識、行進方式和道路，閃現、流動、滲入、相互呼喚、乃至於磁力牽引般的詩樣縱跳，所以，這一連串「會是……」的試圖回答，遂像是頭韻，像是反覆吟詠（餘音徘徊不走，或說情感上還不盡意不甘心不肯停止），像是一次又一次的記憶奮力重開並細心微調，更是一次又一次回到初心，釘鐵釘般回到最原初的問題裡來，絕不讓自己被記憶裡甜美的賽壬歌聲給帶走。

《遠方的雷聲》同時也是引述他者最少的一篇，再沒各種上窮碧落下黃泉的話語故事，從文字上看，也是回來了。

這整整一年半的書寫（出走），寧靜的、柔和的、清澈的（彷彿一陣塵煙過後，一種驚心動魄安詳地浮現出來）停止在年輕英氣的父親身上，收在遠遠雷聲滾動如提早驚蟄的這個停電夜裡，看起來也是自自然然的。

這麼說不是文學見解（文學見解得再嚴謹些），而是閱讀者稍稍恣意的建言——是否就把《漫遊者》讀成一部完整的長篇小說？不絕的、屢起的、蓄出一絲力氣就趕緊再出發再突圍再追問的。毫無疑問，從內的情感到外的文字，《漫遊者》五篇不只是完整而已，應該說是專注、稠密、緊湊且一路到底，如果我們以樂曲而不是以文字小說來讀，這一切也許會變得更明白不疑——這裡，我想起來初讀《漫遊者》當時，我覺得自己稍微有點懂了，為什麼老練的、技藝純熟到不耐煩不滿足、還想讓小說多做到點什麼的小說家會嘗試援引音樂的調式及其節奏起伏變化來寫。相較於音樂（始生於人心，順應著人心的自然流動起伏，如黑格爾說的那是文字到達不了的。又、人類使用音樂早於使用文字幾百萬年之久），文字書寫，尤其小說，仍是「人造物」，發明在人類思維已充分成熟並厚實積累的近世，有著諸多概念性的理性抽空設計，這是外於人的。如此外於人、讓人逃離開自己有其重大的意義和企圖，也被賦予了種種特殊的期待，但終究，這樣也就不再能夠那麼貼緊人心了，人的情感因距離關係顯得淡漠，至少不那麼稠密微妙了。人世微波，張愛玲曾笑說這是雲端上看廝殺，即使廝殺的正是自己。

到目前為止，朱天心單篇最長的作品是《古都》和《初夏荷花時期的愛情》，五、六萬字，一般我們稱之為中篇。朱天心沒寫長篇有種種真的假的、鄭重的開玩笑的理由（如她討厭寫字；她極度厭惡時下那種文字拖著文字、如文字自體無限繁衍的書寫方式；她不想還寫那種有寫就有、誰都會而且老早被寫盡成渣、成為流行橋段的東西，小說都已經走到哪裡了；她不耐煩長篇總是難以避開、只用為交代和黏著劑的種種過場……），起碼有一點我看是真的、極核心的，那就是朱天心總是第一時間寫到「點」上，她的筆很直，正面攻堅，不閃不繞（阿城語），書寫之於她從不悠閒、不是身姿華美的餘事，寫小說是純純粹粹的志業之事，生命中最難說成的話由它來說、最難做到的事通過它來執行，得拚命或至少拚盡全力。也因此，朱天心不是專注力不足（她曾笑稱自己撐不完一部長篇的漫漫悠悠時光），她總是專注到如同陷入，所以正正好相反，依我看正因為她太專注了，我看過太多次她寫完一篇小說的憔悴蒼白模樣，總像才生了一場大病，所以儘管理性上看著也心急（華文世界如她級別的小說家誰沒交出長篇呢？），但這麼多年下來，我始終不敢勸她開筆寫長篇。

我知道（朱天心其實也知道並承認，她是個很好的小說閱讀者，完全能欣賞其他了不起書寫者的種種成果），小說不是只能如她這樣寫，小說四面八方而去仍大有其他可能，但朱天心有她的選擇，專心侍奉她認定的那一尊小說魔神。

惟《漫遊者》可是足足寫了一年半只多不少（加進前導的《五月的藍色月亮》則是三年），「那一刻」詭異得如此漫長，這裡必定有著什麼非比尋常的東西——也許她對父親奇異的深情就足夠了（想想，遠古的三年之喪也許真有這樣持續的、徘徊不走的情感基礎，儘管並不多人這樣，遂也成為太嚴苛的倫理要求），但依我看，在這悲傷之上還疊加了不相上下強度濃度的憤怒，兩倍（以上）的非比尋常。長達二、三十年，朱老師一直是台灣最好的小說家（加不加之一無妨），絕不是因為他是我老師所以我如此說，而是因為他是所以我才努力成為他的學生。但就在他書寫晚年，政治張狂地不斷入侵文學如同瘟疫，而且還是那種最沒出息、老早已是歷史灰燼的最偏狹地域主義、出身論，直接看戶籍上的出生地點來決定人的文學成績甚至文學書寫資格，台灣的文學程度和教養崩壞般突然倒退了幾百年上千年（但也合理，如歷史經驗在在顯示的，這種反智的所謂「愛台灣」的確是無賴惡棍懶漢騙子唯一的出頭捷徑，綁標一樣，不如此這些人一無機會）。

悲傷源於自然生死循環，就算揮之不去，其最深處終究令人無話可說；憤怒則向著人的愚行，這裡面有種種是非曲直善惡，有嚴正的公共性，不是單純的一人之事，也不可以為求自己心身安泰而輕易鬆手。

對朱天心而言，憤怒顯然來得更早，之前她已一路寫了《想我眷村的兄弟們》（一九九二）、《小說家的政治周記》（一九九四）、《古都》（一九九七），那時候同業父親仍健康。

如此，我們或許就看懂了，《遠方的雷聲》的這個大哉一問：「假想，必須永遠離開島嶼的那一刻，最叫你懷念的，會是什麼？」這既是人死的離開，也是某種現實已歸於絕望的去國——語調外弛得如此不瀾不驚如同潮水退走，幾乎是安詳了，其關鍵是時間，三年了，或至少一年半，悲傷和憤怒在持續交替拍打中，漸漸地糅合為一個，遂像是走到了某個時間盡頭了，成為阿城講朱天心其人其文時所提出來的憂鬱：「我年輕時打過一陣鐵，鐵在燒著的炭中，先是深紅，之後是橘黃，黃，淡黃，白，此時逼視之，白中開始發青，這青即是極端時反而憂鬱。」

我不太想多說朱天心寫《漫遊者》之時之後的生活和身心樣態，這確實有一點不堪回首之感，即便我以為書寫成果驚人，但代價仍然太大。更重要的，我以為這是一個書寫者皆當謹守的專業性根本規範，不由誰外加，也不僅僅是禮貌教養，而是原生於某個書寫核心之處，直接決定著書寫成果的高度、廣度和好壞甚至成敗——我以為，一個作家不應該多談自己如何受苦，即便這全部是真的、刻骨銘心的；這是書寫大神極冷血的一個要求。

如今，此一要求似乎越來越不被講究，不記得了或者根本不知道。中國大陸的狀況較令人不忍心，因為的確有太多苦慟的記憶猶鮮明才如昨日，歷史有著太多凌駕於人的不公正包括自然的和人為的，所以上代人寫自身受苦的故事，這代人接續著寫自己父母長輩的故事；台灣則讓人有些不知如何是好，由於諸如此類的真實記憶稀薄到幾近歸零（拋棄記憶又是當前台灣的另一波潮水），受苦一事遂被逼往形而上的高處，或直接就是自己百病纏身的身體（但大多數人卻又如此年輕，就像他們換篇文章所宣稱的，自己年紀還小，還「來不及長大」）。幾年前我去大陸評施耐庵文學獎，忍不住講了：「書寫者的悲傷超過了讀者，這會讓人讀起來很尷尬。」

尷尬，然後就是不耐，最終則乾脆冷血，十九世紀的舊俄書寫（一個歷史苦難和不公義不絕的時刻）顯然也有此傾向，所以最終萊蒙托夫的詩這麼說那些叫苦叫痛的書寫者：「他痛苦或不曾痛苦，這和我有什麼相干呢？」

是的，人人皆有父母，到我們這般年歲，更人人都有已離去、正離去的父母。仔細回想，這裡有一個其實相當奇異的書寫選擇，那就是《漫遊者》為什麼不是散文？散文多通暢淋漓？散文可直抒胸懷，散文甚至不必講理，事實支撐住它（所以在讀到一個不合理的書中人物時，波赫士極聰明地指出：「我猜這是依據真人實事寫的。」）。但我以為朱天心做了很「正確」的、至少是很好的書寫選擇，隔了一層的小說體例，幫了她打開單子也似的封閉悲傷，讓她不致一直深陷進去，幫她回到世界，讓這個悲傷可以被包裹、被攜帶、被思索。

散文裡的我只有一個，書寫者的我和被書寫者的我合而為一，獨處，集中，專斷，強大如矢；而小說的我則是分離的甚至遠距的，現實裡的那個我（朱天心用的是「你」，這無妨）只是小說中的一個人物，站在人群之中，站在流動不居的時間大河裡，自自然然地和他者相互比較、交換著悲傷，輪流地聽和講。或直接這麼殘忍點地說吧，父親的辭世由此進入到人類從古至今億億萬萬如星辰如細砂的普遍死亡之中，進入大自然無可違背的規則裡，人與他者的經歷、話語、感受交疊在一起，其細節甚至是可交換的，如此，他者的經歷、話語、感受復原了（或首次以如此清明完整、「像雨過後的晴天」的樣態呈現出）意義。小說裡的死亡因此是講理的，也必須講理。

道理，必定會替換掉（一部分的）悲傷。道理是光，射進來。

但這裡面有著一個大問題或說威脅，我猜是朱天心很抗拒的，她一定很快就察覺——本雅明在《說故事的人》裡論述得非常漂亮，他指出來，個體再狂暴、再不可思議的經歷一旦成功說了出來，便進入到集體的故事之中，和他者的類似聲音融在一起，打開了（或者說失去了）其不可解的獨特性，在普遍的、如上升至鬆軟雲端的經驗裡平和下來，對悲慟的人而言，這便是故事（文學）的安慰。但我們也可以說這是失憶，人宛如交出自己的記憶，通過集體記憶的篩選和融合，去除掉其最堅硬最折磨人的那部分。宗教者很懂這個，他們一般稱之為「放下」，「凡勞苦背負重擔的人到我這裡來皆當卸下」，不是靠高深智慧的道理來解破（通常只是重複那幾句乏味、蹩腳的教義），而是讓人在眾人的圍擁中、喃喃話語裡鬆手、放開、遺忘。書寫者尤其小說家也一再從經驗中深切察覺此事，很多人以各式強弱不等的話語講過（包括之前的朱天心自己，她還是以哪吒的悍厲淒絕割肉故事來比喻），納布科夫的講法是，個人記憶一旦寫入小說，便讓位給、轉化成為書中人物所有，所以記憶寫一個少一個，用一塊少一塊。

朱天心抗拒小說的就是這個——失憶，即便這能帶來安慰平息哀傷。她怎麼可能交出來父親的記憶呢？這是張愛玲說過的，那等於是讓父親快快再死去一次，不戰而降，或如她所引述的淒涼風景：「死就是死，風會吹走我們的足跡，那時我們真就完全地死去。」《漫遊者》的書寫，遂也是一個和小說大神不斷討價還價的極激烈角力過程，我們很容易就看得出來，書中的「你」一直緊緊地、幾乎是緊張地揣著某物，像那種神經質的、時時擔心害怕偷盜搶匪的旅行人，走到哪裡都只是個外來者陌生人（包括在當下的台北市），小說家林俊頴說的「異心之人」；甚至，我們該說這個「你」根本不算是個純淨的小說人物，更多正是那個從現實世界直接進來、不馴服不肯放下任何東西的朱天心，原本較合適置身散文裡的朱天心。

我想起來年輕早逝詩人普希金的這句話：「我不會一整個死去。」

無論如何，這書寫的確是依循小說之路展開了。小說的冷卻、隔離、陌生化並且分解效果，延伸了悲傷（也可以說暫時讓悲傷一整個沉落進記憶裡），帶進來時間，並且拎起人來也似的把這段時間裡的一切都化為出走、化為旅程——白天的行走成了旅程，夜間的夢境成為旅程、成為歌德所說的「那是遠古而來我們所學會的神秘飛翔」，心智、思維的時時起伏流動縱跳無不持續成為旅程（我喜歡李維-史陀講的：「在思想裡所經驗的事。」如此可持續可交換，如此確確實實如身體的經驗）。於是白天黑夜，現實和夢境乃至於幻境全混同成一個（「但那是我自己的憂鬱，以多種草藥混合，淬煉自多種物體，更是我在旅程中的多方冥想，而借著經常反覆思索，將我包裹於最幽默的悲哀中。」）。

這可能不該只用書寫技藝來解釋，事實上也看不到純技藝難能完全拭去的鑿痕，概念的痕跡，種種接榫黏合的痕跡，只因為它們全包裹在同一個巨大的、幾乎至大無外的悲傷裡，都試圖回答同一個追根究柢（無望解答）的詢問：「然而真希望這一切冥冥中能有眾法護持，就如同那則傳說中千年來的銀河路，前往朝聖的人連在夜裡兼程趕路都可依銀河位置標出行路途徑。」於是，這一切，有據無據的，都平等了，也「材料化」了，遂成為同質之物。

《漫遊者》最終「不那麼像小說」（或者說，小說仍有這樣超出我們慣性認知的可能），但像的不是日後悠閒端莊的漢賦，而是猶生於某個幽深、光影迷離、生和死界限不明、現實和夢境不分世界的楚辭。有說是最像一場漫長旅程的《離騷》，以及那個「顏色憔悴形容枯槁」、但上天入地非問出點什麼不可的書寫者漫遊者；也有提到《招魂》，古遠的生者死者對話，悲慟但如此壓抑著如此溫柔仔細的叮嚀聲音，《漫遊者》的確滿滿是這樣語調的話語沒錯：你回來吧，別去東方別去南方別去西方別去北方，東方的大海會吞沒你；南方只有熊熊烈火和噬人的巨蛇；西方是千里流沙，那裡住著尖牙利爪的豬首怪物；北方則是不可逾越的冰山，以及深不可測無人可回返的凍原冰川……但這次閱讀，我想的是《天問》，這極可能是最奇異的一篇，就只說疑問，全是疑問，一個答案也沒有，我年輕時算過，總共問了一百六十二個問題左右，這些疑問大小、難易、高下不一非常凌亂，但感覺有人是真的想知道，是一個人的疑問。更有趣的是，他對原先作為解答（或試圖平息疑問安慰人心）的傳說神話一再發現漏洞發出質疑，意味著他要真答案而不是求取身心安泰。這一百多個問題有今天我們已能夠回答的，有問題連同答案已隨時間湮沒不聞也無需再回答的，但「遠古之初誰傳道之？上下未形何由考之？」，更多是這樣三千年後我們仍不知不會的，所謂的大疑，越過了我們有限的生命和身體，進入死亡進入到邊界之外的空無。

這是卡爾維諾的解釋（或煩惱），他解釋不只一次，可恰當來說《天問》，以及朱天心《漫遊者》這樣凌亂流竄延伸卻又感覺如此矢志如一的追問——世界是一個結，一團亂纏的紗線，一片巨網，每一個看似微不足道的事物，都可以是這個關係網路的中心點，你可以從任一個點開始（「茍有志、則無非事」），當你不由自主去尋索那些關係，繁衍細節，你的描述和離題就變得漫無止境，無論出發點為何，眼前的事物不停往外擴展，席捲更遼闊的視野，如果讓它向四面八方繼續延伸下去，最後終會囊括（以及出現）一整個宇宙。

尤其系從死亡這個點開啟追問時——根本地說，人類的無盡思維本來就始自於對死亡的察覺這一個點，死亡不處理，人很難好好活著。死亡的大疑，是阿爾法是俄米伽，既是最原初的也是最後的；對死亡追問，讓我們所有看似堅實有據的答案都顯得脆弱不堪（「一想到死亡，一切似乎都變得很可笑。」歐洲某大小說家），都像（或還原）僅僅只是猜想，或者只是某種人試圖脫身的安慰。

寫《漫遊者》的朱天心深陷她從未有過的巨大悲傷之中，當然是這樣，但小說並沒怎麼讓我們看到書寫者本人的悲傷。恰恰好相反，小說語調絕大多數時候居然是輕快的，甚至甜美，文字也前所未見的華麗，不論是自己寫出來的，或採擷自其他書寫者。我自己閱讀時的第一感是「不祥」，我不是說這是強顏裝出來的（不論是基於禮貌或技藝要求），追索死亡，的確打開了某些邊界，帶起書寫者的飛翔，反身看到世界種種未曾顯現的琳琅樣貌、內容及其縱深，也看著再不同以往的自己，這裡有發現了某物、原來如此的短暫欣喜。但小說這樣的「顏色紅潤」令人不安，比較像是某種不健康的、大病在身的潮紅。我想，悲傷之所以被緊緊壓住，是因為此刻有比一己放心的悲傷更要緊的事得做，你必須讓自己一整個身體的感官一直保持在最靈敏的、完全張開來的狀態，並如昆德拉說的，要自己內心的聲音完全靜默下來，好不遺漏地傾聽事物那最細微不可聞的聲音。

在旅程結束之前，在這一切一切結束之前，這一口最後的大氣是不可以吐出來的。

小說家沒有太任性的自由。

《漫遊者》，作為一個算熟知朱天心閱讀狀態的人，我不免在在驚訝，首先是驚訝原來她讀了這麼多還深深記得這麼多（這趟書寫結束時她還未滿四十三歲，按道理講還沒到思維、閱讀和書寫的最成熟期才是），然後是驚訝於她如此的「浪費」，《漫遊者》幾乎一次用掉了全部，而且可不只是「采葑采菲，無以下體」，她幾乎只取用它們最尖端最華美的部分，是用得很漂亮，讓所有這些光燦且巨大的話語都親切地化為她思索、感受、自省的晶瑩透明微粒，但這可真叫奢侈，或說傾盡所有。

「你的幸福時刻都過去了，而歡樂不會在一生中出現兩次，唯獨玫瑰一年可以盛開兩次，於是，你將不再跟時間遊戲，並將無視於那葡萄藤與沒藥，你將身上披著屍布活在世上，就像麥加的那些回教徒。」——愛倫．坡這番也許是他一生所寫出最華麗的話語，在《漫遊者》書中有極其特別的位置（朱天心原來並沒那麼推崇愛倫．坡的作品）。這番話被她完整地、一字不略過地引述了兩次，在《出航》的旅程開頭和《銀河鐵道》的旅程末尾，遂成為某種說明、某個執念，乃至於成為預言，甚至是決定。

你將不再跟時間遊戲了，而小說正是一種時間遊戲，小說活在時間裡，只在時間裡打開。

是以，《漫遊者》成為難以為繼的小說書寫，代價太大，成本太高，人一生難以支付兩次。

從二〇〇〇年新世紀至今（轉眼十七、八年了），朱天心的小說的確是少產的，只寫了一部張大春說是「最恐怖小說」的《初夏荷花時期的愛情》，一篇名為《南都一望》、她自己以為不成功的中篇，另外，她想寫自己半生所在場的台灣的《南國歲時記》，至今只交出了《大雪》這個節氣。如今，她的書寫更多時候是貓而不是人，很大一部分心思轉向這個更脆弱更短暫更容易死亡的生命。

這十七、八年來，她仍然勤於閱讀勤於行走，一樣的心思敏銳、易感、認真，一切都依然，就只是小說少了。

剛開始那兩三年，我想的確是某種「存貨出清」的緣故，畢竟，這樣的生命經歷不會也不能再來一次，當下，從情感到所知所記所能當然全數交出來（只要小說還能裝得下），人一定會感覺自己完全空掉了，會的都寫完了。但這不會永遠是真的，不管願不願意，時間有著人無法干涉的大能，時間會重新生出東西，時間會一塊一塊空白填補、占領，青草離離。因此，對朱天心的小說書寫，我一直是耐心而且「樂觀」的（想想，在《漫遊者》這樣的新基點新視野之上，又會生出什麼不可思議的作品來呢？），我信任這樣潮來潮去的時間如農人信任四季更迭，這既是經驗（畢竟我也書寫），也算信念。

然而，我逐漸發現這裡頭原來有某種「興味索然」之感，比外在的時間效應更本心更揮之不去，這極可能是《漫遊者》這樣的書寫（或說出走）最始料未及也最實質傷害（會是永久性的嗎？）的地方——這部小說帶著朱天心一次越過了太多的邊界了，從情感這一面到理性思維那一面，還有文學書寫本身、小說的基本守則和能耐本身（某種意義說，小說不是變得難寫，而是變得太容易了）。死亡這麼一趟「從來沒見過有旅行者回來的旅程」，還沒去過的普希金講他「不會一整個死去」，而闖入過窺視過的朱天心則是「再沒辦法一整個回來」，彷彿她有一大部分的心思魂魄一直遺留在那裡，而那樣通透清明的「悲傷／光亮」也讓日後的一切黯然失色，理智上也許都知道不該如此，但現實世界就只剩一些絮絮叨叨，得之也好，失之也沒關係。

我也開始想，小說會不會是她的志業之事？小說這個最終來說仍有它所能有它有所不能的東西，會是她願意做到最後如她父親寫《華太平家傳》那樣的一件事嗎？

大致，這就是我所知道、我在場看著的《漫遊者》（沒記錯的話，這每一篇還是由我謄寫出來的，我是每一篇的第一個讀者，並且以一種最接近書寫者的稠密速度來讀），當我說這是我以為朱天心最好的一部作品，心思其實是很複雜的，也是頗沉重的。

7. 再來的張愛玲・愛與憎

從《小團圓》開始，這些年每讀又一篇張愛玲「出土」的新小說新文字（就不能一次拿出來嗎？），我總會先想起尼采那番斷言，他以為耶穌死太早了，如果當時耶穌活了下來，活下去，他遲早一定會收回自己這些太過年輕的教義。

類似想法，在杜斯妥也夫斯基《卡拉馬助夫兄弟們》小說裡化開來成了一則面貌也許太過獰惡的寓言，提供了一個可能結果，這也是我們（曾經）很熟悉的，小說原章節名就叫「大宗教審判官」，是書中卡拉馬助夫家二兒子伊凡寫的寓言故事——杜斯妥也夫斯基讓耶穌再來，整整十五個世紀之後，讓他有機會再想再說一次他的教義。會發生什麼事呢？耶穌第一時間就被年邁的大審判官拘捕並單獨囚禁起來，不是因為不知道他是耶穌，而是正因為知道他是耶穌；老人不要他再來，更不要他再次行走於民眾之中。整個寓言的大核心是深夜囚室裡大審判官面對耶穌的滔滔議論，講的是暫時不干我們這裡事情的沉重話題，我們只看開頭這一番話：「是你麼？是你麼？你沉默就好，別回答。你能說出什麼話呢？我深知你要說什麼話。你也沒有權利在你以前說過的話語上再添加什麼話，你為什麼到這裡來妨礙我們？因為你是來妨礙我們的，你自己也知道。你曉不曉得明天會怎樣？我不知道你是誰，也完全不想知道：真的是你，或者只是他的形貌。但明天，我會裁判你，把你綁上火堆燒死，當作一個最凶惡的邪教徒，至於今天吻你腳的那些民眾，明天我手一揮就會奔到火堆前添柴，你知不知道？是的，你也許知道這個。」

以及這幾句：「因為你還是不願意用奇蹟降服人，你渴求自由的信仰，而非奇蹟的信仰。」

好，也讓我們來回想下自己，假設我們是個已五十歲、六十歲的人，究竟有哪些你十七歲當時信之不疑的東西完全依全貌保留於心？究竟還有哪幾句彼時講過的話，你今天還肯一字不改不調整不加但書不多解釋的再重說一遍？尤其你若是那種有記憶的、又願意持續把事情看下去想下去的人。

你永遠無法踩入同一句話裡兩次。

也就是說，尼采這麼講耶穌原本只是常識，任誰都這樣，問題因此只在於，在思維的世界裡、在書寫的世界裡，這麼尋常的道理究竟會觸到什麼，人（閱讀者，以及書寫者本人）多意識到什麼，讓茲事如此體大起來？

伊凡（或杜斯妥也夫斯基）的寓言結尾是，「老人走到門前，開了門，對他說，你去罷，不要再來……完全不要來……永遠也不，永遠也不！他把他送到『城市的黯黑人行道上』，囚人走了。」——大審判官老人是深愛耶穌的，比外面那些信眾更深刻或說無法以那麼單純直接的方式，他甚至受著苦，這一點全無疑義。

※

又來的〈愛憎表〉是篇沒寫完的散文，講的是張愛玲自己十七歲高中畢業前夕校刊調查表的填寫（共三十五名畢業生，只是我們沒想知道更不追問其他三十四人），我算了下，當時張愛玲只寫了二十三個字，再加上Edward VIII這個英文帝王名字，而半個世紀之後，它詭異的膨脹起來了，張愛玲說這篇文字會「很長」（見她寫給宋淇的短信），果不其然，尤其是滿布記憶刻痕的、密碼也似的寫作大綱註記部分，很容易讓人想到本雅明同樣來不及完成的巴黎書寫。

一樣又來了的是類似的讀後感，到目前為止我所聽到較驚心的是「美國到底有什麼詛咒，怎麼張愛玲去了那裡盡寫些爛東西」，這出自於兩位認真的、文學鑑賞力也一直非常可靠的台灣一線小說家之口——大體上，延續著《小團圓》、《雷峰塔》、《易經》三書，尤其《小團圓》乍乍出版之時，這我聽過太多了，包括有人說這是張愛玲的恐攻，她人肉炸彈也似的衝過去，把自己和相關人等一併炸爛掉。事實上，還有人以此對我諂媚，此事荒唐但千真萬確，也是台灣一位現役小說家，他大致知道我和胡蘭成那一點點淵源，胡先生算是我二十歲時日（都快四十年前了）一位擦身而過的老師，起碼我自己單邊的認定他是老師，公雞叫不叫我都不會否認，而《小團圓》又可視之為對胡先生那篇寫得太美（美得不像真的）的〈民國女子〉一文的陰森森駁斥，但這實在太不了解我也太小看我了，憤恨不平（不平得不像真的）的小說家開罵了足足五分鐘有餘，結尾我記得很清楚：「就連我老婆都氣得不想看了，真想把書扔垃圾桶去——」，打斷他的必定是我的表情，我也完全記得我的回答，因為從頭到尾我就只講了這幾句：「回去好好再讀一遍，你看錯了，我一直到讀了這部小說，才真正確認張愛玲真是一個了不起的小說家。」

同樣的，〈愛憎表〉一文我依然覺得好看，當然，也可能看錯的人從頭到尾都是我，文學鑑賞這事，尤其在這個平等自由時代，能誰說了算呢？

填寫這種你喜歡什麼怕什麼的問卷，人無聊起來可以三天兩頭就來一次，而且通常隨填隨忘付之一笑；如果是高校女生畢業專刊，這於是加添了濃濃的大表演氛圍，人很難老老實實作答，更多時候她意識著別人的三十四種可能回答，據此「創造」出自己的洋洋自得答案，或有所針對（學校、某老師、某同學、家裡父母……），從報復到調情不一而足，把當下某一個私密的、火光般短瞬的念頭塞入到這難得公眾公開的形式裡，擲向大海的瓶中書信那樣，等等等等。這都是不能再常識的常識，也幾乎是人人都有過的生活經驗，另一與此相應的經常性經驗是，多年之後如果一起作答的人再相見，這通常就是一整晚相互取笑用的話題了（「你那時候怎麼會說……」），誰也休想逃走，輪流著吐嘈和狼狽不已。

像朱天心，一樣十七歲時（《擊壤歌》裡）她信誓旦旦講最崇拜的人是拿破崙，如果我們四十年後今天不太禮貌再問她一次，拿破崙大概排不進她關懷之人名單的兩萬名內（如果她記得了這麼多名字的話）。事實真相是，我相信這個名字已很久很久沒再進入過她記憶裡一次，這只是某一部電影、某本書在十七歲柔軟易感之心的一陣波紋而已。

荷蘭的語言學者也是好作家約翰．赫伊津哈寫過《遊戲的人》一書，這是一本有點被世人低估和冷落的書，他在回看人類漫長歷史、回想人的行為和話語時「全面」加進了遊戲這一成分。所謂全面，意思是遊戲並非是特殊的偶一的外掛的，而是人所有行為和話語裡或多或少或現或隱但始終存有並有所作用的成分，遊戲與人同在，正是人生命構成的一個重要成分；這也是提醒，我們當然早已察覺遊戲的存在，只是我們過度鄭重專注面對某一研究題目時（比方《論語》解讀），常忘了它排除了它，把它限縮於某個較淺薄較邊緣的角落裡，不讓它（也經常不曉得如何讓它）參與重要的討論，以至於，人的面貌、人類歷史的總體面貌無謂的森嚴起來乃至於殘忍起來（比方孔子的面貌）。赫伊津哈極可能是對的、細膩的。

張愛玲十七歲時候這張遊戲成分十足的調查表，事實證明，的確因為我們不盡恰當的認真專注（一開始誰都意識到其遊戲成分，但逐漸減弱、消失），固化為某種愚行，刻舟求劍那樣毋甯有點令人傷感、有點莫可奈何的愚行——這本來只是船身上一道淺之又淺的記憶刻痕，甚至並不為著標示什麼。不是張愛玲以為、而是我們大家誤以為這是掉劍地點的鄭重記號，多年之後下水泅泳尋寶的人也是我們，尤其那些學院裡的研究學者。整件事情較奇怪的是，站岸上的張愛玲並沒嘲笑我們，她有充分的譏笑理由和譏笑才華，甚至，我們一直以為她有這樣的習慣。

「我近年來寫作太少，物以稀為貴，就有熱心人發掘出我中學時代一些見不得人的少作，陸續發表，我看了往往啼笑皆非。最近的一篇是學校的年刊上的，附有畢業班諸生的愛憎表。我填的表是最怕死，最恨有天才的女孩太早結婚，最喜歡愛德華八世，最愛吃叉燒炒飯。隔了半世紀看來，十分突兀，末一項更完全陌生。都需要解釋，於是在出土的破陶器裡又檢出這麼一大堆陳穀子爛芝麻來。」——我刻意的一個字一個字重抄這二百字不到的開頭，等於是以最仔細的、且仿張愛玲原來書寫時間的方式再讀一遍（和張愛玲原稿一樣，我也是手寫），沒錯吧，這裡面只有極微量的辛辣成分，而且更像只苦笑搖頭向著十七歲當時那個自己，我同時想著的是〈傾城之戀〉裡大家印象深刻的那最終一幕，那一個張愛玲：「她只是笑盈盈地站起身來，將蚊煙香盤踢到桌子底下去。」

快快交代完這發語詞也似的二百字，張愛玲便整個人進入到填表當時的記憶裡，當時她（可能）在想什麼、怎麼想，當時她正處於何種心緒和生命狀態，當時旁邊還有誰、有哪些東西，已全然流逝不回的那一整個世界大致上是何種形貌什麼內容，等等，這相當於在告訴我們，刻下這一記號時，船正走到哪裡——這裡有稍大的和稍小的兩處驚異（儘管讀《小團圓》三書我們已基本驚訝過了），稍小的是，張愛玲何以肯這麼正經老實寫這篇文字？還計畫寫很長？也就是說，她跟著我們當真起來，不退反進，不是該笑吟吟一腳踢開嗎？稍大的是，張愛玲還把這篇文字寫得如此正經老實，包括內容和語調，這可能是我們更難習慣的張愛玲，沉靜的，不東張西望的，我們幾乎要說是溫柔的。

一直以來，至少在《小團圓》問世前這麼漫長時間裡，我們總以為張愛玲是那種不更正不解釋自己的人，她的書寫近取乎身，卻總能巧妙的讓自己躲開來，只留一雙眼睛和一張嘴在現場，像漢娜·鄂蘭所說「沒興趣」「無利益」「不參與」的旁觀者，所以，這麼一大堆人喜愛張愛玲，但很少人以為張愛玲是可親的、可性命相待的；她給你包括某種「原來可以這樣」的奇妙自由，但從不包括打中你、說出你最深處說不出來話語的那種悸動。而不更正不解釋，其實是書寫者這門行當的普遍認知，不這麼認知還能如何？流言和謊言，如李維-史陀講的，在我們面前「堆積如山」，一一更正它解釋它是做不到的也沒那麼多時間，書寫者從根本處、從第一天就該這麼認識並奉行，作品從你手中出去那一刻，它就不再屬於你，是陽光空氣水，是公眾可任意取用、使用、誤用和濫用的東西云云。諸如此類明智但無奈的建言，我已數不清記不住有多少個書寫者都講過，我剩下的好奇只是，看著這麼多個不是自己的自己飛舞眼前，書寫者當然不免在意那個被低估被詆毀的自己，這是人性；而他也在意、也難以忍受另外那個被高估被不實讚譽以至於像偷取了什麼的自己嗎？這不太是人性了，所以，究竟有多少比例的書寫者會想要更正後者這個？得是什麼樣的書寫者才會要更正它如大審判官寓言裡再來的耶穌？以及，為著什麼要更正？

二〇一五年侯孝賢拍成了《刺客聶隱娘》，和訪談者陳文茜有一場令人（某一小部分人）難忘的公開對話——陳文茜從坊間流傳的、破碎的資訊裡編織出一個年少浪蕩闖禍不斷但終成電影大師的侯孝賢來，但老實到近乎魯鈍的侯孝賢大概沒意識到也無法配合遑論證實，讓陳文茜又急又沮喪。「不是，你的童年不是這樣！」「我的童年應該由我來說吧。」

〈愛憎表〉寫得不像由昔日那個張愛玲所寫，太喜歡原來張愛玲的人會察覺到那種「換取的孩子」的危險，但這裡面也有正當的、聽來言之成理的文學意見，這是共容的，也是必要的（否則就真的陳文茜了）。我自己直接聽到的就有：「怎麼會如此平鋪直敘、如此細瑣？」「這些《小團圓》三書裡不都寫過了嗎？」「同一塊回憶怎麼可以用同樣視角、同樣語調一講再講，張愛玲只會這樣寫了是嗎？」事實上，《印刻文學生活誌》發表時，文稿整理者馮晞乾還整理出一張簡表，《小團圓》裡的人物（理論上是虛擬的）和〈愛憎表〉裡的人物（理論上不可以是虛擬的）一對一準確入座彷彿只換了稱謂而已，如鄧爺即史爺，韓媽即何干，毓恒即柏崇文云云，這就學院的文學研究工作或許是個欣然的發見，但對創作成果的褒貶而言，一般來說是相當凶猛相當致命的一擊。

是啊，好像張愛玲只會、或說只想這麼寫，但為什麼？這是我另一個更大的好奇——事情好像一整個倒過來了，我們說，這些人這些事這些物曾經在她筆下一個一個成功的、華麗的變形過並飛舞起來，張愛玲即便置身在那種陰溼無光的老房子老弄堂裡，跟我們重講那些反反覆覆如歎息如呻吟的老媽子故事，都是靈動的、鋒芒閃閃的，像小說家史蒂文生（有說是「最會說故事的人」）要求的那樣，往往，她的文字還太跳動太不安分到令人不禁起疑，至少，平鋪直敘和老實云云絕扯不上張愛玲。張愛玲是完全「忘了」她老早就很會了、嫻熟得呼吸一樣的書寫技藝連同全部的文字感覺是嗎？像人奇怪說他忘了怎麼騎腳踏車或游泳那樣，這是不可思議的。

我也完全不接受另一個更簡單省力的解釋，佐以台灣現今很流行很得勢的胡言亂語（實在無法稱之為文學見解），那就是張愛玲老了、昏掉了，人到五十歲、或甚至四十五歲，就該自己識趣不要再寫了——文學從沒有這什麼五十歲四十五歲云云的世代交替天條，這整套係借自於那個搶骨頭也似的現實政治權力傾軋場域，地球上一個我們一直最厭惡最瞧他們不起的地方。

我寧可想著托爾斯泰（尤其他宛若自己關燈的《復活》一書），想果戈里（尤其他貼上一條命都寫不成功的《死魂靈》），想福克納（一樣重講黑屋子裡的老故事，這個原本性喜吹牛也富幽默感的書寫者，最終像黏住土地的農夫那樣子寫，寫出了長短幾十部煩瑣、沉重、陰森森、被納布可夫譏為「玉米棒子歷史」的小說），想年輕和不年輕之後的詩人蘭波，想波赫士所說他努力戒掉年輕時「虛張聲勢和言不由衷」的書寫惡習、他從喜愛「郊外、黃昏和哀傷」轉成了「城市、早晨和平靜」——我完全確定這一直是文學的問題，尤其是小說的問題，儘管次數不夠多也不明顯，但我們仍一再從某些書寫者那裡看到，尤其是那幾位書寫時間長、曾異樣絢爛、有著非比尋常想像力飛翔能力的小說家，也許是他們前後對比的落差較大的緣故。這一問題不容易討論也不多被討論，極可能是因為它總是來得太晚，在某種書寫的末端時日才發現，遂逸出於一般的、普遍的文學「書寫／閱讀」經驗之外，成為一個難有對話者的最孤獨問題，從而看起來像是各異的，像是書寫者自己附魔也似被某個東西抓住了，像自毀自棄云云。還有一處小小的詭異是，這觸到了人書寫、記憶乃至於文學形式、文學意義的某個邊界，但卻又像是從書寫一開始就埋下了它的種籽（書寫者多多少少會一直的並逐漸的意識到自己其實偷取了什麼並掩蓋了什麼，只要他夠誠實認真），最終，它以某種「討債」的樣式追躡而來要求償還，這在小說書寫又比其他文體形式要容易發生。

我自己不具備這樣的書寫高度和長度，所知道的、所感知的勢必不夠稠密，很多細膩的、溫度微妙的地方不可能準確掌握，這是我對自己的深深不滿——以下，我只能把問題陷縮於〈愛憎表〉一文，扶著它，看看能想到哪裡、走到哪裡。

我另外也想到籃球大神麥可・喬丹久違了的名言，揭示的是他天行者也似的灌籃奧義：「飛起來誰都會，真正難的、要在空中先就做好的是，你要如何正確落下來。」

※

於張愛玲，我這一輩人其實經歷了一道戲劇性曲線，說是起伏不如講是跳躍、飛起，至少在台灣狀似如此——我二十歲以前，認真看待張愛玲的人其實非常非常少（我的老師小說家朱西甯極可能排第一，終身傾慕張愛玲），一般說她是鴛鴦蝴蝶派，是言情消遣小說，甚至說她只是比瓊瑤好一點罷了（恰好又同在一家出版社）；但到我三十歲左右，所謂「張派」已是台灣小說的第一大門派，一定年紀以下的女性小說家（幾乎全數）和男性小說家（也好些個）源源加入，這由不得你不加入如黑幫，只要你城市些，聰明些，靈巧細緻些，少碰乃至於出言嘲笑大價值大目標些，就自動被歸屬於張愛玲門下（就連王安憶被莫名併入張派一事，也是在台灣發生，當然原意是讚美），濟濟多士，張愛玲以甯，至此，在台灣再找不出任一個可堪匹敵的名字了。

如此從過卑的所謂姨太太文學到過亢的「祖師奶奶」一名，溫差實在太大對人心臟血管不好，或如日本諧星後藤講的「溫差高低太大，我都耳鳴了。」而且兩端能講的話都已被很誇張的說了，因此，除了三十歲以前私下為張愛玲辯護得面紅耳赤之外，我在書寫中極少說張愛玲——大致是，除了忍不住引述過幾句張愛玲講得實在好的話語，便是我寫朱天文《巫言》一文裡的，我講之於如今的朱天文以及我們這些人，張愛玲其實已算是個「年輕作家」，這才是實質的，我們所津津樂道的那些張愛玲小說都是某一個年紀不到四十歲的作家寫的，我以為，這可以提供、提醒我們重讀張愛玲的有益、有意義、至少較平等公允（也對張愛玲公平）的視角，會較具體的聯結到我們自身的生命經驗，會看出來更多東西包括其空白；還有，我記得我也說過張愛玲基本上只寫同一趟生命潮水裡的東西（所以不容易用偉大來形容她），她的小說始終直接取用、囿於自己的生命經驗，只是她靈動眩目如太強烈亮光的書寫、以及她「無情」的書寫身姿，擋住了此一事實真相；張愛玲太過華美的狐狸皮毛底下，其實一直是一隻刺蝟。

晚些讀張愛玲小說的中國大陸於此可望平實一些，我印象深刻的是阿城，他講他下放時或下放才歸來第一次讀到張愛玲嚇了一跳：「喝！上海哪個女工小說寫這麼好。」

即便充分意識著她昔日的《流言》一書（散文對散文吧），我仍覺得〈愛憎表〉很好、非常好，也有我期待看到的東西，但絕對不是什麼絢爛歸於平淡云云已說得太濫也想得太爛的話；〈愛憎表〉不是歸來、放下，而是前行、進入。我猜想，太喜愛張愛玲的人會不知不覺的把《流言》當判準，以此檢查多年後〈愛憎表〉究竟少了什麼如同傷逝，要命的是，少掉的多是我們以為「最張愛玲」、最青春欲滴的成分沒錯，但、這不是最該合理消失的東西嗎？人六十歲寫二十歲的自己不是真的要把自己退回二十歲，即便用小說即時性的、當下進行式的方式來寫，仍該保有某種回望的、已知的成分，只因為如今你確確實實已知道更多，二十歲當時諸多你只能猜只能賭的猶未完成之事（一場誤會、一次戀愛、一種希望云云，每個當下都是未完成的），如今已一一有了結果甚至「答案」，記憶已長成更豐厚完整的模樣，裝無知裝天真的寫因此問題不在噁心不在技藝拙劣，而是浪費，讓日後這幾十年像是白活了一般。不少書寫者犯這種錯，而寫小說通常又比寫散文容易出這種錯。

我自己看著的是另一端，〈愛憎表〉比《流言》多了什麼，這是應該要有的，人四十歲、五十歲、六十歲乃至於就要抵達生命終點了、朝哪兒看都是回望了，記憶如此不停轉動、黏附一層又一層堆疊上去。更因為這是張愛玲，如此一位早慧的書寫者，卻又遠遠在她生命成熟期到來之前就隱退了、不說話了，幾十年，她不忙，也沒轉行寄情寄漫漫長日於其他，沒更換成另一種人生（阿城說得對，張愛玲終其一生保衛著自己的生命、生活樣式），這麼靈敏的腦子和全身感官理應一直進行著，卻只進不出，我的極度好奇可簡單凝成一個帶點童稚意味的願望：這些我讀過的張愛玲小說，如果換由一個較老的、比方我這年齡的張愛玲再來寫，又會寫出什麼寫成怎樣？我想讀這樣的小說。

〈愛憎表〉明顯比《流言》的精巧短文多出不少東西，物理性的從厚度就可看出來。剩下的，就只是多得對不對、好不好、該不該、有意義或理應刪除而已，所謂的采葑采菲，無以下體云云。

於此，朱天心的意見是，她以為昔日的張愛玲只是把最美的那朵花摘走，現在，張愛玲願意把所有開好開不好的花，連同其根莖枝葉、連同泥巴、整座園子、整片土地，乃至於每次花開當時的空氣成分天光雲影全告訴我們，包含美和不美的，舒服和並不舒服的，容易入文學和不容易入文學的。這是朱天心讀了《小團圓》三書時私下講的，所以話說得有點凌亂不及修飾，但意思很明白。朱天心也沒被激怒，相反的，她指出來，這裡有昔日張愛玲小說未曾見過的一種「赤誠」，不是納布可夫嘲笑的那種平庸的、乏味、沒想像力所以不得不「誠實」的誠實，而是她和她這人生一場、和她見到過的人、事、物一種無遮無隱的專注，她能想多清楚就想多清楚，不怕有些東西的撿拾會破壞作品本身，更不在意還會破壞掉已成神話的昔日作品。朱天心講，這很了不起，張愛玲真的是個負責任的小說家。

采葑采菲，無以下體，我們曉得這是三千年前人們說的，在那樣一個自然的、采集的、地廣人稀任意取用如無盡藏的大地之上，現在，我們講求的是盡可能一整株蔬菜的吃，果葉根莖別偏食別丟棄——很明確，人的意識緩緩變了，一是技藝層面的有所進展，原來不可吃不好吃的部分我們已懂得如何恰當的調理它；也有認識層面的各個驚人進展，像是我們對每個物種、對營養學、對人身體的理解有了更完整的掌握，甚至像艾可講的那樣，獰惡致命的毒物其實也都是作用迅速強烈的珍稀良藥；這裡更包含著某些積極的、應然性的思維，我們意識著這一顆已明顯太小的地球，意識到人和各個物種的種種深沉聯繫和依存關係，意識著未來，也回頭來想人自身的存在，人的位置、限制和其責任云云，這裡有不少並不舒服不快意、需要勉強自己的成分，也恰恰好說明是道德思維的成分。

小說家海明威極可能是最服膺采葑采菲無以下體這種書寫的人，他的講法廣為人知，書寫像冰山一樣，你所能寫的只是浮上來那十分之一。這對書寫者可以是很有益也很嚴格的諫言，要求書寫者得懂更多準備更多但寫更少；但另外一面則是卡爾維諾準確指出來的，這是「輕描淡寫」，是「暴烈的觀光主義」，只淺淺刮走最上面一層，海明威的書寫奧義。人性上，這一面較容易發生，因為這避開困難不必深入，寫起來快速而且舒適。

只把最美麗的那朵花、最好吃的上端部位給摘走，這是很功利性的，著眼於作品的順利完成，什麼樣的作品呢？大體上會是朱天心形容張愛玲昔日作品那種七寶玲瓏塔也似的精巧奪目東西，是濟慈所頌歌的希臘人古陶瓶，是那種封存的、靜物的、接近完美的、適合展示於故宮博物院恆溫玻璃櫃裡的人間寶物，但也是波赫士所說書寫者為求完美、往往會膽怯會選擇後退好避免出錯的太過小心作品。這樣寫當然成立，也在在令人讚歎，但終究也只是一種作品、一種書寫方式而已，而且展示書寫的工匠技藝遠高於內容，甚至為求效果不惜捨棄內容。書寫遠遠不只如此，或者說，人「發明」了書寫原來並非只想做出這個，這甚至是書寫經歷了相當時日、在技藝已成熟的某個末端才生出來的目標，帶著點自娛娛人的遊戲意味。書寫，最根本來說，是人要發出聲音，要說話，要盡可能完整的、不遺失的牢牢記下來他看著的、想著的、經歷著的所有事。作品，只是成功或不盡成功、總打了折扣的一個可能結果而已。

我以為，一個夠好的書寫者（遲早）會要奮力去說出那一直沉在水面下的十分之九，這才是書寫者念茲在茲的事，也是只有他會去做的事。說到底，冰山理論並不是書寫的禁令，只是書寫的不得已限制，主要來自於人表述能力的不完美、語言的不完美以及文字的極度不完美，讓我們的書寫總是離事實不夠近。這不是一道界線，而是一座大山，不是誰攔著路，而是前面根本沒有路，所以不是突破無從解放，只能夠一點一點硬生生的挖進去，這樣匍匐前進匍匐救之的書寫兼顧不起「完美」，這也部分解釋了，何以那些最認真最好的書寫者他最晶瑩無病的作品不出現在最後，甚至早在前成熟期就寫出來，而且，在世人的讚譽之前，會忍不住有點不安，有罪惡感，好像偷了什麼卻逃過懲罰也似的。

賈西亞．馬奎茲之於他的《百年孤寂》（寫成於他四十歲前）就有點這樣，他滿意也不滿意，欲說還休，這些破破碎碎的感言收攏起來大致是，《百年孤寂》是他最成功的作品，但不會是他最好的作品（有好幾部，端看你相信他哪次講的，《迷宮中的將軍》是其一），賈西亞．馬奎茲有回還忍不住說，《百年孤寂》至少有五十七處「錯誤」，奇怪都沒人看出來。

顯然是先寫成的《小團圓》一書，還帶著頗強烈的「恨意」，但張愛玲很快平靜下來，比她昔日的作品更不見情緒，像整個人進入了沉思，〈愛憎表〉延續著這樣平穩的、沉思的調子——依我的理解，面對這些往事尤其男女情感部分，張愛玲有理由生氣（對胡蘭成，我百分百支持她），而帶著恨意書寫也是正當的，這是人堂堂正正的心緒之一，包含報復在內，是我們對世界「正確性」很高的基本反應，當然也是驅動人書寫的強大力量，太多了，不必一個一個去細數如葛林、杜斯妥也夫斯基、D.H. 勞倫斯、尼采、魯迅等名字。這麼說，我個人常覺得奇怪的反而是那種一輩子沒流洩出一絲恨意的書寫者，很好奇他究竟活在怎樣一個世界裡，以及他究竟怎麼看這個世界幾十年，只歡喜只讚歎，真的有在看嗎？有稍微認真的想過計較過嗎？

說來好玩，《小團圓》的恨意有點嚇到我們大家，倒不是因為太強烈，而是因為我們並不習慣這樣一個直通通的、認真愛恨的張愛玲是吧。一直以來，我們能看到的只是調笑、嘲笑、厭惡、輕蔑、遠離云云，張愛玲從不使沾身，或者說她總是不逼近到有沾惹上自己風險的一定距離之內——好像說，年紀輕輕的張愛玲還比較懂如何「不必當真」，比較古井不波，這有點悖理不是？

恨是正當的，也是認真的，如赫爾岑說的：「復仇之心是人直接的、正直的情感。」包含著人對是非、對真相的記憶和堅持。但在書寫中卻像是個硬塊東西必須料理才行，而如何恰當處理恨意首先來自於書寫技藝的要求，只因為恨意終究是某種太快太利的東西，大斧頭般劈開世界、劈開人，書寫因此總是太短促、太單薄單調而且容易上當受騙並傷及無辜（比方乞援於錯誤的盟友），這樣寫走不了多遠，也看不清楚說不清楚世界——這裡，很容易忽略但其實正是書寫的某一個見真章關鍵時點，分出來夠好和不夠好的書寫者。往下，不是比道德而是比內容、比認識能耐；不是非得原諒人不可，而是書寫者究竟想不想得下去、有沒有儲備足夠東西可供自己想下去、書寫者根本上是不是一個事事經心記住事情的人（《小團圓》三書和這篇愛憎之文證實張愛玲是）。比較像是這樣，某個恨意、某種憤憤不平把書寫者驅趕到記憶之前，但人沉入到記憶裡，便得依循記憶自身的路徑，服膺著回憶以及書寫的節奏和「規矩」前行。恨意是結論性的東西，它（暫時）和重開的回憶不相容，必須先噤聲下來，耐心等這趟路走完。

會不會想完了還恨呢？非常可能，除非人原先的恨意本來就只是恣意的、撒潑的、禁不起問禁不起想禁不住事實揭露的恨法，比方台灣現在流行於網路和臉書的那種亂恨。但至少，恨意總是會經此「分解」開來，去掉了那些燃燒不完全的冒煙冒火部分，得到一個核心般的晶瑩剔透形式；或者說，它精準了，像通過瞄準器對準而不是機槍掃射，恨得有目標、有依據而且和理性可聯繫可相容，恨「升級」了，或者我們不再稱它為恨了。

張愛玲自己還恨如乍寫《小團圓》當時嗎？不知道也無從證實，我們只能說這趟回憶之路她重走了這麼多年仍沒走完，只是被死亡打斷了——她回憶得可真是認真。

※

來試著想想張愛玲極不尋常的世故和天真，不少人因此被她嚇兩跳——年輕時日，她以接近精明無情的世故嚇我們一跳；老去後，她又以屆臨迷糊程度的天真再嚇我們一跳。

這兩者在她人生（其實是作品）裡古怪的倒置過來，但我想到張愛玲並非唯一，我較熟悉的至少還有托爾斯泰和果戈里，另外，還有種種複雜的、變形的樣式，比方葛林——葛林世故到死為止，並沒回返小兒的天真模樣好進得了天國，葛林最受不了還忍不住惡言痛罵人那種一臉無辜的、四下闖禍如小孩跌跌撞撞一路碰翻東西的天真（「天真是一種瘋痴病」），但葛林一直欣羨那幾個天真保有動人信仰、從而有堂堂正正利他目標並不疑不惑勤力實踐的人，他不斷說各種尖酸刻薄的話，但一再試著把在他心裡早已不成立的依稀希望寄放在這樣的人身上。

屠格涅夫有一句如此精準晶瑩極了的結語：「一個誠實的懷疑主義者總是尊重堅忍不拔的人。」

也因此，我不把如此一個張愛玲當浩歎奇觀，我以為這是可分解的，分解開來不過是一個一個、一次一次正常合理的結果，有人性層面的，有書寫原則的，有事物自身邏輯的云云。不尋常只在於它們不尋常的全發生在同一個人身上，像杜斯妥也夫斯基小說那樣、仔細看沒哪件狀似駭人獰惡的事是匪夷所思的不可解的，但是，在現實裡理應散落的、間間斷斷幾年才發生的所有事，全擠在同一晚上爆開來，遂形成高度戲劇性到令人不敢相信的效果。

世故這東西，一般指的是一種綜觀性的理解世界能力，尤其是針對人性、人情、人心聰明愚蠢理性不理性所凌亂編織出來的總體關係網絡，並運行於崎嶇不講理的生命第一現場。世故因此被認為無法專業教授學習，沒有捷徑，它偏於經驗、實踐，所以非常耗時，總是隨人的年紀和閱歷一點一點滴成；世故同時也是洞穿的、進一步成為揭發的，我們傾向於認定它的眼光多疑、不信、富破壞力，這一方面顯示，我們的所謂人性圖像、世界圖像基本上是幽黯的，且愈往裡去愈陰森森，你了解更多總是更失望更沮喪，另外一方面，我猜想世故的貶義正是始自於此，它因此總是和我們珍視的、以為該挺身護衛的好東西舉凡人的理念、理想、希望、對世界的應然主張和期待云云對立起來，有一種墮落感、軟弱感，政治光譜屬於保守主義。

然而，一旦察覺出世故的這些個醒目特徵，世故便彷彿可加速學習了，至少可以假裝，你只要擺出某種懷疑的、不信的、見什麼推倒什麼的姿態，最重要是永遠用一種輕蔑的語氣說話，記得永遠別用肯定句，絕不用「最」這個最高級之字，這樣就很像了（也不難了吧）。也因此，反之亦然我們很容易被某些自私自利但全不具洞察力理解力的很不怎樣傢伙給「騙了」，自動幫他升級，以為他必有相當特殊的生命經歷支持，以為裡面有內容有哲學，賦予一堆一廂情願的解釋。

這一「世故／時間」的倒置現象，我自己不是從張愛玲而是從果戈里開始想的，只因為果戈里背反得更加誇張——果戈里二十五歲前寫成的小說《狄康卡近鄉夜話》二卷，其世故通達、進入形形色色人心的恢恢自由程度，把彼時全俄羅斯大小年齡層的人嚇壞了（這麼說沒誇張）；但十年後他理應更成熟寫《死魂靈》時，卻天真到令人厭惡的地步（也絕沒一絲誇張），他完全搞不清自己的書寫位置，不知道自己小說在彼時俄國引發的風潮和意義，他甚至要求沙皇撥一大筆錢支助他寫《死魂靈》，他就連自己才寫過《彼得堡小說集》（魯迅小說的原本）和《欽差大臣》這樣必定讓沙皇氣得七竅生煙的作品都不知其意。

狄康卡夜話裡那個世故佻達的果戈里其實是「假的」，是小說書寫一次美麗的模仿，最根本來說是一個「語調」——我寫果戈里的一篇文字說過了，果戈里不是浸泡於烏克蘭一地生活現場得來的，他是間接從當地的歌謠、俗諺以及人們說話的方式抓取的。《狄康卡近鄉夜話》的作者署名養蜂人潘柯，這不僅僅是個筆名而已，毋甯更像是果戈里化身為一個上了年紀的、從小活在當地閒言閒語裡的紅頭髮養蜂人，用潘柯的位置看世界看人並和他們相處，還用潘柯的句型和語調表情說話。

「如果說如何看人想人並和人相處是民間生活的首要大事之一，那它就得把辛苦學來甚至支付慘痛教訓代價得來的成果好好記住，並當田產房屋般傳給下一代。不用文字不用書籍，或我們正確的把時間推遠，沒有文字沒有書籍，人們除了一己的身體之外，大致上便只有語言可用，惟流體本質的、音波般暫存的語言如果要使用於記憶，那語言就得予以固化處理。我們前面所引用本雅明『編織在故事裡的教訓便是智慧』的說法，便生動的描述了固化語言（編織）以保存並傳送記憶（教訓／智慧）的此一過程。惟守財奴也似的、什麼細碎可能有用東西都想辦法撿拾起來、零亂堆放起來的民間習慣，編織成故事只是它井然有序的那部分倉庫而已，它利用語言更無孔不入：編不進故事的，它用彈性更大的俗諺、掌故、歌謠韻文等照樣可以保存；還有，更破碎更不規則更不成形的，它還可以收藏在話語的慣性句型句法乃至於聲腔語調裡——嚴格來說，這些每一種語言在長期使用中必定凝結成的特有的、固定的句法句型及其搭配的聲腔語調，並不直接收藏記憶成果本身，它真正保留的其實是某種思考途徑，某種開放話語裡前人所踩出來的可依循小徑，在人的個別經驗前提和普遍記憶結論這兩端，既提示著必要線索，又給予了限定和保證。我們該視之為某種『間接性』的記憶保存和傳送方式，就像童年尋寶故事裡常見的，它不直接（其實是無法）講出藏寶地點，它只一步一步指引你自己找到那裡。」

波赫士也親身證實過這個，他曾試著模仿他父親生前朗讀某一首詩的語調、表情和身姿，他說他是想要像父親當時那樣子想、那樣子感受這一首詩。

我們所熟悉的「張腔」大致上就是這麼回事，張愛玲年紀輕輕但奇怪世故的核心奧祕——但遠比果戈里幾乎是直接複製的「養蜂人潘柯腔」複雜，張腔還層層揉進了張愛玲自己的聲音，這是受教會學校現代教育的、有遠方異國異地視野的、而且年輕自由清亮的另一組語調、表情和身姿（可能還夾雜了英語不是嗎？），在上海這個彼時率先打開來、先一大步城市化、且異國之人滿街可見的世紀傳奇大城。這是張愛玲聰明厲害的地方，極舊和極新，最固化的和最流體的。張腔因此極富現代感，有未來的領先向度，對稍晚發展的其他書寫之地（其實不就是一整個中國嗎？）充滿吸引力和啟示力，像三、四十年後也逐漸打開來的台北，張愛玲小說仍讀來熠熠如新，「如同今天早晨才剛寫出來的」。我的老師小說家朱西甯自己是魯迅式的濃墨深鐫筆調，但對輕盈如風的張愛玲推崇到幾乎超過了，我以為，一大部分是書寫技藝的實質理由，老師看出來張愛玲的此一書寫特質，是偏悲苦悲沉重的三〇年代小說所沒有的東西，更合適來寫來捕捉來記憶接下來的台北。

果真如此。和如今的年輕一代不一樣，我們年輕時最怕被人講小講年輕，學校裡那種媽寶型的哭兮兮不斷奶傢伙誰都想揍他一頓如張愛玲說的必有可恨之處，張腔因此（仍）是一道書寫的快捷途徑，讓人最短時間成熟，讓人彷彿一下子就掌握住整個世界，小說乍寫就「很像」、有模有樣，是此一老腔調折射過張愛玲的2.0版再上市——一時之間，大家好像一眨眼就有年歲了、老了、蒼涼了、點滴心頭了、虛無了。此一腔調是萬用的、穿透界線的而且一步到位，正因為不真的及於內容，人因此什麼都敢寫，什麼專業跨行的東西都能拿來批評品味一番（等而下之的底線叫「只要我喜歡有什麼不可以」），什麼材料都毫不顧忌不遲疑的拆了用，小說變得太簡單，也寫起來很快。張腔「肆虐」的那良莠難分時日，應該就是台灣小說數量上的豐年，此起彼落如山歌對唱如回聲，而且一個個看起來都像早慧的天才書寫者。

也因此，明明如此年輕的張愛玲小說被遮蓋住諸多真相，年輕的張愛玲被不當冠上「祖師奶奶」這個並不準確、也不好笑還字詞選擇品味很差的封號樂此不疲——乏味而懶的大結論當頭罩下，一整代認真、取巧程度天差地別的書寫者集體收押般劃歸張愛玲門下，張愛玲彷彿被封存起來，還真的變老了像達摩祖師那種樣子，年輕張愛玲小說裡最生動有趣的點，乃至於那些可疑的、不盡成功的、帶文字巧勁的、不來自完整理解而是靠聰明硬跳過去的地方，那一處處極富意義的「空白」（或說暫時擱置），大體上就這麼全沒了死了。我們說，若非此番張愛玲自己再來波瀾重起，我們對張愛玲小說的讀法極可能這樣懶怠的地老天荒下去。

「因為你還是不願意用奇蹟降服人，你渴求自由的信仰，而非奇蹟的信仰。」——本來不都應該這樣才對、才好嗎？

有關張愛玲此一世故和天真的倒置，我以為還有一個更事關重大而且再明確無誤不過的原因，那就是再來的張愛玲不拆東西了，而是想確認一些東西，甚至說想建構出一些東西，這樣的小說書寫意圖，根本上和小說是極難相容的，書寫都很容易出現種種笨拙、狼狽的樣子，甚至屢屢顯得幼稚。

小說，應該就是所有文學書寫形式最蒼老的一種，成熟期到來最晚，它得一個一個、一次一次侵入人心最深處、隱藏不肯示人之處，它的目光很難不是多疑的、否證的、揭穿的，以至於一部夠好的小說讀下來，滿目瘡痍，我們若還能看到一些孑遺的、不被摧毀掉的細碎發光東西，已感覺夠安慰夠該僥倖珍惜了，更多時候這甚至不怎麼具體，只能是人一些頑強的希望和些許剩餘的勇氣而已，並沒有保證。那些夠好且已經寫夠多的小說家自己因此總不免懊惱，會想到自己終究只一直在毀壞東西、減少東西包括人們的心志、熱情和希望，像個冷血的歹角人物；也感覺空虛，想自己一輩子到底幹什麼啊，當個木匠都還能造成功一張桌子一件家具，讓世界多出東西不是嗎？葛林在他一部小說的扉頁題辭這麼講：「醫生並不能免於『長期一事無成的失望』，而作家更是一輩子都有這種感覺。」

但私下懊惱是一回事，起身決志而行那又完全是另一回事，這裡便碰到小說最笨拙的部分，非常狼狽——果戈里想通過小說找到、建造一個他想望的俄國，花一樣美、早晨一樣乾淨清爽的俄羅斯；托爾斯泰想通過小說鋪設一條救贖大道，大馬路那樣人人能走、又寬又平又直的救贖之路，其成果我們都看到了，人也像變笨變幼稚了，即便書寫者是文學史上公認最狐狸的、書寫技藝最完整的托爾斯泰。如果我們重返果戈里和托爾斯泰當時，還會看到和《小團圓》乍乍出版時極相似到接近重演的景況，人們最寬容的反應是惋惜、不忍心，能夠的話真想把這本小說藏起來，像屠格涅夫和契訶夫，他們一前一後奮力想拉回托爾斯泰，他們知道托爾斯泰原來有多好，小說世界不該損失這樣一個天才。

葛林好一些，他小心翼翼把正面建構的東西縮小些，讓它們勉強可和小說相容（如D.H. 勞倫斯說的那樣，小說仍是夠頑強的文體，禁得住這種程度的異物「騷擾」），但這不是說葛林夠狡猾，而是他更細膩更富耐心（可能也更正確）的分辨和認識，他指出來（藉由小說人物柯林醫生），人們可能一直把那些美好正面的東西「想得太大太亮了」——即便如此，我們仍然不時看到一個怎然變天真變軟弱、像學童一樣認真聆聽、並滿心期待被說服的異樣葛林。

這可能只是小說家的不自量力，但一次兩次三次，又都發生在這般層級、這樣盛名已成人間神話、又抵達如此書寫階段的大小說家身上，應該有著觀過知其仁的味道了，我們不會、不能因此多想一些嗎？比方小說是什麼？作品還可以是什麼？是否我們對作品的認定和期待小了些、單調了些、太早放棄了些？而書寫這個比作品更貼近書寫者本人、更直指人心的東西，其全貌又可能是什麼？書寫非得相當程度「削足適履」（一個感覺好痛的成語）好完成作品不可嗎？凡此種種。

書寫世界遠比作品所能覆蓋的要大多了，且和人心的關係更完整，總得要有人一探這一大塊沉默的、依海明威講深廣達十分之九的世界，不盡成功不很完滿這有關係嗎？

※

再來的張愛玲打算幹什麼？我以為，她只想好好回想她這一生，尤其她昔日小說曾予以變形過改造過的那些人、那些事和物，她必須依實復原它，這樣才能得到一個唯一正確完整的記憶。小說把現實人物變形後使用，這有必要或意義（好掙脫現實的處處掣肘等），也是小說書寫的ＡＢＣ，誰都馬上會，不就換張臉、換副身材，換個職業或其家庭成員嗎？——變形幅度大小不一定，粗糙來說，愈遷就戲劇表演效果，變形的恣意性愈大，像通俗小說裡的角色人物、更進一步就是卡通人物了；愈具問題意識、尤其現實問題意識的小說，書寫者對人物變形的拿捏也就愈謹慎、神經質，會考慮很多。用巴爾扎克的話來說，其根本原則是「小說中的虛構人物用的只能是真人的具體細節」，但問題正是在這裡，所謂真人的具體細節這條線該畫在哪裡？家庭、職業、身材、長相、名字？

來講個誇張的例子，阿嘉莎·克麗絲蒂的《ＡＢＣ謀殺案》，這部小說裡有個活得很失敗、精神狀態恍恍惚惚分不清是現實是幻覺、總夢遊般出現在謀殺現場的男子，名字叫亞歷山大・波拿巴・卡斯特。阿嘉莎・克麗絲蒂講，此人的問題就出在這個極可笑的名字，他耽於英雄崇拜的母親給了他這個又是亞歷山大帝又是拿破崙的名字，成為他進小學前就開始的沉重無匹生命負擔，更多時候就是個笑柄而已，一輩子隨身攜帶的笑柄，他硬生生被這兩座銅像壓垮。

而克麗絲蒂可能是對的，名字真的不一定完全透明，我們愈往現實世界深究愈容易找出各種案例，人的名字往往程度不一的參與了我們的人生；臉呢？臉現在、將來多重要啊，沒有這樣的臉如何可能有這樣的人生？要不然你以為這麼多人跑韓國花錢挨刀子幹什麼？當然是借助一張不一樣的臉來試圖換取另一個不一樣的人生；身材的情況和臉類似，只是對時間較沒抵抗力，更容易走樣毀損，往往讓人得著又復失去，讓人岔向不一樣的人生結果，所以身材又是遠比臉更需要每天二十四小時維修的，流汗和挨餓。

這會是認真的小說家的一個幾近宿命性的「終身之憂」，愈深究下去就愈巨大愈感覺無法自由，理解和想像力是兩個相互攻擊彼此替代交換的東西，每多理解這個世界一分，想像力的空間就多被擠壓掉一分——1＋1＝2，這裡是沒自由想像用武之地的。老年的波赫士不時如自言自語的說（並沒想說服誰，只是感歎），每件事都有它之前數不清的原因，又都會引發之後數不清的結果，人沒自由意志這東西云云。整個眼前世界被這樣密不透風的串起來，如此脆弱易失，卻又如此嚴實、頑強、黏著、相互依存，像卡爾維諾（也是晚年）說的，仔細想想，這個世界差一點形成不了這樣一個世界，我們差一點做不成我們自己。也等於是說，往往一個不經意的微小改變，就會是另一種完全不相干、不同形貌和難題的世界和人生。書寫者的想像編造當然能更動它如飛起來，但要如何順利降回來呢如喬丹說的？讓你依然是對著這個唯一的現實世界發問、追究、理解（這也往往是作品的原來企圖）？小說更動世界的困擾不在於太難，而是太容易，甚至一個字詞的選擇都可能讓我們從此難以回頭的岔走，這當然不見得破壞作品，事實上，這往往是好作品必要的，一如一個應然的世界總是比實然的世界要華美要良善公正，但如果，我們真正想追究想解答的是這唯一現實世界的某一個具體、迫切問題，如此，答覆必然受著現實條件的重重約束，這些約束正是此一問題的構成成分，也是前提，答案只有硬生生穿過它們才算成立。從想像的、這些約束被愉悅繞過的另一個世界獲取的答覆，其意義於此很有限，騷擾的意義大於攻打，甚至只是安慰人心用的，是某種遁走，是「假的」。小說很簡單就能寫出也合理成立的更良善世界來，但仍無法因此救活眼前的這一隻貓。

我以為這麼說並不誇張，書寫者愈寫下去愈容易時時面臨這樣一個問題、自問自答：我是要順利完成這篇作品？還是我要更認真徹底的想下去？

我也因此相信，想像力隨書寫的進行逐年減弱，更多時候不來自於書寫者的蒼老失智，只是因為他已經知道得更多。

但如果要由我來說，我會希冀書寫者和這唯一的現實世界保持一種不太近也不太遠的關係，像卡爾維諾提醒的那樣，某種「折射」關係，否則現實很容易把書寫壓垮，也把我們人壓垮——只是，我無法反對那些決志而行的人，對於他們，我心情複雜。

張愛玲昔日小說裡的人物，我的老師朱西甯曾笑著這麼講——讀小說，人往往自自然然的移情，讓自己就是書中某人，但是，「還真沒人想當張愛玲小說中的任何人物，包括已算最有可能的范柳原和白流蘇。」

這極可能是對的。

一直有這個勸誡，要我們千萬別認識寫小說的人，遠離他們。這真的是忠告，只是命運弄人往往由不得你——認識年輕時日的張愛玲尤其糟糕，你很容易發現自己以某種很不堪的樣子現身在她小說裡，像那種取笑的人像畫家，她似乎只看、還放大你的缺點、你不願示人的部位，哪裡醜哪裡是重點；或甚至，通過她的放大變形，就連你好的、沾沾自喜的部位都變成某種可笑的、還喬張作致的模樣。

這個，冷血的讀者也許根本不在乎，被寫的那些人也許無法在乎、而且事隔多年皆已歸於塵土還在什麼乎，但張愛玲自己呢？她算是唯一知道事情始末的人，唯一知道這些人本來面貌的人，是最後一個還記得的人——這裡，其實一直有個極微弱但去除不了的道德成分聲音，最接近耳鳴（我有長達十五年的耳鳴經驗），你管不了也難治癒，醫生通常只勸你「學著和它相處下去」，大部分時間你聽不見它，只感覺耳朵最深處有大約銅板大小的隱隱痛覺知道它還在，但夜闌人靜打算睡覺時就響起來了，清晰，重複，漸大，無休無止。

一旦意識到自己是最後一個知道、記得真相的人，人的心思會起微妙變化，會想要為它做些什麼。

但這其實是小說書寫根本性的一個道德困境，即便在「你願意當小說中人物」的那種小說書寫仍存在，太多書寫者以各式各樣話語自省過，抱歉以及抱怨過。我最近讀到的是小說家林俊頴的，在他《某某人的夢》這部應該更多人讀的小說後記裡，是一段應該讓更多人聽到的話，說得這麼好：「這本小說據以為藍本的真人真事，放在我心上有若干年。而今寫成，唯一令我懸念，幾分不安的還是那一個老問題，自命擁有虛構特權的小說作者——真的嗎？誰賦予的？誰認證的？——我是否再次肆意入侵了他人生活或生命的神聖領域，遂行竊盜之實？但我始終記得，在那些時間大河浩蕩無聲匆匆前行卻無與倫比的時刻，我作為傾聽者、旁觀者也是見證者，我滿心願意作為那回頭一望而成為鹽柱的人。記憶的鹽柱，爱以寫出。」

把張愛玲往公共層面想會是錯誤的，她自始至終、徹頭徹尾是個個人主義者，不是那種強調這個那個權益的個人主義，而是質地真實、生活中生命裡無一處無一事不是的24 K純金個人主義。即便是文學聲名，即便是作品，之於她的意義也是純個人性的，其間，在意什麼不在意什麼，進退取捨如何，一般性的書寫通則很難適用，它們唯一的依據就是「張愛玲」。

如果由我來說，我會講，寫《小團圓》三書時，以及寫這篇〈愛憎表〉時，她心思集中於這一個個昔日故人身上（我相信，包含某種程度的負咎之感），遠遠超過她對小說、對作品樣態的記掛。

小說家郭強生指摘得很對，回憶的書寫的確不該只這樣，更不該如此一再重複，應該每次都有所轉動，一次一次試著從不同路徑進入，應該有多重視角（尤其是小說）也應該尋求不同的表現等等。這是文學書寫的ＡＢＣ——我只是想，這些對得如此明白、一點也不難的東西，張愛玲會真的不曉得嗎？事實上，她好像連小說人物不應該如實照搬都彷彿不記得了，這是不可思議的，也一定有其他解釋。

我先簡單這樣試想，把《小團圓》三書和〈愛憎表〉看成同一部作品，但這毫不出奇的想法好像不大對，我隱隱察覺作品的意義對張愛玲（已）沒這麼重要；我於是放開作品，讓這一場「還原」為同一趟持續的、只是被死亡打斷的回憶旅程，獨居且幾乎無友的張愛玲的最後一樁心事，一個深深的沉思，她整個人身陷其中。《小團圓》三書和〈愛憎表〉的意義介於已完成的作品和暫時的、仍不夠完整的備忘記錄之間，所以據說張愛玲一直很猶豫，臨去時仍不確定要不要拿出來；於文學，她這麼多年來根本不想再證明什麼、多獲取什麼。

張愛玲曾這麼說過，她的祖母會死去兩次，一次是祖母自己死去時，再一次是張愛玲也死去時——我再想起這話，不像從前只覺得是一句張愛玲式的聰明話而已。

如此，這一切應該就比較說得通了——這是張愛玲最後想好好做成的一件事，沾衣何足惜，但使願無違，對她，記憶只是一個，事情真相只有一種，那些人那些事物只有唯一正確完整的模樣，寫下來也應該只有一個版本，我看見的，我經歷的，「我的記憶應該由我自己來說」。這裡，沉穩不驚的語調（也是心思狀態）是必要的，也是自然的，就連文字都得盡可能讓它們安靜老實下來；一生的回憶太多太長太亂，文字任何「多餘」的光芒和迴聲皆當去除，好讓回憶的進行不被干擾，真相的顯現不被太強烈的亮光蓋掉，說者聽者的注意力不被帶走，讓疲憊顫抖的手保持平穩。

昨日的雪而今安在哉？大地跳著死亡之舞，多瑙河上來往的船隻載滿著愚人……

我相信很多人都陸陸續續發現此事但隱而未宣，那就是張愛玲的「無情」極可能不是真的，那只是波赫士所說年輕文學書寫的虛張聲勢和言不由衷而已——胡蘭成的〈民國女子〉寫得慧而有情（文學上，確實是絕好的散文，遊刃有餘），但現在我們看到了，真正寫出情感的是《小團圓》三書，這才是有沉沉重量的、刻骨銘心的，甚至太強烈濃烈到小說本身有些不堪負荷，破壞了文學的「完美」。很久很久以前，我自己在說錢德勒《再見，吾愛》的一篇短文中寫過這個：人的情感（尤其男女情感），有個永遠不能避免的致命之處，一個極不舒服的真相，那就是兩造情感永遠無法真正「等值」，再真摯再契合的情感都無法正正好一樣多（所以得綿密的以理解、寬容、溫暖、感激等等為砝碼來平衡它），從而，輸的人永遠是深情款款的那一個，就像法庭上要負責舉證、什麼事都得顧慮的一方總是輸家一樣。情感是很占人身心空間的厚墩墩東西，它會讓人少了自由，少了選擇，少了種種可用武器，還擠掉了一堆想像力。

這樣，知道張愛玲為什麼在情感一事上「輸給」胡蘭成了吧！

※

張愛玲逐漸露出了她刺蝟的本來面貌，時間讓她生命這一襲華美的、但爬滿了蝨子的袍子緩緩脫落下來——狐狸千智，什麼都會什麼都能，包括聰明的提早察覺危險臨身；刺蝟一技，牠只這麼一招，渾身力氣全集中於同一個點上。我自己一直多喜歡刺蝟型的人一點點，尤其是上了年紀的一流書寫者，我對他們有著特殊的期待。狐狸型的書寫者太聰明了，他通常不會自討苦吃，不肯頭破血流替我們開路，就只能寄望一隻隻看似蜷著不動的刺蝟，每一隻負責撞一條路。

在《伊里亞德》和《奧德賽》這兩部史詩裡，古希臘的最大一隻狐狸非猶力西士莫屬，這人聰明狡猾到應該遭報應的地步。但波赫士喜歡的卻是他唯一刺蝟也似的那次航行，他人生的最後一次航行。

這在《神曲》裡。多年之後，已老去的猶力西士重新召集他昔日老部屬（珮妮羅普還活著嗎？），再次鼓勇率領眾人出航，這一次，他們不再滿足於只是愛琴海地中海，船穿過了赫克里斯劈開的直布羅陀海峽，進入了真正的無垠大洋，他們沒說出具體的目的地，但彷彿下了某種決心，完全不回頭的一直航行到南半球，在那裡，他們抬頭看到了完全不一樣的星空，也就在那裡，他們碰上了巨大無匹的雪山，船在大漩渦裡沉沒。

大概就是這樣，也只能這樣。剩下來的，就只是《小團圓》三書和〈愛憎表〉究竟寫得好不好這個文學問題——張愛玲不怎麼關心這個，或者說她的文學想法變了；而我的建議只是，有沒有可能讓我們文學鑑賞的判準稍稍再開一點、深一點、老一點、複雜一點也多貼近人心一點。

8. 沒惡人的寅次郎國

花滿開，葛飾令人懷念不已的櫻花今年想必依然綻放。二十年前，因為一樁雞皮蒜毛小事和父親大吵一架，被父親打破了頭，一氣之下離家出走，發誓這輩子絕不回去，但是，每逢櫻花漫天飛舞如雪的春日，還是會想想家鄉……

這是寅次郎「出生」後所講的第一番話，在《男人真命苦》第一作《歸來篇》的黑白片頭，抑揚頓挫到虛張聲勢的地步，然後，畫面才恢復色彩回到當下時間，主題曲揚起，我人生至此最喜歡的歌曲之一。就如賈西亞·馬奎斯所說的，第一句最難；這第一句話決定了往後整部作品的語調和看世界方式、讀世界方式。只是，應該任誰都沒有想到，這部作品會播演這麼久，元氣淋漓穿透過星辰歲月，整整拍攝了四十八作，從一九六九年到一九九五年，直到已和寅次郎疊合為一的渥美清在真實人間病逝才不得不停下來，輕易地成為人類電影史上最長的系列電影。人類電影史的一個奇蹟，也許應該直接說是神蹟。

我們總是會問，真實世界的寅次郎病逝了，但電影世界裡那個我們更熟知的寅次郎呢？還無恙否？此時此刻又流浪到了哪裡？

《歸來篇》是寅次郎首次返家，循水路坐江戶川渡船矢切の渡上岸，走過公園和堤防（短短幾百公尺一路鬧笑話），那天正好逢上柴又題經寺（帝釋天）的熱騰騰祭典。家裡則是妹妹車櫻的婚事，演車櫻的倍賞千惠子是我心目中最美的日本女子，有一個漂亮線條的額頭和最好看的眼睛，聰明但完全收斂，是不經意甚至不自知的美。櫻是彼時工廠的生產線女工（亞洲資本主義發展的初期時日，稍後台灣一樣經歷了此一階段，我一干小學女同學皆然），未婚夫老實人阿博則是後頭小印刷廠的工人領班（寅次郎總半戲謔的呼叫他們「勞動者諸君」，此一左派意識當然是導演山田洋次自己的）。難題在於，阿博父親是個有大學教授身分的頑固老爹。自認長兄如父的寅次郎當然第一時間就栽進去，滿滿善意但完全無用，一切依循日後的固定模式進行，由得意到忘形、闖禍到全家雞飛狗跳，嬸嬸開始掉眼淚，叔叔一口氣喘不上來躺在榻榻米呻吟，結局就是寅次郎再度狼狽逃走。出走始自於歸來。

四十八作的持續出走，我手中一本名為寅次郎大全的書，有張附圖，以葛飾柴又為心幅射出去，四十八道黑線合成的堪堪就是整個日本列島的形狀，但又不只，比方還有遠至歐陸維也納的（第四十一作《寅次郎心路歷程》）。這真的就是日本嗎？

這麼講吧，這裡我馬上想起來的是文學史裡這個奇觀也似的獨特命名：「葛林國」，指的是小說家格雷安・葛林寫過的全部土地，包括剛果、獅子山國、海地、中南半島、蒙地卡羅、墨西哥云云，因為有葛林，才熠熠浮現出來的奇妙國度。

葛林以他鷹也似的眼睛俯視著這一塊一塊土地和人，這樣一個技藝精湛無匹的小說家，我們絲毫不必懷疑他驚人的編織能力、想像能力和創造能力，但葛林似乎更想強調的是他的寫實。有那種這才真正是他心之所繫、他一部一部小說真正堅實核心的意味。葛林甚至曾經頗背反他一貫偏冷的語調，如此氣急敗壞的宣稱：「這是仔仔細細、正正確確描繪出來的中南半島、墨西哥和獅子山國，我不但是小說家，還當過報社特派員，我向你保證，躺溝裡死掉的孩子就是那副模樣，屍體把運河的水都堵住了……」

但這裡，我要提出另一端的說法，出自於寫葛林評傳的約翰．史柏齡：「葛林描寫的這些事實本身可能並不那麼的正確，但經過作者的挑選和組合，造成了所謂典型的『葛林面貌』」、「這也不單單是詳細的描寫（否則好的遊記作家或新聞記者也寫得出來），而是像康拉德一樣呈現出道德景觀，描繪當地的情形和身歷其境的人。」——道德景觀，moral landscapes，我很喜歡這個說法，且完全適用於山田洋次之於《男人真命苦》寅次郎系列。

史柏齡這當然不是駁斥原書寫者葛林，而是要深究葛林；不是講你所寫的不是事實，而是講你寫出來的不只是事實，豈僅僅只是事實而已。這裡頭有遠多於、高於、深於事實的東西，作品是世界再加上書寫者。

同樣的，山田洋次也說了相似於葛林的話，當然是溫文不爭的，兩個大創作者脾氣不同：「我拍《男人真命苦》時，把日本人的日常生活感受收集起來，並在形象化過程中，塑造出寅次郎這個角色。」寅次郎電影當然是極寫實的，我們都看得出來，實地實人實物實事，但也一樣，絕不只如此。

在創作、書寫的世界，有這個接近於通則的趨向，也許一般並不容易察覺出來——一個真的夠好，尤其肯於持續盯住世界、盯住人的書寫者、創作者，隨年紀隨著他認識的進展（因此任性、自我荒廢的人不算）、隨著時間作用於他身體的種種奇妙熟成，總會緩緩走向真實世界，從而調整他作品「想像／寫實」的比例。畢竟，在如繁花如迷霧、處處引誘人又時時讓人迷路的種種創作見解之中，其最深處，是這個不動核心，如此晶瑩卻又如此單純，那就是，只有這個世界是「真的」，唯一的，只有在這裡人才真的悲傷，真的受苦，真的不走運——以及，真的死去。我們不爭氣也不盡可靠的情感，也許會為小說中、電影裡某個虛構人物流更多眼淚（包括為馬奎斯的奧瑞里亞諾上校之死像個小孩般嚎啕大哭）。但仍然，只有在這個世界裡這一切才是有沉沉重量的，沒Ending，不重來，無可挽回。

萊布尼茲講：「我們所在的這個世界，是人所可能擁有的、最好的一個世界。」——這其實不是一句簡單的話，毋寧是極蒼老的、站在「人生邊上」說出來的話，心思極複雜，也感慨萬千。話中欣愉的成分真的不高，更多倒是人的疲憊，以有涯逐無涯，要讓這個偌大的老世界還能更好一點，這不容易啊；甚至，這是對人的失望，人類的集體素質，也許就只配得如此水準的世界吧，就像唐．麥克林歌詠梵谷的那一句冰珠也似的話語：「這個世界不配擁有像你這樣美麗的人。」

我以為，今天這已經是常識了，實地實人實物實事，進入創作者，再轉為作品，這遠比白光穿透過水晶化為七色彩虹更為繁富，因為創作不僅僅只是捕捉和分解而已，創作從沒這麼簡單，寫實更不是剪下來一塊現實世界就成為作品。尤其，像山田或葛林這樣的創作者，他們在意的不僅僅是一個作品的聲譽而已（也因此屢屢被低估，特別是那些封閉在專業技藝和理論的人），他們對人，對這個世界有更多想法及其期待，儘管一個溫暖，一個貌似冷血。他們的信念，有意識地，以及不自覺地，總時時處處融進到作品之中，讓他們所描述的現實世界產生微妙變化，並輕輕轉動起來，這就是史柏齡所說的「葛林風貌」（「山田風貌」）、不完全現實的「道德景觀」。至於那些太好的、好得不可能是現實遂無法完全融化的信念部分，只能碎粒也似的遺留下來，散落於作品裡，閃爍著晶瑩微光，某句話，某個感受，某次凝視，某處徘徊眷顧云云，而這通常是最讓我們動容、心思跟著飄遠開來的地方。

來說這個既是日本，卻又不全然是日本的寅次郎國。

不曉得是山田的有意設定，或這就是他太過溫柔看待（更正確的說：期待）世界的方式——寅次郎國，明顯比我們所在的現實世界少了個東西，那就是「惡」。這裡，（幾乎）沒有一個惡人，不存在人的惡意。但說是烏托邦並不恰當，因為它並不奇特不遙遠，也不用來對抗或嘲諷，沒出現任何非現實的人、物種物件、機構和制度設計，更沒有提出對現實困境的神奇解方。這是實實在在的日本，誰來看它都是，要稍後（一兩部電影看下來），我們才會緩緩發現這處不同，通常仍不免狐疑、不放心（我們已被現實世界教訓夠多了，習慣於惡的遍在），真的這樣子來嗎？

這半世紀，也差不多就是《男人真命苦》所涵蓋的這段歲月，日本這個社會成就驚人，不挑剔來說，他們的確創造出一個堪稱富而好禮（相當一段時日還好學）的社會，若扣除掉近十來年的稍稍搖晃不安，甚至已有那麼一點路不拾遺夜不閉戶的味道（我的兩個有錢朋友曾有掉了大錢旋即失而復得的感動莫名經歷，一個發生在蔦溫泉的山區巴士上，一個在大阪市的計程車上），令外來者驚異不已，包括波赫士和李維史陀。但事情當然不這麼簡單，日本人自己尤其心知肚明，這同時是個極為辛苦、人壓力山大的社會，建構不易，維護它不掉礫掉瓦更困難。人要付出很多、犧牲很多包括種種約束和自制；而且，在光亮到可以稱之為光鮮的表層底下，當然仍暗潮洶湧，流竄著形形色色人的惡念惡意一樣也不會少，公司裡，社區裡，學校裡，家族裡云云。我聽過太多次類似的稍誇張話語：要去日本旅遊我隨時奉陪，要我長居日本那門都沒有。

寅次郎國，我們可以這麼設想——已八十八歲的山田，是完整經歷了日本這一場的人（從戰爭的殺戮摧毀和廢墟化開始，幾乎是從無到有），深知這眼前一切來之不易，有太多值得珍視的，應該感激的。他看著這些辛苦但認真生活的人，這片土地，這個社會，慎重的不侵入不驚動乃至於盡可能不干擾它；山田唯一做的是，輕輕地把人的惡意惡念抽走，也許山田並不以為這樣算是對人的奢求、算是異想天開，這一生，不過度挑剔的話，我們的確還見過不少這樣的人是吧。

我們這麼設想，並非說從一九九六年《歸來篇》開拍就完整呈現出來，也許山田原來只是從某個點、某幾個人開始，乃至於只是想為這個社會打氣，讓寅次郎這個人帶給這個社會多點笑聲，多點元氣和安慰。但創作就是如此神奇，當你正確的觸到某個點，它會生長，會不斷吸收獲取，直到整個緩緩地浮現出來，這是創作最好的地方。

只抽走惡意惡念，因此，並不是人人都變成天使，也不會就成了一個太過芬芳、玫瑰色的甜滋滋世界。我們看《男人真命苦》，是啊，生活仍得認真而且不免艱辛，印刷廠的章魚社長還是天天為經營愁眉苦臉，親人間如阿博和他父親仍然衝突難解，夫妻如吉永小百合仍有噩運突然襲來，更少不了無可拒絕的生老病死，寅次郎也一再失戀一再闖禍並一再出走，真命苦啊。就只有人可信任依靠了，人不再那麼孤單，或者說，也許我們都應該試著這樣相信。

（這裡，我想到馬奎斯對他《百年孤寂》的揭露，他講，布恩迪亞家族的悲慘命運來自於一種深不見底的孤獨，這個百年家族不懂怎麼愛，都孑然一身，一直到最後一代才第一次因愛而生，但來不及了。）

抽去人的惡意惡念，另一端，於是也讓某些更複雜、或者說更根本的人世真相得以顯露出來。因為，我們再無法把種種困頓折磨，包括自己的失敗只簡單歸咎給某個人。沒有替罪羊擔著，不被仇視怨毒之心陷阱般困住，我們的心思平和無罣礙，眼前開闊一清，一定會看到更多、更清楚，包括回頭看自己。所以，這會不會也是一個隱藏的請求呢？——我們大家就別再這樣了吧，生活本身已夠多艱難了，實在再禁不起人多加的惡念惡意了。

《男人真命苦》裡有一樁一再重演的小事讓我很欣羨。流浪各地的寅次郎，經常付不出旅館錢來，稍後（電影裡可能幾星期或幾個月後），我們會看到旅館人員出現在葛飾柴又的寅次郎家丸子店，完全不擔心白跑一趟收不到錢——素昧平生、卻如季札掛劍的承諾（包括那些並沒說出口的）如此有效，用不著法律進來攪和。我一直喜歡這樣可能的世界，不識之人的話可信可兌現，熟人可託六尺之孤，非常美麗。

於寅次郎國，我有一個更正、一個解釋和一個好奇，只是不曉得對不對，恰不恰當。

我留意到一個相當普遍的誤解，總是把《男人真命苦》系列說成是懷舊，也許是因為故事設定於下町的緣故，我們慣性認定那是個已消失或消失中的世界；又，也許就只是時間搞鬼，這個奇妙的戲劇延續了半個世紀，我們站在今天回望，當然這些人這些事物都是回憶了，我們跟著被叫喚出來的心思也多半是自身的回憶。你看，倍賞千惠子曾經這麼年輕、這麼少女不是嗎？

其實，山田捕捉的是當下，每一年每一時刻的當下日常。最清楚的時間註記之一是寅次郎在旅途中層出不窮的夢，他的夢很好笑，總是應景的、奮力跟上流行的，像人類登陸月球，他的此一夜間飛翔便無接縫的化身為太空人寅次郎云云；還有，裝酷成性的（但也是善意的），寅次郎總認定他絕對是整個柴又最見過世面的人，他得負責把外頭大千世界的種種攜回告訴這些不知今夕何夕的田舍翁鄉巴佬，這就是丸子店老家晚餐桌上的著名啟蒙談話，寅次郎爐邊談話，幾乎每一作都有，也必定以破梗吵架收場。真實的新鮮事物、新奇現象包裹在他的道聽塗說、他的胡亂解釋、以及他不可能忍得住的吹牛編造之中，還有，當然一定挾帶了沒人聽得下去的寅次郎式嚴正教訓。

時間真是有著強大力量的東西，只要我們肯沉靜的持續，這四十八次的當下，疊合起來便是一個厚厚化石層的日本，其然以及其所以然；時間賦予這些現象以來歷、起源、線索和結果，這是誰都可以取用的公共資產。有山田這樣的創作者為日本寫「起居注」，日本可真是幸福——最不尋常的是，這很難是其他的記憶形式、尤其專業歷史書寫做得到的，這些人這些事物，細如碎片細如粉末，多是其他記憶形式無法、以及不覺得需要捕捉留存的，如從太疏太大的網目逸失；這太大太疏是形式限制，但也源自於書寫者的意識、理解和同情問題。一般來說，只有文學書寫才可望及於微不足道的這些人這些事物，像是契訶夫，或是巴爾札克的「人間喜劇」小說群，巴爾札克想寫成兩三千個人物來記述一個時代，用小說寫歷史。不同的是巴爾札克是偏橫向的組合方式，「男人真命苦」沒那麼積極宏大的企圖，但它持續下來了，縱向的，看下去的，追蹤的，時間的存在，時間的種種作用（其堆積、其生長、其變遷、其流失……）更清晰；不是時間切片，而是一道長河。

「人間喜劇」，這個題名顯然也完全適用「男人真命苦」——巴爾札克這個難以言喻的命名帶了點苦澀，是人在某一個歷史特殊時點回看這個人類世界的悄悄自嘲（老天我們搞出個怎樣世界啊……），當然也較悲傷；「男人真命苦」沒這麼深沉，沒這些彎彎繞繞，這裡有直接爽朗的笑，很富感染力的，喜劇就真的是喜劇，這比較接近契訶夫。

再來，我試圖解釋的是，寅次郎的持續出走漂浪，足跡遍日本，這技術上如何可能？

我指的是，要能創造出寅次郎這麼一個把大半生命時間拋擲在旅途上的人，理論上，得先有某個人同樣這麼拋擲生命，走完這每一次才行（蒐集、尋找、選擇、確認、勘景……）。事實上，若依海明威的「冰山理論」來看（創作者準備十分，作品只浮現一分），這個某人耗用的時間以及對日本各地的熟稔程度，還得十倍於寅次郎。電影分工也許幫得了一定程度的忙，但《男人真命苦》是作者電影，有單一作者的，所以這個某人在主體上又非得是山田洋次本人不可。而山田有很多事要做，也拍了不少其他電影（就一個作者論導演，他算多產），因此，光算時間都是個謎。

葛林講過諸如此類的話，如果你要報導人類的痛苦，你就有義務同受其苦。

我自己的回答其實是簡單的，因為「男人真命苦」不是新海誠《你的名字》那樣的，介紹景點甚至設計好最佳角度供觀眾追逐拍照打卡，選景本身一開始就是個商業行銷企劃云云。山田關懷的是人，尤其是中低下階層辛苦認真生活的人，也就是據說上帝最喜愛所以一口氣造太多的人，這各地都有，因此從北到南，從冰封拓殖的北海道到溫暖海面薰人欲睡的沖繩（寅次郎最後出現的地方，第四十八作），其實拍哪裡都對也都不陌生。固然，不同地點有各自不同具體細節的困難和其生活因應之道（像冰雪和乾旱地方的屋頂形制得不一樣），但就像人類學者李維史陀指出來的，人的基本生存其實就是那樣，人的基本生活方式驚人的相似重疊，具體的微差微調皆有簡明的線索可循（冰熱、乾濕、高低……），並不難看懂，生活方式的多樣全面呈現不是混亂隨意，而是一種生命的堅實感和稠密感，有著動人厚度，因此也是一種風情，在在令人驚奇驚歎，令人玩味欣賞（原來他們這裡是這麼來的啊——）。最終，這可以是遊戲，某種思維和感情可容身的正經遊戲，人的好奇也就是人的關懷。有著對人的理解作準備、作指引，走到哪裡都不會迷失。是的，風霜雨雪嚴酷，但就像我的老師胡蘭成說的，人有了傘笠，就可以和風雪相嬉戲。

這樣一張寅次郎的放浪地圖，因此不會是那種觀光旅遊指南。多年前，我人在大阪心血來潮走了一趟寅次郎的新天地（第二十七作，《浪花之戀》），可想而知並沒真找到那家他付不出錢卻仍住得如魚得水的小旅館（也沒真的去找），當然更不會遇見苦命的藝妓松坂慶子。新天地周遭其實是個繁華已落盡的地方，幾乎是破敗了，是「昨天」的模樣（即使對我這個社會時間慢了點的台灣人），商家、商品、市街，人的活動方式和表情云云；這裡還有我平生所見占地最廣的藍色帳篷帶、最大規模的homeless。可我真的聽到了四天王寺的鐘聲，在黃昏滿天的烏鴉大吵大叫聲中，那是寅次郎坐在旅館房間窗下吹風的一景，停格在我的記憶裡。影片中，他當然又馬上愛上松坂慶子，但這位名叫阿文的藝妓來大阪工作其實是為了找她失散多年的弟弟，寅次郎陪著她，好不容易問到弟弟所在的公司，才知道她弟弟一個月前已急病死去了。這不只山田，日本的電影電視極可能是全世界最不諱言死亡的，就連帶童話意味的動漫皆是，這個無可拒絕的生命最終殘酷真相，他們一直很坦然，也不怕告訴小孩。阿文醉倒在寅次郎房裡榻榻米那晚，是最傷心的一幕。阿文回去了瀨戶內海小島的老家、結婚，並打算開一家小壽司店。

跟著寅次郎走，你帶來的、帶身上的，比你在地能發現的更多，你大半時候在回想，電影裡面的、以及你自己的。

最終，是我的無比好奇——我感覺最不可思議的是，像他這樣一次又一次，一年復一年的盯著這個現實世界看，山田洋次如何能對人不失望？

應該連上帝都受不了的才是。這是葛林講的，在他《一個自行發散的痲瘋病例》這本小說裡，藉由柯林醫生之口說道：「你的上帝要是肯看一眼他所造的這個世界，一定會非常非常失望。」

這當然是個充滿惡意甚至敵意的老世界。人的惡意，比人生存的種種自然生存考驗難對付多了，而且來得稠密頻繁，每天每時，我們耗用更多時間心力抵擋它解消它以及躲開它，疲憊不堪。

幾年前，我已寫過一篇談寅次郎的文字，收在《世間的名字》一書裡，少堆積五、六年對人的失望，那時候的文字語調顯得比較輕鬆。我說了個我的猜想（其實是期待吧），渥美清已逝，但山田會不會心起憂思再拍一次寅次郎呢？一部已沒有寅次郎的寅次郎；一部這會兒人又到底去了哪裡的寅次郎？只有櫻、阿博、叔叔嬸嬸等所有柴又之人回憶、交談、掛念和猜想的寅次郎？

居然還真有了，第五十作（第四十九作《寅次郎芙蓉花》因渥美清病逝不成），在二〇一九年這個也許更糟糕的年頭（我們是亟需些好事沒錯）——名字真好，叫做《歡迎歸來，寅次郎》，依然元氣淋漓。我在 YouTube 看了電影記者會，台上只坐著導演山田和飾演妹妹車櫻的倍賞，當然沒渥美清了。戴了太陽眼鏡的山田，我們都曉得他八十八歲了，但「眼目沒有昏花，精神沒有衰敗」，比我周遭這輩六十來歲的人感覺還年輕，至少更有氣力；倍賞，如果我沒看錯，她好像穿的是球鞋，衣裝樸實但好看不失禮，仍如、仍是寅次郎國裡那個車櫻。

朋友們都健康，只是我想流浪——那頂帽子，那件西裝，那個老皮箱，很方便於我們的瞻望。

電影還沒在台上映，只聽說櫻和阿博的兒子滿男成了個寫小說的人（真的嗎？），這回主線在他身上。若真如此，那是個太好的安排，極合於我的偏見，我一直認定小說是記憶最好的書寫、存留形式——所以，我們還可以這麼想，一直以來，我們跟著寅次郎，通過他眼睛看這個世界、這些人，但原來，這一切，五十作，半世紀，極可能又都是諏訪滿男的回憶，是滿男對他這個舅舅的懷念，以及依依告別。

乃至於，波赫士會說（如果他也知道寅次郎），這只是滿男的一個夢。

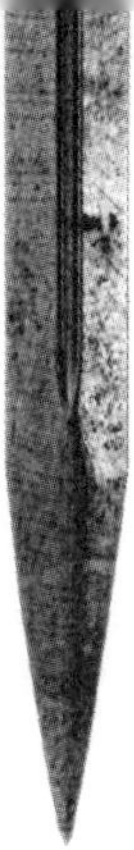

輯三

書寫

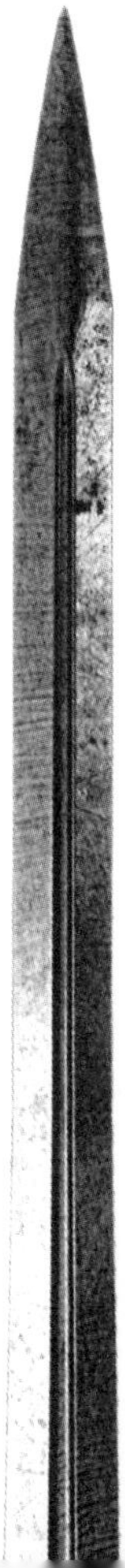

1. 五百個讀者，以及這問題：剩多少個讀者你仍願意寫？

一八三五年，年輕的托克維爾交出他《民主在美國》上卷，這本偉大的書不是緩緩被人發現的，而是第一時間爆開來，在彼時的世界首都巴黎，並迅速捲向歐陸各國。依歷史所記述的那般熱火火光景來數字換算，有經驗的出版工作者會講，能夠堆出這種規模的驚動感、大地震撼感，以今天台灣這種 size 的社會，至少得上達二十萬冊的銷量才行，在中國大陸，則是一百萬冊以上。

《民主在美國》上卷，當時實際上賣了幾本呢？很奇妙——總共五百本而已。五百本的暢銷書？五百本如今是什麼意思？今天我們會說，這是一個很淒涼的數字，一個雖未必得有人辭職謝罪，但總得好好檢討告誡一番的失敗數字，以及，一個說明這本書根本不能出版的數字。

兩百年前。世界變這麼多了？或，世界真的曾經是這樣嗎？

很明顯，人口數字的變動完全解釋不了如此巨大的落差。或我們乾脆以較恆定的空間大小來看，從巴黎這個點到整個法國再到大半個西歐包括懸浮於大洋之上的英倫三島，兩百年前和今天並沒兩樣，甚至，我們該理解為遠比今天「大」，因為交通配備和傳播工具遠比今天不發達不綿密的緣故。五百本書丟進這麼大一片土地上，應該接近於一粟之於滄海，按理說應該連個泡都冒不起來才是。

同樣是書、同樣是人、同樣是閱讀，要稍微妥善解開這奇妙現象，我們可能得乞援於化學。比方，一定大小空間裡要提高粒子的碰撞總數，取決於這兩者，一是增加粒子的數量，另一是提高粒子的運動能量（即熱量）。因此，我們幾乎可以斷言，當時人對書、對閱讀的心思必定是鄭重的、熱切的，必定有那種「不斷在人心和人心之間熱烈傳遞的東西」，這才克服了人和人的散落，克服了外在傳送配備的缺乏，克服了現實空間的道阻且長。只是，那得要熱切到何等程度才算？對《民主在美國》這樣層級不容易讀、不容易懂還不容易口語傳遞的書，對這樣一本冷書和一個冷人（托克維爾是我們所知最冷那一級的人，從心性到思維方式、思維成果）。

五百本書就完成熱銷、就撼動世界，這個不可思議的歷史事實，再一次（但以某個如此新鮮的視角），把我帶回到這些年我一直觀看、警覺、思省的老問題——一本書，究竟需要多少個讀者？以及，究竟能夠指望有多少個讀者？

需要多少個讀者？這指的是書的被閱讀下限。我不會浪漫的、或哀淒的說可以是零，我以為，書寫根本只是公共性的，即便在某種時代某種特殊時刻那種「澗戶寂無人紛紛自開落」的書寫、那種藏諸名山好像不想讓人看的書寫，仍期待著它的讀者，等待他日或許出現更合適讀它的讀者，這絕不是拒絕讀者，事實上只是更苛求讀者，帶著某種絕望心緒（遂也顯得對當下無比輕蔑）的試圖挑揀讀者。

漢娜．鄂蘭講的很對也很精彩（在她晚期的那本《人的條件》書裡），人的獨特性只在人所建構的人類世界才成立才顯現，這是原來數百萬年如長夜的生物世界沒有的，而公共性，正是人類世界的主要面向之一。

能夠有多少讀者？這指的則是書被閱讀的上限。我也不會樂呵呵的說可以不斷增加，書沒有這樣的彈性，書向上的彈性遠比一般人（尤其行銷人員）以為的要小，小多了。儘管，偌大世界並不存在一個百分之百理想的、密合無間的讀者，再好的閱讀者都有他不及和過之的參差成分，但每一本書仍有它一定數量的「正確」讀者，再多，就愈傾向於只是誤會了，只是增加經濟收益而已。

我自己不成比例的在意下限這一邊，因為下限關乎的才是「生／死」「有／沒有」的問題，決定了人的種種思維成果有沒有機會被看見被承接被保有？至於五萬、十萬、一百萬本的熱賣，我（依我出版和閱讀的經驗和記憶）總會自然的、逐步昇高的心生警覺，最通常的是，這不會是一本好到哪裡的書，因為要符合幾十萬上百萬人的公約數，書非得降低水平不可；要不，就是有些非關書的內容本身、非關閱讀的特殊因素加進來，勾起人們的好奇並蔚為某種「時尚」云云。對書寫者本人而言，讀者「錯誤」的期待和閱讀越過了恰當的、書的內容再無法承諾的界線，這其實不見得划算，尤其在當前這麼個消費者意識社會，不當的、超收的利益往往就是負債，要還的。不見得划算的也發生在書的本身，眾聲喧嘩中，首先被穿透的總是閱讀所必要的、彷彿由書自身所限定、所圍擁起來的沉靜小世界，閱讀很容易變得粗糙而且極浮躁，乃至於縮短了它的生命期，書提前死亡，提前「過時」（這是進入到時尚遊戲世界幾乎一定會感染上的傳染病）。

這裡順帶講一下，較之其他所有商品（藥物、食品、家電、汽車云云），我一直注意到書籍行銷極可能是最多、最嚴重涉及「廣告不實」的一種，包裝上（封面、腰帶）所顯示的往往和內容物差異最大。法律對此的寬容，很可能是，一方面來自於難以規範追究，另一面則是不忍心規範追究，把它移置到言論自由的莊嚴大價值的羽翼之下，這是書這個劣勢商品僅有的優勢。

如此兩百年，書以高倍數的、遠超出人口增加速度的數量成長，這是一個無可懷疑的亮堂堂進步過程，也是一個走向公正的過程。這麼說，不在於人口增加，而是逐漸的、「人人都可以閱讀了」，進步是障礙的一個一個克服，舉凡財富增長、識字率提高、勞動形式改善、社會意識及其結構趨於平等、生活閒暇增加，以及閱讀相關配備如照明、生活起居環境的進步（不必再去抓螢火蟲、不必等下雪、不必冒痴漢罪名去牆壁鑿洞）云云。確確實實的，每一種、一次進步，都又帶進來一大批原來不知道、沒能力、沒資格閱讀的人。

不少人知道，在這兩百年的閱讀歷史裡，有這麼一個辛酸但甜美的故事，那就是「廚房女傭開始讀小說」——地點是西歐尤其是這一波進步核心的英國，事情總是從那裡先發生的。豪門人家幫傭的女僕開始在夜間、在主人已進房酣睡時刻，躲一燈如豆的廚房也看起小說來，當然得犧牲點睡眠時間，也得拖著忙了一整天的疲憊身體。原來不知道、沒能力、沒資格閱讀的人進入閱讀，這個偷取了燈火和時間、在微弱光線下也興奮也忘情沉浸於某本小說的女傭，正是第一顆小石子，帶出來一批一批全新的讀者，從而改變了書和出版的形貌，包括數量增加，售價下跌。日後（一九三五年）英國企鵝出版社著名的「六便士小說」（平裝本、口袋大小）便是承接了這個，從概念到形式。

為什麼是廚房女傭呢？其實事情不是由女傭而是由她的女主人開始的。十八、十九世紀的西歐上流階層人家女主人，極可能就是彼時全世界最沒事做最無聊的人，不方便出門，家事包括養小孩教小孩又全由僕傭包辦，偷情也不是人人、天天能做的，讀讀小說遂成為她們每天生活的主要排遣之一。只是女主人類量有限，不足以單獨拉動書和出版的改變，而且她們本來就有資格有能力，不必書和出版做出改變配合，這一切遂得等到女傭的源源加入。

又為什麼不是其他下階層勞動者呢？因為女傭有著彼時其他形式勞動者難以獲致的閱讀必要條件，或說機會——像是，她接觸得到書（當時書十分昂貴，「一本小說的價錢相當於一個家庭一到兩星期的生活費」，換算為今天台北市，約為驚人的兩萬到五萬元左右），也方便有照明（當時蠟燭也是奢侈品，整個世界夜裡昏黑一片），還有，銜接著主人世界的閱讀氛圍、好奇和想像，在實際打開一本小說之前，她總先聽到一些談論，包括東一塊西一塊的破碎情節，直到今天，我們的閱讀不也都是這樣開始的？

相對的，很長一段時日，人們（包括上階層人士和勞動者自己）普遍認定書對勞動者、對窮人是有害的，占用時間，浪費金錢，還徒亂人心。

如此兩百年，便是由這個卑微但更美麗的閱讀畫面開始（至少我們很樂意這麼相信）。

書的數量突破因此不是全面的、齊頭並進的。大體上，經由兩種書帶頭拉起來，一是小冊子，尖利的對準某一現實熱議題，用來攻擊社會鼓動世界乃至於召喚革命云云，其數量可以一下子衝很高，十八世紀就不乏有萬冊以上的銷售紀錄（如斯威夫特的《街頭巷尾》或普萊斯的《論公民自由的本質》）；另一類則是小說，像狄更斯那樣恩怨情仇的大部頭小說，我們可部分的想成是提前出現的電視連續劇，也正是這部分讓它可以從百到萬的吸來新讀者（這也一併說明了，何以狄更斯總是用那麼重、重到狗血程度的字詞和情節）。事實上，彼時小說的發表和出版也往往是連續劇形態的，會先連載於較廉價、容易取得的報紙上，並採分冊出版的方式，比方《湯姆．瓊斯》一書的散裝本就拆成六冊（這也是分期付款，方便於沒辦法一次拿出那麼多錢的人）。台灣最後一種類似的拆冊出版之書是武俠小說，動輒拆到三、四十冊，一直延續到我讀國、高中時為止。

我們這麼一回顧，問題可不就來了嗎？以小冊子和連續劇式小說為突破書籍數量的領頭羊，今天回想起來真感覺不祥，原因很簡單，因為這兩種如今都已不再是書了，或確切的說，這兩種需求已從書的領域分離出去，改用其他負載形式來滿足，而且不會再回來了——後者是電視和電影，前者則是大眾傳媒（是的，仍包含電視）。當然，載體不同會改變內容，比方由仍有相當厚度的小冊子轉換為雜誌、報紙和電視新聞及其評論，很顯然，兩百年後我們對現實議題的思索談論方式反而「輕薄」了，變成某種三分鐘式的東西，變成某種只需淺淺一層刮起的東西，從事件本身到我們的理知和情感，過多的準備和投注用不上也「不划算」。這再次證實，書原來是太籠統太厚重之物，挾帶著太多人並不需要的東西，其實並非能一整個穿越過大眾化數量的窄門。

不祥在於，也許有太多的書不該跟著走上這道數量增長之路。

數量大幅度增加，價格下跌到幾乎人人買得起，並持續普及向世界每個角落，閱讀變得平等，而且自由（經濟問題一直是自由最沉重的一個障礙，也是人從生物世界進到人類世界的關鍵）。這裡，也許自由比平等更好更富潛力，平等比較是個道德目標，它完成了也就結束了，但自由是一種全面性的掙脫，開向未來，包藏著也激發著各種可能，各種我們還不知道、未擁有的東西和其天地，它好得沒完沒了。總之，這是兩百年前人們夢都難以夢想的事，在所有可知的進步事物，書的如此展開可能是最光朗、最沒不良副作用的一種進步，光朗到幾乎不見一絲陰影——但真的完全沒有嗎？

這麼來看，價格和數量，正常或者說長時間來說，會呈現（或說逐漸調整成為）某種反比、交換關係，兩者的乘積大致上是一個常數，隨現實不斷微調的一個常數，也就是成本再加上利潤。其中，較可削減也隨著競爭下調的是利潤這部分，必要時可以歸零（當然是不得已的），讓這個常數就直接是成本，見底了，再往下就是我們所說殺頭生意都比它可能存在的賠錢生意。

這兩百年，數量和價格的交換消長，係由數量這一側所拉動，這是有資本主義產銷邏輯的。也因此，書的這一趟進步擴張之路同時也是一道不歸路，幾乎是單向的，已撐開來的數量形成新的生產規格、生產條件，把所有的書劃一的納入，從而書價持續下跌（實質的、對比於生活指數的），幾乎完全失去上調的彈性；也就是說，數量成為關鍵，成為終極判準，不只小冊子不只連續劇恩怨情仇小說，而是每一種每一本書都得服從這個數量要求，我們所說「書究竟需要多少個讀者」這個原本參差不齊的下限問題，變得簡單、生硬、一致，而且巨大迫人。這個問題已不再由書自身、由寫它的人來回答（沒資格回答），每一種書都得開始尋求它原來沒有的、不該屬於它的讀者才成立。

問題是書這個很麻煩的東西，大概就是我們舉目可見最難純粹商品化的東西了，一致性和書寫是扞格的、違逆初衷的，人類世界有多凌亂複雜多樣，書就有多少種內容和面貌，除了最終的裝幀形式，一本書和另一本書可以完全不相干不視為同類，從內容到讀它的人沒一絲一毫重疊。書因此不具備相同的、相近的數量上調彈性這理所當然。比較要命的是，這裡大致有個通則，那就是內容愈扎實愈深刻的書其數量上調彈性愈小，理由是這對讀者的要求愈多愈苛厲，也愈難借助時尚性的驟起暴風輕盈飛起來，在沒大事情發生、沒大災變大動亂逼迫，以至於人無需多想的平穩社會尤其如此（比方台灣這近半個世紀），太多書免費送給人家看都沒人要，也就是價格壓低到零都刺激不起需求，湊不到足夠數量出來。今天回看，我們這樣的推斷應該很合理、很接近事實真相的——在這趟書的進步擴張之路上，不覺不察中，不斷有書跟不上來了、半途脫隊了、消亡了；還有，一些書甚至還沒寫還在意念階段就夭折了、知難而退了，仿卡爾維諾的聰明話語來說是，那些「原來可以有卻終歸沒被寫出來的書」。這必定是一直發生的，並沒有多少人會做徒勞無功的事，也不能這麼要求人。

這一書的掉隊、夭折效應，很長一段被幾乎完完全全的覆蓋住了（可不只是抵銷了而已），畢竟這一波浪潮太全面太巨大也太光亮了，從個人到世界，一切都是打開的、增加的，書的種類品項絕對可以用繁花盛開來形容。但這個效應始終是存在的、潛行的，這有更堅實更持久的基本邏輯和基本人性，只等潮水退去，只等水落石出。

這兩百年，我們也可以這麼描述它——進步擴張源自於書、閱讀障礙一一克服，非常成功，成功到今天已幾乎一無障礙了，再沒什麼攔阻在人和書之間，人拿得出買書的錢了（不就幾百塊錢台幣？更何況還有公共的、免費的圖書館閒置著），擠得出時間了（一天一到兩小時已經是很棒的閱讀者了），而且誰家沒照明沒電燈呢（要不，走到外頭街燈下、公園裡，比昔日那種鑿牆壁偷人家燈光或借助微弱傷眼的雪光反射要方便舒適太多了）？以目前台灣社會的景況來說，這幾乎是所有人無一例外的基本事實，人若感覺還有障礙，不過是人不覺得需要閱讀，把它排到生活安排選擇的末端而已。障礙的成功克服，也就意味著這一波數量擴張停住了，無可躲閃的呈現人和書關係的直接事實真相，不再是人能不能夠閱讀，而是人究竟要不要、想不想閱讀。閱讀人數的漲落進退，再說有新的、「外來的」閱讀處女人口一整批倒進來，那些好像可讓閱讀更舒適更方便的工具、配備改良也不再有什麼助益有何意義（但這仍是我們的慣性迷思，或說某些精明的商人一直在利用此一迷思），所以說潮水退去，閱讀的真相畢露。

書寫這一側，究竟有沒有一種新的形式幫我們捕捉、存留這些不斷脫隊掉落的書呢？比方如昔日起居注也似的臉書什麼的？——書寫不是情緒的抒發，不是不揀不擇，不是玩那種朝花夕拾、比打字速度誰快的遊戲。寫一本書是一個確確實實的工作，人把自己浸泡進去，專注於足夠長的時間之中，幾個月，幾年，即使捕捉的、試圖存留的是短瞬如春花如朝露的東西也得如此，在書寫中，它一樣得「長成」比第一印象更飽滿、更富內容才夠資格被書寫，否則皆只是昆德拉所說「只配被遺忘的東西」；它轉成了記憶，轉成了隨身攜帶的東西，轉成了人心裡持續發著光、依依不捨或趕它不走的某個形象，苛求你得想辦法找到一種最恰當的、明顯超出你此時此際所知所會的方式和話語寫出來。書寫因此不是、也不可以是單純的記錄和描寫（這是自然主義的謬誤），書寫是世界再加上人自己，或更確切的說，世界起了個頭，但在書寫進行之中，時光流逝，世界往往已經走過去了、遺忘了、連痕跡都拭去了，只剩人記得。書寫因此只進行於人心之中，並一再的、一次比一次深入一些的折返人自己，所以書寫同時也是人鄭重的、持續時間最久的、累積的自省，超越了平常的、每天重新來過的那個、那一層自己。寫一本書和寫日記、寫臉書文字因此是完完全全不同的兩件事，也無法替代（妨礙和破壞倒是有，成為一種壞習慣）。書寫者屢屢有這一經驗，被某個特殊的、戲劇性的心緒抓住所瞬間寫出來的東西是極不可靠的、危險的、日後一想到就噁心一身冷汗的，它包含了還誇大了太多不配被寫下、記住的無意義成分、莽撞錯誤成分和虛假作態成分，那些在真正書寫時輕易可過濾掉的東西，所以太多太多書寫者如此忠告我們，前一晚激動寫的東西，第二天醒來第一件事就是把它扔垃圾桶去。

但是，要如何湊足原來沒有的、不屬於你所有的讀者數量好符合資本主義的生產要求呢？這真的是個難題，而且有愈來愈難的趨向，不只是因為再沒有一整塊一整塊的新讀者可開發而已，還有，人心緩緩變了，人和書的關係變了，其間某種榮光不再——相當相當漫長一段時日，這個問題被隱藏於、也相當程度消解於進步的耀眼榮光裡，如某種庇蔭。人置身在進步的浪潮之中，會生出對未來、對未知、對不可企及事物的極大善意，也往往樂於嘗試，因此，讀者的大量增加，不會只限定於熱度較高的小冊子和大連續劇小說，有一定比例會「溢」出來，旁及各種書包括那些他們其實不願讀、不能讀的書，我稱之為「嘗試的」和「錯誤的」這兩組讀者。但波赫士講得很對，所有的詭計最終都會被揭穿，進步的源源榮光還是用得完，在此一進步意識不斷被懷疑、已成強弩之末的今天，閱讀的真相畢露，那些帶嘗試善念而來的讀者或會弄假成真留下一小部分，但更多的、以及那些純粹誤解的則只會恍然離開，隨風來隨風去。

只是，這樣並非繞一圈回到原點，因為沒有原點了，永遠不可能再發生那種五百本書就撼動一整個世界的事，新的規格、新的計量接管了世界——進步是美好的，但對某些書來說，回想這一場，卻比較像是上了賊船。

於是，今天的書寫者總是得多做點事，或委屈或欣然，隨人不同心性而定——書寫不再只是書寫者一個人的沉靜工作，像朱天心所說「作者好好寫，讀者好好讀」那樣極可能不夠了（但這仍是最恰當的，我們仍該當它是一個理想）。這裡比較尷尬的是，由於這「額外」的純粹數量補充基本上是面向著嘗試性的讀者和錯誤的讀者，這一定相當程度扞格於書寫者本心、扞格於書的真正可能內容，所以很多真話不好說了，或至少只能輕輕的、含混的說，往往還得把最重要但可能最不安全最冒犯人那部分話語藏起來（這兩種話語重疊性之高非常驚人而無奈），免得第一時間嚇走他們，同時，書寫者也得學會書寫之外的其他種種本事，乞援於其他行業的專業技藝（表演業、政治業、公關業、廣告業……），讓自己更多知多能。

也就是，書寫不再是傾盡所有竭盡全力，而是控制力道。

滴水穿石的，我們很可能慢慢淡忘了，乃至於抽走內容的改變了這個書寫者最本命的、反求諸己的尋求和詢問——書找尋它的讀者，找尋的方式原是遴選和認出，每一本書彷彿都有它獨特的音頻，只有同類、只有某些人接聽得到，如同我們稍前所說的「在人心和人心之間熱切的傳遞」，如同月光下海面上浮起的鯨魚用歌聲召喚牠的同類；讀者原是非常珍貴的，甚至是難得的，用較浪漫的話來說是，這是和你一樣心懷同一個問題，看向同一個世界、聆聽同一種聲音，並作同一種夢的人，這部分，也許你的家人、你三天兩頭相處交談的所謂親友都不見得能夠，所以小說家阿城講，他是寫給那幾個「遠方厲害的朋友」看的。

然後，一本書究竟需要多少個讀者？或者說，剩下多少個這樣的讀者你仍願意寫？而且有責任有義務得寫？

有點像是《舊約》日子裡的耶和華，這世界、這城還剩多少個義人的下限就可以不擊毀它。

一八三五年《民主在美國》的這樁迢迢往事，讓我又想起來這些，復原了這個必要詢問，還附帶給了我喜愛的、堪稱振奮的回答——果然，純就內容和閱讀而言，一本書有五百個讀者就很夠了、太多了，乃至於震動天地海嶽。

好像，就連那些「不斷在人心與人心之間熱切傳遞的東西」都跟著想起來了，看得見了，變得可相信——曾經，這對書寫者而言只是個基本事實，但這兩百年來它不斷被稀釋，被闖進來的人群衝散，被生產線的噪音、被種種叫賣拉客的噪音給蓋住，以至於我們時不時會懷疑它不再了、不這麼來了。而這又實際的關乎書寫能否、應否繼續。

相信這都還在，對我個人非常非常重要，是吧，否則就連號稱萬能的神、連耶和華都受不了，要宣告失敗放棄了。書寫只能就此停止，就連書寫者滿心不捨不放都沒辦法，如果他意識到所有可能性已喪失，如果他徹底的不能再相信世界，如果不值得了，如果就連五個十個義人都找不出來。

我自己的狀況呢？就實際行銷數字而言，台灣已微不足道了（以至於有位極沒品的書寫同業不忘出言譏諷，言下之意是，該自己識趣不要寫了）；在大陸則堪堪還能以一萬冊為基底（總算暫時不必讓出版社朋友老以做善事的方式狼狽工作）。而真正的、符合我並不嚴謹也不苛刻標準的讀者呢？我猜，極樂觀寬鬆的猜想，一百個吧。

其實相當不少（耶和華都只敢奢望十個），也值得認真再寫——至於不達生產條件這個麻煩，事情有輕重先後，有絕不可讓步的和可以想辦法的，我們這裡先確認書寫還值得，再慢慢來想如何讓它可以成立，不管是有效解決，還僅僅只是個緩兵之計。

2. 第二次慶祝無意義，一本八十幾歲的小說

這幾年，希望只是日本人的一廂情願、只是我們人在亞洲的一個錯覺——每年諾貝爾文學獎公布前夕，焦點總是村上春樹這回得不得獎。二〇一七，這樣是該開心還是沮喪，頒給了歌手巴布·狄倫，有著正統文學書寫已一空之感，說真的，我還算喜歡、敬重巴布·狄倫，很不想因為這個不恰當的贈獎讓我非得說些反對他的話不可。也許，這已是當前世界的一個通則了，我們不是滿心興奮的要誰，而是滿懷敵意的不要誰，投票選總統選市長，只能投給第二不堪、討厭的人來防堵（所以往往連不投票的自由都沒了）。

不是還有個昆德拉嗎？諾貝爾獎是活人的獎，而昆德拉確確實實也還活著。

不要昆德拉，也一直沒要喬哀斯、普魯斯特、葛林、波赫士、卡爾維諾和納布可夫，神準到彷彿一再故意躲開來，這麼多年，這很難再用失誤走眼來解釋了，所以裡面必定有某些很穩定很確實如此的東西——純粹從文學自身來看，諾貝爾獎當然一直是保守的，乃至於平庸的，仍服膺著某種集體邏

輯（從外部作業到內在心理、思維），基本上，較合適它的是那些不錯的二級作品和書寫者，它不太敢要、甚至畏懼那些一下子超過太多走得太遠的東西，那些太過複雜以至於無法順利安裝回當前人類世界的東西，那些難以在第一時間就獲得至少某一種「政治正確」名目的異心東西。只是，這個保守往往被它另一種選擇給遮擋住了，那就是諾貝爾獎會、而且經常的贈予那些或激烈撻伐某個世俗權勢、或不公平承受著某種苦難、或山中無日月的安靜書寫於某世界邊緣（小國、小鄉、小鎮、或主流思維的遠方）彷彿不思世俗眷顧的作品，然而，不從淺薄的世界權勢而是從更寬廣的人類真相來看，這當然都是些「更正確」的東西（有比直接背反如同和世俗權勢對恃更明白無誤的道德正確嗎？），這樣的書寫在世俗權勢世界裡也許（只是也許，看地區看情形看書寫者的聰明程度）是危險的或寂寥冷清的，但在文學裡更多時候這是很安全而且容易的，甚至就在正中心，它們被道德很溫馨的一整個包裹起來，在道德大地的鬆軟沃土上愉悅生長，而且長起來很快。事實上，如今已進展到人工栽植了，已經可以是一種書寫策略了（需要列一張名單嗎？）

諾貝爾文學獎注意到「英勇」這個成分，惟不包含文學書寫核心處的英勇，它總是往外找，最常在政治領域中找到。

真正的文學書寫及其英勇，波赫士曾這麼講：「我不是一貫正確的，也沒有這個習慣。」如此，我們或許就多聽懂了這話的其中一層深刻意思了——文學當然有它自己的目標及其關懷，獨特的、延續的、專注的、也是它擅長的，有它源遠流長一直在想在處理的東西，不會和現實世界一致，否則文學幹嘛存在呢？通過文學所獲取的最珍貴東西，如昆德拉強調的，是只有文學才能獲取的東西，因此不會只單調的和現實世界、和集體背反而已（背反通常只是同一目標的兩種截然不同選擇而已），更多時候是岔生的，四面八方飛出去。

所以，昆德拉本人（還）在意諾貝爾嗎？我不知道但猜想這只是他多少得忍受的騷擾，一年忍耐一次（頒獎前後總有好事的人和不平的人如我們這樣；之前，葛林總共忍受了二十幾次），但小說本身看起來完全不在意——在意的、如排隊等著領聖餐的小說絕不會長《慶祝無意義》這樣子，我們誰都知道昆德拉更加知道。它會很厚，題材看起來很大或至少以某種虛張聲勢的框架和語調來寫，像貓威嚇對手（評審、評論家、讀者以及同業）會所謂「寬邊作用」的橫身過來讓自己看起來更大；它會積極的表現出「創新」，以各種敲門但並非必要的、甚至有礙作品的技藝演出或題材選擇方式（比方不惜選擇自己其實不關心不熟知的題目），好讓作品拼圖般橫向展開看起來覆蓋面很大。書寫者也得更富格局，它甚至會不太像是一個人的作品，而是一大群人、一個國族乃至於一整個時代的集體聲音，並依此進行現實動員（評論界、文學界乃至於國家，作為一種彷彿可均霑的共同榮光），這些都是我們已一再看到的事實如此。

昆德拉的書寫是直向而去的，頭也不回，這一指向愈來愈清晰——不自這部《慶祝無意義》始（中文版字大行稀只一百三十頁，估算不到四萬字），昆德拉這麼寫已多年了，小說愈前行愈集中、專注如一束光，除了持續想下去不再攜帶（或說一路卸下）額外加掛的其他目標，小說彷彿逐漸成為書寫者身體的一部分，只講自己必須講的話，惟不只是結語，沒得出結語也一樣得講出來，包括並不怕顯露失敗但或許更重要的矛盾、困惑不解及其試探，從這裡得到一種不斷返回核心、一種近乎絕對性的精準（以及一種事物更精緻移動、晃動的朦朧）。但從另一面說，這可不是書寫者放縱的一人喃喃自語，這是一部部確確實實的作品，作品於昆德拉來說是這樣：「所謂的『作品』並非指一個作家寫出來的一切東西，連書信、筆記、日記都涵蓋進去。作品只指『在美學的目的中，一長段時間工作可獲致的成就。』我還要更深入的說：『作品』就是做總結的時刻來臨時，小說家同意拿出來的東西……每個小說家都應該從自身開始，摒棄次要的東西，時常督促自己、提醒別人什麼是『實質核心的倫理』。」

這本四萬字不到的小說於是牽動著太多，像生長在「路的末端」，根已伸得太長太深。往往，小說中的兩句對話，或一小段描述，我們仔細看，其實都不是現在才說的，要真的掌握它們得尋回昆德拉一整疊之前的作品才行，包括小說和論述（如《小說的藝術》、《簾幕》、《相遇》等），它們只是上一本書到這本書這段時間裡又獲致的成果，是上一本書結束之後的再次追問。但這樣寫好嗎？我以為這對那些仍相信小說認識、認知意義的讀者是很珍貴的，他由此更抓得住一些隱藏的、或至少難以確認的思維線索，得到了親切的引領如但丁如此感激維吉爾的帶路和解說，比較知道怎麼正確的、或說放心的（放心帶來專注）讀和想；但對於必須為他這部新小說寫篇文章的人則顯然不太好，不知道該怎麼切斷話題的綿延不絕，回溯不了恰當的起點，說昆德拉的這一本書，卻不斷變成說他一生的全部書寫和思索。

哲學家阿甘本用一整本書（《剩餘的時間》），來談《聖經．羅馬人書》這篇使徒保羅陷入他最深沉思、幾乎是往後千年哲學思維起點（奧古斯丁、康德……）的文獻，而他只討論了第一句：耶穌基督的僕人保羅奉召為使徒。看來，我們這裡一個章節大概只允許來說前五個字吧：慶祝無意義。還只能省略的、武斷的來講，武斷是語言文字的局限使然，當然不是我的原意。

第二次無意義，第二次還慶祝嗎？

慶祝無意義，這話也不是現在才說的，這個帶著狂歡意味的五個字，我們會回想到拉伯雷和他淋漓酣暢到屆臨口不擇言的《巨人傳》，但更確認的無意義宣告是喬哀斯百年前的《猶力西士》，這部百萬言小說像是一個總的、最後的證明，以及自此定讞——這全是昆德拉最熟悉最愛講的。人不會死得更死，世界不會沒意義得更沒意義，「一再重複真沒面子」，昆德拉曾含笑這麼說文學書寫的必須持續向前，所以呢？他是擔心人們沒讀或不再讀《巨人傳》和《猶力西士》（這倒是真的）？還是認為人們仍不夠相信無意義這事加補一刀？

我們只能最簡單的來說。根本上，第一次的無意義宣告，是在一個意義實在太多了、遍地是意義擋著人還不斷命令人的世界說出的（十六世紀，神無所不在的中世紀），這幾乎就是人重獲自由的宣告，這樣的自由，尤其一開始，的確是亮堂堂的，也是樂呵呵的，人取回了自己，還奪回了一整個世界，萬事萬事（又）懸而未決但很興奮的、充滿無限可能，人有太多事可馬上去做，特別是那些想了好久嚮往了好久的（比方雅典人曾做過的、以及曾起了頭的），世界可以放心拆掉再更好的建構起來，而且可以依自己的意志自己的喜好，人跟人、人跟萬物的關係也可代以某種更親切也更健康的聯繫云云；換句話說，這是「暫時」無意義，清空那些強加的意義好勻出空間勻出世界，無不是虛無，毋庸更接近是容器。而這一回的無意義宣告，卻是在一個意義已太少太稀薄、還骨牌也似一路傾頹過去的不一樣世界裡說的，人已不勞動手，因此也就不存在「清理」這回事，大致上，喬哀斯是這前後兩次宣告的折返點、的雅努斯兩面門神，又歷經百年時間的歷歷在目驗證，因此說是宣告（宣告通常是行動開始的槍響聲音，但已沒有行動了，不需要了也不存在了），不如說是一種描述乃至於一個大勢已然如此的歷史斷言（不是那種恐嚇預言，只是直言說出接下來會發生的事如我們說明天會轉涼）。這裡，依然是自由沒錯，每去除意義的命令一分人就多得到一分自由，也仍然給了輕快愉悅之感（意義總是帶重量的），但怎麼說？自由這東西似乎一整個的、每一面的逐漸顯露出來了，有點葉公好龍的意味，這百年時間裡，通過各種專業各種路徑各個視角以及人的一次次生活實際結果及其貼身感受，我們看見了自由的正面，也看到了它的背面，看到了光和輕盈，也看到了陰影和沉重（或說一種人沒料想到的、難以承受的輕盈），以及隨之而來人的重複、疲憊、厭煩和無處駐足；是的，你非自由不可了，意義不再，沒得選擇了。我們總是一再察覺到自己身在這樣的詭異處境裡面，那就是自由已太多，卻又不完整，真正需要它時不夠還加上無用。之前，昆德拉在討論卡夫卡（寫出一個全無意義可能的迷宮世界）時這麼講：「『自由』的概念：沒有任何機關單位禁止土地測量員K去做自己想做的事，可是話說回來，就算掌握全盤自由，他又真正能做什麼？一個公民儘管享有各式權利，但他能夠改變切身環境嗎？他能阻止人家在他樓下興建停車場，不准人家在他窗前裝置刺耳的擴音器嗎？他的自由不可限量，但也無計可施。」

所有人的完整自由，這是一個悖論。

昆德拉這段話，或許我們也能這麼來講——人終究（而且很快的）會碰到那些幾乎不可能、以及完全不可能拆除的東西，不僅僅是停車場和擴音器而已（或說就連停車場和擴音器都拆不了還談什麼）；我們能去除的只是人曾經賦予它、披它上面如一件華美外衣的意義（至善、進步……），回收它並表示輕蔑。卡夫卡的K所面對的，如果指的是某種具體的、人所建構的、但已彷彿自己會生長且愈來愈巨大的社會化官僚化迷宮體系，理論上我們也能一併推倒它但實際上幾乎不可能、或說我們已錯過了可能的時機了（無政府已幾乎確定是人一個遠逝的、不會再回來的大夢）；如果是人生命本身、人包含著物理性存有的一個準確隱喻，那直接就是不可能如我們無法取消衰老和死亡，根本上，人是給定的一個自由生命（這聽起來依然像個悖論，但卻極真實）。去除其意義非常簡單，只需一個決定一次宣告，伸手揭開它一樣，但這些幾乎、以及完全不可能拆除的東西，會以一種更確實也更森嚴、稜角尖利的毫無彈性樣子直逼到我們面前來，這樣，我們就知道了，意義，包括那些虛假的、想像的、疏漏的、矛盾說不通的，其實也還都是一種必要的解釋、隔離和安慰，就像人用神話宗教來處理死亡這一獰惡卻又完全無法躲閃的東西。我們看穿它，就得忍受它，這是人誠實英勇的代價及其賭注。

還有，意義消亡，而且是第二次這種已徹底看穿的消亡，還會有很多如昆德拉所說「自己想做的事」嗎？其數量如何？是增是減？——一般而言，意義和行動是緊密相聯的，意義消失，行動會往下降一階，成為只是活動，再往下降就只能稱之為運動了，像我們說分子電子的運動那樣（也就是毫無自由意志的、但不察覺的順從某個力量）。昆德拉之前也這麼質問過：「如何區分行動和慣常性的重複行為？」

時間流逝裡，一個緩緩只剩活動和運動的靜止下來的世界，一個昆德拉所說只剩「絮絮叨叨」的最馴服世界，隱隱的指向某種原始。

《慶祝無意義》書裡基本只有四個人，都有點面目模糊，大致上，也依年齡序（年齡對昆德拉非常非常重要，以為這決定了人的位置和因此所看到的世界模樣，之前他稱之為觀察站，這次他用的則是天文台，是的，不同年紀連看到的自然界星雲都不是同一張圖），凱利班最小，算是演員；夏爾玩劇場，自己編劇或僅僅止於白日夢；阿蘭算是或曾經是詩人，現實裡大概是某種文字工作者；拉蒙最老也最模糊，他似乎讀更多書而且有著某種文學的、知識的家世，銜接著某個消逝時光消逝年代，還記得最多事情和人名，但已是個退休、逛公園的人。昆德拉給了我們這樣一張年深日久、彷彿淡去了的四人合照，但我們依稀認得出來，這曾經是戲劇、詩歌、文學和知識，其順序也許還線性的、垂直性的說出它們的時間處境及其消長。有趣（或心有不甘）的是，昆德拉讓時間在阿蘭和拉蒙之間打了個彎折，書中最嚴厲最強硬的話反而多由拉蒙這最老的一個講出來如觸底反彈，昆德拉不讓拉蒙是那種我們這一時代快速繁衍到已成應然的馴服老人，相較於阿蘭的宛如提前進入老年、事事道歉、一律用道歉來替代是非對錯爭議（如今我們要老人做的就是不斷道歉，中國大陸那邊也許還沒正式開始，但相信我，快了）；或說時間不是彎折而是更加速，如今的老人已下修到阿蘭這年紀，阿蘭才是真正的老人，呼應著半世紀前那句歷史名言：「絕對絕對不要相信三十歲以上的人。」拉蒙因此被推落成只是個死人，如卡爾維諾所說「滿懷怨氣的死人」，拉蒙說的是遺言，漢娜．鄂蘭所說那種伴隨著某一消逝時代的遺言。

有這一段，是阿蘭獨坐於他的工作室，那個用博斯．高更（誰啊？）的複製畫海報隔成的一人私密空間，他當時心情其實滿好的。似乎，歷史不朽（我們曾以為如此）名畫已成為立入禁止、有效嚇退眾人和世界的東西，類似於通了電的鐵絲或某些猥褻危險骯髒的字眼符號，或僅僅只是告訴你這裡面很沉悶很無聊不好玩而已。「他一直有個模模糊糊的想法，若早生六十年，他會是個藝術家。這個想法確實是模模糊糊，因為他不知道藝術家這個詞在今天是指什麼。一位改行當了玻璃工的畫家？一位詩人？詩人還存在嗎？最近幾星期令他高興的是參加了夏爾的幻想劇，他的木偶劇，這個正因為沒意思而令他迷惑的沒意思的事……由於對詩懷有一種謙卑的尊重，他發誓再也不寫一句詩了。」

這是什麼？這也不是現在才說的，長期以來，昆德拉一直在講小說乃至於文學的極限及其最後模樣，但逐漸的，轉成為在現實（必然提前）終結的思索，他幾乎是確定了，時間就是現在，我們已站在一個沒小說、沒文學、沒藝術的時刻；也就是說，小說文學藝術並沒用盡它的全部可能，只是人們先不需要它、忘記它了。唯一和之前不同的是，昆德拉似乎把死亡時間的鑑識又提前了不是嗎？還不是現在，是六十年前，算起來大約上世紀五、六十年代之交，以法國來說，還在六八學運之前。

回想起來，人的第一次無意義宣告不真的是意義的完整思索及其破毀，這第二次才是。第一次針對的只是神，以及類似神的東西、神衍生出來的東西，人不要它強加於我們身上的種種，甚至，連反對、不要都是可疑的，拉伯雷書寫當時（十六世紀前段），極可能是人類書寫最「淫蕩」的時刻，而且往往出自於虔信者甚至神職者之手，這和他們仍過著某種聖潔的、有德的、充滿正面意義的生活並不感矛盾，實際上，這正是一直以來「民間」的生活方式，人一邊咒罵、嘲笑神父修士修女（留下來最多精彩淋漓的笑話），一邊虔敬的上教堂並聆聽、奉行教諭，此後（又三百年後）我們在果戈里小說看到的東正教世界也依然如此。也就是，這種反抗，可以只是一種節日（假日，假日的設置源遠流長），一種在意義過度充塞的日復一日生活裡的必要呼吸，而且，極重要的而且，這是被允許的，累你六天，放一天假，再回頭累你（變得比較甘願）六天，大致是這樣，我們得注意到其深處隱藏著的保守、至少沒走太遠的此一內核。

不要神（以及自然法云云）顯示的、給予的意義，人就得自己來。這裡有個關鍵性的認知轉移，意義不再先存在於自然界如某種礦石（大自然是無意義乃至於無序的，如晚年的李維-史陀講的，「無序」統治著一切，伴隨著這樣逐漸成形的懷疑），意義是人的世界才有、才需要的東西；用來建構意義的「材料」不再是自然物以及其他物種（其他物種只能提供某些純美學的寓意），就只是人自身，人特殊的存有，人獨有的死亡／生命意識，人的時間知覺，人和人的往復聯繫所搭起的網絡，人的工作創造成果云云。也因此，這第二次的無意義宣告，就不僅僅是人進一步的解放、人從自身建構的世界再脫逃出來而已，這另一面來說是人的自省，人察覺到自己的失敗，人撤回相關的行動，昆德拉所說人（歐洲人）賭在自己身上一個為期幾百年特殊之夢的宣告終結，看似歡快如昔卻頗清楚也夾雜了對人自身深深的失望及其沮喪不已，我們甚至有充分感覺可如此懷疑，這一次的歡快還是真的嗎？不會只是虛張聲勢的用以自嘲嗎？

人成為立法者，意義的重新獲取並不難（更多時候只是拿掉神，同樣的話還原為由人自己說出來而已），難的是人如何再相信它。最簡單來說，神的退出，留下了一個難以彌補的關鍵空白，意義始終找不到一個足夠堅實的起點（或說人把無法建立的、從無到有的意義起點賴給神這一詭計被自己拆穿了），一個必要的第一因，也可以說是意義外部的、可以撐起撐住意義不墜的阿基米德支點。人對意義的堅持和辯護於是很難脫離某種原地打轉的循環論證，更難稍長時間抵擋住相對主義的攻擊，還抵擋不住人種種不誠實、別具用心的攻擊。當意義缺乏足夠的應然成分，失去了普遍有效的命令力量（對自己、對他者），它仍是意義嗎？它人言人殊，很難不縮回成為個體之人某個難以言喻的也難以及遠的特殊體認，某些晶瑩的、閃著微光但很快復歸消失的東西（在喬哀斯的《猶力西士》裡我們已看到過一堆），連記住它都很困難。時間不夠，沒有指稱，從而也負載不起任何希望，只是偶然飄下來的一根美麗羽毛，並不是降臨一個天使。人要相信它不想再漂流，像帕斯卡講的，於是人一生總要「賭一下自己的迷信」；或馬克斯・韋伯，不管是神是魔，你總得認一個，並專心侍奉祂，事情往往就會到這樣。只是，這繞一圈不是又回去神那裡了嗎？

又回頭找神？這真沒面子。

人是立法者，哲學家們如康德這麼宣稱，這其實是相當深刻的話語，不應該因為日後太多人只說它不想它而變得簡單淺薄（不就善盡公民職責的投票選立法委員、國會議員嗎？），但這裡我們仍最笨的來問，這是指一個人、一些人、還是全部人？——從個體的人到集體的人有一道（或該說不只一道）可懼的鴻溝，人在純淨的邏輯思索裡這很容易飛過去略過去，概念是沒實體沒阻力的，然而一旦一樣一樣化為（還原為）每天的具體工作，人便發現自己和它的大小比例關係、力氣比例關係完全變了，人每一次都發現自己被擋下來，從個人到集體，也許人還是不難泅泳過去，但前提是你攜帶不了什麼，太多東西你只能留在此岸，而且每前行一步就得再減重再丟棄，最終，當你剝落到和所有人一樣、只原子般順利進入到群體之中，這樣還有「意義」嗎？除了安全、舒適、人不再孑然孤獨這一層其實很誘人的意義之外？

我大學畢業捐給國家那兩年當的是陸軍，當時誰都豔羨有人抽到空軍，但陸軍內部流傳一種催眠性的說法，是顛撲不破的道理，只是一直被用來自我安慰——空軍可以飛越打擊，但真正要占領某一地，仍需要陸軍確確實實的抵達，陸軍推進到哪裡，哪裡才算數云云。話是沒錯，但要不要一併也說，所以累死、戰死的絕大比例是陸軍，人類歷史、人類文學所記錄描述的最慘烈戰爭景況，不成比例的說的是陸軍不是嗎？

最終，我們來談這個，這其實是我自己做為讀者和昆德拉之間的多年「公案」——性是答案嗎？昆德拉一直認為可能是，至少寄予希望，我則不以為然。

《慶祝無意義》開始於阿蘭對巴黎滿街少女露著的肚臍凝視並陷入沉思，結論延遲到一百二十頁之後才完整說出，大致是，女性身體的性感部分一直是大腿、胸和臀，最近這十幾年得再加上肚臍，但不一樣的是，「大腿、乳房、臀部在每個女人身上都有不同的形狀。這三塊黃金地段不但令人興奮，也同時表示一個女人的個別性。你愛的那個人的臀部你不可能弄錯。你愛的那個臀部，你在幾百個臀部中間一眼就能認出，但你不可能根據肚臍去識別你愛的那個女人，所有的肚臍都是相似的。」

物理上是不是真這樣再說。這裡，阿蘭要講的是，肚臍沒個別性，它不回頭聯繫、不說出有這肚臍的女人其他事情，它只講一事，那就是以臍相聯的胎兒，也就是回返並限縮為原始的、純生物性的生殖繁衍。阿蘭於是如此結論：「愛情以前是個人的節日，是不可模仿的節日，其光榮在於唯一性，不接受任何重複性。但是肚臍對重複性不但不抵抗，而且還號召去重複！在這個千禧年裡，我們將在肚臍的標誌下生活。在這個標誌下，我們大家一個個都是性的士兵，用同樣的目光盯著的不是所處的女人，而是肚皮中央的同一個小圓孔，它代表了一切情色欲念的唯一意義、唯一目標、唯一未來。」

終於。

這裡，我覺得還是多少得提一下，不是找昆德拉的碴，更沒反對他，事實上，我們這是加強他的論證——我們當然不必誇張的如此說，人的肚臍就跟雪花一樣沒兩片是完全相同，但昆德拉真的相信可從大腿胸臀辨識出你所愛的那個獨一無二的女人（男人）嗎？就在我們談話的此時此刻，通過化妝、塑身以及種種不可思議的努力，最終極當然是直接動刀整型，如今人的大腿胸臀的光榮已是同一性而非唯一性了，正大聲的號召重複包括鋪天蓋地的廣告。事實上不只大腿胸臀（阿嘉莎便不認為這有足夠差異可言，這只是Body，肉體抑或屍體，都一樣，見她《豔陽下的謀殺案》），還包括原來最明顯、除了同卵孿生子我們不相信會誤認的人的容貌五官。容貌極快速而且堂皇的趨同，從街頭、到臉書自拍、到比方大韓民國小姐的選美大會（我相信很多人看到過那一驚人一幕，見了鬼一樣），它一樣不再回頭聯繫、不說出有這容貌的女人（男人）其他事情了，它只講出一事，那就是比方韓國首爾哪個技藝高超、得排隊的整型名醫。

一直以來，性愛在昆德拉的小說裡非常醒目，而且總是置放在某種關鍵時刻關鍵位置，超越了尋常的放浪和撫慰，堪堪接近於某種「答案」，僅有的答案、唯一還確確實實存在的物理性溫情（儘管也感覺溫度不足，悵然若失）、人還存在的最後感知，就像他不只一次說的，人「只剩下身體」。

這和之前休謨的重新尋求、重新全面檢查辨識人的感官畢竟很不一樣了——同樣找尋某個後上帝的、可替代上帝的堅實站立地點，休謨開展也似的觀看人的全部感官，昆德拉則是什麼也不信任的賭在性愛上。性不像人四面八方打開的感官時接收的、往復的、並持續追蹤著外在世界的變化可積累，人因此有更多事可做有更多東西可想，這是一種（一束）太單純的生物性激情，太強大的本能驅力，它幾乎是封閉的，也是吞噬的，只單向的噴出，而且幾乎不和其他東西真的化合；它亙古自今沒變，早已是完成品，聖賢才智愚庸皆然，只能一直重複，直到力竭或者厭煩（端看哪個先到）。因此，性甚至並不真的需要這個世界，它就是用來夷平世界替代世界的，或者說，它穿行過日後人的世界一如它百萬年行於原初的自然世界如同行過曠野；也因此，性是取消意義用的，是一種慶祝無意義的最簡單、最可隨時隨地實踐的狂歡，或者說，性的「意義」幾近唯一，尤其用之於思索人的世界時，它通常意味著決裂，是對人類世界這趟建構的廢棄，折返原始，或說是某種挑釁、某種揭穿，某種激烈的糾正，某種不再商量不留希望的到此為止宣告，而不是用以持續對話並尋求「解答」。

還有，性的激情其時間極短，也不能長，遂留下長日漫漫的空白時間，驅不走某種荒涼之感——如果性是答案，人的生命形成和構成就得全面配合才行，回到那種只有「永恆當下」的生物時間感，就像我們偶爾（比方看動物科學紀錄片時）好奇而且不寒而慄的，這些獅子花豹牛羚河馬究竟怎麼忍受每一天如滴水如刀割的時間流逝？

就是原始，性是太快速而且幾乎攔不住的東西，只這麼一個去處，偏偏這是人再不可能回去的地方——可能嗎？願意嗎？

但以我對昆德拉腦子和思維習慣的信任，我無法相信他如此賭性愛是直通通的、興奮的。事實上，我一直讀到他的欲言又止話語，其間最清楚的是《緩慢》這部小說的結尾，這裡，昆德拉不留餘地不抱希望的把世界截開兩端，一邊是全世界，是「一大群看不見的群眾」（「公眾的不可見性！而全世界又是什麼？這是一種沒有臉孔的無限！是一種抽象的東西。」）；另一邊，是「沒有聽眾」，昆德拉這麼說：「沒有明天。／沒有聽眾。／求求你，朋友，請你快樂一點，我隱約的感覺到，我們唯一的希望就寄託在你快樂的能力之中。」

意義，說真的，真正發生的地點是公共場域，是在人和人的關係大網絡裡，它偶爾也會退回到純個人如私有物私密物，像我們總會這麼說。「××事對我個人有特殊的意義」云云，但這比較是帶著某種難言複雜心緒的防衛，不想開啟一場令人疲憊又狀似無望說服的語言爭端，我願意稍退兩步但不打算棄守；這也是某種保留，通常是我們意識到外頭世界的狀況有點不妙，某種敵意或者冷漠總之不是一個好的生長季節，我們（暫時）訴諸一己像是把它化為種籽的形態收存著、等待著（等待較對的世界、較對的人），讓我們做著的事得以繼續，不要求立即可兌現、有成果，大致如此。

人的如此書寫因何發生，我指的是它的幅度強度稠密度已遠遠超出純個人所需，比方早期人們在陶器上做個記號（不必讓別人看懂）、或現在人們仍會做的記帳寫日記云云，只做為人生活記憶的輔助性註記乃至於偶爾心思流動如起風的抒發，人不必這樣投注下去大半個人生，人也無需、無從提前作準備（讀書、搜尋資料材料、殫精竭慮的想、一一磨利各式書寫技藝甚至發明⋯⋯）。書寫遠遠超出個人的部分是向著外頭世界的、意識著別人的，公共的乃至於有著公益成分的。我們察看書寫的長段歷史的確如此，書寫一直用為（試圖）改變世界、啟蒙人心、傳送知識和見識、提供建言、指出某個迫切的或關鍵性的焦點形成必要的認識對話討論云云，但在這裡，書寫過大而鬆垮的可能目標尋求和書寫者總是有限度的能力自省之間，遂常有著某種尷尬、羞慚，尤其對那些較容易臉紅、知道書寫種種限制、多拿人家一點名利酬報形同竊占的書寫者（當然也就是品質較好的書寫者），他們甯可把書寫這一工作說成只是個人的生命、生活選擇不及其他，我寫，是因為我想、我快樂（一種較複雜意思和其限定的「快樂」），或如波赫士說的，幸福。

好的書寫者如此宣稱，我以為，這與其說是書寫意義的坦白揭示，其實更多的是書寫者人格、心性、以及認知程度和其謙遜（對世界、對書寫這門行當）的曝現。

我個人，比較喜歡這麼說的書寫者。

但如果到了這麼一天，世界不再聽你講話了、聽不懂你講的話了（昆德拉早已引述過大畫家法蘭西斯·培根的此一感慨之言；依《禮記》，老去的孔子也這麼對子貢說），或者更糟一點，書寫者開始想這一切不值得了，這樣一種世界、這樣的人不再值得你這麼做。書寫截斷了通往世界的這條路，書寫的意義喪失殆盡，你還要不要寫、還能不能寫呢？如此，書寫下去的理由便限縮到真的只剩這一個了，已無關世界無關他者——只因為書寫讓我快樂，書寫正是我生命的一個幸福形式。

「沒有明天。／沒有聽眾。／求求你，朋友，請你快樂一點，我隱約的察覺到，我們唯一的希望就寄託在你快樂的能力之中。」——原來如此。

順此，我們一樣一樣在這部《慶祝無意義》中找到，思維持續，只加進了時間加進了年紀，有揚長而去的味道——

像是，那根羽毛和那位天使（夏爾的史達林荒謬劇本來想以一位天使的降臨收場）——這是救贖的依然賜下抑或只是人的叛逃和墮落？而且，都破滅了嗎？所有宴會狂歡人們停下來仰頭看著的，究竟是信物？是殘骸？還是從頭到尾就只是一根鳥羽而已？

像是，那個康德所居、被改造世界的紅色政權易名加里寧格勒的城市——紀念加里寧這個毫無意義的人。卻也因此，這個命名得以不隨紅色革命的退潮而復歸消滅（如列寧格勒又改回來叫聖彼得堡）。是否，沒有意義，所以才能沒失敗、不瓦解破毀？所以長存？

像是，阿蘭那位生了他就逃走的母親，阿蘭為她的空白想像各種故事和對話，並由她回溯到第一個母親，那個唯一沒有肚臍卻「創造」了所有有肚臍者的女人，無肚臍者是第一因，是神。

以及，這番對眼前世界感覺太凶也太絕望的話，這當然交給滿懷怨氣的死人拉蒙來說：「我們很久以來就明白世界是不可能推翻的，不可能改造的，也是不可能阻擋其不幸進展的，只有一種抵擋：不必認真對待。但是我看到我們的玩笑已失去其能力。你強迫自己說巴基斯坦語尋開心，也是白費，你感到的只是疲勞和厭煩而已。」

至於最暴烈的罵人的話，則通過史達林、夏爾滑稽劇裡的狂人史達林來說，也許是為了遮掩悲傷，寧可像是瘋狂也不願被看成柔弱：「同志們，我用自己的眼睛整天看到的又是什麼呢？我看到的是你們，你們！你們還記得那個盥洗室、你們關在裡面大吼大叫不同意我的二十四隻鷓鴣的故事！我在走廊聽你們吼叫感到很有趣，但同時又心想：我浪費了自己全部精力就為了這些傻瓜嗎？我是為了他們活著嗎？為了這些可憐蟲？為了這些極端平庸的白痴？為了這些小便池邊的蘇格拉底嗎？一想到你們我的意志就鬆懈了、衰退了，一蹶不振了。還有夢想，我們美好的夢想，再也得不到我的意志的支撐，就像一幢大房子斷了頂梁柱一樣塌毀了。」

以及，清清楚楚的標題：「他們個個都在尋求好心情」——再不是以往那種積極的、可聯結意義和行動、哲學家（不只邊沁）用以加總計算好解釋人類行為及其可能的那種「快樂」，就只是不必有頭有尾的快樂、無來由也沒關係的快樂，一種大而化之的好心情就行。

這樣說話的一部小說，以及八十幾歲的書寫年紀——我們一定會想，昆德拉還會再寫下一本小說嗎？

《慶祝無意義》，我自己閱讀感覺是，這部小說的狂歡沒那麼像他喜歡的拉伯雷《巨人傳》，更不像他也極喜歡的昔日故國之書《好兵帥克歷險記》，而是像《十日談》——《巨人傳》更狂放、歡快，想像力跑得極遠；《十日談》則比較靠近、幾乎是緊貼著死亡。

我希望還會有下一本，但誰知道呢？

3. 將愈來愈純粹

有關文學，我現在換了一個想法——它將愈來愈純粹，純粹到逐漸裝不下人的其他企圖，最終核心也似的只留下文學自己的目標。

如果真這樣，其實相當不錯。

現在，任誰都能一眼看出文學處境的冷清，而且這還不是靜止畫面，是一道曲線——一方面，書寫本身就愈來愈難，低垂的果子老早被前人摘光，書寫只能一直往更高更深更稀處去，這是必然的；另一方面，曾經無所不在而且看似無所不能的文學書寫早已不是事實，太多東西已從、正從文學分離出去，尤其是那些比較華美熱鬧吸引人的東西。今天，專業的問題不必文學回答，遠方的新鮮事物不靠文學描繪遞送，革命不需文學吹號，好聽怡人的故事再不由文學來講，甚至，人們已普遍不自文學裡尋求生命建言，不再寄寓情感心志於文學作品之中，文學早已不是人的生活基本事實。

近年，我不斷從好萊塢、從比方日本的影視動漫乃至於流行事物裡看見一些很厲害的東西、一些閃閃發光眾裡藏它不住的東西，我以為我知道這從何而來，某個圖像如此清晰無誤——這是文學失去的，在曾經有過的某個文學時代，這都是一個一個可以成為一流書寫者的人。

文學經濟報償的不斷跌落，乃至於像在台灣已不足以成為職業的此一現狀，一般會說這是文學如此清冷的原因和其徵象，文學無力和其他行業搶人；我的看法稍有不同，我以為聲名的快速熄滅或說移轉（比方《安娜．卡列尼娜》已遠不如《哈利波特》重要，更遠遠不及某個踢足球的人、唱歌跳舞的人、在臉書自拍的人重要）才是致命的，是文學光與黯切換的關鍵那一點。有足夠多的歷史經驗顯示，文學書寫其實沒那麼怕窮（我們或會想起來福克納講的，書寫真正必要的不過是「紙和筆，香菸，和一點點波本威士忌」），它較耐不了的是寂寞，讓它擲向世界宛如擲入大海只去不回，不被聽見，沒有回聲，不感覺被需要（也記得葛林說的嗎？被需要的感覺是一種鎮靜劑而不是興奮劑），感覺這全部一切從世界到自己如此荒謬，乃至於建立不起持續書寫的某個「說話對象」（亞歷山大．赫爾岑說：「完全無回應的勞動讓人疲憊、厭煩」），這才是文學普遍較軟弱乃至於虛榮的一面。

會清冷到大家只離開、不見有人再來嗎？有可能，但這我選擇相信維吉尼亞．吳爾夫，有巴斯卡所說「人總要賭一下自己的迷信」那種意味的相信——吳爾夫以為，人會想，會感動，會對美的新奇的事物心悸並難忘，會在比方黃昏時刻身心微妙的起變化，會抬頭看滿天星斗，會想像還會入夢等等。這都是人自自然然的，無可遏止也不會消失，就是人自身的一部分；吳爾夫講，人不是只生活和記帳而已。

轉個角度說，如果這不真的是人的一部分，只是某種身外的矯飾東西，那文學書寫的消失又有什麼關係呢？

志業和職業終究是兩個東西，志業「幸運的」也成為職業當然有它的好處，這讓志業的進行安定、持久、較舒適較容易專心，讓它像構築成那種循環性自生自養的生態平衡小世界一般不必依賴。這裡，就不多說成為職業也帶來我們熟知的種種盲點、拘限和異化風險（是啊，文學書寫就是這麼奇怪、彆扭、不安分的東西），我們要說的是，安定、持久、專注仍有諸多其他的獲取和保有方式，並非只有成為職業一途；安定、持久和專注也從不是文學書寫的全部要求全部可能，文學書寫也屢屢尋求完全背反於此的東西；甚至說，文學書寫還不知饜足的要求比職業性的安定、持久和專注更加安定、持久和專注的可能，以及比職業圈起的自由空間更大幅度的自由、危險和獨立。

仔細看，志業和職業侍奉的終究是兩個不一樣的神，諸神衝突。也因此，不必回想人類歷史更長期只有志業不成職業的往昔文學歲月，即使在「職業／志業」最重疊的當代，所有認真的書寫者仍清清楚楚的、時時處處的感覺出這兩者的難以和解，也一再訴諸抉擇，所以，有人鬆手讓自己順流靠向職業，有人則頑抗的回到更純粹的文學來。

這半世紀時間，黑人，尤其是領頭的美國黑人（政治正確的語彙是「非裔美人」），其先天體能和運動能力一再驚動世界，諸多研究領域各自提出他們的專業解釋（如肌肉成分、如骨骼構造云云），其中一種說法是演化的，聽聽無妨——他們注意到黑人長期處於最嚴酷的、等同於生物性天擇的生存處境，尤其黑奴時代，像是從非洲運送到北美大陸這樣一趟航程，那是人間煉獄，從食物到疫病，把人暴露在所有可能的死亡鋒芒之前。冷血的來說，這已不只是天擇，還再加上為時幾百年的優生學反覆淘汰，只有最強壯、生物條件最頂尖者才活下來。

類似於這樣，當然不罪惡不恐怖，我把文學書寫的現況想成一趟變形的優生學作業——儘管留下來的不會是最富天賦的人，但可以留下來心志最純粹、最「不東張西望」（托斯妥也夫斯基言）的人。

天賦和心志的純粹專一哪個較重要？我自己不確定，但長期看，我賭後者；至於人數少一點，這應該不是個困擾。

4. 重寫的小說

我的老朋友鍾曉陽寫成了一部奇特的小說叫《哀傷紀》，即便在各種千奇百怪的文學書寫裡，這部小說仍是很特別的——事情源於有出版社重新出版她一九八六年的《哀歌》一書，所以《哀傷紀》原來只是一篇事隔近三十年的再版序文，但最後終成了一部比《哀歌》還長的小說。

小說為小說作序，用這部小說來說明另一部小說——時間差是二十八年，時間可真是個奇妙的東西，接近無所不能。

我承認，我乍聽此事時心裡一緊，我當然不是不放心現在的曉陽（相反的，我非常期待她如何回望這一場、這一特別的愛情），我只是單純的怕她「改寫」，從而讓《哀歌》降為只是某種原稿被書寫者本人拋棄，我非常非常喜歡《哀歌》，這三十年如一日，我以為損失不起。

這是真的可能發生的，愈負責任的書寫者機率愈大，或說是那種負責的、保有記憶的書寫者才會犯的「錯誤」——這裡，書寫者和讀者是不一致的，他們眼睛裡的刻度不同。書寫者忍不住會鑽牛角尖，明明也知道這是牛角尖。作品是他寫的，即便書寫是滿意的、甚至書寫當時有宛如神助之感，但書寫者對自己作品仍難有那種讀者才有的驚若天人、字字句句都像天外飛來的暈眩感幸福感（「他到底是怎麼想到的？」），相反的，書寫者會記掛作品中的某處失敗失誤、某個黑點，揮之不去如夢魘，嚴重起來像自己曾做出某種傷天害理的敗德之事一心想補救（或遺忘，連同一整本作品，彷彿這是有裂痕有瑕疵的NG品），而所謂黑點，可能只是一句沒說好沒說準的話，可能只是一個數字或年分記錯了，甚至就只是筆誤乃至於不干他事的打字校對失誤，也可能是事隔幾年書寫者於此有更周全的相關知識和理解遂察覺到原作品的某一空白和其魯莽，等等等等。這些，其實是「破壞」不了作品的，對讀者而言（除非是那種檢查、一心只想誤解的讀者，那種讀者界的奧客），都只是攔路羊而不是攔路虎，他一腳就跨過去了什麼也不會發生；不管閱讀時察不察覺，讀者的目光和心思集中於整體，尤其是那些熠熠發光的地方，他愈掌握好作品本身並抓住那一道思維細線（得之不易，你不會想鬆手分神的），便愈有能力自行校正補滿，字錯了數字參差了自己把它改過來不就好了？我做為讀者的經驗是（尤其天天讀翻譯作品），我若無聊到在意這些，那什麼書都不必讀了，尤其那些最英勇、最驚心動魄前行的作品（可想而知開拓最容易犯錯）；我此時此刻是享受的讀者，不是出版社領錢的校對員。

所以，在真正的書寫／閱讀世界裡，讀者喜愛一本書的程度總是超過書寫者本人的，這是通則——除非是那種極度自戀的書寫者，而如此自戀的作者又是不容易寫好作品的，他自我喧囂，聽不見昆德拉所說各種細微的事物聲音。

還好還好，曉陽做了這件我始料未及（或沒敢奢望）的好事情——她沒在《哀歌》上拆解修改，她整個退回去，回去最原初的記憶始點，重走，重看，重寫；出版社也極正確把這兩部作品並舉，合為《哀傷紀》一書，買一送一。這很熟悉不是嗎？這像是波赫士那個動人想法的一次徹底實踐，讓年輕的和老去的自己相遇並交談，三十年前和三十年後的自己相遇在這趟感情的路途裡，看同一個東西。

回來說《哀歌》，我居然有一點點激動。

我猜，除了曉陽自己，我可能是第一個讀《哀歌》的人。那一年，曉陽人在美國讀書，我已結了婚，兒子謝海盟年初出生，並接下「三三書坊」的編輯工作。我讀的《哀歌》還是手稿，也記得曉陽的字躺在微微透光稿紙上的模樣，一切安安靜靜，但小說卻是驚心動魄的，小說望海書寫，文字如綿延不停歇的海浪一波又一波，可又天地高遠潔淨。在那個情感占生命中最沉重分量的年輕時候，我當時想，如何能把一種感情寫成這樣？我當時最接近的閱讀經驗是讀《楚辭》裡的屈原。稍後，我負責編輯成書，並設計封面。

《哀歌》是幾近完美的作品，今天事隔三十年我以必然更嚴苛更多疑的眼睛重讀它，也仍完美無從修改。《哀歌》「正正好」，是一個二十四歲書寫者能寫、而且把她全部所有恰恰好用到極限的神樣作品。

《哀歌》是小說，但我們看到的卻是「賦」，屈原宋玉那時那樣情感那樣書寫2.0版——《哀歌》的文字完全是詩的，包括最簡明的白話乃至於小說中也出現的人物對話，都在這樣的情感裡統一起來，融化開來，都自自然然的回頭成為詩，無一物一字浪費。

我們讀到的《哀歌》正是這樣，它是一次竭盡所能的詢問，問情是何物，連續不絕如海浪的文字進行其實就只是書寫者（詢問者）的專注乃至於執迷向前，眼前的世界一分一寸打開，舉凡能得到的知識、傳聞、神話乃至於隻字片語，有根據沒根據的，都不再是事不關己的異物，而是被賦予希望的可能線索可能解答可能啟示，皆得深深記住它。這樣的旅程，如屈原，最終一定會上達神前，我們想望中最後一處有全部答案的地方。《哀歌》的開頭（其實是已達旅程盡頭的回望）和結束之處，說的正是這樣神也似的、終於一切可明明白白講出來的允諾話語，包括可以和不可以的，是情感的神諭。

原來是我們忘了，或正確說是不清了，人的情感可以好到這樣，你非得相信才能到這樣。

這回再寫的《哀傷紀》，則是朱天心先我一步看了，我問她如何（她的直觀一直是我信任的，經常幫我開路），朱天心講，曉陽那黃金也似的東西依然還在，真不容易，整整二十八年以後。

《哀傷紀》改一條路，走的是你我都在、擠滿了人的人生現實之路，也是這之後二十八年在《哀歌》原小說中可終止不管，但人活著就還繼續進行的路，我自己試這麼想，曉陽答應重新出版《哀歌》，也許還有點難以說清的不好意思，察覺這仍留有個疑問，像是——這樣純淨的少年情感，不保護不緊緊攥住，放由它穿越過每一天的人生現實，穿越過據說什麼都流逝的時間，它會是什麼模樣？還在嗎？還成立嗎？

二十八年後，《哀傷紀》等於是把完好的《哀歌》重新拋擲到人生現實裡，像是進行或揭示一個更嚴酷的試煉。《哀傷紀》，從原來只是一篇說明《哀歌》的短序，到最終成為一部五萬字以上的徹底小說，於是是一趟負責任的書寫，為自己愛過的、信過的、做過的（但隱約不放心的）負責，不管人們是否還記得還在意；這於是也是一本很勇敢的書，我指的不是曉陽寫它而已，更重要的是它的內容和結果，不論如何，記憶的甯靜總是會被打破，記憶重新裝填內容，總有某些不容易收攏好、雜音雜語雜物般會四面飛出的東西。

《哀傷紀》，這很容易看錯，順從一種流俗成見，以為是曉陽人到中年，正從時間大河上岸，回頭對自己半生情感的悠悠翻閱和傷逝，由此得到某種制式的人生澈悟及一堆「智慧」話語，曉陽謙和不辯爭的、柔美的文字印象更容易加深誤解（但你沒注意到《哀傷紀》的文字有著她不尋常的速度和急切感，以及某種稜角裂紋嗎？）。我得說，我讀到的以及我認識的鍾曉陽從不是如此，小說中的金潔兒也不是如此，她們都是認真到難以跟世界和解的人，她們的困難不真的來自生命際遇（這她們能忍能捨，往往比尋常人能忍能捨），毋甯是某種懷璧其罪，身體裡多了某個和世界並不很相容的東西，也從不打算放棄好讓自己舒適怡然，即便年紀漸漸大了，用的保衛它的體力和精神必然緩緩流失。我甯可說，《哀傷紀》（最終）是一本言老之書，從歌到紀，時間的痕跡累累，但並沒要改變自己，或者說再穿越過這二十八年人生現實，情感所面對的，也從《哀歌》那樣詩化的人還原為《哀傷紀》裡實體的、會一一磨損的人（星光、占、蔣明經……），仍「欣慰的」證實它依然堪稱完好，它還成立，仍可以而且值得性命相待。小說中，金潔兒直直的講，「二十年沒多長，不夠我們脫胎換骨，只夠我們世故些、困頓些、幻滅些。」這是不容易錯過但非常非常容易讀錯的一句話，重要的是前半句的來不及脫胎換骨，加了後半句，只是很禮貌拒絕我們的勸告，她執意如此。而更清楚不過的是，曉陽說了勞倫斯．賀普這位奇異的女詩人，《哀傷紀》以她開頭並以她結束，抄錄她的生平和她那首詩《柚樹林》作為全書收尾，並定義哀傷。這也是個不尋常的小說書寫方式，故事不在結束時散開歸位，而是凝向一點，如同宣告，一個決志而行，曉陽告訴我們，賀普的丈夫是大她整整二十二歲的軍人，從年紀到生命氣質，這是人們不容易相信、放心的情感，人們以為這不成立，但卻完完全全是真的（以至於幾乎所有人都偷偷在猜賀普那些熱情的詩究竟寫給誰）；賀普只活三十九歲，那一年八月她丈夫病逝，十月她喝氯化汞追隨他而去。

從《哀歌》到《哀傷紀》，曉陽（或金潔兒）沒退回半步，事實上，她應該還默默做了個新的決定。為什麼哀傷？哪來的哀傷？我們會說時間的本質本來就是哀傷的，光陰在我們珍視的東西流逝時流走。前天晚上我讀巴爾扎克，看到這麼幾句，大意是——我們最自然的情感以及我們最炙熱的希望，總是遭到社會法則意想不到的反對，哀傷來自於我們想起來自己曾犯下那些最可原諒的錯誤，那些我們甚至仍不以為是錯誤的錯誤。

這裡來說一下世故。一般我們都說張愛玲世故，打從年輕就世故得不得了。但是，如果世故意指人懂得洞察人心、懂得怎麼應付世界、避開傷害並獲取可能最大利益，張愛玲一生，尤其是晚年，卻並非如此。我們甚至很驚愕她怎麼不懂利用她的聲名和地位，那些遠不及她而且又沒有她聰明的人不都很會嗎？

我想，世故的確是我們對世界、對生命真相的不斷察覺和認識，褪去僥倖（所以也去掉了不少希望），可以用來有效的保護自己，但保護自己的什麼？一般當然是身家性命財產以及各式利得。但張愛玲要保護的東西不一樣，小說家阿城曾動容的說，張愛玲一生，竭盡所能就是要保護她自己的生活方式，她認知的生命方式，我以為阿城說得對。

也可以用來保衛我們認定的某個更有價值東西，某個內心純金之弦一樣的更不容易東西——只是，這當然更困難，也往往狼狽，因為你相當程度得棄守掉人生現實利害那一面，以至於倒過頭來像是個笨拙的人。

曉陽沒世故之名，除了她二十歲前驚動文學界的交出《停車暫借問》三書，寫到了不少她年齡理應不該、不容易察知的東西。世故有一種約定俗成的、想像的不好面貌，好像得有點冷血、得惡狠狠得起來，還非得顯得蒼老才行，這我們在張愛玲那裡看得到，曉陽沒有。但我稍微知道這多年來曉陽的生活種種，她不是孑然一身靜坐一個人的房間，她有逐漸老去的父母，有多年不幸病痛纏身的鍾愛妹妹，這些我不願多說（光透露這幾句我已經覺得很對不起曉陽了），我要說的只是，她不閃不躲，也從不自憐自傷的做了太多事，包括奔走跑動，有很多是較適合男性的體力活，但曉陽沒兄弟，她得撐起來、撐住。《哀傷紀》書成之後，我聽一個封閉於大學校園的文學系教授講曉陽不夠世故，當場差點大笑出來，曉陽也許「不願」世故，可是讓個這樣連最簡單真話假話都分不清、誰諂媚就聽誰的人來說你不解事、不懂人心，還是真的很好笑。

我最後一次見曉陽是她帶父母到台灣玩，那個晚上，我們大家笑說，曉陽還真有著一家之主的味道，儘管她依然話很少動作很少，而且白襯衫黑長褲（鍾曉陽的制服？），除了有了點白頭髮，她看起來還是十七歲那年出現在桃園中正機場入境大門的那個鍾曉陽。

是的，加進了歲月，加入了現實一切，這個感情還成立、可以成立。然而「可以成立」，意思是有條件的，得投入很多東西，必得排開很多東西，才堪堪成立。因此，在欣慰的某個深處，你知道這也是脆弱的、哀傷的——你得捨棄很多，純屬一己的捨棄也許還沒那麼難，至少不需負咎，可這也必然事關他人，那些你在意的人，那些你也鍾愛的人，那些你感覺自己負有責任的人你取回了一些他們該有的，你知道自己再很難為他們多做什麼了，你甚至想這是拋棄了他們強迫了他們背離了他們。

也許，最後、最難說出來的哀傷是在這裡。

我想再抄一次《神曲》裡的這個故事來說《哀歌》和《哀傷紀》，這是我確確實實的閱讀感受，我尤其喜歡維吉爾（說這故事給但丁聽的詩人）這一句：「但是，在這個最弱的支點上，卻擔負了最大部分的重量」——在那大海之中，有一個荒廢的國，名字叫作克乃德，那裡曾經住著世界尊敬的國王。那裡有一座山，伊達是它的名字，從前山上是青枝綠葉，現在卻老枯了。……在山中立著一個巨大的老人，他背向達米打，面向羅馬，好像是他的鏡子一般。他的頭是純金做的，手臂和胸膛是銀做的，肚子是銅做的，其餘都是好鐵做的，只有一隻右腳是泥土做的；但是，在這個最弱的支點上，卻擔負了最大部分的重量。這巨像各部分，除開那金做的，都已經有了裂縫，從這裂縫流出淚水，透入池中，經過山岩的孔隙，匯歸地府，直降到無可再降之處，在那兒便成為科西多這一冰湖，成為忘川——

5. 請稍稍早一點開始寫，趁這些東西還在

這樣，我們便又轉出了這個問題了：某個書寫題材，該什麼時候動筆寫較恰當？

這個有點模糊的問題如果由我回答，我會有點模糊的這麼說，稍稍提前一點開始，在你感覺自己已完全準備好的稍前一刻就出手。

這樣子寫，會感覺有點冒險、有陌生可能迷途的地方，人因此有點緊張，甚至害怕，還揮之不去有某種「試水溫」、知道也允許這趟書寫會有失敗不成的可能——帶著這樣不確定的、瞻前顧後的心思寫，我也以為是好的；我也一再發現，有點奇妙的，這比完全準備好，所謂胸中已有成竹的寫，往往會寫出更多東西，包括幅度和深度。可能是正因為沒完全準備好，書寫遂有著拚搏之感，人整個動員起來投身進去，使用的是全部，而不僅僅只是動手記錄心裡已想好東西這條窄窄單行道而已。

一直以來，我知道我總是勸人慢，慢一點開始，也寫慢一點，書寫是一整個人生的事——終究，一個書寫者一生能好好掌握的有意思題目很有限；而且，書寫這東西有它「很可怕」的一面，這諸多

書寫者都深深知道並且講過（納布可夫、賈西亞．馬奎斯、朱天心……），寫成一個作品往往就是告別作品，書寫者本人會感覺自己這一塊記憶，這些人這些事這些物，你珍視不已或困擾不已的、時時記掛卻又生根也似趕它們不走、甚至讓你失眠還讓你反覆作夢的，隨著作品完成封面闔上，彷彿一整個遠掉了、透明掉了，很像夢的遺忘方式。納布可夫還說，這個記憶會被作品「吃掉」、替換掉，作品因應著書寫的要求修改、微調、移動、混合、演繹了記憶，如同新的記憶刻痕覆蓋住原有的記憶，以至於最終就連書寫者本人都不確定了，哪些是真正發生的？哪些只是書寫？

書寫者便是這樣不斷交出自己，所以按理說人隨著年紀應該更豐厚更稠密、知道更多，但書寫者（也許只限於夠好夠認真的書寫者）的主觀感受不是這樣，更多時候，他會不斷感覺自己空掉了，什麼也沒剩下，什麼多的也不會（這和謙遜、和所謂的「智慧」無關），人像一張薄薄人皮，飄蕩在世間。

卡爾維諾講得再對不過了，快自身很有魅力，也許深深源自於人的身體人的基本感官遂如此真實、普遍。速度是歡快，是自由，是聰明，是一道光，是吹人身上的長風，還往往是一連串讓人驚呼出聲、來不及看清的風景和演出，我自己想，速度最迷人的可能是讓一切顯得如此簡單，我們原來屢試不成、百思不得其解的困頓不前，原來就是這麼一句話、這麼一個動作，我們看著不可思議卻又好像自己也跟著會了，像喬丹的過人飛起，像費德勒的冷不防變線致勝球，像舒馬赫的過彎超車。

但文學書寫不只這樣，文學遠比這個大，也更複雜更鄭重認真，快絕大多數時候並不是文學書寫的終極要求，快通常是演出是效果而非內容，滿足的是感官而非心智，所以卡爾維諾津津有味的講快這個題目，卻用了接近一半篇幅講慢，講書寫的深思熟慮（書寫準備）和步步為營（書寫執行），並隱隱把慢說成是個更根本的東西，大地也似的是快的基礎，快的前提，快的著力蹬腳之處。我自己從朱天文的小說書寫最感覺出這個，朱天文極可能是當前小說家中文字速度感最好的一個，文字快得更接近詩（《巫言》後她開始試著放慢一些），但我再清楚不過她的書寫執行，朱天文其實是那種一句一字筆筆送到型的書寫者，也是那種沉靜坐書桌前日復一日如地老天荒的書寫者，而且還反覆修改（看過她原稿的編輯都知道，剪剪貼貼，沒幾張稿紙是完好的）。她的文字速度只是終極呈現而非書寫事實，來自於她對自己的東西敢於、肯於大量捨棄（愈來愈珍稀的書寫美德），也是因為她習慣不多解釋不尋求說服人壓迫人，她只專注好好說出她要講的話。

我們讚歎快，是因為快讓一切看起來這麼簡單；而我們擔心快，也是因為快讓一切看起來這麼簡單——看看外面世界，想想如今的書寫實況，我們是該多點擔心了。

快的成績，偏向於演出效果而非實質內容，便是在這裡，讓書寫世界有了、多了一道聯通外面感官世界的便捷道路，一條輕軌，順此，書寫容易逃出去（好躲掉書寫種種必要但沉重不堪的要求），外面世界種種也容易入侵進來。

今天我們可一樣一樣仔細檢查，對書寫種種直接的、間接的加速要求，從內容的簡單輕薄到作品數量增加乃至於進入量產，幾乎沒有一個是基於書寫自身的恰當需要，而是外頭世界無關書寫的利益命令聲音；書寫者寫太多太快，也不是卡爾維諾所說文學書寫如風吹花開一刻的那種最美麗的快，就只是順從非書寫的利益要求而已，人各有志各自承擔這其實也沒關係，我們這裡在意的、得防衛的只是文學書寫這門行當，尤其是年輕的書寫，別讓乍乍進來的人誤以為文學就是這樣，從來都這樣，養成壞習慣。

文學書寫的速度及其停停寫寫節奏，總的來說是恆定的，不論是個人或整體，彈性其實很小，而近幾百年來，外面世界卻是不斷加速的，兩者持續脫離，這個時間差的極尷尬狀態，我們別無他法只能視之為當前的文學基本處境，哀怨沒用，抱怨也沒用（每個時代的書寫者都有他不同的限制、困頓和危險，仔細想過，你願意交換人生嗎？和卡夫卡、或福克納、或索忍尼辛？），如何在這樣如高速列車的世界中坐穩自己，已是文學這門行當的一種必要修養、德行以及技藝，這當然並不容易，可也並非不可能，畢竟這個世界還沒真糟到那種地步。而且，當前世界的種種侵入性要求，更多是誘惑的而非鎮壓的，是女妖塞壬的歌聲而不是海神波塞頓的三叉戟，我們仍有一點可自主的可貴空間，事實上，光是降低貪欲、不覺得惡衣惡食是可恥的是失敗者的印記，大概就能免疫於一大部分的誘惑，這、不好說不能自主吧？

資本主義時代，還多一個麻煩東西，那就是其市場暨其生產機制，書寫這一行當納入其中，如果書寫者自己不稍加抵拒，的確會像上了生產線也似的停不下來，像卓別林在《摩登時代》默片中滑稽辛酸的那一幕。

所以，我們會聽到作家的如此控訴（很奇怪，炫耀成分明顯的大於悲憤），把自己講成打工仔甚至奴隸，好像同時開四、五個專欄無需他本人同意似的；我們也一再看到，作家不斷交出沒好好寫的作品，然後交出沒準備好、根本不該就開筆的作品，再然後活回去般重出理應努力遺忘掉的少作幼作（想想波赫士整個布宜諾斯艾利斯挨家挨戶回收、銷毀他的第一本詩集，世界真的變了），最終如阿城說的，連練習本、筆記本、日記本都拿出來了。講著這些事真叫人心頭沉重，本來已夠晦黯的書寫世界變得更不好看，少了好作家，多了醜態。

有一種心思狀態一直不宜的流動著——我曉得不少作家每年總要想辦法擠出一、兩本書來，深怕自己卡不住某個莫須有的舞台位置，深怕被替換被遺忘，我很想說，書寫世界並沒有也不應該有這一虛幻位置，只有你用影視中人、政治中人的眼睛才看得到它。

我是那種津津有味察看書寫者作品年表的人，看作品的書寫年齡、耗用時間、其順序以及其間隔、還有他書寫一生始於何時終於何時，這說出了很多我想知道、想證實的書寫奧祕之事。這裡可以斷然的說，沒有一個夠好的書寫者這樣一年一本的寫、禁得住這樣一年一本的寫。巴爾扎克可能是最接近的一個，他雜以歷史記敘、雜以過多良莠不齊的作品來組合一幅人間大圖像，其代價還包括，好作品不好作品幾乎都以同一平面、同一視角、同一路徑、同一文字密度的展開，就更深刻的文學書寫要求來說，重複性太高——拜託拜託別說還有阿嘉莎·克麗絲蒂，以及類似的名字、等而下之的名字。我喜歡阿嘉莎，但她不在我們這裡說的文學書寫名單裡。

二〇一六年印刻文學營，我選了這個話題講，題目配合文藝氣氛是為「問最簡單的問題，再慢慢的回答它」——我有過和台下學員的年紀，事隔才三十年這也差別不大，我們參加的不是時尚營流行服飾營，根本上，書寫世界尤其是文學世界的時間有一種接近永恆的、或說生命本體性的大背景在著。年輕時日，我們「超前」學得的東西（沒實際通過身體，而是通過閱讀、聽講、鎖定目標的搜尋研究等種種途徑，這是有志氣的書寫者一定得做的事），暫時以一種知識的、概念的遠端形態獲取，還不夠稠密不親切，仍有身外物之感，很難立即成為恰當的文學書寫題目，書寫要求離自己再近身一點的東西、感官能觸得到參與得了的東西。也因此，年輕的書寫或可不必太急躁，尤其心境心思這部分，畢竟他同時得「弄熟」兩個東西，都需要點時間：一是書寫題材的熟成。書寫者自身得設法豐厚起來，讓自己大過它，才能把它拉近過來而不是被它拉著跑，才能把它占為己有；另一個可能更長遠也更急不得，那就是書寫技藝這玩意兒也需要熟成，從文字到其形式一整個，讓它緩緩由外而內，由工具而肢體化，由時時分心意識著它（我正在寫一篇小說云云）到幾乎不感覺到它存在，由你配合它到它馴服的配合你，讓它說出你的話而不是你去說它要的話。

這裡想起一樁少年趣事，朱天文寫了她生平第一篇小說〈強說的愁〉，年僅十七歲年輕得一塌糊塗——當時和平國中三年級的朱天心崇拜的指著舞會那潑灑開來的一段：「這裡好像是大人寫的。」中山女高二年級的朱天文知心的點點頭：「我也覺得。」

有不少書寫者寫了一輩子還是這樣，你始終覺得他是另外去做一件事，不是自己寫，而是某個想當然耳的角色扮演者在寫、在說話；有一種「隔」，像張愛玲所說的「蝴蝶停在白手套上」那樣帶著點虛假、還喬張作致的隔，隔在書寫者本人和作品之間，也隔在作品和讀者之間，是不會怎樣，就只是看著難受而已——書寫者玩角色扮演，我們閱讀的人也只能跟著角色扮演，彷彿我們兩造都在上班。

倒沒反對年輕時日多寫，阿城說得對（我很記得，阿城說這話時人在車上，車子正要右轉建國南路，好些年前了），肯多寫很好，讓眼睛、手指頭和心思保持熱著、靈敏著專注著，所有認真當回事的工匠職人都這麼做，要是能不把作品全拿出來那就更好了——可以試著寫各種不必成功、不必拿出來的作品，這是自由，托克維爾所說那種讓人的行動一一成為可能的自由。在書寫世界中，這樣的自由只有在年輕時日才完整，隨著年紀，它會一直減少、縮小，舉凡身體、時間、知識累積、人在世界的位置變化、人和世界的關係，乃至於世界對你這個人的設定和要求云云，人處處發現限制，人如波赫士說的「得開始考慮到更多事」。

這裡，我則多提醒一個必要的比例分配，讀和寫的恰當比例分配，讀應該一直相當程度大於寫才是，畢竟，我們誰都先是讀者然後才可望是書寫者；而且，始終是讀者只在每天一段固定或不固定時間裡動心起念是書寫者。讀貫穿著寫，讀是阿爾法也是俄美嘎，從最初到最後。

讀的空間也必然遠大於寫——波赫士講，我可以讀所有最好最高最遠的東西，但我只能寫我那一點點我會的可憐東西。所以，讀和寫的比例不恰當，意思是，你泰半時候封閉在窄迫的、只那麼一點點可憐東西的小空間裡。

是以，我想對他們說（有相當的請求成分）你該稍稍提早一點開筆的，只是那些個一流的但心思已複雜難言、想得太多以至於往往過度慎重的書寫者。這些人通常有點年紀了，也相當程度淡去了名利爭勝之心（我曉得，那一大群猶滿心欲望的書寫同業很難想像甚至打死不信，但這是真的），少掉了一堆生物性的驅動力。書寫遂愈來愈接近自省，好像可以只用想來替代寫，另外一面，書寫一事也愈來愈像公益活動社會服務，不是非做不可，還會有點閃躲。

寫和想是不一樣、不能相替代的，即便說的只是思考這部分。

我這麼想，書寫是一種創作性活動，這意思是，它超出人其他活動「正常比例」的多面對、滲入、周旋於種種未知之物，而且，其工作場域延伸向大面積的未開發之地，書寫遂無法有完全準備好這回事，這是前提。因之，所謂完全準備好的書寫大概只有這兩種，一是無謂的延遲，書寫者明日復明日的等待，就這樣一直等下去，原來不是藉口但不知不覺就只剩是藉口了；另一是退縮，書寫者把未知排除出去，書寫只剩執行，把已想好的東西原音照錄，書寫過程乾燥無比，什麼也沒能再發現，什麼也不會多生長出來。

說到底，你能夠為未知這部分多準備些什麼呢？在書寫裡，除了一點勇氣，我以為就是為它留出足夠的空間，如同老子講的，無是一種敞開的空間，由此聯結著可能性，或更奢望些，向著無限；無和有（已充分準備好的堅實部分，這絕不可少）合起來就是個容器，不去塞滿它，才能隨時用來承接那些捉摸不定的新東西包括好運。

寫是想的直接延續，但不只這樣，寫無法完全用想來替代，寫是一個新階段，在彷彿已想完、已想無可想的末端時刻，山窮水盡，柳暗花明——以前我一再說，我確確實實的經驗是，書寫是更專注更精純的一種極特別思考，現在，我要多說書寫是突破式的、穿透式的一種思考。書寫時，筆尖指著這一個點，彷彿瞄準它鎖定住它，筆尖把你一整個人帶進去。這裡，同樣確確實實但可能說不清楚的進一步經驗是，相較於書寫，前書寫的思考通常仍處於一種懸浮著、屢屢原地徘徊打轉的狀態中，只想不寫的思考，其決定總是曖昧的、不堅固的，隨時可取消更經常遺忘。書寫把人從這個進進退退的不夠當真狀態帶出來，書寫正是一連串不斷做出決定的過程（這確實是它最辛苦也最提心吊膽的部分，選擇最難，如吳清源說的），化為文字的思考便成為某種「準現實」，人可以站上去了，可以卸下來一些懸而未決的東西如塵埃落定，人眼前一清，一部分心思解放出來，人重新站穩腳跟，有著前進一步的、不同以往的新視野，便是這裡這樣，人才有機會發現和發生不同於原來純思考狀態的新東西新事情。如此，在未知的世界裡，書寫不斷但步步為營的把人推進到全新的站立位置，如昆德拉所說的新觀察點，有連續性但不盡相同的眼前景觀及其觸發，既熟悉如同來過卻又陌生驚異，這是一種很好的、人心為之一熱一滿的感覺。

我們說，冥思式的純思考若要順利開拔前行，通常必須通過概念化來固定好思索中的懸浮東西好結束心思的紛云反覆狀態，如此，人也得跟著抽離，通常得封閉掉視覺嗅覺聽覺觸覺等其他所有感官，好堪堪抓緊思維裡那一條捉摸不定、好不容易的細線；而文字讓人放心的隨時可把這條細線畫出來標定下來，不怕遺忘，不擔心新感受新念頭的衝擊，不必時時分神跑回去抓它。文字讓思索「準現實化」，意思也是，通過文字的實現，人想的東西不再只是個概念（只是原事物的一層，或其中一個點），而是有了（復原了）「準實物」的狀態，有著實體性的細節，細節多重要啊，細節多樣多重多面向，細節是卡爾維諾所說馬可波羅楓木和黑檀木棋盤的鑲嵌木頭紋理、以及那一個節瘤那一個沒開成花的花苞，細節藏收著其時間來歷和其故事，細節才是思維的新生長點，人放心啟動、敞開來他的全部感官，可以完整的、四面八方的又觀看它感受它，人和周遭事物恢復了稠密的、親切的新關係，整個世界真實起來，或說又活了過來。

概念式的思考讓人心思得以集中不飄散，但只用到推理演繹，人緊緊裹住自己，像是進入隧道，及遠但往往愈深入也就愈窄迫；書寫的思考則只像是進入山洞，通過一個個山洞發現一個個新世界、桃花源，柳暗之後是花明。

所以，當波赫士講（他一再講）他只會實物性的思考，他學不來概念式的思考，我以為他說的正是他的書寫經驗——波赫士謙遜，常真誠的看輕自己，但我想這回並不是，他很得意自己的實物性思考，他只是禮貌，我有看錯嗎？

書寫得不斷做出鄭重的決定，這當然生出了強調和固著的風險，但良好的書寫用心和習慣仍可相當程度避免掉它補救它，讓人在強調和捨棄之間、在決志和保有想像與自由之間維持平衡——好的書寫做出決定，但牢記著某個初心仍隨時回返出入於原來懸而未決的、充滿未知瞻望樂趣的思考狀態。文字從來都有如此彈性，文字保留了一整條思考的來時之路，書寫的思維通道因此是雙向的，好的書寫者因此也必定是反覆修改甚至屢屢重寫的，尤其在作品交出去、敢於交出去之前。

很多年前我就聽過朱天心這麼說，漸漸懂了——在鎖定好一個小說題目之後，她會要自己沉著下來，延遲一段足夠時日做成準備，但偏向於外圍的、相關具體材料資訊的沾黏採集，彷彿把這個題材最大程度的往外張，人浸泡在裡面，看看它的潛力、它的可能性能到哪裡；或這麼描述，以這個題目、這一意念或這個呼之欲出的生動圖像為核心，攜帶著它，彷彿什麼也沒發生的照常生活、閱讀、行走，一種不為人知的高度外弛內張狀態。這一核心是個大磁鐵，會不斷吸出來它感覺需要的、可能用得上的東西，沒錯，朱天心說的當然就是她所鍾愛的《百年孤寂》首章老阿加底奧那個大磁鐵，他拖著它想吸黃金，卻荒謬但充滿想像力的吸出地底下埋著的一具十五世紀的鎧甲。

至於小說內容本身，朱天心說它總是先避開，繞路一樣不進入、不去想，把要寫的小說包裹起來也似的暫時擱放於眼角餘光處，她經驗性的知道這兩個階段的思索有不同的節奏和稠密度，她擔心會「想壞」它，進入內容的步步為營必須更專注，她得帶著筆、借助文字的標示才敢上路，才敢於一步步踩實的前行。

寫到這個年紀（我的書寫年齡比朱天心小多了），我幾乎完全同意她的想法，唯一的意見仍是，在這樣必要的延遲熟成基礎上，我以為還是應該稍稍提早一些開筆，早一步進入到書寫這無可替代的新認識新發現階段。準備工作地老天荒沒完沒了，而且太迷人了，有時還遍地花開似的這也可能那也可能，整個世界和你如影隨形如聲響應（小說家林俊頴說，這一刻你多愛這個世界），又不必真正接受書寫執行的冷冷「檢驗」彷彿所想的都成立，人總是流連忘返。所以，還是得主動喊停它上工吧，心思飄浮得太遠太久太愉快，我不免想到時間，更擔心最原初的那個心中火花會熄滅掉。

當下的火花——最早點燃、照亮起來的那個珍貴東西。

我不確知每個書寫者私密的正式想法，於此，我自己是——每想起自己五年十年前的書，第一感總是冒冷汗，最記得的永遠是咬到砂子也似的沒寫對、沒寫好乃至於筆誤的地方，以至於重讀自己的作品彷彿讀全世界最恐怖的書（比起來，史蒂芬．金的小說有什麼可怕的呢？），我難免會想，比方《文字的故事》、《閱讀的故事》若忍住現在才寫，一定可以會好不少吧。但最近這三、四年，我清楚知道自己的心思微妙的、但難以回頭的變了。

也許是因為自己離死亡、離真正的蒼老枯竭又靠近了好幾步，知道可用的時間更少，不可能把所有能寫的東西全擠在生命最後時日才寫（更何況，書寫有相當相當嚴峻的體力要求）；還有，思維能力儘管不亦步亦趨跟著身體折返衰頹，但再明確不過了，它再前行的速度幅度終會變小，這是無可避免的極限「右牆」效應，同時面對兩個大右牆，人身體生命的右牆，以及人思維最大可能的右牆。

曾經，說每天太誇張了，但每一年、每一回提筆再寫時，都發覺又把上一個自己相當一段距離的甩在身後。以我自己來說，這大約發生在四十歲以後，四十～五十五歲大致上這十五年時間（我大概是慢了點開啟的那種人）。這段生命時日，我每每感覺世界在眼前奇妙的打開了，所記所學所看著的東西（包括之前從未見過的陌生新鮮事物）都心知其意，原來它們是這樣、在這裡；它們各自的來歷，它們的企圖，它們可能的去向和結局云云。在書寫中，這些東西進一步歸結也似的一一找到自己舒適的位置，彼此聚攏並通透的聯繫起來，可以不相侵犯，不生矛盾，也慢慢不再存在單子那樣不可擊破、不能納入、不可解的孤伶伶東西。整個世界變得很「緊」很完整成形，手中的筆也相應的精巧好用起來，輕悄悄的切開世界，還彷彿若有光的照亮它，讓黯黑一分一分退走。這樣，以至於寫著寫著甚至偶爾會心生如此錯覺（當然絕不會是真的，只是一種私密的、不知不覺的奢望），覺得世界最終是可以都弄懂的，只要你一直這樣沉靜的、一天一天讀下去寫下去，假以時日。這是書寫／思維的美好時光，進步彷彿看得見如日影移動只可惜終究會緩緩停下來。

近幾年，一寫一想就知道了，昭然若揭，我很確定自己仍稍微的在進步，我的讀／寫習慣也沒改變沒懈怠，但怎麼說呢？這麼一種、或說如此微妙的進步方式，我猜想，文字這人造物沒這麼靈敏，沒有這麼精密的刻度，所以幾乎顯示不出來。我進一步猜想，若不從書寫者如此逼近到近乎計較的方式看，而是回到讀者總相隔一段距離的方式看，讓作品回到公共層面來，我們通常只感覺這些前後寫成的作品是平行的、並列的、橫向題材選擇的，很不容易看出它們垂直進展那部分。我努力回想，並一一回頭察看諸多書寫者的這一成熟階段作品（福克納、漢娜．鄂蘭……），果然是這樣。

由此，我感覺釋然了，上本書上上本書也不再那麼討厭，我也這樣去理解老年波赫士的此一書寫感想：這本書沒寫得比上一本書好，可大概也不會比上一本書差。我開始可以、敢於回頭翻看自己寫過的書，感覺可以看輕的掠過那些刺眼的失敗之處，從而留意到某些微光閃爍的很特別段落，我努力回憶，當時鬼使神差的怎麼會想到可以這麼寫？怎麼會注意到這條路，居然能夠發現有這麼一個洞窟可探進去？

晉太元中武陵人捕魚為業——這個只此一次的洞窟，是他日後再沒能找到呢？還是只開一次的隨時間闔上了、消失了，永遠沒有了？

老實說，就連更早的、出自於那個程度不夠好書寫者之手的《文字的故事》、《閱讀的故事》都沒那麼討厭（只是我仍無法再讀它），我想，如果多年後今天我才來寫它們，十年長進或許內容還可望稍好一些（以相當不同的面貌），但我自己再知道不過了，更可能的是我就不會寫了，這個題目得而復失的將從指縫中流掉，一些基本的話語、基本的想法仍會化入其他作品說出來，但這和為它全力拚搏般寫成一本書是不一樣的，那些唯有深入到此一洞窟之中才發現才想得到的東西是絕對不會有了。我想，每一個書寫者應該都有很充分的類似經驗，誰都有幾本曾經熱切想奮力一寫的書，但悠悠時間裡，觸動止息了，世界狀似又平靖無事了，書寫者自己也改了心思，年紀愈大尤其愈容易生出某種看輕看淡之心，這一個捕魚人洞窟在猶豫中、等待裡，遂沒真的走入就又闔上了。

我們不斷在離開、不斷在失去一個個或一次次當下，波赫士喜歡說赫拉克里特之河，但這裡我想的是人自身，尤其是人的記憶，這也是個不改流逝、由不得你的東西——「人真的是會忘記事情的。」當年說這話好躲掉司法調查的美國總統日後果然成了個失智老人，謊言成了預言。但遺忘其實是個緩緩的過程，記憶從歷歷在目感同身受到全然消失，綿延著或長或短的時間，書寫發生在、掙扎於這中間。書寫彷彿有個最低限度的記憶臨界點，不等到全然遺忘，而是記憶黯淡到、透明化的一個程度，它就無法寫成如賈西亞．馬奎斯所說的「不值得寫了」；比較不像是失去，而是遠去。或我們分解的這麼說，我們身體每一種攜帶著記憶的感官其時間性不同，讓人有點無奈的是，愈直接愈生動的感官部分似乎退走得愈快，以至於，顏色、聲音、氣味、觸感（最通常就是某種痛覺），以及那跟著生命潮水而來而去的微妙感受一樣一樣復歸消失，很快的（總是比我們一廂情願認定的要快），真正能留下來的只是某個大圖像、基本線條勾勒的圖像，甚至只是某個剝開來的核心概念，無聲、無味、不具實體細節、而且是灰黑色的。

書寫的必要準備及其延遲，書寫不是寫生而是記憶重現，因此是個矛盾，而文學書寫又比其他任一種書寫更嚴重的被逼向這個矛盾——顏色、聲音、氣味、觸感、以及事物的實體細節和人的微妙感受（那些個幾乎是不成形的、不成立的感受），這是文學非得保留不可、不能讓渡殆盡的東西，比起諸如歷史的、哲學的書寫，文學書寫者因此沒有那樣的時間允諾、時間自由。水落石出是其他每一種書寫的最完滿時刻，但對文學來說卻不恰當，文學書寫得更早一步，得不等流水退去，它寫石頭也寫流水，寫露出的石頭也寫猶浸泡於水裡的石頭，寫石頭仍在活水流過時、淹沒中、撞擊下的種種晶瑩剔透模樣。

好的文學作品，因此我們總察覺得出字裡行間的某種熱切、急切，有著某種流動，洋洋美哉，有時間的汩汩聲音。

這個矛盾，沒有一次性的簡單解決辦法，至少沒有公式。近幾年，於此讓我眼睛一亮的是朱天心的說法，「作品配方」，我喜歡「配方」這個兩端俱到用心周全的詞。

朱天心說，她喜歡的是「現實和虛構奇想成分比例配方恰當」的小說，喜歡那種「現實的地基打得好深，抓地力十足的奇想虛構，那樣的角力於現實（無論落敗或基於自尊不順馴服的翩然返身離去）的飛翔離去之姿是動人的、可觀的。」大概這樣。

這樣，朱天心所認知的當下，便不僅僅只是文學書寫專業、文學書寫效果的必要成分而已，她強調這應該是作品的地基，而且是書寫者角力來的、拚搏來的，她賦予了此一當下成分一種道德深度，一種文學技藝之外的普遍關懷，甚至就是一個任務，讓書寫者和當下現實的關係「動起來」。

在月明如夢泛舟於赤壁古戰場的那個奇妙夜晚，蘇東坡提出來一個其實大家都已這麼做了、不知亦能行的人心詭計，快速而且很有效果的改變了事物的形貌也改變了它們之於我們的意義，好解消巨大的、人宛如掉進裡面出不來的生命哀傷。逼近或拉遠，當下或亙久，時間和空間合為一個——從天文學的恰當遠距來看，地球極可能是全宇宙最美麗的一顆星，藍色的柔光流動如雲如一層光暈，又如此乾淨安甯，實在很難相信這就是我們每天居住的地方、我們每天咒罵不休的地方。我們一直看著的可能是，總有那麼多難看卑鄙的人，那麼多討厭的事，那麼多不公不義、詐偽、勢利、殘酷和悲傷，那麼不存希望如卡爾維諾（這麼溫文安詳的人）都說你只能期盼明天沒比今天有更多壞消息傳來云云；你愈認真愈介入，就看到更多這些糟糕東西。我相信昔日的希伯萊人也只是正常的有感而發，《聖經・舊約》裡至少有兩處，一次是全世界耶和華只找到諾亞一家是義人，另一次規模略小索多瑪蛾摩拉城只羅得一家是義人，耶和華一次水沖一次火燒，承認失敗銷毀發明物實驗物重新來過。

說我們大家不知亦能行是因為我們就活在時間之流裡，時間一直把我們帶離開、帶遠。真正杵在原地不隨時間流水的人其實非常少（那種偶爾想起、享受、利用這類流逝哀慟情調的人可不能算數），那要非常非常用力，或人心裡人格構成裡有罕見的極特別成分，我們也通常認定這算一種病，應該尋求心理醫生或藥物的幫助。

我年輕時服兵役在步兵學校受訓，步兵教戰手冊裡整理出這樣一張表，三十多年後我依然印象深刻——這張表列舉，多少公尺距離內你可以很完整看出人的五官，以及全身各處的不同顏色；多少公尺外臉孔消失，顏色開始混成一塊並失去光澤；再遠顏色單一，並且只剩無差別、無高矮胖瘦之分的人形；更遠就一律是個灰黑色剪影，而且融入於各種地形地物之中，人消失了，除非正好背景透空，或你先知道那裡有人聚焦的盯住他分離出他。學這個當然是該死為著換算距離微調步槍瞄準器用的。

總而言之，事物細節隨空間距離的拉開不斷消失，從時間看這就是失憶，記憶細節在時間沙漏中自自然然流掉。一個無差別的人形、一個剪影，你能在它（已經是它了，不再適合是他了）上面加掛什麼東西、黏附寄情什麼東西，除了做為一個概念，你如何可能飽滿的、稠密的、實在的思索它關懷它？用葛林的話來說是，你如何去愛一枚剪影、一個無？所以，人的哀傷（以及舉凡所有正向的、難受難忍的情感）總是比我們原先認知的、預備的、並願意承認的要消退得快。蘇東坡「睿智」勸人從遠端看、從事物亙古不變的那一頭回看，不過是催促時間的效果催促本來就會來的遺忘，讓人儘早恢復平靜。這像什麼？我以為最像退燒藥，不是對付病本身，只是避免人在當下太劇烈襲來的高熱內悲慟中遭到無可彌補的傷害（燒壞腦子什麼的），為受苦的人爭取足夠時間，讓時間不疾不徐的可以順利發揮其清洗、自療的作用。

但文學書寫做的不是這麼舒服、如此順流而下的事，這樣是把文學書寫這個工作看得太容易也太無足輕重了；這還有某種霸占之嫌，把本來就會發生的效應及其結果據為己有，想成是自己的成績。文學書寫者應該有一種「自豪」（我取用了硬頸小說家納布可夫的此一用詞），不管今天看起來如何灰撲撲的，這終究是一個不多人「願意／能夠」的動人工作，或進一步說是個任務，有著某種無可拒絕的授命之感，包含了稟賦，以及一個並不尋常的心志——相對於時間的不仁和其無限長無限遠，文學書寫最終仍不能不鬆手離開，但朱天心強調，這是充分角力之後，是書寫者傾盡所有之後，「無論落敗或基於自尊不願馴服的翩然返身離去」，這兩者大大不同，而其中最大的不同是生出了、留下了作品，這才是原來沒有的、不會自然發生的，是書寫者加進來這個世界的特殊成果。

也正因為最終文學書寫仍必然會離開會消散，對於抵拒時間抵擋失憶這事，書寫者便不能自大、不可以只賭自己不可盡信的意志如任性。

人真的會忘記，而當下現實，萬事萬物如塵埃如神佛漫天飛舞，確實像昆德拉講的，盡是些「只配被遺忘」的東西，若有什麼好的、善的、有意思的東西跳入人眼裡，也總是一閃而逝，所以文學書寫者總說，觸動他的、長留他心裡的只是一個圖像，是圖像而不是故事，意即沒之前沒之後稍縱即逝，書寫者得伸手抓住它，而真正有意義乃至於堪稱神奇的事發生在書寫之中而不在書寫之前，只有通過書寫才讓這個圖像有來歷有結果，讓它從這個方生方死的現實世界分離出來。

書寫者怎麼能不信任不仰靠書寫呢？我們這麼來看，《戰爭與和平》記下的是拿破崙揮軍俄羅斯，並成為這一趟狂暴人類歷史折返點的集體大事，而《安娜．卡列尼娜》寫的只是一個尋常的、就連情感的挫敗都只算尋常的女子（如果我們試著刮落掉托爾斯泰的神奇書寫，露出安娜的「原型」，那就更尋常了）；也就是說，托爾斯泰寫《戰爭與和平》是「使用」了一樁歷史大事，人類世界已分離出它並相當充分記下它（只是仍會歸於遺忘），寫《安娜．卡列尼娜》則是托爾斯泰一個人的辨識、捕捉、思索和發明創造。而其書寫結果、絕對是神奇的，我想，除了那些讀小說如讀報只看標題的人之外，宛如大衛vs.哥利亞，神奇勝出的是這個尋常女子而不是這樁歷史大事，《戰爭與和平》當然是上達偉大小說層級的鉅著，但《安娜．卡列尼娜》則幾乎是人類所寫過、以及所能寫出的一部最好可能作品。還有一個小小的神奇是，論作品重量甚至論尺寸，《安娜．卡列尼娜》感覺半點也不會比《戰爭與和平》要「小」不是嗎？

這是只有通過書寫才可能做到的事，我們所說書寫能發生的神奇、書寫者該更相信書寫正是這個意思——書寫通常並不跟從大世界的看法，書寫更多時候自己看、自己選擇並且逆向於一般選擇，甚至堂而皇之開這樣的玩笑：如果他們都覺得這件事這麼重要，正說明它一點也不重要。書寫更經常的起心動念來自於某個驚訝、不能、不平（意即那些被忽略、被排除、被不公平對待的人和事物），它時時感覺人們的漫不經心，感覺集體選擇的粗暴和浪費無比，它重新撿拾、選擇如同奮力做出補救，好讓這個世界更完整更恰當以及（能夠的話）更公平。

往下，我們把話講得稍微感情用事一點，這種年紀這樣子說話，對我個人來說的確是困難的、尷尬不已的——孟子講昔日周文王為匹夫匹婦之怒而興師，我不確知歷史事實是否真的如此，但在書寫世界裡，這確確實實是天天發生的事，匹夫匹婦，比方或不真的就叫安娜的那個、那些個俄羅斯已婚女子，正是書寫的基本型點火裝置，她的遭遇，甚至只是她當下的一個表情、一個身體姿態、一句話一個聲音云云，奇特的刺入書寫者猝不及防的心裡，被攜帶著進入書寫甬道裡。

應該就是二〇〇三年秋天，快十五年前了，當時北京前門大街那一帶尚未真的拆建，大國崛起的經濟起飛方興未艾。那天，我和朱天心、我們的主廚朋友老蕭走路走到很晚（快半夜十二點），店家早都關門熄燈了，便是在那裡，我撞見了那一趟行程裡對我而言最悲傷也最懊悔不已的畫面——黯夜裡沒辦法看得很清楚，應該是個三到五歲的小女孩，她放聲大哭，聲音不是哭鬧而是很單純的傷心，手裡舉著一把打開但破爛不堪的油紙傘。她有父母在旁，但一家三口極可能就露天睡這個店家丟棄堆放垃圾的空地一角。

我是那種聽不得小孩、尤其小女孩傷心哭聲的人（乾嚎的、耍賴的不在此限，那種如今更典型的哭法你只想代他父母扁一頓），這是我冷漠一身的罩門死角之一。我的懊悔來自於我當下什麼也沒做，或確切的說，猶豫中儘管放慢了腳步但還是這麼走過去了。當然，我完全知道我其實做不了什麼，唯一能夠的是，我身上帶有人民幣，幾百塊錢人民幣在十五年前的北京也還算是個錢，或可以稍微救個急，或可以給個小女孩帶來驚喜。這樣做當然相當冒失冒犯（正是這個冒犯之感阻止了我），也無助於他們根本的困難處境，但至少可能讓她不哭吧，化解開那一個晚上的傷心。多年來，我愈想愈知道是這樣、該這樣，我還想好了該怎麼講話。

北京現在是個昂貴的城市了，生活指數甚至已超過了台北市，歡快的、哀傷的、更哀傷的故事遍地都是，每個人有他一路過來的記憶，那個舉著破紙傘傷心大哭的小女孩，極可能只有我一個人還記得（但願就連她自己都已忘了）。

知道嗎？我有一點點痛恨一種說法、或痛恨喜歡這樣說話的人，比方我早已拒絕往來的我家二姊就是——你為台灣的外傭外勞講兩句公道話，他就跟你講本勞；你談動物保護，他就質問你是不是吃素；你若還真的也吃素，他還會講這個誰不曉得的基本常識：難道不知道植物和動物一樣都是有生命、甚至也有感覺的嗎？凡此。是的，人類世界人類歷史永遠有更受苦更困難的人，但天知地知你我他都知，這個質問不是要把問題和人的思維開向更廣闊更深刻之地，就只是質問者從不、也不打算關懷任何人任何事而已，這個純否定的質問，只用來掩蓋無感和自私，只是想把別人拉下來，降到自己的低水平而已。

比起毫無意義的質問內容，我其實更討厭那種「逮到你了吧」「這下你沒話可說了吧」的洋洋得意愚蠢表情。

有太多東西只能存於當下，再完整鮮活的記憶都無法全然替代全然彌補，我們愈懷念、愈不捨某個記憶愈證此為真。書寫的必要延遲（準備時間加上書寫時間），因此一直是書寫者的基本苦惱之一，一個在必要的寧靜中一直響著的催趕聲音，急不得的急。我想，諸如此類的感受是求書寫者普遍有的，非我一人獨是，每每寫成一本書，並不是得意於自己把某人某事某物從流逝一切的時間大河裡救出來，就只是來不及了而已。只有一個人能聽能講的語言不再是語言只是聲音而已，只一個人記得的是毋甯就是遺忘；你彷彿書寫於某個廢墟之上，事實上，眼前就連廢墟都流逝了，此地已重新長出來花草樹木，有新的人家，這些人連廢墟都沒見過遑論記得。我想，那些比我有更多現實期待、有更濃烈現實糾正拯救企圖的書寫者會更恍然若失，書寫姍姍來遲什麼也未能幫上，遭受了不公不義的人、倒楣的人、受苦悲傷的人已各自承受不知去向（舉著油紙傘的小女孩差不多長大成人了吧），世界面不改色的走過去了，因為沒誰發現沒誰記得，所以類似的糟糕情事必然會在某處仍一再發生。

這個「來不及了」的書寫經常感受，在葛林慣於追根究柢的心裡，進一步被堆成為「一事無成」，葛林說一個書寫者終其一生時時都有這樣一事無成的荒謬之感——也因此，終其一生書寫者會一再生出轉行的念頭，想換一個更「實在」更即時的工作，或至少，他反而讓必要延遲的書寫更延遲下來，把它為第二順位之事，投身於社會行動、人道救援，去示威去抗爭，甚至去作戰去革命。

這不是個三言兩語可理清楚的真實問題，我也不想用某種巧妙的話語來蓋住它撲滅它，我甚至不主張書寫者二選一，to be or not to be，這是終身之憂，得用一整個書寫人生一次一次進退取捨的回答——我會說，人身沒這麼嬌嫩，人生也沒這麼迫促，人其實是可以同時做不只一件事的。而我真正想說的只是，書寫的確不是不可侵犯不可擱置不可丟棄，但自反而縮，書寫畢竟才是書寫者最會的、甚至僅會的、千錘百煉的那件事，而這門古老的行當，所能夠做到最好的、最神奇的事，只在進入一筆一字的書寫時刻才真正發生，《安娜．卡列尼娜》的書寫救不了昔日那個絕望的俄國女子，我甚至也不想說《安娜．卡列尼娜》這本書讓這個俄國女子的一生有了價值乃至於讓日後類似的絕望情感、家庭悲劇得到理解撫慰可望稍稍減輕減少（儘管這大概都是真的），人的生命是獨立而且完整的，儘可能不要玩這種純數字性的替代遊戲，這一不小心就讓人心變得又自私又殘忍又蠢。我說，《安娜．卡列尼娜》就是《安娜．卡列尼娜》，一本對我們所有人（也許那位俄國女士除外，托爾斯泰欠她不少）充滿各種價值的書，一部很可能就是人類有過最好的小說，一個接近奇蹟、托爾斯泰不寫就不會出現的東西。

我百分百相信，這些我期待他們提前一點點動手的一流書寫者誰都已充分知道了，有些書寫題目會在悠悠歲月中熟成、愈放愈香醇飽滿如酒，但較多一點的是，另一些書寫題目在置放中就只是單純的流失掉而已，這一點無須闡述，只需要直直講出它揭發它即可。最後，我還要說的是，感覺自己還沒準備好、帶著點心虛、帶點危險之感來寫有什麼不好呢？在動手和完成之間還是有不少時間、更專注對付它的時間不是嗎？費里尼（一個最華麗層級的大創作者）講「害怕是人一種極精緻的感覺」這完全是對的，心虛（有限度的、很健康的心虛）讓人心有空間，讓書寫者會更安靜也更警覺，由於站立的位置壓得更低遂可望看得清、觸摸得到更多東西及其更具體細節的模樣；這會是一種不完全封閉起來的書寫，世界就盯在一旁時不時滲透進來，支援你也屢屢攻擊你打斷你，你又要消化它又要抵拒它，書寫於是變得更多面也更困難，書寫者非得竭盡自己所能不可。而所有的答案不就在這裡嗎？「竭盡所能」，竭盡所能的準備，以及更決定性的，竭盡所能的寫。

作品不夠完美、甚或留下幾處小小的失誤錯誤有什麼關係呢？有太多東西只有在完美之外、在人不存完美奢求之心時才得以發生、存留。更何況，已寫到這個年歲、寫到這種地步，你還需要證明什麼呢？防衛什麼呢？這是經歷了漫長而且不懈的書寫歲月才得到的一種書寫自由，包括不被作品聲譽所限制的自由，不使用它真的太可惜了，在我的閱讀記憶裡，如果要選出對書、對作品最動人的一句讚美之語，此時此地，我想到的正是吳潛誠教授對卡爾維諾《給下一輪太平盛世的備忘錄》的讚詞：

「這是一本毫無防衛意圖的雄辯之書。」

試試看吧。

6. 字有大有小・這是字的本來模樣

我常這麼想，字有大有小，之所以會這樣，是因應著我們複雜的、有大有小的書寫需要——就跟任何一種工匠一樣，不會只有單一一種 size 的工具（也許港式鮑魚之王的楊貫一例外，據悉他永遠只用一根小湯匙），它們琳琳琅琅，光攤開來看就非常迷人，愈內行的人愈覺得好看，甚至興奮，因為他們最能想像出來這各自能做成什麼，工具有情，孕藏著種種可能。

文字也得這麼看，文字職人，不會只使用一種尺寸的文字。

文字的符號化，使得文字的大小被遮住，但即使這樣，我們看卡爾維諾仍這麼說，在他稍年輕、仍肯辯論的這篇文章裡，〈關於《煙雲》給一位批評者的信〉——「紙頁不是可塑性材料的一個單調的表面，它是木頭的一個剖面，在這上面，人們能夠跟蹤線索是如何走的，在這上面人們打結，在這上面派出一個分支。我相信批評的工作也是——或者也許是首先——看文字中的這些區別：在哪裡堆積了更多的勞動，以及在哪裡勞動最少。／現在，在這些寫得最多的部分裡，有那些我稱之為寫得小小的東西，因為在寫它們時正巧（我是用鋼筆寫作的）我的字變得非常非常小，字母 o 和 a 中間的孔都沒了，被寫成了兩個點；還有我說寫得大的部分，因為字變得越來越大，有的 o 和 a 的裡面竟然能放進一個手指頭。／那些寫得小小的部分，我在它的當中傾向於一種動詞的濃度，一種描寫的細緻……然而被寫得大的部分恰恰是那些傾向於詞語稀少的部分。作為例子有一些非常短的風景，幾乎就是些詩行：那是秋天，有些樹是金的。」

字被他自自然然寫得有大有小，卡爾維諾覺得這裡面顯然不簡單，他以為這可能體現著文體的變化問題，也就是說，體現了文學歷史裡人的認知和思維方式的變化：「總之，軌迹也許是這樣的，義大利二十世紀——詩和散文——的詞語稀少的傾向必以某種方式穿過了我所寫的東西。在我們所觀察的這些小說中，這個傾向與一種對立的因素相伴隨和對照，這就是詞語的密度。這種傾向有多少？這個遺產意謂著什麼？我不知道，但是我覺得這是一個貼切的歷史文體問題。」

這個，我們從漢字，沒徹底符號化、保留了事物的核心形象、更貼近人心的、有溫度的文字，則可以看得更清楚——不是從硬被弄成個頭大小一致的印刷紙頁上，而是從人手的書寫裡。我們看比方王羲之的《喪亂帖》，或顏真卿的《祭姪文稿》，或黃庭堅的《松風閣詩帖》，再明顯不過了不是嗎？每個字大小參差不同，而且並非是單純追求美學效果（當然一小部分也是），是自自然然源於內容，或更確切的說，美學是一種恰當的、盡其可能完好的呈現，以之呈現書寫者內心的高低輕重疾徐起落、呈現各自在人心中占據的空間大小。

我們可模糊的先歸結出一些通則來——諸如，比較重要或說內容含量較多的字總是比較大；又、比較想讓人一眼先看到的字總是比較大；以及，表示具體東西的，所謂名詞性的字總是比較大，乃至於就是最大的一種，凡此。而這些也可以看成是同一件事。

有點像是商家、百貨公司的擺設作業，比較名貴的、想優先誘人買下來的東西總是放在醒目的、任誰都會先看到它的位置，乃至於有所謂的櫥窗設計云云，額外的光、額外的搭配襯托，不只要你先看到它，還期待你（或試圖影響你、限制你）從最恰當的角度、最正確的思想準備情感準備看著它，拜物教也似的。

有這麼個無聊故事，說訓練中心的連長要某新兵整隊，沒想到效果極完美，最英挺最雄壯的兵員都正確置於前排。「你以前當過兵嗎？」「不，長官，我是賣水果的。」

所以說，人同此心，各行各業，包含我們這些文字工作者。把字的大小放進歷史的時間大河流之中，就恢復成為一個過程，文字的打造（書寫、使用）過程，也正是人認識和思維的前進過程——基本上，字必定是由大而小的，因為這正是人認識世界、認識事物的必然程序和其路徑，眼前，我們先看見什麼，然後再看見什麼，再然後看不見但察覺什麼，再然後更幽微的「猜想」什麼，最後我們想像以及希望、奢望什麼。文字的由大而小變化重疊於、亦步亦趨於這個認識由大而小、由近而遠、由有形對象到無形對象的進展。

保有「原初形象」的漢字，自自然然的有大有小。

卡爾維諾所想的歷史文體大致是這樣——書寫的各種文體形式中，詩最古老，直通於文字之始，也就是文字數量較少、每個文字都較新未有種種記憶刻痕（亦即文字的指稱較明確絕對，說一是一說二是二較少歧義）、以及文字書寫較不便利成本較高的時日。這當然原本是一種高度受限制的書寫，人其實已經想了、認識了不少（在懂得拿起筆或刀之前，人也許已經活過百萬年了），但只能運用極少量的文字來記述。某種意義來說，詩因此「被迫」重現了、乃至於重演了此一認識過程的起點彷彿一個古老遺留的信物，也許正因為如此，詩遂也多沾染上光也似的一層神聖性，大時間的、人直面偌大世界的，直通於宗教或說人驚異於、震顫於第一次看見、第一次面對、並第一次投身參與的一種激情。在文字的詞性選擇上，詩遂也挺大量極不成比例的以名詞為主體（最容易的例子仍是這個，「枯藤老樹昏鴉／小橋流水人家／古道西風瘦馬」），而名詞正是最大最厚的字，因為它對應的正是具體的、最占空間的、任誰都會先看見的那些東西。

維吉尼亞．吳爾夫以她的方式也想過這個大小有別的問題。吳爾夫講，現代文學書寫不斷在失去某些東西，或者說只剩下詩還能恰當表達的那些東西，她用的詞正是「巨大而簡單」，也補充說是某種神聖的、崇高的東西——從另一面來說，也就是明確。不憂不疑，地老天荒，人的情感可被牢牢釘著，放心相信神，放心愛某個人，放心寄情寄心志於某一物某一對象；它裡外如一，元亨利貞，沒有幽暗的隱藏的流動的什麼會讓你擔驚受怕，不會背叛先你一步掉頭走開，甚至它不會比你先死亡消逝云云。人感覺失去，正意味著人企求、懷念他和世界和萬物的這種堅實關係及其聯繫。相對的，散文書寫（這裡說的散文包括了小說）則是日後文字全面開向生活現場，文字已「幾乎」可以覆蓋人的全部所有，包含現實裡以及人心中的所有隙縫和死角。這非得也使用較小、更小的文字才進得去，如木匠換了工具處理細部，也不得不是朦朧的、誤差的、不確定和沒有把握的，人的目光遂變得多疑，甚至變得「有點淫蕩」（吳爾夫令人印象深刻的用詞，大膽但很利很精巧），人屢屢發現自己置身於一個浮動的、還不斷變動流逝的世界，回不去或說復原不了已被「汙染」且處處裂痕的明確、崇高和神聖。

所以，應該沒有人會用小說祭神（用以褻瀆倒是很常見），只能用詩；也應該不會以小說求愛，世間只有情詩，沒有情小說——在宗教和愛情的神聖王國裡（這兩者高度重疊，最佳樣品是如夢似幻的《聖經．雅歌》），懷疑、猶豫、不明確不堅定是首要的不赦之罪，罪莫大焉，如十誡的第一條：當信耶和華為唯一真神。

由此，我們來好好面對這個文字書寫問題——一直有一種極有意思的說法，或諄諄勸誡，要求書寫只使用名詞和動詞，形容詞能不用就別用像誘人但有礙健康的東西如甜食，副詞則根本是個錯誤的、不該有的東西如保麗龍，至於子句純粹是「外國的」，不是中文書寫，接近於禁止進口的違禁品毒品，是一種犯罪行為，凡此。作此呼籲的通常是老練的、秀異的書寫者，挾帶著令人動容的年資、經歷、實戰感受感想，以及誠意，也絕對是真的精巧觸到了「某物」，但，我以為這仍然是一個迷思。

而人云亦云傳到才剛要打開文字世界的人，事情就變得比較糟糕，他們不明所以，很容易把單點的深刻質疑，簡單轉換為全面的否定——但凡想偷點懶時、想為自己做某種開脫時。

既然明確的提出文字的詞性，這裡，先記下來波特萊爾（以及德．昆西）這番話，我以為是對文字詞性最精美的說明之一——波特萊爾說，即使你眼前只是一本攤開來的文字之書，枯燥乏味的語法本身也變成某種類似招魂術的東西（意即語法串起了、喚醒著一整個句子裡的每一個字），詞語皆披載著血肉之軀復活過來，「名詞有了威嚴的物質實體，形容詞成了遮飾名詞和賦予名詞以色彩的透明外衣，而動詞則是動作的天使，是它在推動著句子……」

可惜波特萊爾沒有再說更小的副詞和連接詞（最小的字，漢字書寫時幾乎只寫成半個字大小，或說可想成是文字裡的螺絲釘），但他不只說文字的大小有別，而且是以如此美妙、準確、進一步賦予內容和形貌、遂充滿啟示力量的方式描繪出來——如果形容詞真的是這麼一件「透明外衣」，賦予穿載它的名詞實物以光影以色彩，我們會要粗暴的扔掉它嗎？只因為有人外衣穿錯了、穿壞了、穿得很噁心？

當然是，波特萊爾記述的是人進入麻醉幻境時「看到」的，這毒樹毒果理論也似的讓它的證詞效果受損乃至於不被採信，但我不以為這是另外的、欺騙的，如波特萊爾一再說這些幻覺「並沒有多出來人本來的東西」，這只是人感官的極精緻化，讓人原本就有的記憶、原來就這樣的感受，以一種不可思議的誇大、微形方式呈現出來，我們或可理解為像是通過一具高倍數的顯微鏡，還附設了可供調快調慢時間進行的特殊裝置，讓我們的觀看對象可以連續性的呈現它們一系列的、一連串的變化模樣（即動作），如波特萊爾所說的「復活過來」。是的，我的意思正是，這一切都是本來的、可信的，不必借助犯罪行為的麻醉物協助才可獲取，也許損失一點點活靈活現至此的特殊效果，但每一個夠好、夠專注細膩的書寫者和閱讀者同樣能捕捉到、一再確確實實察覺出類似的東西。

只打算使用名詞和動詞，這不管我們附帶了多少動人的解釋，最終仍不免就是自我設限，不只最後的書寫成果如此，而是像關掉水龍頭也似的一開始就把我們的目光、我們的感受只開向那些夠大的東西（而且不打算分解它，分解得動用「小」工具；也不凝視細部，凝視細部得恰當的把其他部分遮飾起來），並逐漸成為一種稍懶的習慣（人性上，懶是高感染性且高自發性的病），一種事事淡漠的人生。若再加上時間，這一設限便成為「退回」，退回去往昔歲月的某一個點，退回去文字工具還不發達不完備以至於很多事還不能做、無法想的那時候——我不以為這麼做是睿智的，抱歉，甚至我覺得這有意無意的有點傲慢，對不起日後難以數計那些認真「使用／發明」文字（常是同一件事）的人。

臨帖寫字的人常常只動眼不動手的讀帖，這有時是針對性的，人細部的仔細查看某一筆畫某一接續轉折怎麼寫乃至於某處運筆的「痕跡」（哦，原來這裡米老是這麼處理的）；但更多時候，相對於實際臨帖時的進入單字筆畫、像被吸入到難以截斷的書寫節奏裡面，讀帖則是抬頭、脫離，是把自己給拉出來、拉遠，讓視野寬廣，面對某一個大書家的整體，乃至於由此上達字的整體，包括所有的字，包括人寫字這件事、人和字的一切可能關係，以及，已無從知曉但依然感覺如此驚心動魄的、人活著活著怎麼忽然拿起筆來（或樹枝、石頭、手指頭）那開始的一刻。

類似的，我自己偶爾也會「進入某種狀態」的翻看起《辭海》、《辭源》一類的大字典（其實我很推薦書寫者偶爾這麼做），我們所有的字都在這裡，它們原件的、備用的、以自身原始完足的樣子全躺在這裡，構成一個真難以言喻的圖像乃至於一個天國也似的奇妙世界，我們心中或也升起某種宗教的、崇拜的情感；或者說，也許最原初的宗教崇拜便是人看到了、察覺了類似的東西。這比我們熟悉的現實世界多了無盡的記憶和無限的可能，時間也彷彿被馴服下來，不流逝不破壞，這是一次的、幾乎同一張畫面的全景呈現，天堂不就正是這樣、這個意思嗎？天堂不遺漏的包含著無數的過去和無數的未來，這是波赫士的定義。這一刻，我也很知道波赫士詩裡為什麼說一本靜靜躺著的書又同時飽蓄著風雷。

多年以前我也嘗試說清這個（應該是在《盡頭》一書裡），造字的整體結果彷彿一個神蹟，但字其實是一個一個分別造的、寫的、理解的，不同的人，不同的時間地點和臨場，現實，針對，費思量。那一刻又一刻，人究竟在想著什麼？想講什麼？心裡的真正完整思維和畫面是何種狀態？——一個一個字去想像它怎麼造出、怎麼一次一次使用（用字不斷發掘它新的可能，是完整造字的連續性階段，是造字深刻化稠密化的重大一環，造字永遠不完成），這是無望解答的但非常有意思。人造之物當然不完美不盡理想，字有大有小、有美有醜、有飽滿有枯瘦、有機敏有笨拙，不論如何，試圖用點狀的、斷續的字來描繪人心中稠密的、連續的思維絕不可能圓滿無憾，嚴格來說總是「失敗」的，事實上，我們也很難一一說清楚，這究竟是字這個東西失敗（柏拉圖和中國禪學皆有此傾向）、某一部分字失敗（所以主張形容詞副詞皆當消滅如銷毀不良品）、抑或使用者自己失敗。我們能做的，只是竭盡所有、所能。

唯如果我們胸懷寬廣的知道「失敗」是這個意思、這麼回事、有這樣的內容，我們便不至於冒冒然只歸罪其一，做出某個還是太快速找替罪羔羊式的單薄主張，儘管這樣看起來確實很帥，很俐落，很聰明奪目，還語重心長。

我們說過，這些夠好的書寫者對某一部分字、對形容詞和副詞的高度不信任甚至要求廢棄，是有極大數量憑據的（但極大數量不等於充分），的確有太多因此寫壞的作品和養成壞習慣的書寫者沒錯，讓我們警覺此處有陷阱存在。像台灣現在便「瘟疫」（卡爾維諾用語）般流行一種虛張聲勢、已虛張到造假程度的書寫，整本小說沒超過兩句真正想說的話，也不想下去，只是把文字當色塊來丟，文字髒兮兮全混一起糊一片，書寫者還自以為這是進步的、大書寫者如波赫士卡爾維諾都不會不敢的最頂級書寫技藝（怎麼辨？還真的厚顏如此公開宣稱）。亂世用重典，如果當下一口氣沒忍住，我也會主張直接廢棄，豈止形容詞副詞，乾脆就禁用文字禁止書寫吧。

其實，主張廢棄，是更深向的觸到了某些很根本的東西，這意思是，並非真的只針對形容詞副詞而來，至少不會停止於此。最終（或最深處），如兩千年前的柏拉圖（可見源遠流長），仍是文字和表述對象永遠無法完全疊合為一的根本問題、文字的不完美問題。我想，只是形容詞副詞的相對較高失敗率給了這個難題一個較特別的警覺，一個想它的特殊方式或說途徑。

我試著來說說看，大致上是，形容詞和副詞的失敗，最凸顯的不良後果便是「過度強調」，而形容詞和副詞之所以是較容易失敗的字（材料、工具），因為它們本來就是較「小」的，負責處理精密性的細部工作，且動用到視覺之外更多複雜的、並需要「練習」的感官，準確度的要求十分靈敏苛刻，不良率昇高遂無可避免；還有，形容詞和副詞的加掛讓文字變長變重，勢必會拖慢文字的前進速度，多一條罪——文字是快是慢本來並沒關係也不涉內容好壞，但卡爾維諾說得很對，人對速度有一種難以說清的、執迷的、像是與生俱來的嚮往，快總是能讓人輕鬆、歡樂而且認定這比較聰明，天才只能是快的云云。也許，更是因為人還意識到我們是活在一個移動的、稍縱即逝的、得時時跟上它的世界，慢是落後、不知死活。

副詞之所以比形容詞更不堪更該死，極可能因為它正是「形容動詞的形容詞」——它瞄準的是更難打中的移動活靶；而且，用波特萊爾的話是，它拉扯的、拖慢的正是那個負責「推動著句子的天使」。

「過度強調」，這果然如此的把書寫者內心的某個惴惴不安攤現開來，有一種惡夢成真之感——選擇最難。而如波赫士講的，書寫就是選擇，是強調和忽略的不斷交換，肥了櫻桃瘦了芭蕉，強調的另一面當然就是捨棄，你寫這個，不寫那個，凝視這裡，其餘的就逸出眼角餘光之外消失了。所有的書寫都逼迫著我們（暫時）放棄整體擱置整體，愈細膩距離愈遠，愈深入捨棄愈多，高倍數望遠鏡顯微鏡都是根管子，以管窺天窺物。這些，書寫者自己心知肚明。

過度強調，其另一面便是過度捨棄。

書寫的持續前進，於是時時有「斷橋」的風險，所以卡爾維諾這個講究平衡的天秤座人說書寫時得不斷在這兩端玩折返跑，每當感覺自己就要掉進到極細的一端如墜落深淵，便趕快衝向整體這邊來，忙得，累得。這事沒完美解決的方法，這就是書寫本身，書寫夢魘似的本質。我們還能做的，便是努力在心中保有一個整體圖像，不被文字催眠，清醒的、謹慎的、精確的選擇文字（書寫會變得較難、較累、也較受約束），讓文字可以「透明」，讓文字靈動不固化不沾黏，每次使用都不理所當然，都知道我們還有一堆文字可挑揀（有書為證，如《辭海》、《辭源》），都保有臨即感和現場感，都重新選擇一次，讓文字有某種一觸即收、即退回之感。事實上，這本來就是文字和事物、和世界的正確關係，我幾乎要說是唯一一種關係，文字只能指示（伸手去指），它和事物的真正接觸就只是這一個點，空間的，更是時間的，變動不居的時間會又旋即把它們分開，刻舟求劍。文字根本上只能是隱喻（包含名詞其實都是），如輕紗引風，它不占領事物本身；文字也只是火花，能燃起來的還是我們心裡本來就有的東西，如果我們有的話。

書寫者為自己擔憂，負責任的話他還更擔心讀書的人能否察覺他暫時性的捨棄，因為所謂暫時性的捨棄只限於作品的此次捨棄而已，他仍藏放於自己心中，這次（受限於作品形式和敘述方式）沒法講出來。

當然，還有更多是文字總是抵達不了的，文字的表述不完整等於事物本身，這是唯名論的迷途。

這樣吧，我們改用隱喻這個詞來替換（說明）形容詞和副詞的使用會不會好一些、不敵視一些？不至於要我們連隱喻都禁用吧？隱喻這詞給了我們一種無形的、不固著不沾黏的輕觸之感，也漂亮如波光粼粼，有著光暈般的延展性和想像力，更接近波特萊爾講的那件「透明外衣」——形容（不管形容實物或動作）當然就是比喻，要不然它還能是什麼？

兩千多年前的孟子曾被人挖坑設陷的要求他放棄用比喻說話，這大概是歷史上（起碼中國歷史）最早一次的棄絕形容詞、副詞主張，儘管只是因為當時有人妒恨他的能言善辯滔滔不絕，關水龍頭也似的。孟子說這是不可能的啊，這是唯一可進一步說明事物、讓人的已知可擴大到未知、搭橋讓人進入陌生世界的辦法；孟子（還是比喻的）講，只說弓是弓誰聽得懂呢？已經知道弓的人沒有因此多懂，沒見過弓的人永遠不懂，這樣不是傲慢是什麼？

對主張棄絕形容詞和副詞的人，有一點我衷心贊同而且很欣賞，那就是——文字的確不可盡信，寵不得也溺不得，它海妖般會媚惑、帶走書寫者，你得防它、恨它，只是不要懷疑到、恨到趕走它，這樣就又太懦弱了，一種外厲內荏。

以下，我借用托克維爾這幾句話試著演練一下。這出自於他《民主在美國》一書，較難讀但更深沉精彩、每處見解幾乎一一成為日後歷史預言的下卷，可怕的歷史洞見能力——「我認為我在任何時候都是愛自由的，而在我們這個時代，我甚至想崇拜它。」

這段話顯然可以寥寥幾個字、只留一動詞一名詞的快速說完，我猜很多人也以為太繞、太囉嗦了（就像張大春對我文章的固定感想和收尾詞，你太囉嗦了），應該把形容詞、副詞連同一堆枝枝葉葉全砍光，讓主幹顯露出來——「我愛自由」。

四個字（原文甚至只三個字），但托克維爾為什麼這麼煞費唇舌呢？托克維爾不是文學家，起碼沒有文學自覺、習慣和想像，而在他身處的那樣一個風起雲湧乃至生死攸關的特殊年代（法國大革命、美國獨立建國……），他顯然是個急於直言而且盡可能把話說簡單好讓更多人聽得懂、相信的人（儘管他太非比尋常的洞察力、他走得太快太遠的思維，往往讓此事變得不可能），因此，較正確的解釋是，這就是托克維爾認為最簡單、實在不可能再簡單的說法，否則意思就不對了、跳掉了。

托克維爾想著什麼、憂煩著什麼呢？我猜是——「自由、平等、博愛」，這是法國大革命的三大動人訴求，如法蘭西共和國均分均等的紅藍白三色國旗，但托克維爾（提前）知道，這其實是三個不同的目標，它們只在最初始而且極短暫如稍縱即逝的時刻能這樣盟友般並列，並肩作戰，很快的，它們必將切線飛出也似的分離，有各自的路途、行為、限制條件和歷史破壞力；而且，做為三尊大神，它們勢必會彼此爭吵甚至直接打起來，尤其是各自鋒芒太露的自由和平等這兩個。

以下我們只能簡單說（屈臨意思走樣邊緣的簡單）。純就歷史走向來判斷，托克維爾毫不保留押平等，認為平等的走勢將最快、最生猛，直接單一勝出成為主神乃至於最終判準，並直接侵入、瓦解、一步步吞噬掉自由；而且，這關乎、深植於普遍人心之中，遂有著無可阻擋而且源源而來不耗竭的歷史推進力量，包含著妒恨、仇恨這樣暴力攻擊的力量。這裡，我們跳過托克維爾小心翼翼地推演查證，直接說出他的結論：托克維爾以為，平等淺而顯，是一般人可快速察知好處並享用的好東西，其成果立即而明白，實踐起來也容易（和人的自私心有極大比例貼合，不勉強），它還讓人大量聚合一起，那些一直被欺負被侮辱被忽視如不存在的人們，安慰人心並匯集力量，包括那種最簡易的道德力量；自由則幽而遠，除了乍乍而來的過癮解放感受，自由的好處在遠端，在遙遙未來，而且並不確定並不保證，當下，更多時候自由對一般人較接近折磨，它給人的感覺是無序、困惑和危險，人宛如迷失於其中，還把人分開來，人孤伶伶的，卻又事事要自己負責（從想、到做、到後果承擔），以至於人會想逃離它，交出它來換取庇護，換取同伴和安全。這個「逃避自由」現象日後不斷被各國各社會歷史證實為真，也是大心理學者E．佛洛姆最重要一部著作的書名。

一般人以為自由有著種種暴力傾向，但托克維爾在平等裡頭察覺出更多更大的暴力（這點實在太厲害了）；或更正確地說，自由的脫序型暴力是個體的、個別的，往往騷擾遠大於實質的破壞，更多時候其實只是人看它不順眼（或稍加一點妒嫉）而已，平等的暴力則是集體的、民粹的，這才是鋪天蓋地人類社會承受不起的。托克維爾的《民主在美國》下卷幾乎是以此種平等末端的新極權政治／社會形式為結論，呼應著小彌爾集體暴力統治的相似憂慮（小彌爾說，一千個人統治一個人，是比一個人統治一千人更壞、更難以遁逃且殘酷的專制迫害形式），這兩位相隔著英倫海峽的先知人物，語調同樣冷靜偏冷漠，他們也憂慮得太超前世人了，一百五十年，在經歷了蘇維埃（尤其史大林）和納粹的世紀災難之後，漢娜．鄂蘭才在此一歷史廢墟之上悲傷的寫成她《極權主義的起源》一書，而這已經是整整一百五十年後的事了。

在此一終極的集體暴力到來之前（可能不至於發生，或說不完全的發生），平等先一步會把社會拖入一種狀態，這則是鐵定發生的，那就是平庸，也就是小彌爾講的沉睡，所有人像是睡著了——整個世界的程度陡然下盪一大階，人的品質尤其如此，人變得很難看（其表情、其行為舉止、其不遮不修的赤裸裸貪欲……），所有人類曾有過最尖端的美好東西一個一個從人手中流掉，還一個一個變得可笑（人用不屑來掩飾自己的懶和弱）。這種彷彿被搶走的得而復失，好不容易成為可能的重又退回成不可能，很令人難受也感覺很愚蠢，但真正讓人沮喪的也許還不是這些，平庸是個森嚴的鐵籠，以無知加上相當程度的妒恨鑄成（也因此始終摻著、預備著集體暴力），它想把所有人拉回來和自己一樣，不可以不一樣，不放人自由，尤其那些個體的、其實於誰都無害的、只孤獨探勘遠方本來可讓人類世界擴大並得益的必要自由。「他們說我瘋了，我說他們才都瘋了，媽的，結果他們人比較多……」，這段生動無匹的話我引述過一次，出自於昔日法國的一位年輕畫家之口，此人最後果不其然被送進了精神病院。

托克維爾（以及小彌爾）對自由的熱愛和期待，日後，人們也審慎的指出來它的風險，代表性的說法是英國下一代自由主義大師以撒・柏林的「積極自由」，同樣把人自由的過度積極實踐要求，聯結於歐陸蘇維埃革命和納粹云云這一連串災難歷史，所以柏林小心翼翼把自由限制於個體，即所謂的「消極自由」，人絕對不可以交出、不允許被侵入的最後私人空間云云——這是有據的、負責的。但這麼說，把自由和集體聯繫起來還是很奇怪，幾乎是悖論。現實裡，被納入到集體性的（泛）政治領域裡的，其實不是自由本身，或最多只是某種暫時性、策略性的手段，只有在為自由呼籲請命的此一特殊時刻、特殊行動（如尋求立法保護），自由才和集體短暫的搭上線。用白話來說，「所有人都該得到自由」這堂皇的話，真正的意思是每一個人都分別領回、各自保有屬於他一己的空間，就此回歸個人，而不是要求所有人從此得「自由的」綁在一起做同一件事；自由（在個體裡）的成果或無可限量，然而再怎麼美好的成果都只能帶著無比寬容之心來說服人，不能拿來壓迫人，更不可以說人不積極實踐、不長成這樣美好的樣子就不配稱之為人，很多革命團體犯這種殘忍的錯，而這所謂的最終成果根本還只是空中樓閣、還只是某個人、某些個人的想望和推論而已。

說到底，柏林式的現實憂慮，真正出事的其實不是自由，而是「集體」，也就是托克維爾所說平等所召喚起來的那一無可阻止的力量，我們極有必要在集體和個體之間更用力更深鐫的畫一條線。

大致如此。

當我們只留一名詞一動詞的改成「我愛自由」，這像是講一個真理，真理到彷彿什麼都沒說，就連「我」都不必是真的我，沒時間沒空間，是任何人；但我們再耐心讀一次托克維爾：「我認為我在任何時候都是愛自由的，而在我們這個時代，我甚至想崇拜它。」——這裡面滿滿是訊息，而其實中文譯出也就多二十六個字和兩個逗點而已，自許是讀者，我們會連多讀二十六個字的耐心和細心都沒有嗎？

「我認為」——這番話以自省開頭，這是把事情好好從頭想過的審慎語調。托克維爾知道，他和一般人對自由的熱愛程度和價值體認並不一致，這剛開始像是可忽略的程度微差，但隨著世界進展，尤其來到某個考驗和抉擇時刻、諸神衝突時刻（一定會來的），這不一致可能就是鴻溝了，讓人分離甚至彼此仇視對抗。

「在任何時候」——這有預言和警示的成分，事情不會一直順風順水，我們得有所準備才行。尤其自由這種東西，它必將遭逢種種艱困的處境，這躲不掉，因為人性的緣故；也可以說，人們並不像他以為的、或人云亦云的那麼喜愛自由、樂於自由。托克維爾彷彿看著所有此時此刻為自由請命拚命的人，心知肚明有多少人會在下一刻嫌惡的拋開它。

「而在我們這個時代」——然後，托克維爾把目光拉回到當下，他做了個歷史判斷，十八世紀末當時，整個眼前世界沸騰開來，自由的進展看來才方興未艾，但對托克維爾而言，這一切如此明白幾乎已成定局了，人愛自由但茫然，人更愛平等而且知道怎麼愛它、完成它，歷史的此消彼長其實已經開始了。

「我甚至想崇拜它」——對性格偏清冷、字詞偏低調的托克維爾，這麼說話是極其不尋常。這當然就是誓詞，還有點和世人對抗的味道：我把自己連同所有的信用都押上去；或平和點說，我永遠把自由置放於價值首位，不管世界將變成何種模樣。且這很顯然不是初次宣告的語調，而是再再重申；不是在自己歡快披靡時刻講的，而是充分意識著自由的脆弱、（提前）站在憂患處境之上的一個莊嚴承諾，我不離不棄。

於是，這個「我」，才是真人的我，不像「我愛自由」的我只是一個代稱，只因為文句需要有個主詞，沒人心溫度，沒認識刻度，沒空間差異和沾惹，沒時間浸蝕變化——這個我就是托克維爾本人，豐盈的包含了他的存在、經歷、理解、判斷和期待；卻也是托克維爾認為人面對自由的應然模樣，他當然期待能說動我們，讓這個「我」也是「我們大家」，也許得這樣才護衛得住他以為人間不可或缺的自由，但我們不聽從也無妨，我們不聽從可能才是「正常」的。

人自身就是不安的、浮動的、進進退退的，儘管我們喜歡和任何對象保持一種明確不渝的關係，但這通常只適用於我們已不在意了、已遠離、如封存於記憶琥珀角落裡的東西（比方從此再沒見過也不知所終的小學一年級導師），愈是重要、愈長期相處如攜帶著的東西愈一言難盡，它必定和人發展出千絲萬縷的種種聯繫，並隨時間和現實世界的牽引不斷增減起伏，只用一個字、一個粗大的名詞是沒辦法正確表述的。

文字的表述因此有著「刻度」的細膩要求，好隨時跟上我們的眼睛，我們的腦子和情感，也唯有如此，文字才真正為我們所用，不會一整個異化、固化，變成某種身外之物如柏拉圖所指責的「栩栩如生的假東西」。

《聖經．創世紀》裡說上帝把亞當帶到世界萬物面前，由他來一一命名（亦即先都是名詞），好讓人和世界、和萬物很快取得一種秩序，一個讓人可以安心的穩定關係——人類的這一趟認識歷史之路似乎是這樣走的沒錯，大致依循一個「模式」，即「農夫／行商」（本雅明）的消長和交換，而這也正是人基本生活形態的進展模式。人總是先整個的、粗略的、窮盡的掌握世界，這其實比一般以為的要容易完成，相當快的，世界再沒有祕境，沒有新穎奪目的異物，遠方也所剩不多只是些不毛之地；人的認識進展由此折返，認識的要求轉向細緻和稠密，以逼近的、並各種光影時刻各個角度的重新凝視已發現、已命名的事物，還嘗試不斷分解它打開它，不滿足於只是表層的視覺印象，更多時候，認識是填補空白，是在孤島般懸浮著的已知事物之間找尋聯繫，以及彼此的種種牽引推斥；也就是說，認識的對象已不再是發現新事物，而是找尋、組織、確認事物的關係網路。

個人的認識之路也重演著這一歷史——固然，太短的人壽讓人無法恣意窮盡世界，個人的折返來自於人對自己生命可用時間的警覺。人到中年，或歐洲人曾試圖較精確計算的所謂「生命正中一點」（當時設定為三十五歲），感覺時間已不夠，人通常會減緩對新奇事物的追逐，認識逐步增加反省、整理的成分，大致如此。

文字回應著、追隨著人的這一認識要求——文字當然不憑空發生，它因人的認識而生、而變化，這是它的任務。因此，文字的發明和使用，同樣亦步亦趨的先大後小，由外而內，由視覺而內省，由指稱事物轉向確認關係，由描述人日常生活經驗轉向「人思想上經驗著的東西」（李維-史陀）。從數量上說，文字得大量增加，從品類上看，文字得更多樣、多功能、多分工才行，亦即，文字大致上是這樣出現和使用的，由名詞而動詞、而形容詞副詞、而接繫詞、而難以言喻只記錄感歎聲音的虛字虛詞（最容易失敗噁心、該節制到無可節制才行的一種字詞）。

三十年前我們都還年輕時，我聰明早慧的老朋友詹宏志曾說，他只寫他已弄得一清二楚的東西；宏志還補了這一句，我有個牛脾氣，我非弄懂不可。當時宏志的文章的確明朗到像一道光——年輕時我們都有大致如此的豪氣，既嚴格要求自己又無比自信。但多年之後，我們逐漸發現能完全弄得一清二楚的東西並不多，首先，疑問繁殖的速度就遠快於理解，疑問更不挑生長地點，豐饒之地貧瘠之地都野草般冒出來、不像理解是如此精緻柔弱、各種條件都得到齊的作物；更經常的是，很多年輕時日以為已確知歸檔了的東西，在時間裡在經驗中逐漸展露出它的其他面向，重新生出種種疑問，也變得不再容易講清楚了。

更確切的說，我們的理解很少「完整」，我們只是局部的、程度的知道而已，即使是每天操持的事物（如書籍），最接近的人（如父母妻子兒女）。投票選總統，除非熱狂到已無法用腦，應該沒有任一個人百分百贊同甲候選人、百分百反對乙候選人云云，這是我們生而為人的生命真相。無可避免的，我們的書寫若持續下去，必然愈開向疑問，處理那些（自知）理解並不完整的東西，也得不斷嘗試性的、有限的、有刻度的講話，不敢給人那種永恆的、沒但書沒保留的過度承諾。

你當學會遠離那些輕諾的人，年輕時日很容易誤會為是慷慨是豪情。

你需要所有的字所有的詞（但恰當選用）。只留名詞和動詞，文字的表述總是嚴重傾向於絕對、完整，像真理像神諭，太快速穿過得小心翼翼才行乃至於無可逾越的各種時間、空間界線，適用於生命處境幾乎無一交集的各式人等，彷彿人類的漫長歷史，是同一天、所有人是同一個人。這會是一種太「滿」的文字，難以保留疑問，難以正確的表達刻度，難以攜帶著人心裡的溫度，難以放進去個人的價值信念和抉選，最終，是具體的人完全無法加入包括書寫者自己。這會是危險的，過度承諾的危險，書寫同此容易走上截然的兩條路，兩條都不太好，一是不負責的就讓它危險，把讀者化為信眾，二是負責任的退怯，只敢講那些沒稜角沒裂痕、平穩到就只是平庸的話語。

最無法確知、最處處是疑問、最得商量程度的說話，我想，正是當下現實世界，因為我們知道它最多，也因為它未完成，更因為我們是整個人和它相處敏感得不得了。還有，就是文字語言和人行為行動距離最近，即知幾乎可以即行，弄錯三千年前牛骨上的某一個訊息和弄錯當下某一訊息，其風險是截然不同的，更正它挽回它的可能性也完全不同。

而書寫的真正位置連同它的所有意義可能就是當下，不在這裡還會在哪裡呢？就像波赫士講的（可能有人質疑他的思維和書寫跑太遠），我當然就是阿根廷的當代作家，這既不必強調證明也無從拒絕抵賴——儘管有時候我們的思維像是飛得很遠，話題拉得很開，書寫者本人也像是背向著、遠離著當下如波赫士也說他會想自己是十八世紀之前的英國人（這是他大量閱讀、浸泡於早年英國詩歌文學時說的，彼時他雙眼已盲，迷醉於那鏗鏘作響的詩行，喜歡那些沒有任一句喪失勇氣的話語），但根本的來說，這是尋求一個更寬廣的視野、尋求理解所必要的比較和補充，（暫時）站到外於當下也外於自己的觀看位置，此外，就是偷取和攔回，把遠方的珍稀東西弄回來，「安有斯人不作賊／小不為霸大不王」，這些，最終蜿蜿蜒蜒的全歸於當下、注入到當下。

我們說，書寫在每個時代每處地點都發生，算是持續而且稠密，很容易感覺已被前人寫完了，我的書寫究竟有什麼不同、有何必要、有何獨特性可言？這是每一個像回事的書寫者遲早會要自問的，也不只一次的問，這個難題若有稍可安心的答覆，那必定是——因為我在此時此地，赫拉克里特之河意義的。我的此時此地必定有某一些不重複不回返、也不全然重疊於其他書寫者的成分，無法全然的用卡夫卡、喬伊斯、普魯斯特云云的書寫來替代、來代為回答。這最終模糊的合為某個當下的神祕性，即使在那些思維、心志殊少神祕成分的書寫者身上，我們仍可隱晦不定的察覺出這個：時間中、空間裡，我為什麼獨獨生在這一刻、這一地、這個家庭、由眼前這些人圍擁著？讓我獨獨知覺到它們而非其他是為著什麼？要我發現什麼？我的闖入我的觀看和知覺像根小蠟燭般照亮大時間長夜的這一瞬這一角落究竟是不是一個安排？……

你看，一樣的，自許和自大只一線的、刻度性的微差之隔，但兩者多不相同，也真的不容易說清楚。

也許每個書寫者有他不同的主張，我自己想留在當下，和我的此時此地相處，我不想綁著雙手般只使用名詞和動詞。

7. 不願解釋自己的作品，卻得能夠解釋自己的作品

稍稍延伸一下，來看這個問題——書寫者該不該解釋自己的作品？

這是個意見趨於兩極的爭議問題，我，昆德拉也是（《相遇》一書中），認為一個好的書寫者應該能夠很好的解釋自己的作品。

這裡有個真實故事，人物是拉麵老職人、一風堂的創辦人河原成美，幾年前他接受電視公司委託，負責鑑賞名古屋市拉麵激戰區如雨後春筍冒出來的新店。其中一家，河原成美顯然對其麵湯是很滿意的，「是不是用了蘋果？」「是啊。」「為什想加蘋果？」年輕的師傅有點耍帥，「沒為什麼，就加啊。」就是在這裡，原本好心情的河原成美當場翻臉，痛罵了好幾分鐘，以為這是不負責任的，場面很尷尬。

河原成美氣什麼？我猜是這樣——說是志業也許太沉重了點也太窄了點，但如果你對拉麵足夠認真，你就得不放過它的任一處，不可以糊里糊塗的錯，還不能糊里糊塗的對；經歷不直接就是經驗，經歷得再加上一個反省思索的過程才是經驗，經歷的驗證。試著加蘋果熬豚骨白湯，仍得是一個叩問，

你對蘋果的基本食材特性已先有所掌握（其香氣、酸度、甜度、色澤、果肉果膠……），感覺這裡面有某些你需要的成分，所以這是一個有預期目標、有線索的嘗試，在這樣思維準備的基礎之上，熬湯的結果才是可精準檢討的、可積累的，你也才知道怎麼進一步微調它（蘋果數量比例、放入的時機、可否改用更恰當的品種好加強其酸度或甜度云云），讓下一鍋湯的熬煮更好更準。退一步說，就算加蘋果真的是純偶然的、靈機一動的，但之後你仍得以同樣方式追蹤它、驗證它，納入到你的常規作業裡，如此，幸運才能夠駐留下來，真的被你這鍋湯所吸收。

書寫大致上也是這樣，即使有幸運，有誰敲了下你腦袋的宛如天啟一刻，那也只是就那一瞬、那一個點，頂多撐一篇不長的作品（它持續不了那麼久），重要的是，它既然來了就不能放走它。

爭議來自於語義，書寫者不解釋自己作品是「不願」而非「不能」，是意願而不是能力，這是兩回事。書寫，從思維到文字執行，有諸多我們一生難以完全了解、徹底掌握之處，但那只是我們生而為人的正常限制和困惑，書寫沒那些裝神弄鬼的神祕。

我應該算不願解釋自己作品一族的，能夠的話，不接受採訪，不公開談話，不安排活動，當然更沒染上那種開外掛似的惡習，想方設法為自己作品添加並沒有的意義和重量云云（這一糟糕現象愈演愈難看，遂讓我們更加遠離、不恥於解釋）。首先我以為，作品的基本解釋場域僅限於作品本身，書寫時不期待日後能有再解釋的餘地，這樣的假設我想是有益的，它要求你在書寫時得想更清楚並設法說更清楚（經驗上知道，這往往還是同一件事），作品有機會長得較沉實稠密，乃至於把自己都不知道有的某些能力和記憶存貨給逼出來，驚喜，並且不留遺憾。

此外，不擅長於想書名、不願書名有超出內容的「美麗」成分、總是以某種大而化之不強調的方式命名（如《閱讀的故事》、《世間的名字》），我自己想成是，這同樣源自於我不願額外解釋、添加的基本心思，尤其是書名這種單一強調的解釋方式，好像只要讀者看這裡、看這個點。常說，好的書名是畫龍點睛讓內容通體活過來這沒錯（我自己極欣賞、欣羨那種既恰如其分又綺麗充滿遼遠想像的書名，洗心般給你預備一個極好的閱讀氛圍如齋戒沐浴過，比方朱天文就一直做得到這樣），但一本書動輒幾十萬言，不是只說一件事一句話，往往，需要點的眼睛實在太多處了，放馬桃山，倒不如就讓它們各自在內文裡它們最舒適怡然的地方睜亮著，這都是書寫時奮力找出來寫出來的，我沒偏愛。

但事情不會這樣就圓滿。一本書、一部作品終究不可能是全然自給自足的小宇宙，一個身外物，可以這樣乾乾淨淨的、不沾不染的自此從你生命連續之流裡切出去。首先，它很快會碰上這個——向著誰，並解釋到哪裡、哪一步？

我喜歡把解釋想成就是書寫的一部分、一環，解釋就是內容物，解釋就在書寫裡完成。書寫這一有意為之的行動把思維的「渾沌」狀態鑿開來，書寫本來就是一次（再）思索、說明和解釋；然而，在書寫的實際執行時，你仍需一個基本設定，也許只是習慣的、模糊的、不多知覺的，你仍面對著某一個或某一些「讀者」如同你說話進行得有一個對象。問題是，這個對象賢智愚庸有不同等差和聽話能力，你把這道解釋的線劃在哪裡才好？無論如何，你都拋棄掉了一堆人，但凡，你多生出種溫柔心思（尋求名利、想多得掌聲和崇拜之心也成），垂下蜘蛛絲般想多拉起作品本來不該觸到的某一層人，書寫和解釋原本的重合為一便開始出現了裂縫，步伐不再一致甚或去向背反形成拉扯，也就是，解釋成為書寫一個「多出來」的要求，是得另外分心分力去做並得特別為它找出安放位置的多餘之事——解釋本來就是內容中最吃重、步履最遲緩的東西，是書寫大軍的輜重，書寫要保持方向和速度順利前進指向遠方，有它難以超重的攜帶總量，好的書寫技藝安排可擴充一些，文字愈精準也能讓負重的效果極大化，但限制仍是在的，《三國演義》裡，目的地荊州尋求劉表庇護的劉備一行，便因為不捨跟來的黎民百姓，拖慢了軍行速度，遂被曹操大軍追上，劉備因此折損了兵力、犧牲了老婆，還可能摔笨了兒子劉禪，代價不小。

把解釋放內容裡，但書寫者自己心知，書寫如輕煙上達，要往高處遠處去，解釋如石頭要回到地面，和更多人在一起，它們最舒適自然的位置最終是背反的、訴諸選擇的。

朱天心也是不愛、幾十年下來仍不習慣公開談話的人（這和她太赤熾的現實關懷之心背反，有點難辦），她的克服方式是想辦法在眾裡找到某一個、乃至於三兩個看來可接上談話頻道、有「正確」表情變化的聽者，她看著他們如同一對一的說話，並隨著他們的表情變化微調自己的內容、速度和用語，盡可能解釋到他們的臉會生出亮光來。朱天心說，這樣才能保護住她的談話不四分五裂，她才講得下去。

沒有任一種解釋能下達到所有人，再簡單體貼的解釋都對聽者有要求。

每個書寫者因此都有他設定的對象，從程度到數量不一而足，這上頭，我自己和朱天心相似，我書寫時得有一張臉，一張會隨著我書寫進行或恍然或疑惑、明黯交換的臉，當然，這個設定性的對象不可能是實存的，只是某個「理想讀者」，因為實際上和技術上都不可能有這麼一個人——技術性上是，我必須假設這個對象是影子般一直跟住我的，簡單說，我寫每一本書、每個字他都奇妙的在場，第一時間而且順時間（這很重要）的讀並做出反應，所以，這只能是想像的，如小說人物般由好幾個人所合成，我猜，其核心其實就是我自己，另一個讀者身分的自己（無疑的，我有足夠的經歷和記憶不難扮演好這角色），一個兩面神雅努斯般看不同方向、不朝著自己而是朝著外頭世界的另一個自己，這讓我的書寫不會一直陷落到「自我」裡面，時時響著現實世界雜語式的種種質疑提醒校正聲音，這樣兩面作戰的書寫當然比較辛苦，但去除掉太多封閉的、單薄如一意孤行的陷阱，這比較健康。此外，這個假想的讀者多黏附著一些可思議的真實反應暨其表情變化，這則是四面八方取自於好幾個真實存在的人，我的「厲害朋友」（這是小說家阿城說的，「我是講給遠方那幾個厲害朋友聽的」），這幾個厲害朋友，他們和我有持續且時時與時更新的對話，或可稍微噁心稱之為心智的旅伴，我極熟悉他們對我的信任和不安之處，我猜得到他們會說什麼如同他們時時在場，擺得平他們大致上就算過關了。

是以，一本書裝不下裝不完所有的解釋，對書寫（或思維）而言是必然的、本質性的，這會隨年紀愈來愈嚴重愈明顯——年輕時日，人的書寫題目比較像是散落的、四下抓取的，這本書寫完跳去寫下一本書，彼此不相連結甚至毫不相干；或者說，彼時人認識某事某物總是單面的、單一視角的，話一次可說完，說完就可以抽身離開，也不餘下足夠分量的材料可供想下去。但現在，一本書寫完愈來愈像只是「暫停」，書寫停了下來而思維仍是持續的、翻動的並大步向前（所以書的結尾愈來愈難寫）；而且，一本書有它限制性的行進路徑（我的書寫已經被說成是最橫生枝節的了），強調了這一條便暫時封閉了另外那一條，相對於思維日漸擴大的範疇，書寫能涵蓋的比例愈來愈小，書寫愈來愈像是「抽出」，是選取其中一條路（猜想是最富潛力的一條）的探險行動，看它最遠能帶我們走到哪裡。

正因為這樣，才出現了這個有點弔詭的解釋現象——書寫者得能夠解釋自己的作品乃至於有再解釋再思索自己作品的「習慣」，這甚至是自然而然的、每天每時都進行的，因為那些沒選擇的路徑、那些被擱置的關懷和被中止的可能，往往正是他此時此刻想的，和已完成的這本書拮抗、對照、補充，由此構成書寫者的完整思維；但在現實裡，這樣的再思索再解釋往往並不說出來，書寫者像是個不回頭看、不回頭想自己作品的人。我個人的經驗和理解是：正因為需要解釋、補充的東西實在太多了，超過了某個臨界點，便不是那種單薄的說話形式（如採訪或公開談話）所能負載得了的，你不願意就這樣輕易的、粗糙的把它「說掉」，或更確切的說，這已可不稱為解釋了，這極可能就該是你下本書、或下下本書（如果你需要更多一點時間和冷靜來豐富它來熟成它的話）的書寫題目。

這也是我和朱天心常有的對話，相互扮演提醒者——每當誰懊惱自己已出版已追不回的書寫遺漏掉重要的什麼，另一個就負責講，沒關係，那就從這個好好再開始想，下次把它給寫回來。

當然，能夠解釋但不願解釋，也是因為看多了看厭煩了的緣故——書寫聯通著外面的繁華大世界，逐漸養成、無法戒除還一直強化這個「惡習」，那就是想盡辦法在自己的書上頭再堆積一些重物、飾以它並沒有的字詞性意義和光輝、並擺放它到沒抵達的位置上云云，這也許合法甚至合情但總是讓人不好意思（這樣的羞慚之感油然而生但始終不曉得從何而生，也許只是同樣身為書寫者的負咎，或同樣身為人的負咎），你想遠離這個、裝作不認識這個；你寧可你的書被誤讀誤解，也不要變成那樣的書寫者。

8. 文學書寫做為一個職業，以及那種東邊拿一點西邊拿一點的脫困生活方式

書寫怎麼開始也許並不重要，我們每個人一生都「開始過」不少事，如春花如朝露。問題在持續。

據我所知，也依據我的記憶，文學書寫很少以「職業」的模樣始生於人心，倒是，對心生文學念頭揮之不去的人而言，職業這東西反而常是一片烏雲、一堵攔在不遠處的厚牆、一個最不共容逼人二選一的沉重抉擇，且屢屢真的成功說服人放棄文學書寫。也因此，文學書寫的「全職」時光常發生於就業之前，它的自在天地是校園，不是因為這個空間最合適它生長，而是因為這裡還沒被職業這東西侵入，它「人為」的延長著我們的童年，自由，而且通常有人餵養你。這於是也為文學書寫的面貌加了年輕感、遊戲感，好處是輕盈富想像力，糟糕的則是太輕盈太想像，屢屢出現賈西亞．馬奎茲所說那種「最難看」的東西（「沒有現實為底的憑空想像是最難看的」），除非帶著年齡差距的寬容，很難真禁得住有足夠生命閱歷、足夠成熟的眼睛。

我不以為這只發生在我活過的台灣，台灣沒這麼特別。根本的說，我想這就是文學書寫，就是文學書寫和職業的關係，文學書寫和人類社會、和人類世界的「正常」運行有著種種的、處處時時的、之前想都想不到的扞格，大概永遠也找不出一個一勞永逸的、就這樣的舒服位置來——這個根本認識，有心持續文學書寫的人頂好都先這麼想，當自己人生選擇的一個前提。

朱天心很喜歡《美麗新世界》這部法國人狂歡回想他們高盧人早年歷史或說前歷史的電影，裡頭一個太有趣的人該說是瘋子或就說是文學家，他當然不事生產，他遊蕩、爬樹上四下張望，岔開所有人的生活安排和節奏。電影中，其他高盧人祖先對他非常寬容（真是幸運，或者說法國人把他們祖先想得這麼好），幾乎是疼愛了，他們喜歡聽他講故事，不當真但哈哈大笑很開心，也常又溫柔又嘲笑的抬頭問他，你在那上面又看到什麼了。而這個長掛樹頂如望向另一個世界的人，竟也是第一個看到凱撒羅馬軍團入侵並示警的人，所以說，現實世界延伸而出的邊界究竟何在？現實世界和所謂「另一個世界」的界線究竟該劃在哪裡才對？

文學書寫的歷史非常非常長，長到無從追溯只能描述。廣義來說，也許還更早於文字的發明、早於人類世界的建造；也就是說，文學書寫獨立而且提前發生，並不是社會的產物，也並不回應著社會的一般需求，文學書寫如小說家納布可夫說的，發生於人還穴居時「高高的茅草堆裡」。而文學書寫成為一種職業也才不過幾百年而已。這一真相，我以為，饒富深意，應該要牢牢記得它。

之前，文學書寫的生活依據，與其說是一種極籠統極鬆弛的經濟交換（意即以作品來換取生活所需），倒不如說是「接受豢養」，那些其他高盧人祖先、國族、社會、統治者、上流貴族世家、新興富豪、以及（最經常的）書寫者那幾個不幸的家人，還有，他自己。

所謂書寫者的自我豢養（已是並將是文學書寫者的主要存活方式），意思是——我想起已故星象學大師古德曼女士的說法，她原是勸告準備嫁個南魚座人丈夫的英勇女士得認命如此：「找兩份工作，一份養他，另一份養活妳自己，兩份都由妳來做，做得跟個鬼一樣。」

文學書寫終於還是成為一個職業這並不理所當然，這是件歷史大事情，也是文學書寫的一次大型擴張。很簡單，道理上來說自主當然就是自由，不再有任何人掐住你喉嚨（或食道），你從此可以只聽自己命令行事；實際上也是如此，文學書寫至少少了一種牽制，多出來一大片空間，過去豢養者不喜歡的、不懂的、不在意的、不知道有的東西就此排闥湧進到文學書寫裡來，其中最震撼當然是下層的、庶民的這一整大塊，巴赫金乾脆就稱之為「第二個世界」，他想得對，這確實像一整個世界沒錯，它成立得更早直通上古，它人數壓倒性的更多，它也占地更廣而且崎嶇起伏變異性更大；他們的生活、他們的遭遇、他們的歡樂哀傷和憤怒、他們的情感和希望云云都一樣真實，我們會說也許更真實，或者說更直接，沒掩飾也難以掌控，遂曝現著更多真相、呈現更完整的人性可能。過往，文學書寫（文字）遠在這個世界之外，只很偶然的、很片刻的、幾乎只點狀的碰到它，來自於外來書寫者極可能一閃而逝的觸動和同情，來自於某種真誠但所知不多的善意，以及單純的驚訝，而這些都是很快會收回、會離開的。現在，文學書寫進來了，書寫者不是外來者而是自己人，他們可以安定的學著由自己來說。

在此同時，文學書寫也少了些教養式的外在規範，但實質加重了它自身的道德思維成分。

文學書寫成為職業，過往我們或會很土氣的說這是自己當老闆，下命令的就是自己，現在我們大概傾向於描述為這是直接訴諸社會集體，面對市場，隱隱感覺到有另外的命令聲音傳來。這兩種說法的微差，透露著我們認知的實際變化暨其調整，前者較接近理想，後者則直接感受著現實（如現在年輕人愛講的：「理想是豐滿的，現實則是骨感的。」），意即在單純的歡快裡開始不斷滲進來苦澀和不祥，純淨的自由原來還是隱藏著種種拘限力量。

很奇怪，按理說人們早已知道不是這樣，但太多時候，我們還是不知不覺、有意無意忽略的，總是把集體當成全然沉默透明，外面世界僅僅是個場景、是個舞台，這怎麼可能是真的？

人從全然自給的自然經濟，走向有限的、可不依賴的早期交換，再到我們現在已無法不相互依賴如綁在一起的交換，這應該是已再無法逆轉回去的人類歷史，也正是我們每天的現實。我們看李嘉圖他們那個時代的偉大經濟學著作，你生產一蒲式耳小麥交換我一公斤鐵云云，基本上，交換被說成如此對等、平坦、自主自由而且乾淨得像是一個算式，童叟無欺，賢智愚庸誰進來都是同一個結果，但這很早就不是真的，也許從來就不是真的。市場是個處處不對等的絕不平坦東西，其大小不對等，資訊不對等，意識形態的親和／排斥程度的不對等（這直接影響著交換價格），生產物於時間的抵抗力承受力不對等，人對不同產物的緩急所需更不對等（你可延遲一星期讀托爾斯泰，但無法延遲一星期不要食物飲水），凡此種種。市場因此不是透明的，這是一個機制，感覺橫向呈列的商品，是愈來愈森嚴的垂直整編。我猜，古典經濟學者之所以把市場描述得平坦而對等（兩三百年後今天依然有些傾向，某種不假思索），除了仿傚科學式原理式的思維，也是因為他們太意識到當時的政治層級體制，政治高懸頭上決定一切，緊緊箝制著經濟運作，政治是老大哥，經濟的當下急務是政治解放，從這個垂直性的森嚴統治秩序裡逃出來，所以強調自由對等云云，好援引彼時所有要求政治解放的沛然力量，以便和當時的歷史浪潮同步。但我們從日後逐漸露出的經濟真面目來看，自由對等云云並不適用於經濟自身的內部運作，大白話來說是，在經濟「統治」的領域裡，它並不給人也給不了此一自由對等的承諾。馬克斯．韋伯才是對的，經濟本身當然就是個垂直層級系統，每個接觸點轉折點都有權力嚴重涉入，其痕跡清清楚楚。

經濟市場，和政治權力競逐場域，自古以來就是人類世界兩大塊最多詭詐、最多不公平和殘酷情事之地（有關這個，政治學者一直比經濟學者坦白誠實不是嗎？），哪個更嚴重些呢？如果由我來回答，我會選經濟，也許過去曾經不是，但現在已是、將來更是，經濟垂直整編的規模、效率和其細膩程度，早已遠勝政治，這應該是我們今天的常識。

市場，也因此很快不再是人可隻身一人進來的地方了，就連那種呼群保義式的鬆垮垮結盟性合作社都只是某種初級形態無法稍長的持續、難以成立（合作社的典型成敗，或更確切的說，合作社總是快速成功、展開但緊接著無以為繼，要不就異化為同樣的上下垂直體系，要不就瓦解消失，這一而再再而三重演宛如宿命、宛如歷史單行道，是個很有意思的思維題目，不限於經濟學），而文學書寫做為一個職業，要命的是，從來都是孑然一身而來的。

文學書寫隻身走入市場，轉身面對著很多人或所有人。很多人或所有人有兩種可能意義，其極致兩端大概是這樣子——一端非常美麗，那就是權力的消失，再沒任一個人可下決定性命令，書寫者不必再聽從任何一個特定的人，這幾乎就是完整的自由了；另外一端就陰黯了，其最恐怖但極生動的描述之一是霍布士，他把很多人或所有人想成（凝聚成）一個彷彿有意志、有很初級偏狹愛憎、發出終極命令聲音的單一巨大東西，借用了利維坦這隻古老大怪獸來命名，而這也正是他《利維坦》（或譯《巨靈》）一書的著名封面圖像，一個巨大君王模樣的人形東西，拿近點看，其實是由難以計數的微粒小人聚起來疊起來的。

現實裡呢？現實蕪雜凌亂總是擺盪於這兩端之間，端看你所為何事、你想成為怎麼樣的人。大體上，我自己傾向於把它想成一個沉睡的怪物，好保持警覺，我以為這樣做比較安全，也比較不容易灰心失望，比較不至於一廂情願做錯事情——如果你沒一定要做什麼，尤其不心懷特殊希冀，只貼著時間的流水起伏過日子，那你幾年可以不（必）感覺到它存在；可一旦你認真起來，開始多想事情多做事情，朝深向處去，朝細膩精微處去，朝某種「人生的邊上」去，朝更相信自己的地方去，你大約就吵醒它了，你很快會發現有個遠大於你的東西擋你面前，彷彿就在你眼前凝聚成形遮住所有光線，巨大、粗暴、平庸、毫無耐心，而且幾乎和你不使用同一種語言無從講理無望說服；再如果，你喜歡窮盡事物真相，你信賴理性，你對人對事的善惡對錯美醜有追究判別的習慣並屢屢有所堅持，你生命裡有一堆應然性的主張，你對人類曾經有過最深刻最遼遠最精巧的思維創造成果珍視不已並努力想把它們置放在最恰如其分的位置、你希望更多人能知道這些感受這些，凡此，如果你這樣，那你頂好就直接相信這個大東西與你同在，如影逐形，一直就站你對立面，你每個轉身每次動心起念一定撞到它，它是你的終身之憂而非一朝之患。

今天，如果我沒弄錯的話，這個巨大東西睡得愈來愈少，有太多、更多當代的聲光和配備一直在喚醒它，隨時助它凝聚成形。最深刻的，像是托克維爾預見的無可阻擋平等思維及其必然效應（平等總是選擇把高處弭平、把人拉下來這個較容易的方式，絕少採取把自己提昇上去這個遠較艱辛的做法；它道德滿滿，卻也屢屢流於懶惰甚至妒恨）；最粗魯普遍的，則是購買力所帶來當代神話般的「顧客」身分及其凌駕性權益意識（顧客即便不永遠是對的，也仍是說最後一句話的人），而它最進步的配備，當然是廿四小時無休串聯的網路、臉書。

文學書寫極可能就是最早充分感受這巨大東西拘限力量的一門行當，遠遠在它正式成為職業之前——文學書寫一直抗拒著、或至少不那麼尋求「群眾」的支持，這日後還是它一個陳腔濫調型的道德罪名，幾乎每個左派人物都曾長掛嘴上的這麼指控過它。已故的薩伊德把這話說得比較沉重堅決，他講文學書寫的最重大使命之一便是抵抗流俗成見。那種凡井水處皆歌柳詞的當下熱騰騰現象的確有其過癮之處，必然帶給書寫者一定程度但小心上癮的「虛榮」，大概也不乏一些實質的酬報（端看不同時代不同社會的樣態），但長期來說、根本的來說，這不過的聊記的文學佳話而已，文學書寫自有它獨立的、不為壓倒性人數所劫迫的判準，它高山流水的寧可信任有精確鑑賞力、彷彿看著同一個東西作同一種夢的清澈眼睛，所以當然是蘇東坡乃至於朱淑真的詞好，勝過遠較嫵媚暢銷的柳永。人交淺就無法言深，進一步的話語得有基礎有準備，有不少話只有背過群眾、人置身於一種澄明的隔離狀態才想得進去、才說得出口（跟自己、跟彷彿就是自己的那幾個人有什麼話不能說呢？），這甚至需要一直練習，需要成為一種習慣，最終還是一個能力。這些，儘管在鬆動流失之中，但仍然確確實實保留到我們今天，像是，我們仍把所謂的暢銷書和好書分開，而且仍相信這兩者背反的多親和的少，幾乎是兩種風馬牛的書寫態度和閱讀選擇態度，幾乎是兩個不同職業、兩種人。

知道當年但丁《神曲》或喬哀斯《猶力西士》賣多少本嗎？別問我，我也不知道，不以為需要知道——我們一樣，不認為在考慮它們是否堪稱人類偉大文學著作同時，得去察看它們的銷售數字以為佐證。

事實是，文學書寫一直抗拒著、或至少不那麼尋求「群眾」的支持，它正是這樣子成為職業直直走入市場的——這稍想一下便會覺得蹊蹺，奇怪還有其他產品是這樣嗎？這當然背反市場遊戲的最基本天條，如此不信任數字（一談起數字總讓它狼狽不已），注定了先天不良。今天，我們也許可勉強解釋為所謂的分眾行銷云云（意即我只取某些人某種人而寫而印而賣），但分眾行銷是極成熟市場才逼生的概念，也是一種進取性的、更設計性的策略（以一種更精密的數字換算方式，控制成本，以效益的極大化來取代純銷售數字的擴張云云）。文學書寫不是，也沒（能耐）想這麼多，它聽從的首先是非市場性的另一種聲音，該說來自於這門行當的所由來之地或書寫者自己心裡，它打從市場還是一整大塊、還純數量追逐的粗暴年代，就嘗試著分離出兩種讀者（當然無法從購買金額來辨識，和房屋、汽車、手飾珠寶云云不同，好書爛書基本上一樣價錢，意思是市場機制無法分辨，或不覺得要分辨），也不是什麼聰明「方法」，是很後來不得已才勉強說成是一種策略，好讓它在市場的討論中體面一點而已。文學書寫，始終是一個異心的、彆扭的「商品」。

把文學書寫當自己「一生最主要做著的那件事情」，對我個人來說已超過四十五年了，我從十二歲以後就沒再懷疑過動搖過。這四十五年，我在著的、看著的當然是台灣，我一個名字一個名字點過去，可有任何一個是全職的、就像社會其他領域從業人士那樣的？即便在稍早那一段文學算相當光輝、書寫成果亦堪稱驚人（從質到量）、我老師朱西甯他們盛年的歲月。我勉勉強強想到的那寥寥幾個名字，都並不符合我心中的文學標準（並不嚴苛），舉凡武俠小說、言情小說、或我們稱之為「傳播現象」的煽情性書寫、雞湯型書寫云云，也就是那些聽從、投合社會集體命令聲音、下修到社會大公約數層次的作品。這人各有志，沒不對，就只是不同而已。

也就是說，文學書寫始終無法恰當的、舒適無懸念的找到一個「職業模式」，而且還逐步的遠離中——也許我們可歸因於台灣太小、只二千來萬人口，但日本呢？一億多人，且曾經是出了名好讀書的國度？

命令，其隱藏的、緊跟而來的就是一套獎懲，這是無法躲的，基本上，我們能夠做的只是自我態度的調整，比方接受、忍受、或設法不在意。

想繼續寫下去，給文學書寫和自己足夠長的時間，其必要的經濟支撐，依我多年看到的（也是我自身的經驗、我家人朱天文朱天心的經驗），最適的應該就是這種方式吧——「這邊拿一點，那邊拿一點……」。這來自於《悲慘世界》音樂劇裡的那段小偷騙子之歌，旋律有點逗，鬼鬼祟祟和其歌詞疊合，夾在莊嚴慷慨的主旋律（〈最後戰役〉）裡有趁亂混水摸魚的味道。

至於怎麼東一點西一點的湊足相當於一份「正當職業」的完整薪水，那隨個人能耐、個人際遇、個人的選擇判斷而定。比方到大學兼課或任職，打工族般接文學評審或各地演講，去雜誌社出版社當編輯，客串寫廣告文案，乃至於完全不相干的當個體力勞動者如搬家工人，讓心智休息，讓賺錢的事和想做的事徹底分開不相滲透妨礙，等等等等。

以上的舉例都是有據的，我能一個人一個人填上名字。

如此，聽起來是有點悲慘，也的確有幾個定期性哭哭啼啼做悲慘狀的文學書寫者（在網路上、在臉書裡、在任何可以公開說話表演的場合），但就以台灣現狀來說，這種東邊拿一點西邊拿一點的解決辦法其實還成立，用來餵養自己身體和文學書寫心志是夠的，除非你成天想的是「更夠」。像是、你開進口休旅車，你喬張作致非得到那種很貴的咖啡館乃至於開飯店個人房才能寫，你住台北市地租房價最高那一級的住宅區，並以所得最高那一%人的誇富方式養小孩（雙語托兒所幼稚園以及一科一私人家教云云），購物狂般一屋子當季超級名牌穿不了用不了，這樣就沒辦法了，非得犧牲掉文學書寫不可了。「更夠」，這是個無底深淵，這種貪婪，也是人各有志沒錯，我們純理性的說（絕不摻雜一絲道德嘲諷），問題在於這和文學書寫幾乎無法相容，你非做出取捨不可；或我們進一步說，古典經濟學認定這種貪婪正是人最強大恆定的驅動力量，你既然服從它，就應該讓它把你驅趕到更恰當的其他行業去，依亞當．史密斯「看不見的手」，這於己、於所有人都更有利，不是很好嗎？所以，哭哭啼啼無濟於事，只徒然讓文學書寫的面貌更寒酸更難看，更讓人看不起我們這門我們其實仍感覺光榮、自豪的工作。

東邊拿一點西邊拿一點，這也許不是唯一的方式，但我認真比較過，我以為這應該是最佳方式，如果我們真正在意的是書寫——代價最小，需要的妥協最少，不僅有望克服經濟問題這個所謂的「自由最後障礙」，還能在克服障礙同時得到有相當彈性的自由。理性，柔軟，平和如鏡。

說來，文學書寫和職業的關係如此彆扭如此緊張，這絕非個人性格使然（有太多好書寫者是沉靜不爭、甚至並不自戀的人），而是因為書寫這門行當對自由的要求實在太高了，沒有任一個其他行業需要如此，我也想不出有哪一種職業工作供應得起——文學書寫對自由的過度要求，並不是用來享受（或說已遠遠超出了享受到自找麻煩自尋煩惱的地步），而接近於讓自己隨時身處一種「待命狀態」，住哪裡都像是旅店，行李不打開，人盡可能讓全身感受張著，因此，一種已屆臨依賴、更改不了也損失不起的生活會是麻煩，一種過度投入、無法辭職的工作也會是麻煩。

也因此，在同時做著的、用以餵養文學書寫的工作裡，通常不容易做得太好、昇成最高職位、取得誘人的薪水，甚至，無法累積太長的年資。

得再稍稍說明一下，文學書寫，有葛林那樣走遍世界走到地極的人，可也有福克納那樣只一鄉一鎮的鄉巴佬，更有普魯斯特那樣拉起窗帘躺床上的人。文學書寫從單一職業的分神、不安定及其「出走」，指的不是空間移動，而是抵拒著（很快）已成自動循環、人心智進入到某種封閉狀態、從而人和世界也只剩、只需要一種固定關係的生命方式——現代的職業分工尤其容易且通常很快就變成這樣，包括那些移動距離最大、打交道的人最多的職業（船員、空姐、快遞送貨員、路旁發廣告傳單者……），不出幾個月，你會發現自己走的就是這麼一組路線，見到的就是這些個人，講的就是如錄音播放的那些話，就連出狀況多是重複的、模式性的，人幾乎不用帶腦子出門；而且往往，那種走最遠、見最多人的職業工作反而最接近這種自動循環，只因為浮光掠影，人用這樣薄薄刮一層的、不駐留沒焦點的眼睛來掃，世界哪裡都是一樣的，尤其今日全球化的、沒祕境的世界。所以說，不見得是空間出走，而是人得從現代職業工作的「單維度人」（馬庫色）掙脫出來，和世界恢復成完整的、歧路的、千絲萬縷的、符合文學書寫稠密要求的關係。

這麼多年下來，我依然如此喜愛梅爾維爾《白鯨記》的一開頭。興高采烈，就是這個詞，這樣的興高采烈是真的，很合適用來驅散那種討厭的哭兮兮氣氛。這是我的召喚，我的自主選擇，我當然知道出走有危險，但感受到那種有著沁人寒意的危險讓人腦子清醒，而且如大導演費里尼講的，害怕其實是人一種極精緻的感覺，感官靈敏、警戒、開向四面八方，冷天清晨出門的精神抖擻。我上回引用這段話已是十幾年前了（老天，可真快），當時我的詩人老朋友初安民辭去了原來極順手的工作出來創辦《印刻文學生活誌》，我用這個「有個叫以實馬利的要出海捕鯨」的故事來祝福他，也期待他攜帶著做此決定那最原初的興奮和想像力——「就叫我以實馬利吧，前些年前，且別管究竟是多少年前，我口袋裡只有很少的錢，或者沒有錢。岸上已沒什麼讓我覺得有勁的東西，我想我可以出去走走，去看看那一整大片都是水的地方，這是我的習慣，用來驅散愁悶，調節血脈。主要是因為我發現我的靈魂愈來愈陰鬱，像那種濕冷的十一月天氣；發現自己總駐足在棺材店門口，看到送喪的行列就不由自主跟上去；更因為發現我的嘴巴愈來愈冷酷，以至於需要強大無匹的道義力量才能阻止我走上街頭，有條不紊的把人家頭上的帽子一頂頂打落。每當這種時候，我就知道我該出海了。」

都知道了對吧。此行結局是場災難，捕鯨船皮廓德號被大白鯨莫比敵克拖入海底，每個人都死了包括人人最喜愛的高貴野人魚叉手奎奎格，還殃及船舷旁等著撿便宜的幾隻倒楣海鷗，就只有一個人，當然就是以實馬利「我」本人，這傢伙抓著棺材改成的浮子逃出大漩渦，為我們帶回來這個故事。

自由，我們這個時代最莊嚴、最堂皇的允諾之一，彷彿與生俱來不假外求。是否真的如此這可以討論，但在真實生活裡，自由通常是「換取」來的，有種種代價尤其是經濟代價（要不然你以為那些乖乖朝九晚五上班的人幹什麼？），所以說，自由絕不通體完好如不可分割的粒子，不可能平滑如鏡沒瑕疵，自由是多層次且多節瘤的，我們永遠在切割中拉鋸中取捨中，多換一點少換一點，不少時候甚至得靠蠻力或種種欺瞞手法才能多掙得片刻（在職場中、在婚姻裡……）。二〇一七台灣的「國家大事」首推勞動時間改制的一例一休之爭，每星期差那幾個小時，就夠讓朝野上下、中央地方、勞資兩造打成一團到動搖國本的地步，我們也再一次見識到當前高度整合、收束、依賴的經濟體制之下自由論斤論兩的多麼「昂貴」。文學書寫需要的自由、習慣的自由，可遠遠不只每星期這幾小時而已，這當然無法嵌合進當前的經濟體系裡成為通則得到保護，這只能是某種「被遺棄的自由」，如本雅明在他《發達資本主義時代的抒情詩人》書裡說的，逸出資本主義機制之外那種自生自滅的、「朝不保夕」的自由。

然而，自由真那麼可欲嗎？其實應該很接近這樣——如果自由免費、自由是贈品，那何其美好當然愈多愈好；但如果自由得換取、得花錢買，那麼，這可能就得再好好想想了。

因此，現實裡我們一直看到的正是：大歷史走向裡，人們一開始熱烈歡迎熱情擁護自由，但逐漸收束轉向要穩定和安全；個人的生命時光裡，人年輕時日嚮往無羈，隨著年紀隨著身體的種種變化，地心引力拉下來也似的，尋求的是安適和平靜，如晚年納布可夫所說，用來裝下他胖大鬆弛身體的「安樂椅」——從不自由毋甯死的戲劇性，滑向可以稍微少點這個那個自由但千萬不可以死、不會被罰錢的現實感。

集體如此，個人亦如此，我們可以把這個同向變化過程看成是人對自由完整真相的逐步認清，由一個遠方如此誘人的光點到真正置身其中的一點一滴確實感受，也就是說，這樣是比較理性的，甚至是一樣一樣實際數字加減乘除演算來的。這幾百年，人們對自由的態度變化大致上就是這麼一道緩緩下探的曲線，由光而黯，由飛翔而爬行，甚至開始感覺不堪忍受了（於自己。其空虛、其不確定不安全、其沉沉責任），也不想再忍受了（對別人。其侵犯、其狂亂無序）。我想，自由這東西應該已通過了它歷史榮光的最高點開始折返了，我們得改成說，曾經有過的那個奇異歷史高點（愈想會愈覺奇異），居然會有那麼多用不著這麼多這麼完整自由的人們會如此魂縈夢繫，會聞聽自由這兩個字或這字激動到全身顫抖，會肯為它拋下一切赴死，這何其壯麗，卻又多麼「不現實」，墊高它的基礎裡必定多出一大部分是抒情的、不那麼理性的東西，是人沛然被挖開的衝決而出情感，接近於人們曾經在某個懵懂歷史歲月和自由談了一場轟轟烈烈的戀愛不是嗎？明朝夢醒又何妨，那樣的年代，人們還真是年輕。

所以我們才說，文學書寫要更多自由，逆向著這一趟歷史大潮，不是尋求特權，倒是比較接近自討苦吃，這是侍奉文學大神的代價——當然，人永遠可以說不，這很簡單，離開祂就是了，太多人做過這事，也愈來愈多人這麼做，不會怎樣的。

這裡，我們何妨來多想、多談一下自由，機會難得，畢竟自由太重要了，而自由又如此滑溜如此詭譎——人們好像每經歷一段時日、一個歷史階段，都對它有更多的、不同以往的認識，愛憎之情也一直在變化在調整，感覺還不到下結論的時候。

好。於此，平行於這道自由認識之路的現實走向是，人多起來了，人靠得更近遂更容易感覺相互妨礙侵犯；又因為得餵養這麼多人口（但拒絕下修生活水平），整個世界於是非更緊密更追求效率的高度整合起來並精密管理不可，人的彼此寬容每一天、每一處遭到考驗，失掉了有益躲開讓開的足夠物理空間，瀟灑不起來，也浪漫不起來。總的來說，自由的外部現實處境是在惡化，自由的實踐不再像稍前那麼容易了。

自由的榮光折損，不再高懸於人們價值選項的前幾順位，這意味著，人們對自由的損害警覺降了下來，不復信念式的、無私的共同防衛它，自由變得像是「私有物品」，自由於是可割可讓可拿來交換可任意處置，只要有人允諾生活會更舒服，經濟會飈昇，工作機會如雨後春筍冒出個不停，保證將可能的犯罪者一一監控起來，乃至於只是，可以不要讓我看到我會緊張的人我不順眼的人，別滿街是來自貧窮落後國家的異國人、移民（國民年平均所得超過三萬美元國家來的不在此限），別讓我聞到一絲菸味云云。不管這些允諾多荒謬到稍有理智的人都曉得只是騙局（比方在美墨邊界豎起一道新萬里長城而不僅僅是柏林圍牆），我們都親眼目睹了，仍然有壓倒性的、數量有效的人樂於交出一部分自由（包括別人的自由）買它——選出這種貨色的總統，或允許通過這種水準的立法。

一句話，我要這麼多自由幹嘛？——確實如此。這趟自由的歷史折返之路，根柢的來說，正是人們不斷發現自己真的不需要這麼多自由，我何必幫忙出力去防衛我不需要的東西呢？如果我並不打算做什麼特別的、異於常人的事，或者，如果我察覺這較特別的事並不是非做不可，不做並不難受，相反的，不做反而輕鬆安全，更何況，一定有那些比我急比我想不開的傢伙會去做不是嗎？這部分的確是高度理性的，屆臨狡猾。是韋伯所說那種無光的理性，也是奧爾森名著《集體行動的邏輯》所揭示的那種群體的、極度現實功利的、現實到有點墮落之感的理性。

《白鯨記》的以實馬利想做的特別之事是「出海捕鯨」，當時，誰都知道而且書末也證實，這是非常危險的——就集體思維，這非理性，甚至瘋狂。至少，人但凡還有其他選擇都當丟棄。

人不需要這麼多自由，但文學書寫需要，愈往深處去、愈當真的文學書寫愈需要。文學書寫於是有著大麻煩了——這些自由，集體世界不供應，法律不保衛，社會不支援甚至不允許，文學書寫者得自備，自備可能是稍稍樂觀稍稍息事寧人的用詞，因為它其中一部分比較接近違禁品，罪名不大可以睜一眼閉一眼的違禁品（比方像大麻之流的），靠欺瞞靠遮掩靠挾帶。

也許是，人們一開始把自由描述得太自然太渾圓了，Born Free，自由不僅與生俱來，還像是一種怡然的、風吹在臉上如此舒服還清爽的生命狀態（稍稍觀察過鳥類行為和生態的人都不難發現，鳥並不喜歡「自由自在的飛翔」，牠能不飛就不飛。所以波赫士很質疑那種人類一廂情願的動物寓言）。而且，那又是人們自由太少而非自由過多的人類歷史時日，人不僅時時可被侵犯，人還時時被要求去做太多種非一己意願的受苦受辱受害之事，因此，自由低落到、陷縮成只是抗拒，只是想不被找到不被點名（「軍書十二卷，卷卷有爺名」）。更多時候，「做」意味著不自由，自由遂是人有權力說

NO，自由是坐著躺著酣睡著，自由是不繳交那些苛捐雜稅（美國獨立戰爭的導火線是茶葉稅），是不一紙命令下來就得去修國王的墳墓，是不用冒死去打一場對自己絕無任何好處的戰爭，是不必見到誰就下跪請安，是不必遵從教諭上教堂或齋戒餓肚子，凡此種種。

但其實，自由是「做」，不是「不做」，它真正聯結的是行動，是人行動的保證，為人的這個那個行動先開好綠燈，提前一步解除所有可能的障礙、疑慮和爭執，這才是自由的核心價值所在及其意義（所以，我們大而化之的說，規定可以做的才做，這不是自由；沒規定不可以做的皆可做，這才接近是自由）。我自由，超級大白話來說就是，我可以做任何事，高興去做或不怎麼高興去做全都由我，其種類、時機、強度和幅度我自己說了算——時機選擇當然是自由無可割分的一部分，我現在不抽菸，不意味著我下一分鐘不抽菸，我不抽菸時仍保留了我隨時抽菸的權利。所以說，自由的核心狀態是「動」的，預備著，伺伏著，即便暫時呈現全然靜止，仍滿蓄風雷藏放著可能。今天（意即人又累積了幾百年自由實踐的經驗和教訓），我們仍說人是自由的，但這已不再是說人像非洲草原獅子那樣的素樸生命樣式描述了，而是某種意味的宣告，甚至不排除有所行動。我們站在人擠人、處處是限制處處是障礙的人類世界裡帶著強勁意志重申，不覺得此事容易，但仍相信人「應該」可以依自己意願做這個事那個事，惟數量太大無法也不必一一列舉，只有不自由的、沒那麼自由的事才是特殊的、例外的，才需要列舉出來。

以撒．柏林著名的「消極自由」之說也許字義性的加深人們的此一錯覺，彷彿又把自由從行動降回靜止，但事情並非如此——柏林是小心翼翼沒錯，自由也的確鋒利，或說有兩面，對承受這些自由行動的他者和社會而言，這便是侵犯，極致點一如我們常說狼的自由便是羊的末日，因此自由有界線如昆德拉所說一個人的存在限制了另一個人，也必須設法劃出界線，否則自由在彼此不斷相互穿透之下就瓦解了、消亡了。柏林的「消極自由」便是這最終底線的鄭重確認，看似退縮的字詞選擇之下是對自由的堅決防衛，至少，在這最終底線的範圍之內，人的自由是百分百完整的，做什麼都可以包括自殺，不受任何挑戰和質疑（即便對他者仍有「微量」的影響），人必須彼此承認、保證並忍受；也就是說，自由依然就是自由（並沒有另外一種七零八落的自由），自由仍是人可以做任何事，也完整保留他做任何事的權利，只是不得不限制於此一範圍之內。

如果說柏林的消極自由之說對行動有種抗拒，正是抗拒著那種集體性的、奉自由為名的強制性誘導性行動，行動是人的權利，不是義務——這在偏左翼的思維裡一度相當顯著，自由變得太激情甚至已接近宗教，並由集體接手。柏林試圖把自由從集體那裡拿回來，交回給個人；自由不可以離開個人，自由離開了個人就變質成另一種東西。

柏林當然也注意到他自身所在自由主義傳統裡的此一危險，在托克維爾、在小彌爾身上都有——托克維爾和小彌爾都清楚知道自由的強大可能性和力量，由此我們可寄望會有更好的人類世界，自由也由此變得更華美更可欲，但這樣華美的「應然」圖像如果太急切太積極，一樣會發生某種集體性的強制力和道德性的強制力，當然，托克維爾和小彌爾都是極冷靜且本來就心性偏冷的人，但人類世界從不是這樣，不管暫時看來如何冷漠，瞬間就可以瘋狂起來。

人究竟需要多少、多大幅度的自由？這於是取決於人對行動行為的想法以及對人類世界的想像，這是各異的，也不免是變動的——如我們所說的，托克維爾（以及小彌爾）便對人的可能行為、行動有較豐沛的想法，也有著較為深遠的期待，他是相信人類世界可以更好也應該要更好的那種人，而自由正是釋放出這一切的關鍵之物，所以自由得盡可能的擴大，別動輒限制住人，好容納、支撐這些更困難的、其實其最終成果更多歸於眾人而非行動者自己的行為行動。至於現在，像愈來愈多人掛嘴上也如此行的小確幸，人盡可能把自己縮成最小，把行動減到最小，把行為弄得最透明，生命的基本樣態是躺著（所謂舒服還是躺著），萬事萬物於我如清風如朝露，都只是短暫一觸而已，人躺著占不了什麼空間，所用得到的自由也可以非常少；這原是某種亂世之學的末梢泡沫，是不得已的，我們在衰敗過後的古希臘雅典，在戰亂殺戮時刻的古中國，或在種姓制度森嚴、人只受苦無力改變外頭世界的印度佛家那裡都找得到類似的想法乃至勸告，只是欣喜或無奈、不願或不能、才華不足或才華洋溢的程度有別而已。

猜猜，最高興人們講小確幸的是誰？當然就是掌權者，因為這意味著人們要求的自由很少量，而且壓根不想爭取。

如今，有兩件事清清楚楚發生了，或說趨向（意思是尚未到最頂點）：一是大眾的勝利，意即較沒事要做、自由需求量較小的人們成為現實尺度，證實了托克維爾平等必將壓倒自由的歷史洞見；另一是人對特殊行動行為的不斷懷疑、懼怕和退卻（其意義，其必要，其成本和代價。意思是，即便我仍承認這是好事但還是感覺不值得不舒服也不放心），應然性的東西包括人的價值信念一塊一塊被拋下來，人轉向當下現實，人「再沒有遠方」——兩者都是不容易再逆轉回去的進展（會嗎？），有的只是其起伏和微調而已，有歷史埃塵慢慢落定的意味；這也必定反映在公眾社會的每一具體層面上，舉凡法律、社會規範及其機能云云，也因此，在人類公共領域所劃定、承認、保障並支持的自由樣態大致就是如此，限縮一點，下修一點，但也安定了。

和我們一般認為自由將緩步進展的慣性思維不同，自由轉向於收束——這一點，一個文學書寫者會比一般人容易察知，不因為比較聰明敏感，而是因為他的工作「位置」，那些不再被主張、支持的自由，正是書寫者所需要而一般人沒感覺甚至嫌太多的自由。

別誤解我的意思，尤其千萬別故意誤解，我對如今人類的基本處境並不悲觀，甚至不憂慮。內心深處，我完全信從托克維爾，人該更自由才對，世界應該更好，這裡面有著多少可能多大天地。但我以為，從一般人的層面來說，當今這樣的自由是「夠用」的，保衛得了人的，支撐人的基本活動、讓人平順過每天生活綽綽有餘，事實上是有餘到讓人有點不安有點煩惱了；這樣程度的自由也是務實的，極可能才是人類集體配得的、較恰如其分的，是人的真相（這裡，我想起歌手唐·麥克林如此說文生·梵谷：「這個世界不配擁有像你這麼美麗的人。」）。而我也不認為人們真會無限制的下修、棄守必要的自由底線，像霍布士或像杜斯妥也夫斯基他們說的那樣全數交出來以換取安全和確信（這毋甯只是措辭強烈的警告）。當然，挑戰的、滲透的、媚惑的力量不會停止，一定要說的話，我以為稍微危險的威脅來自於經濟而非政治，從大歷史大時間來看，政治對自由的攻擊已呈強弩之末了，只剩一種「詞窮的蠻力」，而且政治，即便最壞的政治，仍躲不掉它的基本道德義務，仍受著應然性思維的約束，有它非做不可的事、非負責不可的人，這是它的必要構造成分，也已深植人心讓人們一直保持著要求和警覺。倒是，資本主義的經濟體系打一開始就成功說服世界它是百分之百實然的，它沒有自身利益之外應該要做的事這種東西，沒有非理會非服務不可的人，而它也確實一直能繞開人們的警覺，以舒適、便利和享受滲透進來。仍然，我以為自由的底部堅實不動，到最終考驗仍有相當一段距離，近幾年來全球一連串頗醒目的自由逃避、反挫現象，從俄羅斯、日本、中國大陸到美國、西歐

（也就是說所有老牌自由民主國家幾乎無一倖免），包括糟糕的領導人選舉結果和一系列糟糕的立法，我以為這比較像某種宣洩、某種愚蠢的搗蛋和報復，也是我們這個大遊戲時代典型的惡遊戲，人們其實很任性、很不認真（認真幹什麼呢？），人們有恃無恐，人們覺得還「玩得起」。我們看，美國人搶先一步選了川普這種貨色的總統，西歐各地看似銳不可當的右翼無腦勢力應聲頓挫下來，彷彿氣洩掉了，或者說，我們感覺這裡仍有一道牆、一個底線；而我更喜歡說的是英國的脫歐公投，這個民主睿智縱深遠勝美國的老國家，人們投完贊成脫歐的歷史決定一票，才蜂擁著上網查看歐盟究竟是個什麼東西，我他媽到底是反對了什麼？

所以，沒有誰真的感覺困難，失去足夠自由空間的僅僅只是這些異於一般人的特殊行動行為，不幸的是，文學書寫始終是其中一種——文學書寫成果不是人們生活不可少的「第一類需求」，文學書寫人口的總數量也遠遠不足，歷史上從來都是少數人的事，是憑藉人們相信這是好東西，意即人的價值信念、人的應然性、人的鑑賞力以及更多的附庸風雅，這才得以成立，取得在這個世界的一席之地。當這個部分的「善念」開始瓦解，其狼狽起來的結果便是，它數量更少了，一直在減少，政治上構不成壓力，經濟上湊不足有效需求（需求得到達一定數量、一定購買規模才構成「有效需求」），其實倒沒誰真要消滅它，它仍是自由的，脫離開一般人公共世界、愛幹什麼就幹什麼反正沒差的那種自由。

我的小說家老朋友鍾曉陽曾這麼寫過自己：「人不理我，我不理人，於是我甚自在。」

這部分的自由不足，只限於文學書寫這一特殊行動行為，不及於書寫者人身，我以為這是書寫者該清楚意識的，有助於心思清明。書寫者和所有人一樣，享有著基本自由的保護和支持，也就是說，退回來所有這些相關煩惱應該就瞬間消失，你非寫不可嗎？這於是成為選擇、成為一個拉鋸狀態——

這麼多年下來，我實際看到的是雷蒙．錢德勒所說的，選擇「總是每次死去一點點」，這是文學書寫的「漫長的告別」。說真的，斷然封筆改行讓身心安泰的例子倒不多，也許，這本來就是自由經濟學製造出來的一則假神話，人即使只服膺自利之心也無法想跳哪一行就跳入哪一行，人沒這樣的彈性，世界也沒這麼光滑無磨擦無阻力；也許，文學書寫終究是個相當特殊的「工作」或說技藝，它和書寫者的身心聯繫得太多太稠密還太真誠了，藤蔓纏繞般很難一次乾乾淨淨斬斷，更也許，文學書寫本來就如我們講的以「東邊拿一點西邊拿一點」的方式支撐，它於是不會感覺一次被逼到絕境，好像只需要有限度的退讓和轉進；也許，書寫者就只是單純的捨不得。

是以，文學書寫的減量，遂以兩端截然不同的方式同時進行——減量大而快的發生在入門這邊，新的（可能）書寫者看大勢不妙不再輕易踏進來；減量小而緩的則在書寫末端，老書寫者在一次一次退讓中轉進中個別的凋落，以某種往往連自己都成功騙過的離開方式。

四十年前了，也就是我廿歲上下當時，台灣的文學書寫風吹花開會傳染也似的湧進相當一批秀異的人如一場小小盛事（文學書寫的景氣起伏總是這樣不均勻的、脈衝式的；但這裡我深深記得一個名字，馬各駱學良先生，他短暫代理《聯合報》副刊主編時推動了這個風潮，歷史正確時刻的一個正確的人，儘管他的作為部分被繼任的詩人瘂弦廢掉了，但仍成果斐然），這就是今天我們習稱的四字頭作家，裡頭有好些個依我標準堪稱天才作家的書寫者，也好幾個是我一路相處的老朋友，我知道他們很多，包括稟賦、書寫景況和心性傾向，但四十年是一道不改流逝的大河啊，很多隱晦的、壓抑的、不想讓人知道的東西終究會水落石出般清晰起來，我大致也一一記得他們何時離去、如何並交出什麼樣的成果離去（我一直有心記住這些）。最終往往是再寫不出好東西沒錯，但說是「枯竭」乃至於「衰老」不是個確切的說法，因為有人還不滿三十歲，然後三十歲人、四十歲人都發生，像破了個洞的袋子一路撒落連成某一道路徑。我寧可說這是「轉行」，即便還握著筆工作，但已漸漸不再是文學書寫了，也不再為文學書寫作準備（以為生活著就等於為文學書寫作準備，這個「謊言」害死了很多好書寫者，這世間沒任一門技藝可以只靠「生活著」來豫備來支撐），朱天文的說法是「你這麼長時間不理小說，小說怎麼會理你呢？」所以這是選擇，知覺不知覺揉一團的連續性選擇結果——從選擇文學書寫開始，到終於選擇了「生活」。

就文學書寫，起碼在台灣多年來如此，我相信這也是普世性的趨勢，時間表問題而已——文學書寫是自由的，而它是夠自由的最關鍵一個障礙，也往往力竭於此的，正是「生活」，也就是經濟問題。但應該還不至於是餓死凍死的經濟問題，就只是持續的往下沉落，下探社會較底層、溫飽可以奢華不行的那種生活。

文學書寫者並非一個個都很笨，都拙於生活事實，像隻刺猬，或亞斯伯格人；相反的，他們常異於一般人的聰明靈動，甚多人更博學多知多能如狐狸，尤其在少年時刻、求學時刻總是輕易的高出同儕一頭——這一點是較尷尬的，尤其日後參加國小國中高中同學會時，黃金交叉（或死亡交叉），他很容易成為那種「混得較差」的人，特別是在今天文學聲譽已低到不為人知、聲名基準已是財富數字時。

從需求面來說，今天，文字能力在當前經濟體制裡依然是「很有用」的一門技藝，不少行業仍需要這樣的人才。也就是說，足夠的聰明加上文字技藝，就光靠這兩點就好，要說他們無法遊刃有餘的應付這個世界（即便起步慢個幾年、「浪費」在一己的書寫世界裡），不能過超出一般水平以上的生活，是不可思議的。書寫者之所以屢屢以顯得笨重、顯得遲疑恍惚，正是因為文學書寫攜帶在身的緣故，這絕對是個夠沉重的、時時占滿人心思的異物，讓書寫者總是哪裡格格不入，成為小說家林俊頴所稱的「異心之人」。人被自己拉扯開來，同時要攻打兩個目標、侍奉兩個難以和解的神，這真的非常非常難而且磨人心志；我們說逐二兔不得一兔，而文學書寫者的生活基本事實便是兩隻都抓，也都非抓到不可，只是，這樣可能就沒辦法追逐那種大隻的、跑得快跑得遠的，他必須設法讓自己滿足於那種小隻的。

也因此，文學書寫者對自身的生命處境、經濟處境通常呈現某種「順服」（儘管漸漸不然了，而這正是文學書寫的衰頹現象之一），不那麼積極尋求改變它，幸與不幸，有點聽天由命的味道——有遺產沒遺產、生於富豪人家或被命運拋擲於赤貧之地云云。事實真相終究是，在最起碼的生活底線水平之上、也就是大經濟學者凱因斯所說的「絕對需求」得到滿足之後，書寫者個人生活水平的再提昇基本上已無關於文學書寫；或確切的說，這裡面錯綜複雜，有正向的、負向的種種可能拉扯效應，不容易說準往哪兒去更有利於書寫，唯明白且立即的是，你要積極改善生活，首先你就得丟進去一堆時間和心力，人性上這往往是一道不歸路開始了就難以喊停（生活得好到哪種地步才就「夠了」呢？），像賈西亞．馬奎茲所說這如同上了一艘奴隸船工作，這一人性效應所有書寫者自己心知肚明，也因此，儘管辯說理由並不難找，但太積極尋求生活改善的書寫者總面有些許慚色（也漸漸不會了，如我們說的，文學書寫是在衰頹），支吾其詞可做不可說，當然不是那種安貧的、淡泊的老式道德負咎，就僅僅代表你把時間心力從文學書寫裡大量抽出來，你沒好好寫了。我們這個時代，人最能用為自我誇示、證明自己高人一等的是經濟上的成功，可以過最昂貴的生活，而這又都是看得到的，眼見為憑，我們總是直接從生活具體之物（房子、車子、衣裝、在哪裡用餐……）來分辨人，但頗詭異的，一直到今天，在文學書寫世界裡這些依然是偏負面的訊息。

所以，這是個值得熱愛的世界不是嗎？——我當然曉得同意我這個「所以」的人不多，但我相信還有，我不至於像賈西亞．馬奎茲那樣為之熱淚盈眶，我感覺很安慰。

文學書寫者當然也會想過好一點的生活，這是正當的，也還不至於因此到羨慕妒嫉恨的地步，畢竟這一行當真的能好生活到哪裡？也確實，文學書寫在寬裕和窘迫中都能寫也各自有東西可寫，如朱天心說的，吃飽有吃飽的文學，吃不太飽有吃不太飽的文學——但有點氣人的是，這兩者很難彼此替換滿足，只因為文學書寫對「真誠」有極嚴苛、愈寫進去愈感嚴苛的要求。這裡所說的真誠不是、也不能只是道德意識，而是實實在在的、整個身體的認識和理解才行；其最深刻處，文學書寫是無法「代言」的，它必須自己從中生出來。假裝有困擾、想像有困擾、竭盡溫暖同情的試圖去感受困擾可成立但有其限度，和那種真正稠密的、完整的、日復一日每天廿四小時活於某種困擾之中，就文學書寫的精微刻度是截然不同的（儘管兩皆成立，也都可以寫得好，如有錢的屠格涅夫和沒錢的契訶夫分別寫農家農戶），躲不過有基本鑑賞力的文學眼睛。所以兩位書寫技藝精湛無匹的文學巨匠，普希金驚異於烏克蘭鄉間冒出來的果戈里，托爾斯泰驚異於窮到生活底線下的契訶夫，他們都看到了一個自己沒有、大概此生也不能擁有的文學書寫世界，無法單靠技藝來攻克它占領它，只能鼓勵的、給予種種協助的讓果戈里和契訶夫一定要寫下去。

無私，在這裡的意思是，只有他能，我不能。

一定要再說的話，窮一點的、困窘一點的文學書寫成果總是廣於、深於舒適富裕的生活（但精緻度、完成度不免稍差）。這麼說不是源於某種偏左意識形態的蠻橫文學判準，而是因為這正是人類世界一直以來的普遍真相，窮人、困窘的人據說是上帝所愛的所以造得比較多，也是因於我們對人性一個很無奈的正常理解——人被迫認識、被迫分辨、被迫無法鬆懈的思索，人在窮困裡、在危險中，要不是狂亂失措窮斯濫矣，便是更認真專注，不放過任何細微可能，以求自保、自救、突圍脫困乃至於救助他人，也就體認更多更深。所以，所謂的顛沛造次，總是把人四面八方逼往各種極限，人會出現最糟糕最惡的模樣，但也會被激出最深刻最好的模樣，文學的視野一再被拉開，文學書寫記錄這些，比較容易寫好，因為材料夠好。我們說，材料的品質夠好，便可以不那麼依賴書寫技藝的表現，一如最頂級的食材應該低烹調。

再來說另一個正常人性問題：遺忘——人真的會忘記事情的，而且，往往遠比自己意識到的忘得多且徹底。窮困的記憶稍稍好於身體痛覺（漢娜．鄂蘭講痛覺是純私人的，無法在公共領域開顯，因此幾乎無法記憶），但仍會不知不覺在時間中模糊、抽空、透明掉。我們一再看到，尤其我們這一代頗完整經歷了台灣大環境由普遍貧窮到集體脫困的過程，二十歲前、十五歲前誰沒窮過，除了極少數人，大家不過是大窮和小窮的差別罷了。今天，在某些書寫者身上，少年的貧窮記憶已遠到、小到不復任何文學書寫的意義了，甚至已沒「功能」，只成了某種「生命勳章」，類似戰士身上的傷疤那樣，用來吹牛、用來騙道德聲譽，更好用的是，用來掩護自己的種種搶錢行徑和優雅生活。這種「貧窮書寫」當然是假的、灑狗血的，是的，富裕起來的文學書寫還有著這一道人性風險。

所以，應該就讓文學書寫者盡可能留在生活底層是嗎？我不是這個意思，也沒這麼壞心，我以為這完全取決於文學書寫者自己的選擇和決定，包括他怎麼最適自己書寫的分配時間、心力和其聰明才智。若多說了些什麼，那是因為人總是得提前做出決定，十五歲、廿歲、廿五歲云云，支撐此一決定的理由裡摻雜了太多流言、神話和想像，以及事過境遷已不再回返的現實。說真的，今天有志文學書寫的年輕人，相當意義來說，是遠比我們當年承受較大風險和限制，終極的成果必慳吝多了（社會集體不再給予夠好的回報，包括聲譽和財富）。所以，馬克斯・韋伯在他《學術做為一種志業》的著名演講裡這麼說，每個行業的老人老兵有告知後來者事實真相的道德責任，尤其那些不舒服的、看似澆人冷水的真相。隱瞞不講、先把他們騙進來再說這毫無意義，短暫的迷霧一消散，他們還是會一頭撞上這一塊一塊鐵板，一塊也少不了。

知道文學書寫不容易了仍然想寫，這樣的選擇是珍貴的、認真的，也才保衛得了書寫者自己。

同理，這種「東邊拿一點西邊拿一點」的解決方式，比起正常的社會職場，當然是較辛苦也沒保障的，我自己有著長達四十年的「從業」經驗可證此為真，我自忖從不是個自誇自飾的人，但這四十年來，總的計算，除了比方說像郭台銘那種工作狂人，我還真的極少見到比我工時長、比我耗用更多心力的人（當然，自尋煩惱如團團轉的人不論，而且，世界很大，我認得的人終究不多），我以為這是完全合理的，你比別人多追一隻兔子、多要一份自由，使用者付費，你怎麼可能只要這邊不要另外那邊呢？

這份多饒的、自然代價不斐的自由，基本上是心志層面的而不是身體的，是拿來使用於志業之事而不是用來遊戲休息的。年輕的本雅明稱之為「被遺棄的自由」，又用拾荒者來比擬，他所描繪那個宛如拾荒者的工作節奏、工作身影，以及講人們酣睡時仍勞動著的工作方式、工作狀態令人印象深刻，惟詩意滿滿之餘，也多少有一點點哀傷哀怨，乃至於輕輕的自憐和控訴是吧。本雅明的生命悲劇之一，我以為他是那種連「東邊拿一點西邊拿一點」都不肯的人，他有一種古老的任性，因此也是那種飛蛾撲火型近乎完全燃燒的人，確實，如今我們也看到了這樣孤注的、把全部生命只賭在一件事上的成果有多絢麗光輝如獻祭，但也就燃燒到四十幾歲就成灰，這裡，得失之間真讓人心思複雜沉重，無法計算（計算了也沒辦法證實為真），更不是三言兩語說得清的。

我認為，本雅明隱隱約約相信（因為他心思往往飛得遠了，不會多想這個），他這樣的人應該接受某種供養，確實，人類歷史普遍有過這樣的歲月，但已遠得看不見不記得了。

我不行，我絕對做不到，我喜歡自己事自己解決。所謂受人一滴云云，對我來說是非常非常難受的，這絕不是道德實踐，倒比較像是一個怪癖甚至一個心結，也許是始自於我那個荒唐的父親，他所留給我的一個沉重的教訓甚或生命陰影——我父親半輩子四下借錢欠錢（直到我們出了學校為止），有好幾年時間家裡每天有債主上門長坐不去，最糟糕是親戚鄰居裡那幾位上了年紀的姑婆阿姨，這是生活過得比我們差、至少過得遠比我們儉省的人，這種錢怎麼可以借可以欠呢！這樣的理虧無話可說無可遁逃，我以為已經是道德錯誤了。這麼多年來，我身邊始終不乏極溫暖極慷慨乃至於想太多的朋友（如我一位律師友人黃國鍾還支吾其詞怕冒犯我的跟我商量，他有間空著的房子不願出租又擔心荒著容易毀損，不知道方不方便讓我去住），但我得在屆臨不近人情之處小心的、但堅決的劃一條線。

自己來，東邊拿一點西邊拿一點如打工如派遣，因此對我來說這反而輕鬆，胸無恚礙，我一直認定，人心神上的重負比身體的勞累要麻煩些也較難解消，只是現在，不曉得隨年歲老去，還能不能再這麼想？

但最終，我要說的是這裡面的某種時間效應時間優勢，當然不是因此你有了較多空閒時間（這種兩端工作的方式工時往往更長，超過法定的每天八小時以及一例一休），而是時間得以錯開來，時間節奏不被世界帶著同步，時間有了彈性有了長短疾徐變化有了縱深，時間裡屢屢裂開某個縫隙、露出來東西、從而出現一個又一個新視野。

至少，因此你看到人更多——也許不全然是數量，而是不同的、更多種的人，以及，人的更多面向及其行為、習慣、姿態神色、甚至祕密。

世界愈來愈快，人因此生出並不斷強化一種焦慮，得奮力跟上世界轟轟然前行的腳步，這樣基本上是對的、有出息的，惟差不多就行了，真做到完全和大世界亦步亦趨可能就得考慮了。物理學常講一個最基本最生活化的相對效應，舉用的例子是火車，當火車行走極平穩時，人在其中感覺自己是不動的，和周遭（火車裡）的事物關係亦是恆定的，只除了車窗外刷刷飛逝的景物，而這景物又是單一節奏、單面向、幾近無厚度無細節可言的，人很快就失去注意力、失去焦點，以及睡著（火車的固定節奏一直是治失眠的良方）。稍後，物理學把這效應用到至大至遠的天文學，星體，及其引力（最難解釋的一種力）。

導演王家衛在他《2046》裡，把如此轟轟然前行的世界拍成一班高速列車，極快、完全封閉、直線朝著無光的未來——枯荒、無事、缺氧、絕望。

相對於此，我曾寫過一篇名為〈如花美眷·似水流年〉的短文，講到這個：你如何能確認有人跟蹤你？——最簡易的方式是立刻跳上一輛公車，公車走走停停，其節奏和其他車輛不同步，跟蹤你的人，不論他是步行、騎腳踏車摩托車或開車，當場非常尷尬（要保持行進超過去還是毫無道理的跟著停下來呢？），馬上露餡。這是我的屠龍之技，學會廿年了從無施展餘地，估計此生大概也不會有派上用場的一天。

走走停停，讓世界顯露，讓人顯露——就光說不動坐咖啡館裡吧，每天不同時段活動著不一樣的人（館裡、窗外市街上……），一批換過一批，特別是早晨九點過後，幾乎是戲劇的，上班族集體退場，整個世界瞬間更換成另一種模樣，而且有一種莫名的埃塵落定（但並非比較安靜，因為一桌桌冒出來的人妻主婦永遠是咖啡館音量最大笑聲最響的族群），你好像可以從容的、細節的、一次一個有焦點的慢慢來，察看這個主流節奏之外、多多少少是隱藏著掩蓋著的另一個台北市，其風情、其面貌、其裝載內容及其關懷。更豐富琳琅是朝九晚五職場之外、這時候你感覺平常被忽略的各式人等，老人、主婦、小孩、閒遊者流浪漢……

你呼喚山不來，那就走向它。

理性點、不胡思亂想點，錢應該是夠用的，只除了並無保障（本雅明的講法較接近「朝不保夕」），至少有兩種類的毫無保障——你可能會年老力竭，以及，這個大世界的經濟遊戲會不會進一步收束你東邊拿一點西邊拿一點的騰挪空間。依我看，這兩事大概是一定會發生的，或說都正在發生，以一種不疾不徐的堅決腳步。所以，沒錯，我們這是和時間在拉扯、在賽跑。

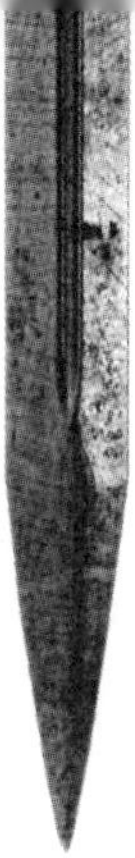

輯四
年紀

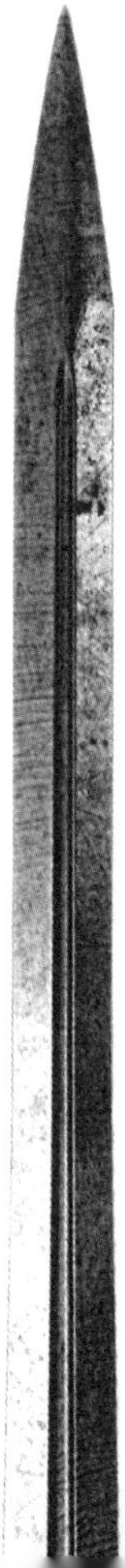

6.瘟疫時代的愛情・在日本

昨日之雪而今安在哉?大地跳著死亡之舞,多瑙河上的船隻載滿著愚人——二〇二一,當然是很黯淡的一年,人在台灣,要做到一天不生氣不厭惡說真的有點難,但也許這才是台灣的本來面貌吧,災變一直有這樣的無情力量,讓平時還可以遮得住的不舒服真相一個個顯露,我們就只是些這樣的人而已,這種水準這種高度的人,我們辨別是非、分清好歹的能力如此有限,甚至,如今連意願都沒了。我想,那些猶有血性、猶存某些不合時宜價值和善念的人一定很失望、很處境艱難。

說來慚愧而非得意,我發現,在我有限的生活圈中,我永遠是所有人中最心平氣和的人幾近冷血,我因此知道我真的老了,從外到裡——年紀讓人一步一步靠近事實真相,自自然然知道了何者可能何者絕不可能,世界水落石出纖毫畢露,驅散了幻想;由此,你和世界、和世人(包括家人親友)的關係緩緩拉直成單向,你仍竭盡所能,也許少了不當幻想搗亂甚至還更專注更準確,但就像日本名主持人松子・Deluxe講的，不再聽人信誓旦旦，不求人回報，不期待世界有回應，你做某事只單純因為這麼做才是對的、是該做的如圍碁的「只此一手」。松子說：「什麼都別期望，就連一點點幻想都不要有，這樣，偶爾有個小小驚喜，我就很滿足了——」

意外的是，二〇二一我的驚喜竟然來自於異國日本一則突如其來的陌生之人婚訊，遠方的雷聲——有吉弘行和夏目三久結婚了，おめでとうございます。

我看到不少人（日本、中國大陸）說，很奇怪從來沒因為別人結婚這麼開心過，「看到他們結婚，讓我對這個世界恢復了點信心」；我的奇怪則是，仔細回想，這輩子我還真沒這麼「大眾」過。

四月二日，有吉和夏目僅以一紙手寫傳真，宣告兩人已於前一天領證結婚了。依當紅後輩藝人霜降明星說的，這應該是一場「國民婚禮」才對（當天全日本的新聞關注度為大爆炸等級的六十%），但沒有婚禮，沒有記者會，也不上任何節目（有吉常用來笑人的所謂「賣名行為」），簡單、堅定、寸步不讓但彬彬有禮，這種逆向而行的方式及其內容，必定來自有吉，「不愧是有吉」；三百六十五天偏偏找愚人節這個日子，大概也是有吉選的。很多人或會笑罵有吉搞事，又來了是他的惡趣味，但依我對有吉的理解，這應該更深沉是他回望著自己這半生、帶著點告別意味的自嘲吧。結婚，可以很簡單，也可以很不簡單；可以什麼都不想，也可以想太多；可以像是什麼都有了，但也知道一定有什麼東西悄悄消失了。有吉一直說他要結婚，至少從三十六歲講到如今的四十六歲，甚至把結婚認定為是他如何過後半人生的唯一「答案」，他是那種想到神經質地步、想到已屆臨不近人情的人，想到甚至會錯失已水到渠成的情感。

我想，有吉知道自己的躑躅，他需要「緩解自己對幸福的恐懼」；松子很理解也很心疼她這個朋友，因為她也是這樣的人，她點點頭說：「我們可以快樂。」

「A——」，這是四月二日當天日本列島的聲音，從北到南，自西徂東，沒一人想到，沒一人預見，事前也沒任一絲徵兆沒一點訊息洩露（所以稱之為日本八卦雜誌及其狗仔部隊的一次空前完敗）；但，大家又都曉得，這不是一則新聞，而是一個故事，一個綿亙了恰恰好十年的故事，大家原本已差不多放棄了，但結局從天而降，如夢相似，「十年哪，夏目醬」「你看我們那時候都多年輕啊——」（松子．Deluxe）。

有吉弘行已四十六歲了，如今是日本站最尖端的主持人、（搞笑）藝人，手中握有十二個冠名節目，還橫跨日本全部五個無線電視台加NHK（這個一統是史上初），所以前輩藝人東野幸治乾脆直言他已「奪取了天下」，媒體文章也開始以「帝王」稱他。四十六歲，在太注重年資輩分、上頭仍有一堆五十代、六十代乃至於七十代老頭霸住的日本電視圈（並非完全靠才華靠能力），真的是年輕得一塌糊塗如同造反。

夏目三久也忽焉三十六歲了，她蓄起及肩長髮（年輕時夏目的短髮造型變化，一直是節目的風情之一），回歸較純粹的知性女主播之路。當然沒有吉紅，可也主持著三個節目，穩穩的，而且經久不退的居於女主播的第一領先群。

都太成功了，我們有些話反而變得不容易講。

但十年前，我們認得的兩人不是這樣，三十六歲的有吉，二十六歲的夏目，就連稍長的松子也才三十八歲，路隨人茫茫……

有吉和夏目的相遇，是二〇一一年四月五日開播的午夜談話節目《松子和有吉的憤怒新黨》，一切由此開始。我們曉得，節目的錄製得稍早於播出幾天，因此，這個神樣的節目也許還真是愚人節那天開錄的。有吉和夏目選定的愚人節婚姻，於是又多了一層色澤、一個內容，稱之為深情款款。

三人中，我是追著有吉進來的。

我心中一直有一幅圖像，來自於寫哲學史的威爾．杜蘭。杜蘭指出，哲學原來是人類思維、人類一切智性活動的總和，哲學是女王。但隨著思維的不斷進展、知識不斷的細分和成熟，每一門學問陸續取得自身獨立的地位和命名，於是，蜜蜂分巢也似的，數學飛走了，物理學飛走了，文學政治學經濟學社會學一個一個飛走了，杜蘭說，如今哲學女王仍高高坐在她的寶座，只是城堡空了，孤伶伶的，只剩她一人——應該出自於他另一本書《哲學的趣味》，我國中二年級時存錢為自己買的，五十年前。

近年，一個相似的、衍生的圖像重又浮現出來，這是因為我一次又一次確認了昆德拉所說的，如今我們已身在一個後文學的、後價值的時代了——文學，在我們才抬頭看世界的年輕時日，也彷彿有過一個小小王國的樣子，持續吸引著相當高比例那些早慧的、敏感的、桀傲不馴的、以及那些困在一己世界裡掙扎云云的年輕人。但世界終究變了，人們的價值觀緩緩位移了、重新排列了（就不說萎縮消亡如昆德拉），他們有更多華美的去處，一隻一隻飛走了。我記得幾年前台灣有這樣一則新聞，說一名北一女中的高才生，已取得美國最好大學的入校資格，但她還是想當歌星，她於是給自己兩年，「如果實在闖不成，我就死心去唸哈佛——」

人各有志，這我不糾結。

於是，百無聊賴的、也還是隱隱有點哀傷的，我斷斷續續跟自己玩個私密遊戲——《麥田捕手》主人翁荷頓的傻問題：「冬天池塘結冰，那些野鴨子都飛哪裡去了？」我會在文學之外的其他領域尋獲某個人，通常不是我找到他，而是這個人排闥也似的自己「跳進」我眼睛裡來；也不一定因為他多成功（我沒那種勢利眼，而且，太成功宛如站聚光燈那一刻反而不易確認），而是這個人不一樣，這個人某種難以言喻的工作方式，好像多出來些什麼，有著我再熟悉不過的某種光采和氣息，如史蒂文生所說的「魅力」，如賈西亞・馬奎茲所說的「每一行都帶著閃電」云云。偌大世界，人海沉浮，我一廂情願的認定，這一定是了，這就是失落了的我族之人。

每確認一個、看他還欣然活著，總給我一陣子的好心情，這種好心情，如葛林講的比較像鎮靜劑而非興奮劑——和這個很不怎樣的世界糾糾纏纏也六十幾年了，我已完全曉得，這不容易啊，人多出點什麼，舉凡才華、念頭、心志、情感、夢想、道德、價值信念，乃至於就只是多出一點善念，更多時候並不是祝福，而是極沉重的負擔乃至於危險如懷璧其罪，因為這通常是我們這個世界不要的、排斥的、甚至妒恨的東西，你要養好它，還往往要藏好它。

那人比別人高出一頭
在芸芸眾生中間行走
他幾乎沒有呼喚
天使們隱祕的名字

《松子和有吉的憤怒新黨》，我敢說這本來是個「就這麼試試看吧」的節目。二〇一一年，彼時日本仍深陷政經泥淖之中，政黨的拆解結合跟開玩笑一樣並沒比一夜情正經多少，製作單位想抓這股沉鬱的國民怒氣，想當然耳的找來兩位當時公認最彪悍的「毒舌」，讓觀眾寫下他們心裡某一憤恨難平之事，再由松子和有吉「任意」談論回答——午夜時段，半小時，廉價布景擺設，沒來賓，沒外景，沒VTR，也應該沒劇本，最費神準備的可能是桌上那一小缽零食。

所以有吉和松子第一集就掀桌翻臉（當然是表演），說這是鄙視，而且「好像強迫我們生氣」。

但正如日本一位評論者指出的，結果蓋子掀起來，不是怒氣，裡頭滿滿都是笑聲，自由的、流動不居的、那種你在電視裡不可能聽到的確確實實笑聲——東方漸高奈樂何，結果這是個太快樂的節目，或日本人愛說的幸福，而且還不僅如此。

「幹事長」松子，時年三十八最長，她（他）算是我相對熟悉的人物，因此她的厲害令我屢屢歎服，但還不至於太驚訝。松子原是專欄作家，走的是類似於她敬重的前輩黑柳徹子的路（名電視談話節目《徹子的房間》，已持續了四十五年），起步較高，也多一點自由不那麼受電視圈規矩的重重束縛。二〇一一當時，已轉戰電視好幾年的松子是三個人中地位最穩的，而且這趟電視之路成敗於她並非唯一沒那麼輸不起，但松子有她的哀傷，以及孤單，這是一種幾乎無望解除的終身之憂。松子曾說自己是「從地下室爬出來的」，她是Gay（應該不算性別跨越者），或直說是「男大姊」（這個完全公開的、甚至已隱隱有著職業身分味道的性別群體，在偏保守的日本社會，是很有意思的探討題目），而且高一米八，三圍各一四〇，體重三百磅，是個體型迫力十足的巨漢，或松子自己平靜自嘲的「怪物」。於是，在男同志這個相對最計較外貌、最不容人不年輕的世界裡，松子遂站在一個啼笑皆非的矛盾不堪位置——大家如此信任她，視她為導師，明知一定被臭罵也還是想得到她的建言，連著四、五年在「全日本你最想聽他教訓的人」調查排名居於首位不動；但另一方面，她沒有伴侶，孑然一身，一直喊要結婚但不成的有吉最害怕的那種孤獨終老，甚至死了三天一星期才被發現云云，松子現在就是了、老早就開始了幾乎命定。「沒有人那麼奇葩會愛上我。」松子說這是荊棘之路，不會有幸福，只有自由，人心頭滴著血但無際無垠的自由，連性別情欲都不再構成困擾的完全自由，「你知不知道，也有人非逞強不可才活得下去？」在《憤怒新黨》節目裡他們兩個時不時含笑、大笑、爆笑（可真是逞強啊）談論這個，二〇一二年七月二十五日那集松子還這麼問有吉：「公開召募小白臉會不會很怪？」「是有點怪。」

而此番，松子還有個小一點的困擾，一朝之患，這個抗拒之心倒是我非常熟悉的——聽起來會奢侈但千真萬確，二〇一一她的勢頭應該完全起來了，她將會更有錢更出名，但她的作家身分，以及她真正在意的，那種橫眉冷對權勢世界的生命位置，或許不會消失（這可操之於松子自己），但必然變得隱晦、曖昧、難以辨識遂失去絕大部分的公共昭示意義；而這很可能也是平庸化，松子厭惡的那種平庸（松子有一個華美的老貴族靈魂），如此如此這般這般。這樣浮士德也似的交易真的是自己要的嗎？電視是一道不歸路。

「政調會長」有吉，二〇一一春天，他差不多已走到自己這趟「地獄歸來」之路的最後一哩了吧。有吉有個極不可思議、也太不堪回首的人生，這今天在日本已近乎「家譜化」人人背誦得出來——有吉出身廣島鄉下，很奇怪年少即慨然有成為搞笑藝人之志。他十八歲就一個人坐電車到大阪拜入巨人師匠門下，但事事彆扭才七個月就遭破門逐出。又再跑去東京，和年少友人森脇組了「岩猿石」，這會兒，上帝點名了，上帝也搞笑似的反而讓他以〈像白雲一樣〉這首歌一夕暴紅（單曲賣了一百一十三萬張），又參加了《電波少年》節目企劃完成了搭便車橫渡整個歐亞大陸的艱苦旅程，旅行日誌又大賣了兩百五十萬部，就這樣，不是搞笑藝人而是偶像歌手加勵志少年英雄，單月最高收入兩千萬日元。但「上帝走過去了」（《悲慘世界》，雨果），有吉旋即直墜深淵，下去遠比起來快，月收先銳減為七萬日元，並迅速歸零，正式進入他「七載長夜」的這段地獄日子（「活在這條黯黑甬道你會以為這是無盡頭的」），在世紀之交的繁美東京，這個也才二十出頭的廣島踽踽少年，整整七年，沒工作，沒收入，不僅沒友伴還唯恐人家仍認得你。有吉自尊心太強（還是很奇怪，自尊心這麼強的人怎麼會想當藝人），沒辦法去打派遣工，沒辦法在人家或悲憫、或鄙夷、乃至於「這下能夠欺負你了吧」云云的各式目光下工作，他甚至白天不出門，因此能夠想的都不免荒唐。有吉想過當「汁男優」（只提供精液，不必真露臉的ＡＶ男優，日後成為他給藝人山里取的綽號），也想過乾脆自殺算了，說不準究竟哪個較絕望。他又想到當漫畫家，且在見底的最後日子，用掉他儲蓄的最後一點錢買了全套漫畫用具生死一拋——

也都曉得了，垂下蛛絲拉起了他的人是老好人諧星上島龍兵和名主持人內村光良——前者請他吃飯，給他零用錢和計程車費（有吉收了錢，然後走路回家），讓他活下去；後者給了他工作，讓他回到了藝人世界等待風起。

公認的轉捩點是二〇〇七年，人稱「おしゃくソ事變」。《Ametal-k》節目裡談論到藝人的世間形象，對品川祐這個才華洋溢、惟目空一切四下搶話大家敢怒不敢言的當紅藝人，負責回答的有吉講他：「おしゃべりクソ野郎」（大致上是：真他媽多嘴的混蛋一個）——主持人宮迫日後回憶這震撼的一幕：「整個現場，包括台上藝人和觀眾，轟一聲瞬間炸開來。」由此，「おしゃべりクソ野郎」成為綽號緊緊黏住了品川；也由此，開啟了往後三年有吉的此項一人絕技之路，偌大電視圈旁及政界，沒幾個名人沒被他取過綽號，還一一排隊請他也賜給一個，最完整的統計數字為四百三十五人，應該還是有遺漏。

但公然取綽號真的很難很難，走鋼索一樣，尤其有吉這種的，所以無人繼承成為絕唱——他只抓一個點，必須完全精準而且奇特，卻又要夠明顯，大家「哦——」一指就恍然大悟而且會心大笑，如同幫大家講出來；他得機智快速，匕刃一閃，畢竟在番組裡會忽然被問到，而陌生之人是沒辦法取綽號的（只能最初級的剝削人的外貌），因此必須帶著足夠厚實的準備而來，對世界、對舉國可見之人有好奇、有記憶、有足夠細節成分且時時更新微調的了解；要命的是，對象裡總有諸多並不好惹的人，包括舉手就能把你按地上磨擦的權力者，包括那種一碰就哭、其粉絲馬上蜂擁而來討伐你的女優女偶像；但我以為最痛苦的仍然是時間，為三個人取個好綽號並不難，但三十個、三百個呢？當它成為一個工作，你很快會發現，每多走一步都踩入更深泥淖，都更朝向地獄。有吉日後自承，綽號三年讓他精疲力竭，挺三年不逃走，他都忍不住要讚美自己了。

在毒液和笑聲中一種極度精緻的平衡。那個多嘴混蛋的品川沒有生氣，他指出，有吉的毒永遠是附帶解藥的；日後，他還在《Ametal-k》「最愛的藝人」那一集講，他最喜歡最佩服的正是有吉，世人以為有吉把他當跳板踩，但其實有吉不是踩他而是救了他，讓他在被世人所討厭所拋棄時（日後品川雄據「最討厭藝人」排行榜多年如釘板）不會消失，「おしゃべりクソ野郎」替他牢牢黏住一個位置，人們一定還會想起這個綽號來，一想就響起笑聲，笑聲會趕走那種死亡也似的遺忘。有吉講過，因為他取了綽號真生氣的人完全沒有（《閒談007》）。也許有一個吧，菊川怜；再多一個，黑柳徹子。

最根柢的，這樣取綽號的人得是個天才，不是天才如何可能？

也因此，綽號是最不好譯的，比詩還難。因為綽號是更安土重遷的羞怯東西，太依存於原語言的微妙觸感和種種諧音歧義，依存於太多只飄浮於在地空氣中細如粉末細如氣味的東西，依存於那些上不到文字記錄層次、沒啥意義沒啥價值但偏偏人們總會記得好一陣子的無聊東西云云。但這裡還是來看幾個——

大澤茜，嫁給有吉好友劇團一人的女優女模特，綽號為「醜女界第一美女」——不曉得「醜女界第一美女」和「美女界第一醜女」究竟誰美？

Becky，英日混血，以青春、開朗、歡快如女大生啦啦隊的異國風情博得極大好感度，有吉說她是「強行推銷的健康（元氣）」，又冷不防換為「仔細一看是醜女」。

蘆田愛菜，國民級童星。我們曉得，暴紅童星很容易提前染上一些大人的壞毛病，出了事又能狡獪縮回「我是小孩」的保護殼裡。但有吉以為，正如他修理早安少女組偶像道重沙由美一樣，畢竟這還是些小鬼頭的小心思、小惡小壞而已，也不必太較真。所以，有吉給蘆田的綽號有著極精準刻度，在伸與縮之間：「披著小孩外衣的小孩子」。

再一個，中居正廣，男天團SMAP解散後混最好的一個，有吉給他一個極危險的綽號「假的SMAP」。當時五人還沒解散，惟愈了解SMAP種種風雨欲來內幕的人愈曉得這個綽號的精妙大膽，所以二〇一〇當年現場，坐來賓席的松子肆無忌憚的笑到幾乎從椅子掉下來，現場只有她敢大笑。

（我注意到，因為品味而顯得最嚴苛難討好的松子，有吉似乎是最容易讓她開懷大笑的人，幾次笑到如無物如斷氣節目幾乎進行不下去了。這早在《憤怒新黨》兩人搭檔之前，像是《惡魔契約》有吉奉派去硬挑暴力派國會議員濱田那一集，有吉早年的「永不褪色名作」。）

帶著綽號和他火力四射不留活口的毒舌而來，的確有《基督山恩仇記》復仇使者的假面味道。但我以為，起飛之點應該稍遲到二〇〇九年左右，有吉眼中的那抹悍厲之芒也才漸漸隱去。這兩年是有吉的徘徊轉身的日子，他要完成證明「自己是毒舌」然後再證明「自己不只是毒舌而已」——毒舌兩面，割人割己，容易把觀眾紅海般驅趕到兩端，而較大的一端，我們知道，直送到家裡起居室的電視，觀看主力永遠是膽小如鼠的中產階級，會只因害怕謅出各種堂皇抗拒理由，你逗笑他五次但只要驚嚇到他一次就夠了、黑了。因此，以純毒舌為技，可能爆發得快，卻馬上會撞到天花板，從此困在「非主流」裡、小眾裡。我們看，在《London Hearts》訴諸觀眾調查的名單元「吐嘈大排行」，有吉的名次還要更延後到二〇一一年左右才穩定上到前段班——但有吉的「不只是毒舌」其實不是策略不是人設改換，而是回歸事實，是無可避免的水落石出真相。番組裡，大家一再發現（熊田、磯山、野呂等族繁不及備載），被有吉毒好像不是壞事，它帶來特寫鏡頭，帶來接下來的通告，彷彿找到使用方式也似的成為某一搞笑橋段的必需品，而且，鏡頭不在時，這個人內向、謙虛、基本教養良好且笑容真誠；工作人員眼睛裡，這個人不看上下、不挑撿工作大小，知識幅度之大全日本藝人第一，記憶力之強近乎妖人（我喜歡記得事情的人，這有著人格意義），又永遠全力以赴，而且絕對提早半小時一小時來；也一再有觀眾親身經歷或目睹，大街上，有吉總是優雅富耐心，尤其對上年紀的老太太（偶爾也來一下：「喂！老太婆，給我好好活著聽到沒有？」）。他私下，就是點到點的從家到電視台再回家，仍過樸素如昔日的生活，租平價公寓，開國產車（藝人博多大吉曾吐嘈他：「看他開那輛車，我在想他家裡是不是還看黑白電視？」清瘦儒雅如學者的大吉，其綽號是「大病初癒」）。《London Hearts》的固定特別節目「20××年他們私下竟做出這種事！」，笑點是藝人不堪隱私的揭發，但有吉被爆的料，四面八方而來但幾乎永遠只指同一個點：這是何等溫柔何其孤單的一個好人。

所以，名藝人、主持人千原弟說：「這是個人格者。」

二〇〇九年左右，有吉開始穩定且頻繁的出現於先《Ametal-k》後《London Hearts》，恰逢這兩個以藝人為核心節目的黃金期，中堅世代藝人相互催生也似的紛紛步入成熟，一堆人玩得又自由又開心，宛如一個已逝的盛世。其間，很容易注意到，有吉係以一種異於、高於、快於、不可測於眾人的節奏和速度穿梭其間，靈動如狐狸，帶進來一種「有吉流」的獨特緊張感。也包括座位，後排↓前排邊↓前排中，然後成為《London Hearts》的唯一固定班底，並裂土分封也似的主持冠名單元（「有吉大師進路相談」「有吉受害人反省會」云云）。在這堆都厲害得不得了的諧星藝人中，我們會感覺好像同時有另外一個有吉單獨站在外頭，拉開某種可看到整體、知道今夕何夕的視野，從而源源帶進來未知的、新穎的東西；有吉有絕妙的創造、引領話題能力，不只是所謂的「鋪梗」「拋梗」而已，不是這麼短而淺的，而是每每貫穿一整集還成為這個藝人未來一年可主打的東西。用籃球的術語來說是Leading pass，球不傳靜止原地，而是引導的傳到前方的、未來的但恰恰好伸手可及的那準確一點，這是最舒服的，節奏自然如流水，接球者順勢就上籃得分了。能理解能預見，於是幾乎沒有不可用的藝人，像是出川哲郎和狩野英孝這兩大天兵，別人認為天然到不可測，但有吉掌上玩偶般似乎完全知道怎麼使用他們，知道他們會回什麼話，知道坑要挖在哪裡，應聲掉進去，百試百靈。

有吉這樣帶話題，最精彩的極可能是《Ametal-k》「怕生藝人II」那神奇一集，有吉一個人憑空開拓出兩個從主題設定根本想不到的勁爆話題（「風俗業」「吉田榮作」）如狂歡，後半場連在場觀眾都加入如聲響應，還讓坐後排接話的三明治人富澤（「哀傷的怪物」）意外拿下當年的流行語大賞。有他在，當主持人還真是輕鬆。所以優秀的吐槽藝人後藤（「生病的烏鴉」）曾心有餘悸的說：「我感覺有吉桑從主持人腦後俯瞰著全場，俯瞰我們所有人，我不曉得他看到我們什麼——」

至此，稍有理解的人都知道了，去意浩無邊，有吉不會停在這裡了，不可能久坐來賓席滿天飛舞，這捎來了杞憂和煩惱——杞憂的是觀眾。主持人和來賓終究是兩種工作，也受著不盡相同的約束，MC有吉勢必得收斂他某些最富想像力屆臨危險的毒舌，有吉會不會變無趣？而拿一個稱職的主持人來換取這樣百年一遇的來賓席天才，划算嗎？凡此種種；煩惱的則包括有吉自己，他知道眼前這般好光景仍有可能一夕就消失如昔日。但毒舌和好感度一定得是消長交換的嗎？兩者要如何平衡如何微調？或者，觀眾接不接受某種更高處的共容、一種反差更大、空間因此拉得更開的共容？一個說著最惡毒話語的溫柔之人？凡此。有吉也許有著更深刻的自知乃至於自信，但再低比率的風險依然是風險。我看到那幾年有吉的有所徘徊（儘管他知道自己的毒舌不是一般人認知的那樣，替他憂心的人遠遠低估了他），像他在《London Hearts》半開玩笑說的：「現在把我弄成好人還太早，至少也等到我四十歲以後吧——」

其實我都有類似的疑慮，甚至，一直延續到有吉主持了更多節目時還揮之不去。我始終感覺主持的有吉少了很重要的一個什麼，比諸《London Hearts》的田村淳和《Ametal-k》的宮迫和螢原，稍後我恍然大悟了，這注定無解——有吉番組，來賓席上永遠少了一個有吉弘行。

二〇一一年《憤怒新黨》。人生現實不是抗日神劇，抗戰到第七年的全國軍民同胞不會知道再咬牙撐一年就贏了；有吉弘行也不會敢百分之百放心，這就是他地獄歸來之路的最終一哩。

「總裁祕書」夏目三久，原來她遠比這兩人都幸福，父親是大阪上市公司大老闆級的大富豪，她自己聰明也應該很用功，人生之路鋪得平平的，從搖籃到墳墓，單行道。一流大學，各種比賽該第一名就第一名，短期留美，精通英文和越南文，千中挑一進NTV，立刻被當未來的王牌女主播培養而且已近在咫尺了。但這一切忽然全毀了，噩夢一樣，她沒做錯事，只因為人渣劈腿男友讓他們幾張生活照片公開出去，不是什麼了不得的照片，但對於嬌矜到有點噁心程度的日本女主播要求來說，這樣就足夠是醜聞毀掉一個人了。夏目退社，等於丟了全部工作和前途，轉入田邊經紀公司成為自由主播。還好據說新老闆很疼她，設法給她找了這個新工作。

因為有吉和夏目結婚了，回首重看二〇一一年四月五日《憤怒新黨》首集，大家想重溫的也許是有吉和夏目的初遇。剪了短髮如告別厄運的夏目，似乎還收不起委屈之感、落難之感，而且有點搞不清楚狀況，太過用力扮演著所謂幹練助理女主持人的角色，是她唯一有點「吵」的一集。她當然不可能知道這一天的特殊，不知道這個寒酸還有點俗麗的攝影棚會是流滿牛奶與蜜的應許之地，也不曉得眼前這有點可怕的兩個陌生怪人將何等程度的介入她的往後人生，更不會曉得這極可能就是她一生所能遇見最溫柔待她的兩個人；當然不知道，就跟我們每個人都不自知自己的某一天一樣。但其實，這裡真正驚心動魄如飽蓄風雷的是有吉和松子的乍乍相遇，松子試探了一下，旋即都鬆開來（松子顯然很滿意，這個有吉果然是「本物」）。兩大高手，兩個生命歷練豐碩心智充分成熟的絕頂聰明之人，長日遲遲，話不必一天說完，最重要的事不可能一天就搞清楚。

第一集，結果是四位寫信來的觀眾都被臭罵一頓——有這種電視節目嗎？

松子三十八歲，有吉三十六歲，但賈西亞．馬奎茲完全對，《迷宮中的將軍》小說裡他寫到，人身上的每一處傷疤都再加兩歲——這是兩個傷痕纍纍的人。

二〇一一，也許最令我感覺驚訝的應該是觀眾大人們，居然這麼快就鑑別出來，一般來說不是很無腦很渾渾噩噩老是選到爛的嗎？——收視率能有三％、五％，大概就慶功祝酒了，但只半年，便從午夜檔前移為十一點檔，跟著，收視率登登登直上兩位數不再下來，最高一集應該是十四．六％。這難以妥善解釋，我只想到的是海，這是任何人都可有可體認的生命經驗，奇妙但尋常。我們會先聞到、或身體直接感覺出空氣中某種非比尋常的氣息，越來越濃郁幾乎成形，令人莫名興奮起來，知道大海到了，就在前面不遠，「一種即將獲得自由的奇特感覺在大家心裡產生的無情的力量，無需看見它才去承認它。」

朱紘疏越，大羹不調，掃地為壇，製作單位誤解的給了一個最正確的素樸形式，一種只能以本質取勝的形式，以及一種清空一切無依無靠的自由，把整個世界丟給這兩個人，呃，好吧，這兩個半人，困在這裡，時間滴水穿石，他們會（被逼著）一點一點講出來那些平日不說出來的、更不會也無法在任何電視節目裡說的話。

波赫士很喜歡《一千零一夜》，這個神奇的阿拉伯人傳說故事，山魯佐德要堵住死亡，駐留下時間，整整講了一千又一個晚上——有吉和松子已完成了約一半。

收視率說出廣度，唯很難同時顯示出某種異乎尋常的深度熱度，抓不出來那種「只在人心與人心之間熾熱傳送的東西」。《憤怒新黨》的爆發是美麗的謎，倒還不至於想複製（得先複製出松子和有吉各一名，世間無現貨），但真的想知道答案啊。成功當然是松子加有吉，所謂「不可思議的默契」「毒舌和笑聲的絕妙平衡」「彼此無以倫比的信賴關係」等等一大堆，但這樣好像並不夠而且太任誰可見了，少了神祕，一個神奇的謎，一定對等程度的藏著個神奇的理由不是嗎？所以只剩夏目了，X-factor 就是神奇的夏目，從外型到內裡，有評論者還說夏目是鉑，稀有的貴金屬，在「氧的有吉」和「氫的松子」化學反應扮演著無可替代的催化劑。松子和有吉當然熱烈歡迎人們朝這方向想，事實上，率先點火的嫌犯正是他們兩個，還計劃著收視率上到哪裡就推出「夏目三久佛朗明哥舞專集」慶祝（夏目真的長期學過，但因為有吉打死不肯就範擔當舞伴而消風）。有吉曾這麼說：「我和松子出奇的溫柔，因為我們都很弱，真正強大的是夏目——」

其間，有吉還做過這件英勇的事——夏目被曝光的照片已成禁忌，只少數心存些許惡意的人才重新提起它，以至於逐漸封錮異化為惡。偌大日本，就只有他一個人直面迎戰，把真相釋放出來。在《憤怒新黨》才開播（稍後又在他《Sunday Night Dreamer》廣播裡），有吉當然以嘲笑的方式重看這幾張照片，這是有吉大師的獨門驅魔作業，把禁忌化為笑聲，笑聲大風起兮吹散走幽黯，太陽底下，這哪來的惡？這原來就只是個單純的不公平而已，對一個沒犯錯年輕女子可笑的不公平而已。夏目聽懂了，收下它，當場掉了淚。

又一身清爽了，或說，有吉把本來就屬於夏目的清澈之美又還給了她。清泉石上流，「禊祓」這一美麗儀式，在中國已不復，但日本人還在執行，用清涼的水洗去塵埃洗去不潔，有吉用的則是清澈的笑聲。

夏目這一次較驚忙些，但其實這是有吉一直做著的事，之前、之後。他對那些令人不舒服的無謂禁忌，對人們可寬容的失慎失敗以及失德，乃至於那些他以為懲罰已經夠了的被禁錮者，有吉總是以彷彿落井下石的嘲笑試圖笑開它。於此，我不確知他究竟自覺到哪種程度、有多少訴諸感覺、「不知亦能行」的成分，但理解人類笑的歷史的人都知道，這笑聲直通上古，直通那種「神聖小丑」的亙久傳統。人類學者告訴我們，人們仰靠著小丑、憑藉著笑聲，在人類世界的千年萬年建構路上，才得以一再避開那些無處不有的僵局、絕境和陷阱，並重拾健康、平靜和勇氣，以及，僅有的公正；不笑，人類這趟歷史是毫無機會的。安伯托．艾可這位惡魔也似的大嘲諷者（知識界有吉？記號學界有吉？）也說，尤其對於那種入了魔的神聖、那種沒理性的激情、那種虛張聲勢的不公平不正義，那些真的不好正面碰撞的暴力，以及信奉以上這些、已算是喪屍了的潮水般湧到人群（以上，也正是二〇二一台灣再次展現的面貌），笑是最適用的，而且說穿了，我們往往也只能笑了不是嗎？最起碼，笑讓我們還有下次、下下次、再下下次，勉強留住時間和希望，不至於當場碎為齏粉。所以孔子也贊成笑它就好，且笑三次就趕緊走人自保，因為它已差不多聽懂你在嘲笑它了，「吾從其諷諫」。

年輕的夏目也許還真是已夠強大，她有日本人所說、但已逐漸失去的那種「凜然之美」（而且年復一年更美，到二〇二一年四月她宣布秋天引退後的這最後半年，我以為這已是全日本當前最好看的一張臉了，開在最高嶺的那朵花），這不完全只是她女主播的裝扮而已，甚至不單純來自於好家教，而是存於中形乎外的更本心處生出來的。這位獅子座女士（我想起已故星象學大師古德曼夫人說的：「這隻小貓咪儘管收著爪子不用，但並沒忘每天晚上仔細磨利它。」），很快就從慌亂中穩下來，我們看，差不多到二〇一一年六月左右（也就是才兩個月），她的表情就已完全對了、跟上來了；再來，她愈來愈知道如何躲開兩人挖的語言陷阱，並且能夠不改優雅的、少量但精準的反擊（仔細看，有吉陷入尷尬的次數遠比夏目多，也應該比他生涯加總的次數多，只是他很會掩飾脫逃而已），以至於松子屢屢驚呼，「完了完了，這個人愈來愈進化了——」「夏目這個回答是最高段的、最牛的——」「現在是怎樣？是說我們兩個都比不上夏目三久了嗎？」然後，便是二〇一三年夏目的那句定讞名言，在談論手做咖哩遭兩人聯手圍剿時，夏目從容的含笑以對：「我想，你們二位的確是一雙人渣。」

夏目被賦予的首要任務，除了賞心悅目坐在那裡「增添必要的華麗感」之外，是挺住成為大樹主幹，莫聽穿林打葉聲，在這兩人必定肆無忌憚的蔓生枝葉屆臨危險之際把節目拉回來。但這可是松子和有吉啊，面對這兩人，制式訓練那一套根本不管用，也沒誰可當前例參考。只此一途，你必須勇敢跟上他們，更要有能力真聽懂他們說什麼，不只語義，還有其節奏，話語危微，時機一閃即逝。這一切虛虛實實，有吉和松子讚美她究竟是真的還只是調笑？但無論如何，我們的確沒見過（包括日後）有任何一名有吉的或松子的助理主持能做到這樣，更何況是松子＋有吉，兩倍以上火力，且時不時惡向膽邊生的聯手暴走砸店，忽然跟兩個不良少年也似的。

夏目聰明、專注、對兩位嚴格但不正經的師傅無比信賴，敢於放掉那一堆自己原來所學的陳腔濫調，沉靜的日復一日看著聽著學著。但另一面是，夏目自己如此回想這五年，在阿川佐和子的一對一訪談節目裡。夏目說她經常緊張到徹夜失眠，經常在節目中呼吸太淺而缺氧，經常性的頭痛欲裂——

陳腔濫調，小說家葛林一生最痛惡的東西之一，松子也差不多痛惡，「又來了，又是一句陳腔濫調——」

《憤怒新黨》哪一集，或鬆點，哪一階段最好看？因為有吉夏目結婚，我猜會集中於二〇一三年之前的第一階段時日，這裡的確有最多可供主觀印證這一趟謎樣感情的歷歷私密風情，all you can eat，想像如花綻放，尤其「夏目之夢」那集（有吉入夢，兩人如家人共餐，松子興奮大叫，如今被視為神奇預言的「正夢」）。我也說是這一階段，是沒有二〇一三以後那般收放自如，我們放心飄浮於這三人如流水如行雲的歡快話語之上忘返。我們看，二〇一三前的狂歡仍時不時「失控」，會忽然掉進到某個難解心事裡（尤其松子），一再越過電視節目所可允諾的邊界揚長而去，誰看都一身冷汗，「電視上真的可以講這個？」畢竟，三人當時都更年輕，都帶著重重心事而來，未來也還茫茫令人生畏，而且，受傷的記憶猶新，對世間那一股憤憤不平之氣沒那麼快就止息。來日大難，口燥唇乾；今日相樂，皆當歡喜。也因此，那一段時日三人的歡快，我們感覺得到，總有著一層哀傷徘徊不去，難放心，也難以置信。

松子的心事大爆炸於二〇一三年新春拜年那一集，被觀眾來信「下輩子要當男人還是當女人？」這話題所引發。松子心裡最深處的悲傷，自棄也似化為一長串一長串的暴言（其實內容極好極深刻），潮水般淹上來。本來已很沉穩的夏目慌張起來，偷瞥現場導演的次數比她青澀時日任何一集都多，不像求助，倒像只是擔心松子闖禍並為她求情。在這裡，我們便見識到了有吉無以倫比語言反應能力、控制場面能力，以及他對兩位夥伴的深情。有吉不搶話不截斷，他乾脆讓松子說到底，還唯恐不夠亂的處處出言附和，和松子併肩而言彷彿分擔他日可能襲來的批判炮火，我想他對松子有信心，松子講完自會收拾妥當回來，而且，收拾不回來那又怎樣；更好的是，有吉由此把話題拉更開更廣，於是，松子的暴言遂像是那種尖刻刺耳的鷹唳，退到杳遠的長空裡化為蒼涼但極好聽的聲音。最終，三人劫後餘生也似的完全鬆開，笑得停不下來，夏目眼睛裡的水霧都要凝成淚水滴下來了——

這是我最喜愛的一集，也正是松子更換成那張「四面楚歌」背景大照片的一集，多年後（二〇二一年）我們會再看到它並想起這一晚。

我會說，這樣仍多雜質的、像沒濾乾淨的、偶爾還會打痛你的快樂，才正是快樂的更為實在完整模樣；這不是給電視的，而是人世間裡的，無法停格，不改流逝，其間，時間的形影如此清晰彷彿可數。我不曉得他們仨日後是不是也最懷念這一時日——

今夕何夕兮？搴舟中流。
今日何日兮？得以王子同舟。
蒙羞被好兮，不訾詬恥。
心幾煩而不絕兮，得知王子。
山有木兮木有枝，心悅君兮君不知。

我所想起的這首越人之歌，不是只說的夏目和有吉，《憤怒新黨》小船上坐著三個人。

但松子和有吉，這些話如何能夠一直說下去？我的這個第一感杞憂，其實松子早早就公然講出來：「這個節目大概就兩三年吧，能講的差不多就講光了。」——是啊，這麼純粹的、高質量的、稠密的不斷輸出，誰禁得住呢？我自己不說話但書寫，完全知道這種耗損有多可怕。要再多寫一本書，要再多講一晚上，除了持續閱讀補充（但永遠快不過耗損），技藝講究幫得上點忙，某些特殊的設計配搭也可望多拖點時間，但核心之道，我很開心看到松子和有吉的做法和我的想法一致，只能夠是：正直以對。

正直，這裡使用的是我們華文的最普遍意思，也用的是日本漢字的意思（我一直對日本漢字興味盎然，像多知道人對某個字的異樣微妙體認暨其想像，多看到某個字落入異國土裡的不同生長之路，搖曳生姿）——在日本，正直就是我們說的誠實；我們也可以說，日本人在指稱人誠實時，多贈給他一抹道德之光，拍拍他肩膀的多一點贊成，或可以勵來者。日後（二〇一三），有吉的冠名散步節目，東西好吃就說好吃，不好吃也直說不好吃，是為《有吉君的正直散步》。

我一直想好好跟那些猶努力誠實的人們說這些話。沒錯，誠實很不容易，如有吉在二〇一三新春那集收不住嘴說的：「世間處處是謊言。」我們活於今天台灣，對此啞口無言——但誠實是「有用」的，並不僅僅只是個純自損的、有點痛苦自虐的德行而已，有不少東西你不誠實就得不到，尤其是人在思維、書寫乃至於像《憤怒新黨》這樣的言談領域裡，而謊言是會內化的，很容易成為習慣把你帶走。我們知道，追索罪行的刑警神探、以及曾經認真盯著某人某事不放的人更知道，謊言，或只說純虛擬的話語是最露馬腳的，因為謊言隨機，和世界、和人自身沒有真正聯繫，無線索可循，因此不沉入人心，沒有記憶，今天的謊言和昔日的謊言各講各的，搭建不起來；也就是說，謊言是無根的、沒生機的，用後即棄、即死。只有真話是活生生的，即使事隔多年你才又想起它來，依然可解，甚至可能還種籽也似的發芽，和當下世界、當下的你開啟新一輪的對話。我在想，書寫不也是這樣？你想起某個真實往事，以此為核心，讓它再演化，讓它由此再伸枝散葉出去。

套語有時而窮，真話引出更多更深的真話，源源而生。

真話，當然非得足夠好夠分量的真話不可（不是那種假冒真話的順口陳腔濫調），如果聽話的人對，會有一種撼動人心的奇妙力量，召喚出相襯水準、相等重量的真話來如響應。也最好回以這樣的真話，否則就遜了，糟糕了，尤其面對的是有吉和松子，只會被修理得體無完膚，下場淒涼。所以松子講：「在這個節目裡想偽裝自己真的很不容易，這裡好像有一種你非說實話不可的氣氛。」如此，真話日復一日年復一年往返交織，形成螺旋形的前行路線，其結果，只可能一再朝某個深處而去，指向那些平常不說的、沒機會的、不記得的、以及還不知道的話語。像有吉這樣的專業職人，好的話只使用一次太浪費了不是嗎？得設法讓它化「梗」，這是搞笑的ＳＯＰ；但，《憤怒新黨》裡他聽著、也說過這麼多精彩無匹的話語，我們卻幾乎從不見他在其他番組使用過（倒是有些其他節目的大成功話語，有吉會拿回《憤怒新黨》裡說，如他在意的「天然」和「笨蛋」之辨），非不為也，不能也，沒松子坐對面，沒有這個他們用一句一句真話疊起來、圍出來的奇妙說話空間，有太多的話只是開一夜的花，非常寂寞。

其實，要說有吉和松子毒舌，還不如直說他們誠實；他們遠超常人的惡毒，絕大部分來自於他們遠超常人的實話實說（另外一部分來自於才華。很多人不是不惡毒，而是才華不夠）。這是誠實的懲罰力量，有時候甚至是很可怕的，誠實說話的人必須時時有此警覺。

真話永遠比謊言傷人更甚，所以集權政府防真話遠甚於防謠言，鎮壓真話比驅散謠言要凶狠，這已算常識。真話穿透虛幻，穿透偽裝，穿透人的喬張作致，有一種帶著原始氣息的夷平力量，一種平等感、無政府感，天起涼風，人赤裸裸的回復他最原初的尷尬模樣。真話，於是與層層疊疊的科層結構暨其權力使用，有著根本性的不相容，但不幸，我們這個人類世界，如韋伯說的，好像只能科層的垂直建構起來，真話日稀，也非節制不可，世界禁不住百分之百的真話。《哆啦 A 夢》卡通有一集的道具是讓人只能講實話，果然，馬上是核反應式的一連串大災難，是很好笑，但不能要也不敢要。

在討論衣裝是否也是武裝（盔甲）時，松子含笑這麼告訴夏目：「這個人（指著有吉）的武裝是一流的，這麼長時間不就是我們三人聊天嗎？都接觸這麼久了，還看不透這個人，有時候真的好想痛扁他一頓。真的很難判斷，這個人的言行到底是發自內心呢、還是為了電視效果才說的？這人武裝超一流……比起來，我除了把自己打扮成個怪物一樣，根本就只實話實說而已。」——乍聽奇怪，暢所欲言的松子會佩服，甚至羨慕起有所防衛、有所限制真話的有吉，以為他做更困難的事。松子另外也講，於《憤怒新黨》，有吉才是最盡心也最辛苦的人，儘管說的話沒松子多。我想，松子以為自己多少有點「任性」，可以任性，因為有吉時時豎著耳朵、邊境牧羊犬也似的緊緊守著真話的最後必要邊界。

所以，當然不是痛快說出真話就行，這笨蛋做得到，壞蛋做得到，小孩子更幾乎個個做得到。而是——真話必須是有「刻度」的。該如何把真話說好，直入人心？以及，該如何把實話準準的說到那個不大闖禍但也不膽小浪費的邊際之點上？

真話危險，但更多時候真話其實很無聊、平庸、讓人昏昏欲睡。我實在不相信松子和有吉這上頭如此得天獨厚，從小到大盡碰到有趣的事、有趣的人，整道人生之路笑聲不絕於耳云云，要倒過來才對，是他們絕妙的說話技藝賦予了這些事這些人以神采、以笑聲，儘管它們本來或許都是悲傷的、沉慟的、絕望的。我自己特別喜歡這樣，我相信這會慢慢內化為一種生命習慣、一個生命位置。意思是，不知不覺中你會以一種帶著笑的、興味盎然並因此寬容起來的眼光看世界看他人，也以一種自嘲的眼光回望自己，如昆德拉說的那樣，站到自己遠方，對這個忽然陌生起來也滑稽起來的自己感到有點驚訝。如果說人生命裡頭有哪一樣時時處處絕不可少的東西，如《聖經》裡耶穌所說的「鹽」，我會說是笑聲，不一定要笑出聲音來的笑聲，這樣的人不會殘忍，不會自憐，不會虛無，以及，不會愈來愈愚蠢。

我永遠無法信任那種不會笑的人。

松子和有吉的說話技藝，不用來編造虛言，而是用來想辦法編織實話，讓實話美好動聽。我會一再重看《憤怒新黨》裡的某一段對話，純技藝欣賞，歎為觀止，如同觀看那些日本國寶級職人（木匠、刀匠、和菓子師傅……）的究極技藝，只除了這兩位語言達人比較好笑，也不會悲情的講出：「我是把我的人生賭在說話上——」。這些對話一次又一次刷新我對語言負載容量及其限制的固定認知，我一直「不信任說話」如卡爾維諾書裡老去的帕諾瑪先生，但原來事情不全然如此，所以這也是我的反省時刻。

事實上，「笑」正是他們說話技藝極其重要的一環，兩人都善於笑，笑得真誠、童叟無欺，但也永遠是狡獪的埋伏的。松子胖，一笑起來毀天滅地傾國傾城，極富感染力；有吉得天獨厚的則是他駐留時間的娃娃臉，他總是在講完惡毒話語後自己先笑出聲來，一種人畜無害、惡作劇小男生的笑，話愈惡毒就笑愈燦如陽光。而這個頑劣小男孩，總是一直去欺負班上最漂亮的、他偷偷喜歡的那個女生。

我記憶深刻一位鋸子老師傅講的這神來一句話：「總得想盡辦法讓妥協極小化。」是的，不是絕不妥協遂如冷戰對峙如化為一尊不動石像，也什麼都得不到，而是動起來，竭盡技藝一切可能讓它最等於不妥協、最靠近事實真相。技藝是一層一層深入的、逼近的，因為它要對付的是這一層一層構成、剝開的世界；層次愈豐富，意味著人技藝愈卓絕心智愈成熟。我曾看過奈良的神社木匠隨手刨出厚度小於零點一毫米的一整張刨花，透亮晶瑩如寶物，還真的就是寶物，在那些專業木匠同行眼裡，相互傳看，嘖嘖稱奇。但能不能又再更薄一點呢？這就是納布可夫說的：「我們距離事實真相永遠還不夠近——」

但極有趣的是，松子和有吉的「正直」，一不小心誤入最深處的一次如晉太元中武陵漁夫，竟然不發生在自己《憤怒新黨》，而是跑去《夏目聆聽》這另一番組。有吉惡口的說（又去欺負班上那個女生嗎？）：「我本來以為在《憤怒新黨》我們已經夠坦白了，這個三流節目一定沒我們這麼誠實的來賓——」

《夏目聆聽》，時為二〇一二，夏目「人氣急上昇」獨力擔任MC的新開節目，當然想抓的是夏目在《憤怒新黨》裡專心聽話的美麗身姿。這一步應該不算太成功集數不長，但有吉和松子兩人包辦了連續四集（四週），有吉二．五，松子一．五，這兩大怪物可真疼愛夏目。如今，大家津津樂道的是有吉和夏目單獨、話題被夏目訂為「假如我是有吉桑你的女朋友」那風情得危哉危哉的一集，但我想還原的是三人會師、宛若《憤怒新黨》番外篇這集。

談中島美雪。松子和有吉都尊敬日本這位不可思議的傳奇歌手，都仰著頭看她。兩人各說一首最撼動自己的美雪之歌，松子是 *Taxi Driver*，有吉是〈月台上〉。

那一夜，是音樂可怕的力量使然對吧？

松子仍平穩的、如旁觀自己的語調說話，這也是小說書寫的方式。她人生最糟糕的那個晚上，幾乎和 *Taxi Driver* 歌詞一模一樣，「正是我當時自暴自棄傷心欲絕的心情」。所以中島這首歌遂像是提前寫出來放著，為著拯救日後那個才二十八歲的年輕懦弱松子——那是一九九九年末世紀之交，松子辭了雜誌社工作，成了無業遊民，僅靠寫時評過日子，「在交稿的除夕夜，我交往了十一年的男友把我給甩了，街上剛好是從二十世紀跨入二十一世紀的狂歡倒數時刻，我召了計程車，被人甩了還是得回家，……那時候我什麼都一團糟，工作也是，私生活也是，想到這裡我就哭起來了。」完全如歌詞，這個有了年紀的司機，「對後座忽然哭起來的胖女生、對我的眼淚假裝沒看到，但他不真的是那種視而不見的人，開始跟我聊天氣、聊今天巨人隊的戰況，盡是些無聊的話題。你知道嗎？這種辛酸的感覺——」

由此，松子把主視角換到計程車司機。中島所說「苦勞人」模樣的這位司機，松子想他是個飽經風霜、也有著自己滄桑記憶的人，「這個人對一個莫名其妙哭起來的女人，還想去鼓勵她，去跟她講話，」儘管也會因為不知說什麼而畏怯，儘管也一定知道就只有這小段車程、只是擦身而過永遠隱沒的兩個人云云。這裡，松子真的把散文變成了小說，人心打開來了，不再那麼自戀的糾結於自己的悲傷，而是溫暖起來的記住一個失戀女孩和一個計程車司機在一個世紀末夜晚的故事，而或許這才是中島美雪真正要告訴我們的。

我最喜歡松子這番話，她在中島的一段歌詞上輕輕加進了自己：「這街上走著的人們，都笑得這麼幸福是真的嗎？傻不傻啊，我不想成為他們其中一員，雖然坦白講，大家都笑得開心、都覺得幸福就夠了，我是不是可以也加進他們呢？但我總覺得不甘心、覺得自己輸了——」

我在《我對聲譽、權勢和財富的簡單思索》書裡，說過類似心思的話，在寫我自己置身日本百貨公司生鮮超市的那幾個章節。

有吉則早早就不行了，這是我們從沒看過、極可能也不會再看到一次的有吉。本來，他嗓音極好，乾淨、光亮、及遠，但這個異樣夜裡，有吉從頭到結束脹紅著臉，努力控制著肌肉，聲音卡喉嚨裡帶點用力過度的顫音；還有，有吉的話語從沒這樣一個節奏、一種情緒到底，他收起自己的全部說話技藝，不防禦，不武裝，甚至不管節目效果。

聽〈月台上〉，這首歌，講人不知道為什麼總回不去故鄉，有吉直接墜入，說出兩個他更年輕時的往事——這其實他都講過，尤其第一個，但都是以搞笑的、自虐的、裝傻供人吐嘈用的方式講，只有這一次是真的。

第一個是他自己。「我也是抱著大夢去大阪的，入選了弟子，當時真的是很大的人生之夢才去的，然後，我被逐出師門，那就只能回老家了，那時候的感覺，非常不甘心……，我回到老家，勾起了很悲涼的回憶，所以聽到這首歌我就忍不住了——」

第二個是他弟弟，有吉隆浩，如今在廣島開花店，也有了女兒。「弟弟當時也有當藝人的想法，和我一起來東京，但弟弟也是中途夢碎，各種各樣的夢碎，最後只能放棄了。他在東京車站坐車回廣島老家，我去送行，那一刻，我相當了解弟弟的心情，很悲涼，就想到了〈月台上〉這首歌——」

有吉深深的以一句「讓你們見笑了」的道歉結束說話。

很奇怪，最想傷心的回憶竟不是那地獄七年最受苦的日子，而是夢碎的那一天。

得說，這是夏目最失敗的一次，可能因為她是唯一主持人只能硬上，但更大部分是猝不及防，沒料到這兩人忽然超出《憤怒新黨》的認真和赤誠，也一直等不到笑點。夏目表情不對眼神不對，回應的話亂七八糟已屆臨災難了，有吉早早搶過主持工作救她，但歌聲響起，有吉自顧不暇。夏目應該清楚了，一玩真的，二〇一二她落後有多遠，還有多長的路要走。

最終，松子對夏目說了這段我們聽了都有點怕的話，有觀眾留言：「松子為什麼要跟年紀輕輕的夏目主播早早講這些話呢？還是說她太心疼夏目，把話提前說了？」——松子指這段歌詞（〈誕生〉）：「我可以一個人活著，只是說和誰在一起的話，我的人生會大大不同。」松子一字一句跟夏目講：「中島說的是一個人過活，就一個人，明白了這個道理後仍選擇一個人獨自承受……所以，妳就一個人往前走吧，不需要誰陪伴——」（有吉點頭），「妳以為妳需要幫助時，就會出現救星嗎——」（有吉重重點頭），「所以妳靠自己一個人活下去吧——」（夏目偷看了有吉一眼）。

用我們文學古老但長新的著名譬喻，有吉是狐狸，松子是刺猬，狐狸千智靈動，刺猬專此一技。《憤怒新黨》的談話走向很呼應這個——話語啟始，基本上由松子主導，因為刺猬更在意更有決心非說不可，而且如屠格涅夫指出的，狐狸總是打心底欣慕、甚至尊敬刺猬，葛林小說顯示的也是這樣。但慢慢的，直指本心的話語會漸漸說完，新話題得由狐狸四面八方而來負責補充，狐狸外出打獵，帶回他們這個洞窟來。

能有個人這麼說話可真是好啊，尤其發生在已過了交友年紀的此時此地。我不知道這兩人會不會偶爾感慨沒能在更年輕時相遇，沒發生在那種「一起同過窗、一起扛過槍、一起分過贓、一起嫖過娼」的年紀，而是人已中年，總是各退一步小心保持距離（一起合作十年到二〇二一，松子仍不知道有吉電話號碼，更不知他家住址）。但仔細想想，也許這樣延遲些更好，此事冒險不起，年輕魯莽歲月，各自稜角崢嶸割人，也還沒能力精準刻度的鑑賞出人，人和人相處基本上只是聽從命運理所當然，不見得能這麼珍惜，這麼知道難得。

要說有所憂煩，我覺得會是松子，畢竟，這個洞窟的意義，對狐狸對刺猬終究不盡相等。松子好幾次反對甚至嘲笑有吉的多學多嘗試（打草地棒球、登山等等），我想她知道這個朋友仍持續在演化在試探，他會走到哪裡去呢？還能一直這麼坐下來說話嗎？時間是如此可怕的東西，時間就是流逝；另一方面，她心疼的那一面（松子一直心疼有吉的受虐和自虐），最內心深處松子不見得那麼看重藝人世界，這終究是個天花板太低、永遠被集體性平庸拉扯住的世界，她這個天才橫溢又堅若磐石的朋友理應不只如此。

松子忍不住揭穿有吉戒菸的那一次談話，端倪已露，有吉已打算開向另一種人生是嗎？——我想松子會把它當一個徵兆吧，她終究留不住這個朋友，而且，開始了。

但不是藝人世界，那會是哪裡？我想松子自己也說不清楚——我們已來到這樣一個大遊戲時代了，日本又是一個如此豐衣足食、再沒有大問題的國家，人們如昆德拉說的再沒遠方了，或說遠方變成只是某個人的嗜好甚至怪癖，其意義其重量流失殆盡。《憤怒新黨》裡我們看，日本國民一封封如此怒氣沖沖的來信，原來都只是生活裡無盡的絮絮叨叨而已，連「義憤」都談不上，世界原地打轉。

松子比較不甘心，也更常駁斥來信——更多時候她是在同意來函時依然駁斥如所謂的「惡魔辯護者」，我想，松子是不要人只黏在這一端，黏一端愈久、愈理直氣壯，很容易變成某種毫無意思的真理，某種陳腔濫調，這樣的人出來義憤填膺罵人，通常是災難，壓縮了那些有著複雜層次的深刻，壓縮著自由，壓縮著那些更珍貴的例外。

二〇一六年三月世界不變，或說夏目三久不變，好端端忽然辭職了——彼時，收視率居高不下，個人評價好到失真，而且，這麼自由這麼快樂的談話如何捨得，所以，絕大多數人表示不能接受，也任意懷疑。但無論如何，經受了兩位師傅五年時間的嚴酷敲打一身青紫，如今的夏目主播已能從容的獨立面對世界了，嚇不了她了。三月三十日告別時刻，*Con te partirò*，或說 *Time to Say Goodbye*（多好聽的歌），如今已三十而立的夏目沒我們預想的悲傷，甚至還不到儀式性、禮貌性的程度，她優雅的一一謝謝大家，昂著頭走出去。

往後，夏目成了人們說的「不哭的女主播」，成了不想掉眼淚的人。

《憤怒新黨》，當松子和有吉要大段講話，特別是較感情用事得讓汩汩時間噤聲下來時，溫柔響起來的歌是藍儂的 *Just Like Starting Over*，這幾乎是製作單位一開始就做對的唯一一件事。如今，有吉和夏目成婚，我們想回去這十年，尤其是三人一起的這幸福五年，你們看，一字一句你會發現所有這一切如預言如誰已先都知道了。歌詞英文不難看懂，也很值得看懂，有吉英文實在爛（都看過《KIKAKNIGHT》節目裡有吉一干老牌藝人被逼說英語的慘不忍睹畫面吧），那就由妻子夏目一字一句翻譯給他聽——

Our life together is so precious together
We have grown, We have grown
Although our love is still special
Let's take a chance and fly away
Somewhere alone
It's been too long since we took the time
No-one's to blame, I know time flies so quickly
But when I see you, Natsume-chan
It's like we both are falling in love again
It's be just like starting over

確實，我們都長大過來了，在談話中，在笑裡。我只是想，那時候真正 take a chance 暫時飛走的人究竟是夏目呢？還是有吉？

夏目的位子由海歸派主播青山愛接手，但職稱改為庶務（保留祕書一名如永久欠番嗎？），這有點悲催，因為她往往被遷怒成為「那個不受歡迎的人」，人性在這上頭很難公正。青山愛只坐了一年，如今在聯合國工作；二〇一七年進一步把憤怒黨旗撤下，節目名改為《松子和有吉的短暫天國》至今，女助理主持由年紀較長的久保田直子擔當，這是個很開朗、笑起來往往不掩嘴巴的人，是以節目氣氛更輕鬆了，連某種兩性的男女張力都徹底消失，收視率依然穩，只是再沒回到兩位數，這要等到——

二〇一六年八月，也就是夏目離去後四個月，《日刊體育》忽然獨家大爆料，說夏目懷孕，父親當然就是有吉，兩人已決定年內完婚云云，但馬上遭到夏目和有吉兩家經紀公司的嚴厲駁斥，《日刊體育》只好撤回並道歉，一堆相關社員被處罰降職。此事，回應最曖昧的是有吉，為什麼呢？「我感覺好像被狐狸掐了一下。」

這樣子對人心臟不好的再峰迴再路轉，我們，「該怎麼正確反應才好？」——夏目懷孕，很多人不當這是醜聞，而是「果然如此」「太好了」的鬆了一口氣。從古到今，懷孕怎麼會不是喜訊呢？這麼想並非無腦，而是甚有道理，一併解答了夏目的詭譎辭職。

有吉桀傲不馴，但其實比誰都嚴謹服膺藝人世界的一般教養，因此，和同台演出的搭檔發生戀情，是很尷尬也得斷然處理的事，日後謠傳他和夥伴生野陽子（《有吉君的正直散步》）的戀情，有吉的斷然回應正是：「我不會和一起散步的人約會」；但一腳站藝人世界外頭的松子，她才不管這什麼不成文天條，矯情個什麼？感情之事天大地大，所以二〇一一年三人才剛見面，松子就慫恿有吉和夏目去約會，三天兩頭要兩人湊一對、扮夫妻一起買禮物云云，這一直是《憤怒新黨》的狂歡亮點，所謂的「神僚機」作業。松子還說：「我有點憧憬那種，明知道你們兩個在交往，還裝一副什麼都不知道，和你們一起演出的自己。就讓我過過癮吧。」只是，二〇一三年後松子忽然收手了，斷崖式的收手，這裡其實也留著一個很大的為什麼。

二〇一六夏目屋騷動，結果是感傷的，甚至是鬬門的——夏目辭職，有評論者寫道：「我知道夏目桑永遠永遠不會再回新黨了」；而看了兩家經紀公司的冰冷啟事，有吉和夏目，原來只是我們大家一起作了一個夢。

這是兩個無可駁斥的感慨，但奇妙的是，多年之後，居然全錯了——也幸好都錯了。夏目（暫時）退場，而我的有吉之行仍得繼續，事實上，我感覺真正困難的才要開始，我心忐忑。我能厚顏說這有點像是維吉爾和但丁的地獄．淨界．天堂的結伴而行麼？近兩年，我有一天驟然發現，除了朱天心，有吉弘行極可能是我這一生聽他說話最多的人，但我旋即合理的這麼想，我是長年困在靜默文字世界裡的人，跟我講話的人用的都是文字，有吉是唯一用言語工作的人（我讀完他三本書，那也都是說話式的文字）。於這些了不起的書寫者，我總盡可能讀到他的每一篇文字不捨遺漏，所以這只是我的日常，我以我和閱讀完全一樣的心思聽有吉講話。

但他一定是讓我笑最多次的人，尤其夜半無人、身體螺絲全鬆開的時段，笑得跟神經病一樣。有吉用話語工作，他是我所知最把搞笑藝人工作當志業的人——其實我想說的是全日本唯一一個。所以高杉晉作那句名言：「讓這個無聊的世界變有趣吧。」我相信是有吉真心信守的。只是他千不該萬不該在二〇一二年七月二十五日《憤怒新黨》節目裡過度鄭重唸出來，現場頓時結冰，那絕對是他被夏目坑得最淒慘的一次，我很記得夏目狡獪而且得意無比的抖S笑顏。那笑容，讓我對有吉的婚後家居生活有一點點不寒而慄。

日本藝人是個很奇特的群體，人數之多，應該是全世界僅見，自成一個金字塔層級結構，堪堪和明星（俳優）、歌星這兩大鼎足而分，其尖頂甚至還可以高出明星和歌星，畢竟，他們長相是不如人甚至嚇人，但智商絕對穩穩勝出，尤其頂尖幾個如有吉，你可以直接想成就是電視螢幕上可見最聰明那幾個人。人腦子是比人身體、容顏更耐用也用途更廣的東西，不仁的時間站他這邊。但下到底部就不是這麼回事了，藝人世界是冰山，比明星、歌星更沉重墜底的冰山，那是一大群散落在最底層生活的人，朝不保夕的人。要命的是，當藝人比當明星、歌星沒門檻可以自不量力，是以，舉凡那些毫無希望的、想錯事情的、秀斗的、懶惰的、變態的、敗德的，各種奇形怪狀的人都可以到我這裡來，這是個大廢料收集場。當然，新近冒出來的YouTuber有著抗衡、隱隱勝出之勢，這是另一個廢料收集場。

二〇一六之後，有吉的上升之勢仍不見緩下來。穿過窄迫的重重權力結構，如耶穌講駱駝穿過針眼，人很難不被擠成某種扭曲的形狀，至少得一路丟東西，不得不的，也慢慢會以為這才合情合理的——我並不期望有吉攻頂，如同曾站上另一種尖頂的海明威在諾貝爾獲獎時的真心話「成功毫無意義」，我只是想看有吉這樣特別的一個人，會以什麼樣我不知道的、以及我不敢奢求的方式走這一趟路。也許腳步慢一點更好，慢鏡頭讓我可以看得更清楚。

根柢上，志業工作並沒有所謂頂端，志業是每天的工作，沒盡頭沒退休，所有可能的意義、可能的獲取都在持續的工作中發生，而不是凝結成最後一個大獎並就此收工。

另一面，我始終不相信一種話，從很年輕時就不相信，句型是：「等我×××，我就×××」，在我熟悉的世界便是：「等我出版社賺到足夠的錢，我就會開始出好書」。——又三、四十年活下來，我從未見過使用此句型的人兌現他的豪語，也許有，但沒見到過，我們常把「貧賤不能移」和「富貴不能淫」並列，但這其實是難度很不同的兩件事。我想，如果這真的是你很想做的事，應該從第一天就開始，也許只能是一種微不足道的方式、一種護持自己心志不失的方式；你不必就捐一億，但你可以捐十塊錢。

有吉對他所在的這個藝人世界始終保有一種整體性的全景視野和關懷，不僅要學會「知其然」，還要弄懂它道理它來歷的「知其所以然」，這是志業之人不得不有的特徵或說宿命。因為志業工作沒得換，生命太短，通常一生只容你做一個，所以你甚至得時時出手修護它防衛它，讓這個世界成立（也是讓自己成立），可能的話，或讓它更欣榮更宜於人居。我猜，有吉那七、八年地獄日子非常有意義，那是個外部位置，且時間夠長，長到什麼東西都逐漸顯露出來，可以看清楚藝人世界的通體實整模樣，並且人體實驗般切身體認人一旦被這個世界放棄、逐出會何等淒慘、何其不忍。進一步，他的必要求生，他的可能希望，以及他異於常人濃度的「不甘心」，更要他非得把藝人這個東西想個一清二楚，來日有硬仗要打——有吉的猛烈批判／溫暖同情的冰火二重天現象，在日本一直是個議論題目，但我們從志業者來看，這再簡明正常不是嗎？

這一切，從他地獄歸來、所謂「毒放題」的日子就展開了。《London Hearts》節目裡，有吉修理熊田曜子的大談性愛，告訴她的是寫真偶像界一點一點建立、如相濡以沫大家賴以生存的「原理」（包括「私底下大家什麼都敢做，但不說出來這是規矩。」把主持人小淳笑翻了）；戲弄那個一臉沒出息的水果酒村上，有吉揭示的是「吐嘈／裝傻」「欺負／被欺負」兩端的搞笑工作依存及其運作關係；罵原 AKB48 胖偶像野呂，有吉教她的是電視節目說話、搶話的深層理由及要求，其內容，其時機；那個三三八八的男大姊春菜愛（曾在泰國全球人妖選美大賽封后）想去跑馬拉松大賽提高好感度，有吉以為可行，但他要春菜愛注意這種健康清新好感度的可怕反噬：「但是千萬千萬記得，跑過之後就不能做你那些壞事了，你餐館不可以再偷斤減兩……」

還有，面對一排衣服愈穿愈少、已換成細繩、貝殼或蜜柑的所謂寫真女星，完成前途諮詢的有吉大師，他最後的諄諄叮嚀是：「記住，上下兩張嘴，至少有一張一定要非常非常緊。」

所以說被有吉吐嘈，傻笑就好，不要過度反抗過度掙扎，不僅是你毒不過他快不過他，而且是，他話語背後攜帶的這個結構性、原理性說服力量，望風披靡。你會發現，現場所有人包括「士大夫」（staff）的大笑聲裡，清清楚楚有一種醍醐灌頂「懂了！」的主成分，大家邊大笑邊點頭如搗蒜，你孤立無援——這場面我留意過不只一百次。

《Ametal-k》徵求藝人自己提節目企劃，完全不同於所有人的純搞笑著眼（「運動白痴藝人」「長相吃虧藝人」云云），有吉提出來的出奇的嚴肅：一個是「藝人選秀」，四個虛擬節目，仿職業運動年度選秀各找七到八名來賓，這題目至少做了五集，是難得的內行人意見交換，果然有不少被低估的藝人、被閒置的才華因此獲得注目、討論，也真的因此多了通告；另一個是「電視節目新規則」，當然就是衝著日本人特多特煩的圈內繁文褥節而來，說是建立新的，不如說是掃掉舊的，這算造反了吧。這題目做了三集，集集精彩無匹，但最棒的畫面永遠是，討論到最敏感話題時（如何對待又不紅又不好笑的前輩、如何吐嘈上節目打片又不肯配合的大牌女優……），所有人憋著笑低頭不敢接話，只有吉一個人堅持要講個明白。

《Ametal-k》和《London Hearts》的製作人皆是加地倫三，圈內出了名的才華洋溢兼惡毒，他也是最早認出有吉的人之一。

有吉長時間自嘲，沒辦法，我就是喜歡「廢材」（可不可以就譯為我們文學界常說的「被侮辱者、被傷害者、被遺棄者」呢？）。上《夏目聆聽》時，以「影響你最大的人」為題，夏目要他畫出腦子裡的人物圖，有吉對切，一半是廢材恩人上島龍兵，一半是他那個據說一輩子不工作的謎樣父親。有吉的神色如此柔和彷彿沉入回憶，他說父親教會他的是：「不能成為像他那樣的人」、「不能像他那樣對待女性」、「不能不聽別人的意見」；上島則當然是：「不能成為像他那樣的藝人」，以及，「他看到人家成功，真的會很開心。所以我要更努力工作，讓他能心滿意足的死去。」

於是，多年之後我們就看到了《有吉之壁》這個節目，也就是說，有吉先生的廢材回收作業，至此進入了大生產線全新階段。

《有吉之壁》，依華文還是譯為有吉之牆對些（所以婚訊出來時有此一說：「只有夏目三久能越過有吉的婚姻之壁（牆）」。主持人做很少的事，有吉只是邊笑邊走，以〇×判定表演者是否合格，是否突破素人／專業這面牆；也就是說有吉搭好大舞台，讓出來，給這堆殘兵敗將多一次機會，再多一次機會。我自己不怎麼看這節目，這種擺明的搞笑總有點尷尬，但據悉有吉自己十分在意，說不管發生什麼都要做下去。二〇二一年九月二十四日夏目公然洩露他們新婚生活時說，她和有吉會一起咯咯笑著看《有吉之壁》，這當然不是自戀，自戀的話應該看他多說話的《短暫天國》。夏目問他就這麼喜歡這工作是嗎，有吉喝著酒回答，不，我是喜歡人。

事實上，《有吉之壁》發生過一次非有吉典型的小波折。原先的助理女主持不是這個笑得很好、如今人氣爆棚的佐藤栞里，而是圈內圈外評價極佳、仕事非常積極的女偶像小島琉璃子，但小島只做了開始特番那一集（意即尚未常規化）——稍後，有吉這麼講了小島：「她總是看向世界，而不是看著眼前跟她說話的這個人。」

典型的有吉是這樣——《有吉君的正直散步》共同主持人生野陽子，二〇一九年懷孕生產，生野請產假這個空檔，一般就是換人了，但有吉決定一人散步，帶著生野的錢包自己付錢，自己撐過來。可生野實在太超過了，二〇二一年初又生第二胎，這次製作單位安排了新散步夥伴，但採用的是一次性的輪番，河北麻友子、濱口京子云云，有吉堅持等生野回來。

私生活，也依然有吉。他的年收當然已達藝人峰頂，估算從五億到十億日元隨便你，但就像他在「嵐」的節目上說的：「生活水平提高了要再降回來，這更困難不是嗎？」有吉說保持這樣人最自由。所以，依然租那種公寓，依然開那種車子，在東京這個世紀奢華大城，每月生活費不到七萬日元，到便利商店買高麗菜絲拎回家……。有吉還戒了菸（原來一天四包），也不再喝大酒，每天一個人走路超過十公里——我心中參照的人物是已故的渥美清，導演山田洋次講之所以拍寅次郎，是因為先知道了有渥美清，這個人，成了名賺了錢仍然「不坐大車，不住大房」。

有吉的清操厲冰雪，我猜想，另一方面是防禦，要像松子所說以這樣「跟整個世界吵架」的方式回歸，他必須毫無弱點可乘，必須不讓自己的鎧甲有任一絲裂縫。

松子起興過，說 NHK 大河劇應該拍有吉這一生——但如今該試著鬆弛才對，如此的生命態度，有著割人的道德鋒芒，愈身邊的人愈容易倒楣割傷，而且也不公平不是嗎？所以，有吉也許該學著用錢了，在不改他的自奉甚儉之上，給夏目恰當的溫度，恰如其分的自由。

車子撐到二〇二一今年才升級，租屋一事則事有蹊蹺——二〇一四年有吉忽然搬家，大出血搬入廣尾月租三十萬的某豪華社區，可疑的是，距離夏目家只十分鐘步行路程，跟著夏目也搬了，更貼近有吉，據說地下停車場還是通的……。直到今天，尋寶一樣還有一堆人在找這幢花園大樓，鎖定的有兩處，二選一。

當然有一堆人各色心思、各種辦法的會靠過來，比較良性的，像是同樣廣島出身、有吉挺他十年如一日的噁心好人田中，擅自喊他「師匠」（師父）的吉村崇和池田美優，經紀人公開宣稱人設是「有吉妹妹」的藤田妮可露，或有吉帶著做廣播、但好像永遠紅不起來、錢包被偷無法帶小孩去迪士尼的平子等等一串，但這些人，一樣不知道他家、不知道結婚一事如你我。

多年前，有吉在工作和生活之間深深的劃下一道線，如今已經變高變厚為一堵牆。

這不近人情了，但我寧喜歡他這樣且佩服。有評論者看出來，有吉和後輩，完全沒發展出那種「軍團風格」的關係，也就是那種我猜始於黑社會、再到政界、再泛濫到各個權勢領域的所謂「××會」「××組」這玩意兒，糾眾結黨吆喝而行，很威風，連起鬨藝人藤本都靠請客吃飯搞個「Maharo軍團」。有吉的人際始終如水清澈，同為毒舌派主持人，也就不再是北野武（多討厭的人，如溫厚的大小說家大江健三郎在他《換取的孩子》書裡寫的）、島田紳助以及坂上忍那種風格化的、以訐為直的、仗勢欺負人的父權硬派作風，日本傳統裡最討厭的東西之一，極右翼的溫床。

也沒有緋聞，這麼多年這麼多人盯著，連一張照片都沒拍到。但這得解釋一下——有吉身價日高年歲日增，也是因為他自己一直嚷著要結婚，還狼來了的說「應該快了」「大概就今年」云云，坊間遂流傳一紙大同小異清單，擅自列舉有吉的熱戀、結婚對象，除了夏目，大約就是小島陽菜、生野陽子、水卜麻美、高橋真麻等等，有時還加超級大女優綾瀨遙，只因為同為廣島出身且大齡，閨密女星中谷美紀在《夜會》節目親口拜託有吉，無論如何請和綾瀨遙約會，一陣譁然。

但這胡思亂想係建立在一個堅實無誤的事實上，也就是日本業界已成定論、已是神話的說法：有吉身後，是女藝人的最佳「站位」——很明顯，這裡除了綾瀨遙，全是有吉番組的女主持、女助理主持，又多為女主播出身。女主播通常柔美有餘但單維度，人形立牌般只給看一面，但到有吉這裡，這個人最知道如何讓她們隱藏的面目和才華展露（或說開發）出來，這由不得你；最特別的是，有吉的調笑總是在禁忌的最邊緣一線遊走、試探，一點一點破壞進入，像雲霄飛車，很驚險但基本上安全所以只是驚喜。有吉搶出來的空間最大，我們於是看到她們更多樣更搖曳的他處不見風情，《憤怒新黨》的夏目不就是這樣？是以站在有吉身後，包括太年輕、來不及列上清單的佐藤栞里，每一個都快快上昇一兩個檔次，風吹花開似的陸續接新節目。

此外，地位已太高不再方便坐來賓席的有吉，仍一直上《Ametal-k》和《London Hearts》，仍然是昔日那個掙扎中、奮力搞笑的有吉，這是有吉的季札掛劍。

這一路，一關又一關的，有吉都「正確」的走過來。真的像松子的感慨（有吉學鳥叫唯妙唯肖那次），這是一個「素質很好的人」——只除了對夏目一個。不管他們情感萌生於何時？誰先？（我以為挺早的、早到超乎一般人以為的），夏目不得不委屈（「在不減損有吉弘行價值的前提下想辦法幸福」）。志業之人的「堅持」，獨獨在那幾個最親的人那裡有一個完全不同的名字叫「任性」，以年為單位的不休不止任性，他投注、耗用於志業工作的東西，絕對有一部分不得不取用於最親的人，這是通則。但我們曉得，這極可能仍是要還的，蒼天饒過誰？

所以為什麼結婚的人是夏目？當然是夏目，從來都是夏目——固然，最理所當然的不見得就是最終答案，所以我們估算出人生不如意達十之八九（也就是Happy Ending只十％、二十％），所以我們把應然和實然分開，以為甚至是對立的，所以智者們都說，上帝的人設最像是瘋子，「人類歷史是一本瘋子的日記」。但是但是，但凡還肯講點道理，當然只能是夏目。

四月二日晚上看到結婚消息，我第一件做的事是快速重看一次《憤怒新黨》，彼時網上還沒被掃一集不缺——我順時間，而且這回只看夏目。松子和有吉都接近完成品而來，變化太精微，而二十六歲的夏目，二十七歲的夏目，二十八歲的夏目，二十九歲的夏目，三十歲的夏目，歷歷分明。

我也真的猜到了，有吉和夏目冷處理一切，但這件事他們則一定要做的，因為這才正確而不是要成就風格——他們要回去《憤怒新黨》。四月二十二日再結黨但一夜限定的預告，是一張三人合照，夏目和有吉都一身黑，只松子身披白婚紗，還展示手上的婚戒。大爆笑聲裡，我注意到有一則怯生生講話的留言是這樣的：「怎麼有一種哆啦 A 夢、和長大的大雄、靜香的感覺？」

這是久違了首次、可也極可能就這一次了的狂歡，當晚，收視率十六．三%，最高瞬間收視率二十．三%。全場，夏目幸福，有吉四下搞笑逃竄，生怕被某些太甜的東西黏住，我最留意的是松子，松子前所未見的激動甚至不安，眼睛都不直視她這兩個朋友。

「怎麼辦只有我一個毫無長進——」。我想，松子當然是滿意的、最安慰的，但他們三個人的關係是否就此永久性的變了呢？某種不好說的位移和失衡？有吉和夏目成了夫妻，有了他們兩個人的世界，她是不是被留在原地又孑然一身了呢？

但有吉說了：「你就是我的搞笑搭檔。」——這松子太清楚了，她這個 shy boy 奇怪朋友不輕易說出心底的最後那句話，要說，也是用最不經意、最開玩笑的方式講，用一聽就知道是謊言的反話講。但這一句，聲音雖低，卻是一字一字的。松子瞇著眼，再一次展示她的婚戒：「今天晚上我要抱著這句話入睡。某種意義來說，我也結婚了——」

唯恐誓盟驚海嶽

且分憂喜為衣糧

差不多了，我想我這一趟樂呵呵的有吉之行該告一段落了，還有很多其他事得做，即便仍在這個動彈不得的瘟疫時間裡——近一兩年，我緩緩修改了我一個基本信念，我一直說志業工作是做到生命最後一刻的、至死方休的，但現在？我在想，世界已經變這麼多了，讓人失望的事也這麼多，而且，我還想到我們現在普遍活更久，這意思無非是，如今我們不得不以前人未有的最蒼老身軀、最乾涸體力來撐，這樣就有點太苛刻了不是嗎？所以也就允許像職業工作那樣退休吧，已經很棒了，六十歲，五十五歲，五十歲……，如此，很多人留我記憶裡的，遂多是他們猶神采奕奕的很好看樣子。

最後一番話由松子來講——松子說她事前也想了不少，三個人再這麼聚起來、一起演出會是哪種光景？畢竟，夏目也好久好久沒見了，但、很神奇不是嗎？事情完全不是想像的那樣，你一踏進到這個空間，好像瞬間就回到那時候了，好像我們根本沒有離開過，「那時候我們三個多好啊——」

這有點令人恍惚，是啊，你搭建好這個空間，發一個通告，所有這一切就全找回來了，多簡單，還預算低廉；但我們又都心知肚明，這應該是最後一次了，還像是偷來的一次，我們寧可就此鬆開手讓它得而復失，我們這又是在聽從什麼？意識到哪個無可抗拒的力量？

事實上，九月三十日秋天夜裡，三個人又緊急聚會了一次，這完全為了夏目，夏目任誰也拉她不回的就此隱退，最後一夜，大家為她鋪設了花道，始於此終於此——我當然看了，整個兩小時，由於沒有上次的新婚報告壓力，這一夜，毋寧更接近昔日《憤怒新黨》的進行，只除了夏目變了，或正確的說，夏目完成了，所以，整個節目最光輝的這回就是夏目，這一夜的夏目三久真的美得驚心動魄。

完成的夏目，我的意思是，《憤怒新黨》的第三個人終於真正出現了，連最後那一絲所謂助理主持的分隔感覺都拭去了，這才是真正完整、平等的三人談話，如夏目自己都訝異的，「真的完全是閒談」。這一夜，不露痕跡的，全場係由夏目主控（生放送，沒剪接可救場），有吉和松子野馬般自由。夏目嚴正，和有吉、松子構成絕妙反差，這一直是《憤怒新黨》獨特的空間及其趣味所在，通常止於夏目被欺負；但如今不一樣了，夏目嚴正還要加上她清澈的、刻度精準的聰明，陽光般射進來，讓松子和有吉話語裡總有的那一點點陰黯、髒汙以及欺負人技倆無法遁形，最終，惡有惡報，大快人心，畢竟，松子和有吉倒過來被人欺負，這是其他地方看不到的。所以，松子這麼說夏目，「妳今天的眼神怎麼輕蔑成這樣？妳這還是我們節目團隊裡原來那個人嗎？」還說，「你以為最後講一句好話，就能把前面那些難聽的全補過來——」

假設，完全是假設，如果順此讓《憤怒新黨》常規性重開那會怎樣？——我想，那會有我們尚未知道的化學效應，非常非常令人嚮往。可以確定的只是，有吉會稍稍收斂，威力減損一到兩成，但或許會開發出他全新的「丈夫／毒舌」技藝也不一定；松子極可能會更多的扮演她那種問無知問題的、耍賴的、哭鬧的幼童，近年來她愈來愈愛玩這個；節目中心智年齡最大的一定是夏目，有賈西亞·馬奎茲所說那種「花崗岩般沉默但堅實無比的力量。」夏目愈穩，有吉和松子就可以更無法無天；夏目愈聰明，有吉和松子就可以更無牽無掛。當然，最終那些更動人、更深沉的話仍得由孤單的、依然距離幸福最遠的松子來說。

但我真正期待的仍是年紀，如今，松子四十九、有吉四十七、夏目也過了生日來到三十七了，大家都先後走到人生的折返點上，這又會是怎麼談話的《憤怒新黨》呢？

刻舟求劍。

所以，這只是船身的一道又一道愚人刻痕對吧，我們想用它來找掉落時間大河裡的某物，而如今這樣究竟算不算找到了呢？我想，至少至少，這些歷歷刻痕可以讓我們記得，曾經有這個東西，於是，我們也一直記掛著這個東西。

夏目・有吉・松子

以上

附錄

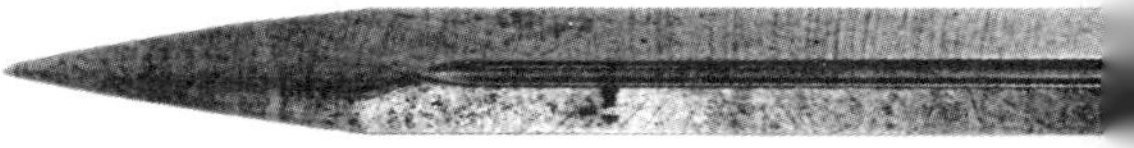

千年大夢

侯孝賢的《聶隱娘》，之前我知道的是，侯孝賢打算用快速的、短切的、逼近的鏡頭來拍，連攝影機都換，編劇（一如以往或說侯孝賢式創作的必要，侯孝賢也是編劇一員）也收到這個，很配合還頗興奮的試著打造出一部嚴密的、環環相扣的、颯沓如流星的本子，是的，有點像傑森・波恩三部曲那樣。

最終，仍然，雲天高遠，侯孝賢「將這個民族自詩經以來流淌在血液中最美麗的詩意展示出來」。

儘管並不出所料，但「何以總是這樣」這個問題仍在、愈在——逐漸的，我相信這裡面有些很根本的東西，不只是影像選擇問題，更不會是慣性的「拍不到就剪回去」、「躲回那個最舒服、最有把握的侯孝賢」云云，後面這幾句話只是我們沒事用來嘲笑嘲笑侯孝賢的慣用語而已。

我認識多年的侯孝賢，這得莊重的來說——從不是個膽怯、在意自身、對安全有足夠要求的人，這隨著年齡愈發有水落石出的味道，拍電影是他「這一生主要做著的那件事」甚至就是「唯一會做的事」，其他都只是跟來不跟來的東西而已。這樣想事情的人是我很熟悉的、多年來在心裡一個人一個人默默收集的，我完全確信他們所認知的成功和失敗不同於、不重疊於、無關係於一般人以為的成敗，甚至因此不再信任「成功」「失敗」這兩個詞語，一定要說，也會像老去的海明威（諾貝爾獎致詞，世俗認定的生命巔峰）講的「運氣好的話，他會成功」；或賈西亞．馬奎茲跟著說的，「成功毫無價值。」

侯孝賢不是個會躲回去的人。都這個年紀了還躲嗎？

俠義世界的真實模樣

武俠，總讓人從遙遙的司馬遷想起，〈游俠列傳〉、〈刺客列傳〉云云。但事情不會從他才開始，他是個記史者、旁觀者和思索者，稍慢於實然世界一步——司馬遷對這樣的任俠殺人之事，想法已經相當複雜相當猶豫，只是他自己忍不住著迷，乃至於有些不太成立的希望好像除此而外無處置放，不得不期期艾艾的寫下這些人、記住這些人。

往後千年，這一切反而變簡單了，關鍵在於它離開史書、離開有現實沉沉負擔的正經書寫領域，跑到傳說、戲曲和單純的想像裡，夢境化了。這是另外一個世界，可以幾乎不受我們生活世界的干擾、牽制以及駁斥，包括最無可躲閃的經濟問題，最黏如蛛絲的道德思維，以及最無時無處不作用的物理法則。在這個依稀彷彿有點像我們所在世界的另一個世界裡，聶隱娘這個唐朝女子可擰身（意即不助跑）蹤跳過破奧運、破世界紀錄的二米五以上高牆，也可以把匕首藏收在後腦勺裡（「腦後藏匕」，但別追問兩者的尺寸大小關係，就認定匕首會自動縮小吧），必要的話，她還能跳更高，或放進更大傢伙。侯孝賢的《聶隱娘》編劇朱天文是我們所在世界的小說家，在她自己寫的小說如《荒人手記》如《巫言》，我們絕看不到這樣的人和事，也不允許，想想，如果《巫言》裡的老爹忽然聶隱娘一樣從院子跳上兩樓書房拿他的書和筆，我們還繼續讀這部小說嗎？

千年後的現代，我們也稱此為「類型化」。我的老朋友詹宏志曾把它解釋為講故事人、書寫人和讀者的特殊約定，說好大家先不追究這如何可能，「你信其為真，便能得到一個好聽的故事」（波赫士），以及更多其他——

「人對『正義』的渴求永遠無法滿足。在他的靈魂深處，對於不能滿足其正義需求的社會秩序，始終有著一份抗拒感。不管生存何時何處，他都對那個社會的秩序，或整個現實生活環境不滿，認為它不公不義。人，就充滿著這股奇特、固執的驅策，對過去、現在、將來的種種事物，永遠不肯忘，永遠在思索，永遠要改變。在此同時，內心還隨時想望明明得不到的東西——即使用神仙童話的形式，獲得區區幻想式的滿足，也算一種解決辦法。也許，這就是古往今來，不分階級、宗教、民族，一切英雄傳說的基礎吧。」

這段話是奧伯拉契寫下來的，當代大史學者艾瑞克．霍布斯邦以為「他對盜匪（或義俠）現象所下的註解，無人能出其右」，特別把它抄寫在他自己《盜匪》（*Bandits*）這本書的最後一頁以為總結。

霍布斯邦是世故的真誠左翼學者（世故和真誠左派，相當難以共容的兩個東西），《盜匪》這本書，和司馬遷當年做同樣的事，那就是把這些活於傳奇另一個世界的義俠盜匪拉回我們所在的世界來；也和司馬遷很像，他內心深處是喜愛他們的。也因此，寫《盜匪》這本必定讓他有點難受有點沮喪的書，不為著揭穿和駁斥（已不必再揭破了，如今我們誰都已曉得那是假的、是夢工廠產物；或者說，還分不清此一真實和虛擬界線的人已不多了，幼童以及有精神方面疾病的人），這如波赫士講塞萬提斯寫《唐吉訶德》是一種「依依道別」；以及，我自己堅信的，霍布斯邦是倒過頭來詢問、並仔仔細細檢查，其中還有哪些有機會是真的、是仍可在我們生活世界裡保有、生存的，不放他們只活在好萊塢電影、類型小說、電視劇裡全然虛擬不實的世界裡，不讓他們「全是假的」。

《盜匪》一書果然有太多殺風景的部分，像是，這些義俠全身上下幾乎都是最陳舊保守的，如果還有所謂「思維」的話，難能有一絲「進步」的跡象（左翼的霍布斯邦最敏感這個）；他們的正義也往往只是初級的、粗糙的、反射性的正義，更多只能夠解釋他們落草成盜匪的來歷，而無法解釋他們的行為本身，如此同情他們的霍布斯邦也只好承認，所謂好的盜匪、社會性盜匪不過是心腸尚未完全變硬、「心裡仍有那一點微明」而已，這說得非常好而且悲傷；還有，「說也奇怪，各種長期觀察與調查結論均頗一致；那就是所有做強盜的，都身無恆產，沒有職業，他們所有的，只是一些私人物件。」包括最成功最顯赫的、人們總說他們大把抓銀小把抓金的盜匪，像巴西史上排名第一的「大王」藍彪，應該算是這一行裡洛克斐勒級、比爾．蓋茲級的，他一九一四年被捕處決，警方清點過他的全部財富，只是一些身上口袋裝得下的東西而已，這紙清單霍布斯邦把它保存在書中注釋裡。書中還說到一批祕魯盜匪，因為實在太窮了，所以根本沒餘錢可救濟窮人。

孑然一身的盜匪，於是有一絲原始生物世界的影子，讓人想到比方非洲草原的獵食獅群。牠們在自身領地裡威風凜凜，但同時，在這頓飽食和下一頓飽食之間，獅群其實經常性的處於飢餓狀態，鏡頭拉近，我們看到的其實是有點狼狽、還瘦弱不健康的大貓。

另外，盜匪的聚合人數也遠比傳聞寒傖，只十到二十人，「這是一般盜匪隊伍最常有的人數，不分時代地域，一致程度令人訝異」。二十就到頂這個數字其實非常有意思，可供我們察知、聯繫到許多更深層的真相。比方他們的能力限制，他們的群體構成方式和層級，他們的基本性格和作為，還有他們和一般人、和周遭環境、和當下社會的種種相容相斥彈性云云，擊破不少幻想，包括那種呼群保義如四方風起雲湧的幻想。

這些，於是也就預告了他們的下場——一般而言撐不過兩三年，成氣候不成氣候皆然，失敗了無聲消滅，成功了驚動「中央」，只引來更強大也更現代化的鎮壓力量。霍布斯邦心痛的說，要不處死，要不接受收編（對窮而沒進一步意識的盜匪而言沒什麼抗拒理由，很多盜匪還早早就轉為地方財主的武裝警衛和打手），至於霍布斯邦想望的匯入革命大軍、成為真正進步正義力量的一環呢？現實歷史裡，這事遠比想像中的稀有、困難而且不相容，最多只能短暫的、外圍的扮演消耗性的死士角色，老行當老技藝，在總是得超過二十個人的革命動員裡，他們無法指揮不受約束的基本性格處處扞格，如若不是快快戰死，也就只能快快脫隊，大家誤會一場。

《盜匪》一書，如今我最有感覺的是這一段：「一個社會裡，總有一些群體居於特別地位，擁有走上強盜之路必須先有的自由行動條件，其中最突出的一群就是從青春期起、一直到成家之前這個年齡層的青年男子，也就是在人生的家庭重擔開始壓得人直不起腰背前的一段時光。……總而言之，強盜匪徒八九不離十都是青年男子，這是無庸置疑的了。一九六〇年代南義大利卡塔地方的強盜，三分之二年齡在二十五歲以下。祕魯蘭巴耶克的五十九名盜匪裡面，單身者即占四十九名。安達魯西亞的傳奇綠林人物奇利安提死時才二十四歲，地位與其相等的斯洛伐克好漢雅諾契克則是二十五歲，巴西東北地方的大盜藍彪，打出天下時只二十歲不到，十七郎當歲，真實世界裡的荷西，十八歲就揚名立萬。小說家往往觀察敏銳：土耳其某部綠林小說的主人翁『瘦子阿蒙』，十來歲就上了陶魯斯山脈。」盜匪世界的新福音是——你若不回轉年輕人的樣式，斷斷是進不得這個盜匪天國的。

年齡真的太有趣了。年齡的基本構成材料是時間這個最詭異、最富變化的東西；不只這樣，年齡還是彷彿染了色的、彷彿看得見的時間，藉由人在時間大河中的浮沉掙扎調整，給了時間一個階段一個階段的可感內容細節。昆德拉說年齡是觀察站，人在不同年紀的觀看位置看到世界的不同模樣；而觀察者也是被觀察者（人觀看世界的方式，也呈現為他的生命態度和日常行為），這是雙向的——以下，我想試著從年齡這道小徑走進去，侯孝賢的電影，尤其是如今的《聶隱娘》。

電影裡，舒淇的聶隱娘幾歲了呢？侯孝賢自己的年紀我倒是一清二楚，他是一九四七年四月的白羊座人，也就是，怎焉「已經」六十七歲足足了——相信星座之說的人會感覺更富張力，一個忍不住年輕的靈魂，和一個緩緩走入老年的身體。

《風櫃》之後的侯孝賢

最原初，侯孝賢說他不要拍那種輕飄飄的、人滿天飛來飛去的武俠，他要人踩地上踩水面踩樹葉或刀刃上有地心引力、有反作用力；也就是說，他要放棄和觀眾的這一部分類型約定，召回基本物理法則，給自己限制。沒事自找限制是為什麼？簡單的答覆是，這樣才像是真的，或說至少有一種質感。

但一旦開始，叫回來的就不會停於物理法則，整個真實世界會一塊一塊跟著回來，這幾乎是必然的——其實，在武俠的真實和虛擬界線問題上，物理法則極可能是最容易也最無所謂的。

只因為事情不自今日始，此事有更長的時間來歷——我們一直稍帶詆毀的說侯孝賢有「黑道情結」，像《悲情城市》這樣的大家國題材，他放入一個三代人的黑道家族之中來看；像《最好的時光》，他選的（或說深深記得的）是早年仍屬「不良場所」的撞球間、更早年的酒家，和現今的夜店。侯孝賢也笑著說大概是自己年輕時混得不夠，沒完成，五體不滿足，遂像是人生命中一直懸空在那裡、會伸舌頭去舔的一個缺口。這當然是侯孝賢式的稍稍謙遜說法（證諸他多年來游俠般四下支援弱勢者的持續作為），要逼他講社會正義云云這一套可能不大好意思吧。

對創作者而言，當真的從諸如此類的特殊角度進去不見得是壞事，至少相當長一段時間不是，只因為這個驅動他的力量是真的、確確實實是他一心想弄清楚的，真的就能持續、專注、稠密，能如本雅明說的耐心等到那些隱藏的圖像慢慢浮出來，這是機智性的、策略性的創作設計做不到的。特殊角度的代價是侷限，銳利切入的另一面往往是偏頗迷執，會犧牲掉一般性的東西，接觸不到「一般人」，這對只想完成一兩部好作品足矣的創作者不是困擾，但對侯孝賢，其中隱藏的不安必是不斷累積的。

如此拍出來的最好電影，至今侯孝賢自己仍說是《風櫃來的人》，理由是一切都「正正好」，什麼意思呢？——《風櫃》是四個離島少年（都不到二十歲）進入到大城市的典型故事，四個少年很像本雅明說的聽任城市的風把手裡紙片吹走，紙片吹到哪裡人就隨之走到哪裡，惟「最終總是通往犯罪」；但同時，他們能走到的地方也就不會太遠太大，像葛林說的一座大城市對他們而言不過就那幾條街、那幾間房子和那幾個人而已，並非是（或說還不是）真的一整個世界。「正正好」的意思也是指四位少年和真實世界乍乍相遇的此一接觸面，暫時止於這裡，不追問「娜拉回家了怎麼辦」云云的進一步必然問題，兩邊還可相互成立相安無事；而我們可能也會想到，不是「正正好」了嗎？如同卸下一樁多年心事、一則少年荒唐之夢，成為一個幸福題材，舒舒服服完成了不是嗎？

我比較想說的是才上一部的《珈琲時光》，這原是侯孝賢日籍工作夥伴小坂史子的記憶，最先抓住侯孝賢目光的「那個畫面」是夜間跨城市電車上酣睡的大叔和一旁緊張兮兮盯著行李架上包包的小女孩——破舊包包裡永遠滿裝著萬元大鈔。大叔是小女孩親叔叔，帶著再沒其他親人的小女孩，他其實是黑道組織負責一地一地收帳的，大部分時間活在電車上。叔叔告訴過小女孩，愈像隨手扔在那裡愈安全愈不招人注意，這是訣竅，但小女孩就是忍不住去看。

距《風櫃》都二十年不止了，依然是黑道，還是有些東西並沒完結並沒平息。

「那個畫面」，創作者徘徊不去、因此才緩緩生長成一部作品的某一具體圖像，一般會放在作品的最重心處、最富說明力的位置，就像福克納的《喧囂與騷動》小女孩爬上樹、渾然不覺露著髒汙內褲、看著她祖母喪禮進行這一場，《百年孤寂》裡老人帶著小孩去看去摸一塊冰甚至就亮在第一頁、第一段、第一句，但啟動《珈琲時光》的此一畫面則根本沒留下來，連叔叔這個人物都消失了，怎麼捨得呢？好像這個人連同他所在的黑道世界種種被排斥了出來，完全進不了長大後小女孩的一般人世界（尤其還「恢復」成有父母家人……），連只作為她一個偶然襲來的回憶都不成，就算有過也已遺忘。一青窈演的多年後小女孩走向神田神保町的舊書店街一帶，若有什麼多出來的，是另一個以文字厚厚堆疊起來的世界，結尾的一幕很漂亮，是不遠御茶ノ水駅ＪＲ電車的交會穿行，水道橋畫面寧靜完整到像一張大畫，每個細節清晰飽滿到彷彿都成了隱喻，但卻又停駐不了、固定不了如一瞬，刻舟求劍也似的，人腳底下的世界是移動的奔流的。

我想提出這樣毫不出奇的解釋——這不真的只是侯孝賢一己的少年之夢而已，也就不會因《風櫃》的完成而完成；或者說曾經是的，但隨著侯孝賢的年紀，以及在時間中不斷展開、不斷觸及他者的理解和關懷，已難以再是了，毋甯更像是（歸屬於）奧伯拉契所說「古往今來，不分階級、宗教、民族」的人類千年大夢，回到人普遍的世界裡來。一個人的夢很容易成立，它甚至不必考慮現實乃至於可以背反現實條件，有時只憑著一股血性、一些誤會和無知就行了；但「人對正義永遠無法滿足的渴求」，除非繼續把它封存在夢境裡成為單純的安慰，否則我們只會不斷遇見一個鐵板模樣的世界，處處不成立、不相容、難和解，站在光天化日的真實世界裡，就連要把它順利描述出來（再描述總是得帶著解釋）都變得困難重重。

《風櫃》之後的侯孝賢大致如此，緩緩走向司馬遷和霍布斯邦，更多時候是在找尋還在的、還倖存於真實世界某一角落或某一瞬的這些人。問題是侯孝賢使用的是影像而不是文字，這（將）大有差別。

電影裝不進去

很多人十八歲以前相信有、相信它成立的東西，不會五十歲以後還成立，生命經歷不知不覺教會我們很多事情，逼我們注意到很多事情，也要求我們得忍受很多事情；太多東西在人的世界裡都是脆弱不堪的。所以波赫士才說，很多書、很多故事得趁年輕時候讀，到一定年紀你就不相信了、讀不進去了。

「這是一個再無法殺人的殺手故事」——為著讓歐洲人也能夠順利進入古老東方的這部電影，《聶隱娘》曾被簡化成這樣一句話、一個疑問。一個殺人為業（職業／志業）的人為什麼再殺不了人呢？這其實是尋求最大張力、更尖銳方式的反向追問，其核心仍是此一普遍性的大哉問：人究竟可不可以殺人？

（這幾天，台灣又一次泥淖般在吵死刑廢除的問題，這還會繼續吵下去絲毫不見盡頭。廢死的意思是，再怎麼該死的人都不可以殺他，如《聖經》十誡的莊嚴命令、猶太人也從未遵守過的：「不可殺人」；或者說，從至大的神到至小的細菌病毒分子原子再到無形無體的噩運噩耗噩意都殺人，大自然從沒好生之德，好生之德是人嘗試著給自己的一個嚴苛道德要求，整個自然界獨獨只有人不行，是「人不可殺人」。）

《聶隱娘》這部電影當然不只面對這個疑問而已，但光是要好好回答這個就夠讓人口乾舌燥了。

基本上，這是個較合適以文字來負載來處理的題目（影像並不具備足夠的解釋能力，或說不具備文字雙向的、反覆的討論能力），而且還是足夠數量的文字才堪堪可以，比方一整本書（如霍布斯邦寫《盜匪》），乃至於很多部書（《盜匪》一書顯然並沒解決我們的全部疑問）。

而一部電影，多年來我們一再討論確認過了，一定要換算，它的全部負載量也只到一部短篇小說的幅度而已。

新聞報導善意的說，《聶隱娘》有一個「很豪華的編劇陣容」，包含兩位文字世界的大小說家阿城和朱天文，這其實也不自這部電影才這樣；還有，侯孝賢自己也是編劇（最重要的一個，不管掛不掛名），從頭到尾在場。《聶隱娘》耗在咖啡館裡的文字性討論時間應該達實際拍攝時間的三倍以上

（姑不算其稠密度。劇本討論不必等光、等雲到、等工作人員處理好現場，以及永遠不斷發生的突發狀況云云）——很多人不會知道，多年來侯孝賢浸泡在文字裡的時間遠遠多過於影像，平常生活也是如此，儘管看起來也許不像，他的確是我所知道讀書最多的導演。

電影裝不進去，愈來愈裝不進去，隨著侯孝賢的年紀以及跟著年紀而來的東西——《聶隱娘》當然是到此為止的極致，這關乎一整個傾頹中的王朝而不是高雄市那兩條暗巷子，你得記掛著以萬為基本計數單位的人（儘管電影裡不會出現）而不是四個年輕人的求職和薪水多少；再加上，侯孝賢說這回要貼近的拍，意思是他要更逼近每個個體、每種情境，穿透普遍性的事物表相，進到更裡面去。

裝不進電影，對這些已習慣侯孝賢的編劇（包括編劇身分的侯孝賢自己）並不是新鮮事，也早知道如何繼續工作和忍受——即現在大家也熟悉起來的所謂「冰山理論」，典出小說家海明威，作品像冰山一樣，永遠有十分之九隱藏在海平面底下，編劇的任務本來就是為侯孝賢打造一座冰山，兩小時的電影，所以說編劇的文字應許空間是二十小時。

這是個很確實也很安慰人的美麗說法，之所以無法就此相安無事下去，我以為問題出在侯孝賢——一個隨時間不斷移動、持續察覺更多、更無法簡單說服自己的侯孝賢。

這麼來說，昆德拉素樸的使用過「結構」這一詞，以為它是原創的，每部作品有它無可替代無法模仿的獨特結構，「於是他從此要面對非常複雜、異質性又高的材料。面對這些材料，他得像個建築師一樣，賦予它一個形式；因此，在小說藝術的領域裡，從它誕生的那一刻開始，結構（建築）便成為最重要的東西。……而結構也是每本個別小說的身分證。」——所謂從作品誕生的一刻，指的應該是起心動念那一刻，也就是遠在作品的呈現之先，因此，結構最原初是人的思維路徑，因應著每部作品的特殊詢問（我們可很粗糙的想像為一處礦坑），這些反覆尋獲出來的、跌跌撞撞出來的獨特路徑必須整理、確保，結構一崩塌，路徑就斷掉了消失了，你想抓取的東西埋了回去，挖不到手，以及運送不出來。

也因此，導演只擷取十分之一，便（愈來愈）不是單純的數量問題，而是，若不依循這一特殊思維路徑，你如何重新找到它，以及，若不完整呈現一整個結構，你如何讓它仍成立仍可信——沒有結構的引領、支援和保護，這些辛苦才尋獲的東西總顯得危險、顯得虛張聲勢、顯得不夠真實或踏實，只因為它本來就不是簡單、普遍存在的東西。話說回來，滿地存在的、成立的東西，還需要人一講再講、需要人「發現」它保衛它嗎？

我自己有一點點經驗，作為一個多年的文字編輯，以及一個動輒引述他人話語的書寫者——引述愈來愈難甚至矛盾，那種兩句的、切得工工整整的、又像永恆真理又如精美禮盒方便送人的話語愈來愈不吸引我；我想讓別人也讀到的珍貴話語總是愈來愈長、愈不容易截斷。這些限定於種種嚴苛條件和顧慮的、甚至得把人自己也加進去才堪堪成立的話語，帶著某個非比尋常的視野，還帶著某種深沉審慎的拮抗現實之意，這些話語不會無意的出現，是人要它被說出來，人希冀它存在、成立，話語背後隱隱閃動著一個並不理所當然的世界。

《聶隱娘》裡「青鸞泣鏡」這一幕，據說在劇本討論階段讓舒淇聽得熱淚盈眶（沒有同類，獨自一人），但若不伴隨著足夠的、可感的、帶著人一路走來的聶隱娘身世細節，這個毋甯過度動人的力量很容易（一大部分的）流往戲劇性；還有，來自日本的磨鏡少年妻夫木聰夜裡火堆前第一次對聶隱娘說自己來歷那長段告白話語，據說是拍得極好、現場工作人員無不動容的一幕，但由於磨鏡少年的回憶戲連同所有人的回憶一併捨去（裝不進去，侯孝賢最終選擇順時間剪），這閃閃發光卻孤伶伶的一幕失去了支撐，遂如一顆熄滅的星再不會有人看到，大概只能送給妻夫木聰當個人收藏以紀念此行。

侯孝賢總簡單說這「不夠真實」——要不就直接剪掉，要不就設法把戲劇環扣鬆開，「將一個動作、一個情節、一段對白放置在一個較寬廣的架構裡，用日常生活的流水將其稀釋。」

這於是生出了或說放大了另一端的麻煩，你怎麼能只要這邊不要那邊呢？當你得稀釋的東西愈來愈多愈稠密不化，你無疑需要更大的空間才行，而電影仍只是兩小時而已。

凡起飛的總要降落

此番最憤怒的編劇朱天文（我算目擊者）設法平息自己的憤怒——除了重申「電影是導演的」，她以為侯孝賢幾乎是逆向所有人的回轉盧米耶兄弟的電影源頭，那樣一列火車轟轟然的開進站，電影作為一個真實世界逼到眼前的記錄，或深深記住。

但我們仍得說，回轉源頭不該是全部理由，源頭如波赫士所說追溯字源有時是沒意義的，除了人當下某種原來如此的驚喜；此外，諸多人類的書寫創作形式，的確多從驚異、處理一個真實世界開始的，但日後這麼長時間下來，我們或者已發現了每一種創作形式更獨特的力量所在和其更合適的使用方式（只有小說能做的事、只有電影能做的事云云）。此外，我們對所謂的真實也已有更深刻更流動複雜的理解，真和假一言難盡，「似真似假的這條疆界已不再受人監視了」。

我們總是較相信電影更好的使用方式是讓我們（暫時）擺脫這個糾纏不休的不舒服實然世界，呼應著、承接著以神話以傳說以一個個仙俠故事盛裝的千年大夢，夢見或更眩目、或更公義、或更滿足、總而言之這個現實從不給予我們的一個一個想望世界，或另一種沒發生的人生。像費里尼那樣華麗的、無羈的、宛如星體炸開的四面八方而去想像力；像伍迪·艾倫那部甜得滴蜜的《開羅紫玫瑰》，片中的米亞·法蘿是個三〇年代經濟大蕭條時日有個粗暴、失業、酗酒工人丈夫的尋常少婦，她躲進電影院裡，一遍又一遍看著同一部探險英雄電影，直到銀幕裡的英雄終於「注意」到她，從電影裡走出來，把她帶進那個她不可能存在的世界或人生裡去。

在電影裡我們可輕易得到這樣一個一個世界、一回又一回的人生，這不僅僅是一種安慰，還是有著多重極富意義的想像，讓我們發現、存留各種可能，也自然攜帶著我們對唯一實現這個世界的必要離開、反思和駁斥。但這裡，我想提出（年紀漸大的）昆德拉這番反向的話：「可是哪一天你我會不會反問；假如我生在別的地方，生在其他時代，那麼我的人生是什麼樣子？這個問題本身包含了一個人類最普遍的錯覺。這個錯覺讓我們誤認為我們的一生只是一個單純的布景，是個偶發的、可以交換的情況，而我們那獨立自主、恆常的『我』便在這個情況裡通行。哎，幻想自己其他不同的人生、自己其他十多種可能的人生，這真是美好的事！白日夢作作就算！我們其實不可挽回的鎖死在自己出生的年月日和地點。如果抽離開自己那具體而又唯一的情況，我們的『我』是難以想像的。除非透過這種情況，除非放在這種情況裡看待，否則我們的人生是無法理解的。如果不是兩個陌生人早上來找約瑟夫·K，而他宣布他被指控的消息，那麼他將會和我們所認識的他完全不同。」

更確實的真實要求在這裡，在人無可取消的種種限制裡（我們其實不可挽回的鎖死在自己出生的年月日和地點）——你當然輕易可想像有一顆萬靈的、乃至於青春永駐的藥來，但你的貓、你的親人仍只會死去；而且，這個藥愈神奇、愈無病不癒，我們對此一疾病、乃至於人在疾病中的種種也就愈不必了解無從了解，不是這樣嗎？

別誤會昆德拉的壞脾氣，他沒罵你，他的怒氣是向著這個總是令人沮喪的世界，也沮喪的對著自己、以及小說這門行當而發——「凡是起飛的，有朝一日總要著陸。」我甯可說，一個夠好的、好得夠久的創作者遲早會這樣落回到現實大地來，通常，這會是一個不斷發現也不斷抗拒延遲的角力過程，也往往被不明究理的人和心懷恨意的人看成為一個衰敗過程（表象上看的確是墜落的弧線模樣沒錯）。創作者會一樣一樣捨棄創作形式賦予他的約定特權，讓自己受困於一個一個現實限制裡（創作者生而自由，卻處處回到梏桎之中），以至於外頭的人們總以為他失去了想像力、失去了人們曾為之心折的種種華麗無匹東西（如托爾斯泰的《復活》，巴赫金哀悼的用「枝葉凋盡」來說它，這曾經是人類小說史上最狐狸、最精巧、最技藝精湛的巨匠；昆德拉才完成的《慶祝無意義》也是這樣，小說本身甚至是笨拙的）；最後一個（捨棄的）約定特權就是此一創作形式本身，近年來，我自己很有意的重讀這些了不起書寫者的最後一部作品（當然不浪費時間在那些早早壞掉的小說家身上），也注意他們封筆不寫的具體時間落點（如果不是死亡先來的話），最好還能讀到這前後他們的發言訪談云云。這裡有複雜難言的種種，並不容易分清究竟是小說棄絕他們還是他們選擇離開了小說。小說會是個比人壽還短、會先一步到盡頭的東西嗎？小說（乃至於一切創作形式）竟然不見得是人可託終身之志、人至死方休的東西嗎？

這次，朱天文的理解是，侯孝賢如今對真實的近乎神經質要求，好像要編劇「打造」出一個完完全全真實的世界（「打造」這個如此不精確的用詞曝現了其間的矛盾，如艾可所說的，要製作一張和真實世界一模一樣的地圖是不可能的），好讓他的鏡頭不管對向哪裡對向誰，都是真實世界的一景、一個當下，鏡頭「框裡」和「框外」無界線無接縫的連起來；或者說，鏡頭裡的只是一個一個「信物」，如輕紗引風，用最少最省約的東西，觸著、相信著、證實著鏡頭以外整個世界的確確實實存在。

走向詩、走進電影本身

這樣，我以為侯孝賢的電影走向了詩——也許電影的終極可能是詩而不是小說；或者說，如果不甘於只探索一個點、一個夜晚、一處莊園、一個暫時切斷和外面世界所有聯繫的舞台狀封閉空間（如精彩無比的老導演阿特曼，我以為他是最世故最穿透個別人心的，也是最文字性思維的），你想拿它來說更多東西，乃至於像侯孝賢常說的「我只會拍電影」（意思是我人生這一場的全部所知所得所思所想包括言志，最終都只能通過電影講出來），你要把電影用到極限，大概就只能是詩了。

關鍵可能在於電影的語言是影像而不是文字。而在今天歸屬於文字世界的所有書寫形式裡，只有詩是先於文字的，和音樂、和繪畫一起直觸這個亙古世界。一直到今天，詩的根本書寫、思維方式仍不真是文字性的，而是一系列不直接聯結起來的具體形象或圖像，詩使用的文字於是極不成比例的多是名詞（枯藤、老樹、昏鴉、小橋、流水、人家、古道、西風、瘦馬云云），如一個一個間隔的點或具體實物，詩的書寫奧義之一便在於這些點的選擇擺放和處理，讓點和點奇妙的、參差的、始料未及的相遇，夠明確夠光亮的點，我們頭頂上的星空那樣，會相互召引聯繫成線，空間的線，時間的線；詩的完成通常不是一個故事，而是一幅畫。

詩於是能以最小空間、最省約的文字，講最多東西，以及吳爾夫說的，講最巨大的東西。

侯孝賢以他極富耐心、不輕易打斷如凝視的長鏡頭聞名乃至於成為他的電影簽名，但這毋甯是他一個點一個點的擺放和處理。侯孝賢的這個鏡頭和下個鏡頭通常是不聯繫的，沒因為所以但是而且之類的因果鍊接東西，好得到空間得到自由以及真實（真實世界裡的因果之鍊的確總是隱沒的、捉摸不定的）。這在他《戲夢人生》時已達一種地步，我們常私下笑說侯孝賢根本是拿李天祿家的一本老相片簿來拍，看到沒？這是十二歲時候的李天祿本人，他家房子當時長這樣，門口蹲著喝茶那個應該是他舅舅還是誰，他母親養了幾隻雞，好，看下一張……——看他電影的人必須自己去聯繫起來，這是侯孝賢電影對觀眾的要求。因此，很多抱怨看不懂的人也許只需一個提醒，你這不是在讀一部小說，你像平常讀唐詩三百首那樣就好，「獨坐幽篁裡」，翻過去，「彈琴復長嘯」，翻過去，「深林人不知」，翻過去，「明月來相照」，結束。

侯孝賢的電影於是有一種特殊的沉靜不驚，一種大地也似的安穩堅實，逐漸的，人的行動失去了銳角，變成只是活動而已，並隱沒向「慣常性的重複行為」，我們感受更多的可能是來自人之外的某些不明所以力量及其存在——但這樣，聶隱娘怎麼辦？這個她羊角匕首一樣尖利的奇女子，她的深刻意義原是建立在她的行動上的，一種極強烈、極異質的、接近從心所欲自由發揮也絕不輕易跟世界和解的行動；失去了行動，她走不了那麼遠，或直接說，編劇用文字為她堪堪打造出來的孤單、獨特小徑，以及她在小徑盡頭的獨特模樣，在電影的影像裡又復歸隱沒了。

這些年來，我們的確感覺到至少有兩個侯孝賢，一個屢屢下到現實生活火雜雜角落、對具體的人具體的不公不義滿滿關懷到猶好勇鬥狠地步的侯孝賢，另一個較隱藏的，一個不斷走進電影這一創作形式深處、試探著電影極限、沉靜老工匠一樣的侯孝賢——侯孝賢（以及他的編劇們）可能還是稍稍低估了此一矛盾和其裂解力量；或者說，大部分時候的侯孝賢喜歡、希望自己是前面這個人、也不認為在作為電影導演（工匠）那一刻不能仍是這樣的人，但電影自身的要求、自身的詢問最終總把侯孝賢帶到另一個人那裡，已進入電影裡這麼深的侯孝賢有他更無可拒絕的召引（另一面也是限制），像韋伯說的那樣，電影正是他生命中唯一的魔神，你只能認定祂並專心事奉祂。

這也幫我們解釋了一些侯孝賢式的怪現象——侯孝賢的電影最依賴他的文字編劇，編劇（他自己是其一）為他做的不僅僅是文字執行而已，而是從起點開始相當程度的共同創作，但他的電影完成時，最突出的總是他猶豫不定、屢屢想擺脫重來的攝影，以及實力極其一般、實際拍攝過程裡狀況不斷的美術。這其實不是好萊塢式可分離、可獨立作業的攝影和美術，真正完成的是總的影像本身，當然得來自侯孝賢本人（攝影獎、美術設計獎都該頒給侯孝賢本人）。影像正是侯孝賢唯一的、由他說出的語言，影像甚至就是他探索的、愈來愈純粹的電影本身。

另一個怪現象是——對他評價最高到有點會不會太誇張地步的，是遠方幾個聲望地位乃至資歷甚至高過他的大導演、電影創作者（阿巴斯、黑澤明、柯波拉等等），他們對侯孝賢電影的純粹性甚至是欣羡的。我們可以把這些大導演理解為不斷思索並實際觸及電影極限、得時時去想電影究竟是什麼、能做什麼的那幾個人，他們和侯孝賢站相似的位置，看著同樣的東西並煩惱，他們最知道侯孝賢在做什麼，以及何以這麼做。

還有，侯孝賢電影隱藏的某種嚴苛無情——侯孝賢總是從熱血關懷一個特殊、具體的個人開始，但最終總是「遺棄」了他。電影愈來愈是目的，而不是一種負載形式表達形式，我們也聽到了聶隱娘的舒淇很聰明的話：「你們不會常常看到我的，我都躲樹上——」

日前，侯孝賢在接受採訪時說，他還會再拍一部武俠片（有點背反他被唐代美術搞得心浮氣躁、發誓要回到現代、再不拍古裝的發言，但前言後語不一致是侯孝賢的「習慣」），看來他還有未竟的大夢，也仍然相信他可以和解那兩個不斷分離的侯孝賢。我其實很喜歡這樣的侯孝賢，矛盾有時是一種不捨，一種希望好的東西都一併成立、甯可讓自己置身困境的高貴心志；矛盾如惠特曼所說是人心胸寬闊、容得下不相容事物、容得下諸神衝突的表徵，夠好的思維者創作者因此總是矛盾的——但真的做得到嗎？我們好像只能繼續看著他、擔憂他並祝福他。

INK PUBLISHING
文學叢書 690

求劍——年紀・閱讀・書寫

作　　者　唐　諾
總 編 輯　初安民
責任編輯　陳健瑜
美術編輯　陳淑美
校　　對　孫家琦　陳健瑜　唐　諾

發 行 人　張書銘
出　　版　INK 印刻文學生活雜誌出版股份有限公司
新北市中和區建一路249號8樓
電話：02-22281626
傳真：02-22281598
e-mail：ink.book@msa.hinet.net
網　　址　舒讀網www.inksudu.com.tw

法律顧問　巨鼎博達法律事務所
施竣中律師
總 代 理　成陽出版股份有限公司
電話：03-3589000（代表號）
傳真：03-3556521
郵政劃撥　19785090 印刻文學生活雜誌出版股份有限公司
印　　刷　海王印刷事業股份有限公司

港澳總經銷　泛華發行代理有限公司
地　　址　香港新界將軍澳工業邨駿昌街7號2樓
電　　話　852-2798-2220
傳　　真　852-2796-5471
網　　址　www.gccd.com.hk

出版日期　2022年 8 月　初版
2023年 12 月 8 日 初版三刷
ISBN　978-986-387-589-5
定價　450元

國家圖書館出版品預行編目(CIP)資料

求劍：年紀・閱讀・書寫／唐諾 著.
--初版. --新北市中和區：INK印刻文學，2022. 08
面； 14.8 × 21公分. --（文學叢書；690）
ISBN 978-986-387-589-5 (平裝)

1.文學 2.文集
810.7　111008735

舒讀網